# 承傳與流播

## 全球脈絡
## 與中國文化論集

熊志琴、曾智聰——主編

# 鳴謝

本書蒙中國香港特別行政區大學教育資助委員會撥款資助出版（項目編號：UGC/IDS16/16），在此謹致以十二萬分謝意。在本書編撰過程中，衷心感謝以下人士鼎力支持：香港公開大學校長黃玉山教授、學術副校長關清平教授、副校長（學生事務及支援）唐創時教授、人文社會科學院院長鄺志良教授、香港公開大學人文社會科學院副院長暨「全球背景下的中國文化」研究計畫（UGC/IDS16/16）項目主任陳家愉博士、研究助理林瑋琪女士和徐炯彥先生。

# 前言：全球脈絡與中國文化

　　中國文化與全球脈絡的關係近年在學術界出現廣泛的關注和持續的討論。人口流動在近現代的歷史脈絡中牽涉複雜的地緣與文化政治，隨之而來的文化傳播與轉譯問題，既指涉文本的解讀與闡釋，更攸關族群的認同與抵抗，殊非「本土」與「海外」足可概括。至於古典文學文體與傳統戲曲藝術在當代脈絡中的承傳與轉化，讓人進一步叩問華語語系文學與文化的特質與本質，文學與影像的跨媒介考察，則讓思考更添多向維度。本書論者孜孜於此，為中國文化與全球脈絡此一極富辯證內涵的議題，提供不同面向的參考。

　　十九世紀以來，不少西方學者致力於中國文化與文學研究，在不同範疇均取得豐碩成果。本書論者分別以理雅各、葛浩文、宇文所安等為討論對象，反思他們的研究成果，這既是學術研究史的整理，也推展了相關課題的研究；而西方文化與文學理論同時為中國學者開拓了研究新視野，本書論者運用譜系理論及精神分析重讀中國傳統詞體及小說，為傳統經典文本帶來了新詮釋；全球化下的文化融會促進了中國傳統戲劇的現代化轉型，本書論者亦嘗就此作深入討論。此外，自古以來，中國文學於亞洲地區廣泛流播，對各地文化發展影響深遠。隨全球化發展，學術界對異地文化、文獻的認識愈趨深入，本書論者便針對中國文學於新加坡及韓國等地的傳播與影響作出研究。除了打破地域隔閡外，全球化與現代化發展所推動的新科技發展，更擴展了中國文學與其他文類的跨界對話，尤其文本被轉化為影像之後所折射出的不同問題亦是本書作者關心的。

　　中國文化在全球化發展下發揮了獨特而重要的貢獻，為推進相關研究，香港公開大學人文社會科學院於2017年展開「全球背景下的中國文化」研究計畫（UGC/IDS16/16），就以下六個範疇展開研究：

（1）中國研究（文化、哲學、歷史及文學在西方學術界作為學術科目的情況）

（2）二十一世紀中國文化與國際視野

（3）全球華文文學

（4）中國文學的西方翻譯

（5）中國演藝與西方舞臺藝術

（6）全球背景下的中國電影

　　2019年3月13至15日，本計畫舉辦了「全球背景下的中國文化國際學術會議2019」，約90位來自世界各地的學者分享了他們就會議主題「中國文化與國際視野」的研究成果。部分會議論文經評審後分別選入中、英文版的論文集出版。本書《承傳與流播：全球脈絡與中國文化論集》是中文版的論集，以比較和跨學科角度，研究中國文化在文學、歷史、哲學、電影、表演藝術、教學等不同範疇的發展及影響，探討中國文化在全球化與國際事務上日趨重要的貢獻，並藉此擴闊相關領域的教學與研究的視野。除了舉辦學術會議外，本研究計畫還成功籌辦了近9場學術講座，參與計畫的成員發表了超過50篇論文，並曾分別到訪南韓、新加坡、澳洲、瑞典及丹麥等地考察交流。這些研究活動探討了西方學界及亞洲各地對中國傳統及現代文化的接受情況，加深了解全球文化對中國文學及其他形式的中國人文創作的影響，有助提出研究中國人文學的新方式，並能提升相關領域的教學及研究的水平，冀能藉此促進本校學者與世界各地中國研究學院的交流。

　　作為「全球背景下的中國文化」研究計畫的重要成果，《承傳與流播：全球脈絡與中國文化論集》一書旨在探討中國文化、歷史、文學在二十一世全球化脈絡下的承傳與流播情況，深入了解中國文化在文學、歷史、哲學、電影、表演藝術、教學等範疇的影響，突顯中國文化在全球化與國際事務上日趨重要的位置。本書所收共15篇論文，為作者在會議成果發表後的修訂本，大致保留原稿面貌，並據主題分五個章節：**「西方視野下的中國文化」**，探討西方學者對中國文化與文學的研

究，討論漢學對全球化下中國研究的重要性和貢獻；**「中國文學的亞洲流播」**，以新加坡和韓國為例，發掘中國文化對亞洲文學發展的影響；**「文學與影像的跨界對話」**，研究影像創作與文學寫作之間的互動關係；**「中國表演藝術的傳統與現代」**，析論中國戲曲現代化進程，集中討論戲曲大師梅蘭芳對中國戲曲以至中西表演藝術發展交流的貢獻；**「二十一世紀的中國經典新詮」**，以西方思想或資訊科技作為研究方法，提出對傳統中國經典的新詮釋。

　　最後，謹此再向曾經參與「全球背景下的中國文化國際學術會議2019」的學者老師及工作人員致由衷謝意，並期望本書能為相關領域的教學及研究作一點貢獻。

熊志琴、曾智聰

# 目次

# 第一章　西方視野下的中國文化

# 略論葛浩文在華文文學世界中對「發現」蕭紅的貢獻：以《蕭紅傳》及《馬伯樂》續作為例

## 陳潔儀

## 提要

葛浩文（Howard Goldblatt, 1939- ）的《蕭紅傳》，不但有系統地整理蕭紅的一生，而且於傳中加入對蕭紅作品的評析，對蕭紅予以高度肯定，於二十世紀八十年代初掀起了「蕭紅熱」。事隔四十年，蕭紅研究的材料已非常豐富，於2018年9月，葛浩文又不僅以「批評家」的角色、更以「作者」的身分，出版了以英語寫作、林麗君翻譯的《馬伯樂》續作，為蕭紅此部較少為人注意的長篇小說續寫下半部，完成了在雙重身分下跨時空、跨語言、跨文化的試驗。在中國現代文學史上這種前所未有的「續作」創舉，也開啟了探研蕭紅的新方向、新形式、新可能。本文主要是從以下兩方面：《蕭紅傳》對於中國文學在蕭紅研究上建立的內部傳統以及《馬伯樂》續作的「對話性」及其對當代文學批評的啟發，略論葛浩文對華文文學世界「發現」蕭紅的影響及價值。

## 作者簡介

　　取得香港中文大學中國語言及文學系哲學博士學位後，曾任職香港中文大學中國語言及文學系、香港大學專業進修附屬學院、香港科技大學人文學部，現為香港公開大學人文社會科學院人文學科、語言與翻譯學部主任暨副教授。教授科目包括中國文學、香港文學專題等。陳博士以研究中國現當代小說及香港文學為主，曾獲學術獎項包括香港中文文學雙年獎（文學評論）首獎、香港公開大學校長卓越成就獎及香港中文大學青年學人論文獎等。學術著作有《現實與象徵：蕭紅的自我、女性和作家身分探尋》、《香港小說與個人記憶》、《閱讀肥土鎮：論西西的小說事》、《香港文學怎樣讀》等，單篇論文見《中外文學》、《政大中文學報》、《中山人文學刊》、《中國文哲研究通訊》、《中國現代文學研究叢刊》等學術期刊。

## 關鍵詞

葛浩文、《馬伯樂》、《蕭紅傳》、內部傳統、互文性、對話性

## 一、葛浩文、蕭紅及相關研究簡述

葛浩文（Howard Goldblatt, 1939- ）是享譽海內外的漢學家，蕭紅研究的領軍人物。他於1974年完成他的博士論文 *A Literary Biography of Hsiao Hung*（有論者曾譯作《蕭紅略傳》）後，[1]1979年經香港文藝書屋譯成中文出版，定名為《蕭紅評傳》。此書於1980年、1985年分別再於臺灣、中國內地和香港再版，其後於九十年代及二十一世紀之後，繼續於香港及內地推出修訂版，此書最新版本定名為《蕭紅傳》。[2]葛浩文《蕭紅傳》的出版，除了因其系統整理蕭紅的生平及對蕭紅作品提出中肯公允的評價外，亦因八十年代初中期，兩岸三地的文化氛圍和重評文學史的熱潮，令《蕭紅傳》在華文學界得以廣泛流傳和接受，掀起了蕭紅熱，亦令蕭紅重新浮出文學史地表。葛浩文對蕭紅研究的貢獻，難以估量。隨著2018年《馬伯樂》續作的出現，可以說，暫時到目前為止，葛浩文在華文學界的地位，始於「蕭紅」，亦「終」於蕭紅。葛氏在有關《馬伯樂》續作的訪談中，最先要提到的，還是蕭紅：「如果說，是蕭紅把我領進了中國文學翻譯的大門也不為過。我對中國文學的了解從蕭紅開始。」[3]

此外，葛浩文亦是著名的翻譯家、批評家。其於蕭紅研究以外，最為人熟知的，則是大量譯介中國現當代文學名著，包括曾翻譯2012年度諾貝爾文學獎得主莫言的作品。葛浩文推動中國文化全球化方面的學術成就，可謂有目共睹，他亦曾於2008年接受香港公開大學頒發的榮譽文學博士。[4]

由於他的貢獻，中文世界有關他的研究非常多，以「中國期刊全文數據庫（北京站（簡體版本））」為例，從1989年到2019二十年間以

---

[1]　葛浩文：《從美國軍官到華文翻譯家——葛浩文的半世紀情》（臺北：九歌出版社，2015年第1版），頁254。

[2]　雖然筆者認為葛浩文英文版 *Hsiao Hung* 譯為《蕭紅評傳》較適合，但由於此書最新的中文版譯為《蕭紅傳》，所以本文仍以《蕭紅傳》此書名為準。

[3]　張進：〈葛浩文續寫蕭紅遺作，馬伯樂成愛國者〉，《文化視野》第28期（2018年），頁39。

[4]　葛浩文：《從美國軍官到華文翻譯家——葛浩文的半世紀情》，頁267。

「摘要」搜索的話。有關「葛浩文」的論文共789篇，初步觀察結果大部分都是翻譯研究有關的，有關「葛浩文」並含「蕭紅」的論文共47篇；再以「中國優秀博／碩士學位論文全文數據庫（北京站（簡體版本））」為例，從1980年到2019二十九年間，有關「葛浩文」的論文共626篇，有關「葛浩文」並含「蕭紅」的論文共49篇，可見到葛浩文及與之相關的蕭紅研究在華文世界的盛況。

　　有關葛浩文研究的領域非常廣泛，限於時間、篇幅以及為使研究主題較集中，本文只以中文材料及中譯本的《蕭紅傳》及《馬伯樂》續作為主，略析葛浩文對蕭紅研究對華文文學世界中的影響及啟發。亦由於《蕭紅傳》的研究成果相對豐富，本文將只簡單闡述筆者的觀點；本文將比較集中討論《馬伯樂》續作與「發現蕭紅」的關係。至於兩書中涉及的版本、翻譯、語言、文化及傳播等問題，則非本文討論的重點，且留待他日有機會或再作補充。

## 二、《蕭紅傳》與「發現蕭紅」的關係

### （一）葛浩文與《蕭紅傳》研究

　　葛浩文《蕭紅傳》，從三方面重新評價蕭紅，包括：

1. 以雙線平衡的方式，把蕭紅的生平與其各個時期重要的作品對讀，賦予蕭紅「女性」加「作家」的身分，從「女性作家」角度構想蕭紅的形象。換言之，在《蕭紅傳》中，蕭紅並非只具單一的「女性」（男作家的「情人」）或「作家」（當時文藝政策標準下淪為「意志消沉」的作者）身分；蕭紅的一生無法與其創作成就分開，而其創作亦不能與她的遭遇割裂。在蕭紅研究的領域中，「作家」與「作品」是彼此互動和連結的，而「評」「傳」的雙線結構正突出這個的觀點；

2. 就蕭紅的生平而言，比較具體「發現」蕭紅與魯迅的關係、魯迅對蕭紅在精神和文學上的支持，並加以詳細分析，是此書的重要內容；

3. 傳中對蕭紅作品不但作系統的整理，且提出了不少殊異於以往評

價的新見，例如：指出《生死場》的不足及對《呼蘭河傳》、
《馬伯樂》的高度肯定。

　　以上三方面，對於後來的研究者以至今日研讀蕭紅，均有不同程
度的影響。即使從「影響的焦慮」（The Anxiety of Influence）而言，二十
世紀九十年代後期不少從「女性主義」角度為蕭紅重塑定型，反對將蕭
紅形塑為「非常敏感、自憐而又缺乏自信」的女性形象、[5]對於《生死
場》有不同的看法等，但其出發點亦可視之為對《蕭紅傳》的回應。綜
合上文提及的論文及博碩論文資料庫、臺灣華藝線上圖書館、《蕭紅研
究七十年》等，[6]其中以單慧慧及楊會兩篇論文，[7]相當清晰而具體說明
葛浩文《蕭紅傳》在蕭紅研究領域上的貢獻及意義。本文只補充以下一
個小角度，略述葛浩文《蕭紅傳》直接影響研讀蕭紅的方式，建立蕭紅
研究的獨特傳統。

## （二）「傳記」成為蕭紅研究的「小傳統」

　　葛浩文為蕭紅作傳的貢獻，一般都是比較他的《蕭紅傳》與同時期
肖鳳《蕭紅傳》，以說明葛浩文建立「客觀式的考證」、「以文本為重
的評論」及「『直陳是非』的評論」的蕭紅研究方式和貢獻，[8]這個結
論是非常中肯的。值得補充的是，當時不少學者或蕭紅朋友都曾以蕭紅
私人生活為題，出版相關文章以至傳記，從接受和傳播的角度而言，由
於人們的「獵奇」心態，這類著作的影響比肖鳳大得多。葛浩文在提及
為蕭紅作傳的其中一個目的，似乎亦是為了回應這一類著作的影響力：

　　　　自1949年後直至八十年代以來所寫的文學史中，蕭紅竟被列入二
　　　流作家之林。她的私生活成了人們討論的題材，而她的作品反而

---

[5]　葛浩文：《蕭紅傳》（上海：復旦大學，2011年第1版），頁32。
[6]　曉川、彭放主編：《蕭紅研究七十年》（三卷本）（哈爾濱：北方文藝出版社，2011年第
　　1版）。
[7]　見：（1）單慧慧：〈葛浩文《蕭紅評傳》對蕭紅文學地位以及定位的重構〉，《青年文
　　學家》（2017年第26期），頁28-29；（2）楊會：〈體驗與旁觀——肖鳳《蕭紅傳》與葛
　　浩文《蕭紅評傳》比較〉，《文學評論》第4期（2007年8月），頁41-45。
[8]　楊會：〈體驗與旁觀——肖鳳《蕭紅傳》與葛浩文《蕭紅評傳》比較〉，《文學評論》第
　　4期（2007年8月），頁41-45。

成了次要。蕭紅的早期作品，如《生死場》及其他各色各類短
篇雜文，都被稱頌不已，但她後期的作品卻被譴責為「白費精
力」。[9]

由此可見，葛浩文為蕭紅作傳的目的，除了是針對當時仍較為「政治
化」及主觀式的批評外，亦是為了糾正當時把蕭紅的私人生活日益「傳
奇化」以至「桃色化」的風氣而來。從傳記寫作的角度而言，「評傳」
是不容易處理的類型，奈德爾（Ira Bruce Nadel）曾指出：

> 如果他是一個好的傳記家，他應該知道如何選擇和使用有意義的
> 細節。他不能讓自己太像一個批評家，以致他的批評影響到了故
> 事的發展。評論式傳記本身就是矛盾的概念……[10]

葛浩文的評傳，不但把「作家」和「作品」互相平衡，並同時對兩者提
出公允中肯的評價，成功重塑蕭紅形象，而且更直接改變了蕭紅研究的
模式。

　　《蕭紅傳》出版後，雖然仍有學者採用「愛情傳奇」的方式為蕭
紅立傳，但以「傳」加「評」的方式為蕭紅作傳亦甚多，而每當評論蕭
紅作品時，結合其生平而言者亦相當普遍。事實上，葛浩文雖然強調以
文學標準評價蕭紅成就，但他對於蕭紅的生平史料、友人憶述等，也非
常重視，[11]反對的只是僅從私生活角度論蕭紅。自葛浩文後，為蕭紅立
傳、以傳記的方式來給予蕭紅重新的評價或研讀角度，儼如成為蕭紅研
究的內部「小傳統」。[12]即使有關蕭紅的新材料並不多，或寫作模式也

---

[9]　葛浩文：《蕭紅傳》，頁143。

[10]　艾拉・布魯斯・奈德爾（Ira Bruce Nadel）著，王軍譯：〈傳記與理論：通向詩學之
　　路〉，梁慶標選編：《傳記家的報復：新近西方傳記研究譯文集》（桂林：廣西師範大
　　學，2015年第1版），頁6。

[11]　1980年，葛浩文《蕭紅傳》於臺灣出版後，即走訪大陸，經蕭乾引薦，在北京與舒群、羅
　　烽、白朗、馮牧等作家相見，其中不乏蕭紅昔日故舊。後赴哈爾濱，走訪蕭紅就讀的第一
　　女子中學和道里商市街等與蕭紅有關的地方，又到呼蘭縣尋訪蕭紅故居。

[12]　例如：季紅真從女性主義角度重評蕭紅，於2011年出版共518頁的《蕭紅全傳》，成為蕭
　　紅傳另一代表作。參季紅真：《蕭紅全傳》（北京：現代出版社，2011年第1版）。

大同小異，但從1985年《蕭紅傳》在三地出版後，一直至2017年，其間超過三十年，幾乎每隔兩三年都有蕭紅傳記的出版。2007年據學者統計蕭紅傳記有七十多部，[13]有時還同一時間超過一本或以上的蕭紅傳記。似乎一提起研究蕭紅，傳記就成為不可或缺的一環。

　　換一角度而言，凡企圖評價蕭紅的作品，也離不開其生平背景，把蕭紅遭遇與其作品結合分析。這固然與蕭紅作品大部分都具高度自傳性有關，但「自傳性」似並不足以解釋在蕭紅研究領域上這種「立傳」的研究「範式」，亦無法解釋為何不斷重新出版「蕭紅傳記」的「小傳統」。在經歷二十世紀後半期各種文本為主、作者已死、讀者參與及以批評為主體的文學／文化理論，在蕭紅研究上，「作家」仍能「屹立不倒」，身影依然。追源溯本，這與葛浩文以「傳」確立蕭紅的地位，或不無關係。

## 三、《馬伯樂》續作與「發現蕭紅」的關係
### （一）葛浩文與《馬伯樂》研究

　　葛浩文《蕭紅傳》除了建立了蕭紅研究的「小傳統」外，另一重要貢獻則在於對《馬伯樂》的高度評價。基於《馬伯樂》並非典型的「蕭紅式」風格，加上全稿未完，在葛浩文重評《馬伯樂》之前，向為論者忽視。[14]葛浩文特別針對此情況，不但深入分析《馬伯樂》，並且予以高度的肯定，而且頻密地於《蕭紅傳》第六章多次提及《馬伯樂》的成就，成為《馬伯樂》的第一位「伯樂」，例如：

> 蕭紅在老舍改變文路後，試著繼續他那諷刺的傳統，而竟能在她初次寫此類作品時就能表現得非常好，實在令人驚奇。[15]

---

13　楊會：〈體驗與旁觀——肖鳳《蕭紅傳》與葛浩文《蕭紅評傳》比較〉，《文學評論》第4期（2007年8月），頁41。

14　葛浩文：《蕭紅傳》，頁121。他指出，從四十年代一直到五十年代前夕，他所見的《馬伯樂》專題文章只有一篇。

15　同前注，頁102。

在她主要成功的作品中，只有一本《馬伯樂》可算得上是純小
說。而《馬伯樂》是一本非常幽默的諷刺小說。所以可以說蕭紅
是一個與眾不同、獨具風格的作家。[16]

[……]以上所提出的那些瑕疵，實是微不足道。《馬伯樂》這書
仍是非常成功，它讀來令人捧腹。[17]

[……]蕭紅這書至少可說是符合所謂「戰時文學」的最低標準。
然而書中的確有些地方與當時潮流格格不入，由政治觀點來看，
就大大削弱了此書的價值。[18]

然而，對比於葛浩文《蕭紅傳》對蕭紅研究在方法學上的深遠影響，
他重評《馬伯樂》的影響力，似乎少得多。以幽默諷刺為主的《馬伯
樂》，因其在蕭紅作品和中國文學傳統中的非典型性，至今在蕭紅研
究上，仍然是相對較少學者關注的。以國內博碩士論文為例，從1980年
起，約有278篇以蕭紅為論題的研究，以蕭紅的代表作如《呼蘭河傳》
為論題的，有51篇，而以《馬伯樂》為論題的，則只有3篇，[19]而且都是
成於2012至2016年間。[20]2011年，蕭紅誕辰一百年紀念，國內出版了不
少蕭紅研究的著作，其中包括曉川、彭放主編的三卷本《蕭紅研究七十
年》（1911-2011）。從該書的編選中，蕭紅三部中長篇小說的研究情
況大致如下：

---

[16] 同前注，頁144。
[17] 同前注，頁105。
[18] 同前注，頁105。
[19] 中國知網，《中國優秀碩士／博士學位論文全文資料庫》（北京站），http://epub.cnki.
net.ezproxy.lib.ouhk.edu.hk/kns/brief/result.aspx?dbprefix=CMFD，2019年2月21日
讀取。
[20] 包括：（1）尤聰聰：《魯迅國民性精神的承繼》（碩士學位論文），天津師範大學，
2012年；（2）唐丹丹：《論蕭紅「越軌筆致」下的《馬伯樂》》（碩士學位論文），
西南大學，2014年；（3）辛慧秀：《論蕭紅小說《馬伯樂》的美學特徵》（碩士學位
論文），陝西師範大學，2016年。中國知網，《中國優秀碩士／博士學位論文全文資
料庫》（北京站），http://epub.cnki.net.ezproxy.lib.ouhk.edu.hk/kns/brief/result.
aspx?dbprefix=CMFD，2019年2月21日讀取。

表1　蕭紅三部中長篇小說的研究條目統計

| | 相關文選 | 相關的選目及存目 |
|---|---|---|
| 《生死場》研究 | 20篇 | 297篇 |
| 《呼蘭河傳》研究 | 25篇 | 297篇 |
| 《馬伯樂》研究 | 14篇 | 65篇 |

　　以上自然是非常粗略的觀察，而且葛浩文對於《馬伯樂》的主要觀點包括發現蕭紅對於「抗戰小說」的反常處理和對諷刺小說的成就等，在不同程度上亦影響後來對《馬伯樂》的論述方向。但整體而言，《馬伯樂》的後繼知音的確寥寥可數。相反，葛浩文卻並沒因此而放棄，對於《馬伯樂》，顯得更加情有獨鍾，矢志不渝。

　　在八十年代中期以前，葛浩文已大致完成系統研介及翻譯蕭紅的工作。直至2018年，即距1985年約30年左右，在他生命中終於再次與蕭紅重新「接軌」，而「接軌」的作品，不是別的，正是他獨具慧眼推崇的《馬伯樂》；而接軌的方式，則是史無前例的續作。「續作」不但意圖補足蕭紅的遺憾，[21]而且亦完成了他批評家的心願。在《蕭紅傳》中，葛浩文曾用比較可惜的語氣指出：

> 蕭紅本來打算將《馬伯樂》寫成三部曲，讓這角度超越武漢，以便與蕭紅自己的行程相配合，但她雖然於1941年完成了《馬伯樂》，卻終於沒能照計畫讓馬伯樂漫游全中國；如果她能全功，那部書可能使她躋身於一流諷刺作家之林，如僅就她完成的部分而言，那只足以說明蕭紅何以能在短短六七年寫作生涯中，成為一個相當有成就而具有多方才華作家的理由。[22]

完整版的《馬伯樂》，足以曲折但強烈地重新《馬伯樂》「可能使她躋身於一流諷刺作家之林」的評價及想像；此外，一如四十年前《蕭紅

---

[21] 袁大頓：〈懷蕭紅〉，王觀泉編：《懷念蕭紅》（哈爾濱：黑龍江人民出版社，1981年第1版），頁78-79，憶述蕭紅曾説：「大頓，這我可不能寫了，你就在刊物上説我有病，算完了吧。我很可惜，還沒有把那憂傷的馬伯樂，提出一個光明的交代。」
[22] 葛浩文：《蕭紅傳》，頁105。

傳》令蕭紅重新進入文學史的視野一樣，葛浩文以著名漢學家、蕭紅最權威的批評家身分代作家續筆、使馬伯樂有了「第二生命」，不但即時令《馬伯樂》再次浮出歷史地表，同時亦肯定對日後對此書的研究起了關鍵性的改變，[23]在文學批評視野及研究模式上，亦不無新的啟發及反思。

## （二）《馬伯樂》續作對重估蕭紅及反思當代文學批評的意義

葛浩文續作《馬伯樂》的自序謂，他把蕭紅的三部中長篇小說等量齊觀，所以早在上世紀七十年代中後期譯介《呼蘭河傳》及《生死場》後，他已有翻譯《馬伯樂》的想法，然而進度很慢，其中一個原因是「未完的作品也怕很難找到出版社」。[24]後來，他認為「我讀過蕭紅所有的作品，覺得我和她簡直是相識多年的老朋友，她沒寫完的小說，我來替她完成吧」。[25]由於他並沒有寫過小說，因此「拖」了近二十年，直至他出了自己一本小說集後，信心增加，終於在蕭紅《馬伯樂》出版的七十六年後，他為蕭紅及自己完成了一直以來的未了願。誠如葛浩文指其朋友嘗言，「這會是中國當代文學史上的首例」。[26]葛浩文對《馬伯樂》的續作貢獻，以下將分兩方面略析：1.續作與蕭紅的「互文」及「對話」；2.對當代文學批評的反思及啟發。

## 1.續作與蕭紅的「互文」及「對話」

### （1）續作與對話

在現當代文學理論上，極少關於「續作」的理論及研究，比較類近並可引為借鑒的，相信是有關「改編」的理論。「改編」可以就同一媒

---

[23] 清華大學教授王甯則表示：「80後、90後的大學生或許不太知道蕭紅了，也許葛浩文先生在英文世界把《馬伯樂》重新續寫之後，再由林麗君女士翻譯成中文，可能會使蕭紅的這部《馬伯樂》在中文世界和英語世界重新獲得新生，並且具有了來世的生命。」見〈跨國知音跨越世紀書寫：葛浩文續完蕭紅未竟之作《馬伯樂》〉，新浪讀書網http://book.sina.com.cn/news/xpxs/2018-09-17/doc-ifxeuwwr5346933.shtml，2019年2月16日讀取。

[24] 蕭紅著，葛浩文續寫，林麗君譯：《馬伯樂：完整版》（北京：中國大百科全書出版社，2018年第1版），頁iii。

[25] 同前注，頁ii。

[26] 同前注，頁ii。

介（例如把小說改為劇本）或跨媒材式（例如把文學作品改編為影視作品）來進行，陳佩筠指出，當代的「改編」理論有助檢示傳統的翻譯原則，因為兩者都曾經共同面對與「忠實性」（fidelity）相關的問題。忠實性批評所仰賴的，是文本的讀者解讀出一個單一、正確的意義，而改編則據此依附，或者進行某個程度的違反或篡改。[27]陳佩筠引述著名翻譯學者韋努第（Lawrence Venuti）〈改編、翻譯、批判〉（“Adaptation, Translation, Critique”）一文，指出韋氏從翻譯學者的角度，認為改編理論的不足正在於經常以「忠實性」為改編成敗的準則：「皆以改編版本是否適切表達了文學文本為根基，因此改編電影常被認為是不忠實或者失真地傳達原著作者所欲表達的意圖」，[28]而對於忠實與否的評判標準，也曾經是翻譯研究中難以擺脫的一大挑戰。[29]

　　不過，自二十世紀七、八十年代以後各種「語言轉向」、「文化轉向」後，已傾向拆解「起源」（origin）的優先邏輯，[30]繼以「互文性」來強調先後文本的平等對話，令後至文本與先存文本之間，雖然仍有發生時間的前後差別，卻不再是先存文本即具權威，後至文本就顯得次要。此一概念反轉了將翻譯／改編視為次要的慣性刻板印象。不少的著名改編理論學者都致力強調互文性的重要。史坦（Robert Stam）將改編視為「互文性對話」，他認為改編與其說是「意圖恢復原著文字」，不如說是「一段進行中的對話過程」。[31]何其恩（Linda Hutcheon）也提出，在改編的創造過程中，必然涉及再詮釋及再創造的問題，故改編也許不必以忠實與否為準繩，而應該視之為創造力的表現（a form of creativity），並以是否有創意為評價準則。[32]雖然，從陳佩筠的研究指引

---

[27] 陳佩筠：〈把故事再說一次〉，《編譯論叢》第2期（2015年9月），頁31、38。

[28] 同前注，頁34。

[29] 同前注，頁34。

[30] 同前注，頁34。

[31] Stam, Robert, "Beyond fidelity: The Dialogics of Adaptation, " in J. Naremore ed., *Film Adaptation* (New Brunswick, NJ: Rutgers University Press), p.64.

[32] Hutcheon, Linda, *A Theory of Adaptation* (New York: Routledge, 2013), p.20-21, "Perhaps one way to think about unsuccessful adaptation is not in terms of infidelity to a prior text, but in terms of a lack of the creativity and skill to make the text one's own and thus autonomous.".

出，至九十年代以至今天，忠實性的問題在改編研究中從來沒有真正消失過。在部分學者眼中，忠實性問題在改編理論中，仍具支配性地位，偏執地出現在當代論述中。[33]

　　傳統對於「續作」的要求及評斷準繩，與「改編」相似的是，最先亦無法擺脫對於原著「忠實性」（先存文本）的偏執，高鶚「續作」曹雪芹的一百二十回《紅樓夢》，歷來學者對此中真偽、優劣的比評，應該是中國文學史上最經典的例子。至近年白先勇有關《紅樓夢》程乙本的研究和版本編校，從作家創作的角度而非外緣考據或語料方面分析《紅樓夢》前後兩部的統一性，所回應的仍是「忠實性」的問題。[34]而對於《馬伯樂》續作，從評論的角度而言，最先亦無法避免從「忠實性」角度聯繫兩個文本：

> 續篇是不好寫的，因為它受已有作品人物關係、人物性格的限制，受已有情節和細節的限制，受已有人物語言特徵和敘述語言風格的限制。落筆之處，處處得有已有篇章的來歷；或者，已有的因，如何結出現在的果。[35]

> 葛浩文是懂蕭紅的，是懂蕭紅創作的歷程和變化的。他在創作《馬伯樂》續篇的四個章節時，緊緊把握了這部作品的靈魂：幽默和荒誕。[36]

> 作品的結局是最難寫的。馬伯樂的出路在哪裡？是這部作品在結構上的重中之重。葛浩文尊重蕭紅對作品架構的整體設想，讓馬伯樂帶著二兒子約瑟從重慶又逃到了香港。因為從作品第一部和第二部前九章的框架考察，蕭紅對作品整體設想的關鍵字

---

[33] 陳佩筠：〈把故事再説一次〉，《編譯論叢》（2015年9月第二期），頁37-38。

[34] 有關《紅樓夢》八十回及一百二十回歷來爭議的重點及相關論文、以及白先勇如何「對後四十回嘗試從一個小説寫作者的觀點及經驗」來分析此問題，可參看白先勇策劃：《正本清源説紅樓》（臺北：時報文化出版社，2018年7月第1版）。

[35] 劉震雲：〈相惜的力量——《馬伯樂》（完整版）序〉，《馬伯樂：完整版》，頁vii。

[36] 同前注，頁ix。

是：逃。[37]

不過，如換另一方式，從當代改編理論「互文對話」的角度來看，「原著」早已消解了單一起源以及單一意義，則對於「續作」研究也具啟發意義，尤其續作本質上就需要「詮釋」及「創造」，反而沒有了改編處於中介與創造之間的尷尬和焦慮，因而互文性與對話性的自由度相對提高──如何平衡對「原著」的詮釋和「續作」的創造，也是一個不容易的課題。葛浩文最初的續作構思，是從「人物」形象入手的：

> 不是有人認為蕭紅的《馬伯樂》是1940版的《阿Q正傳》嗎？相對於阿Q的低下背景，馬伯樂的確可以說是一個中產階級的阿Q，或許可以讓馬伯樂有類似阿Q的下場，也算是延續蕭紅對恩師益友魯迅的懷念與景仰。[38]

然而，葛浩文考慮到蕭紅的創造力，應該不以模仿為主，於是決定改變上述的想法：

> 考慮了很久之後的構想是這樣的：續篇的故事發生的地點都是蕭紅本人去過的，如從上海到漢口，武昌到重慶而後轉赴香港。如果《馬伯樂》是蕭紅對魯迅《阿Q正傳》的一種回應，那我在續篇納入蕭紅個人的逃難過程，也可喻為是我跟蕭紅的生平作品的隔代對話。[39]

從上述可知，葛浩對於自己與原著「隔代對話」的任務非常自覺，而在上述短短數十字之中，「蕭紅」出現了四次之多。在其他的訪談中，葛浩文對於其「創造性」的續寫方向的原則更鮮明，「忠實性」等考慮便退居其次：

---

[37] 同前注，頁ix。
[38] 蕭紅著，葛浩文續寫，林麗君譯：《馬伯樂：完整版》，頁ii。
[39] 同前注，頁ii。

> 客觀來說，續寫他人的小說實在不是明智的事情。由於文學作品
> 具有很強的私密性，又涉及情節構思、語言風格等諸多問題，想
> 續寫「成功」可以說是幾乎不可能的事。也正因此，續寫作品往
> 往得不到太好的公眾評價。[……]在被問到是否擔心受到非議，
> 林麗君說，他們兩人都習慣了被指責。「其實我仍在英文版找到
> 出版社的時候，就準備好受批評了。書評我是完全不看的。因為
> 書已出版了，是一個既定的事實了，不可能改變了。」[40]

　　從《馬伯樂》的續作序可見，葛浩文經仔細考量後，《馬伯樂》續
作互文的對象，已從「人物」馬伯樂轉為原作者「蕭紅」（地點、逃難
過程及生平作品），這個是葛浩文為續作設定的對話框架，亦是他再次
在《馬伯樂》中「重現」、「發現」蕭紅的方式。

## （2）《馬伯樂》續作與蕭紅的「重遇」

　　正如劉震雲所言，《馬伯樂》的續作需要極大的想像力和創造
力，[41]從續作的部分來看，「人物」——尤其是結局，的確需要第二作
者極大的想像力。從「忠實性」的角度而言，基本上仍保留馬伯樂一家
人的性格及小說的諷刺筆觸，至後來馬伯樂從自私自欺的性格變為「愛
國者」以至最後「為國捐軀」、[42]兒子約瑟由橫蠻無理至變得「膽小如
鼠」、[43]小說從幽默到沉重等，除了因戰火而令人物成長外，相信亦與
《阿Q正傳》互相對應有關，並沒有違反原著與續作之間的內部邏輯發
展。從續作的整體來說，上述就內容發展而對原著作內外的延伸與對
話，卻不是最具「創造力」的關鍵。續作最明顯的「創造力」，反而是
在篇幅主次的安排、後來加入的「真實人物」和歷史場景等，這全與葛

---

[40] 張進：〈葛浩文續寫蕭紅遺作，馬伯樂成愛國者〉，《文化視野》第28期（2018年），頁
40。

[41] 劉震雲：〈相惜的力量——《馬伯樂》（完整版）序，《馬伯樂：完整版》，頁vi：「如
果是結出不出意料的果倒也不難，讀者也能認可，但續篇作者的創造力又在哪裡呢？還需
在故事結構、人物命運、人物關係的發展上出現意料之外、又在情理之中的布局，這就考
量續篇作者的想像力和文學表達能力了。」

[42] 蕭紅著，葛浩文續寫，林麗君譯：《馬伯樂：完整版》，頁415-420。

[43] 同前註，頁404。

浩文意在把續作的重點放於「真實作者」蕭紅身上有關。

　　如從傳統的「忠實性」來看，續作在篇幅主次安排是顯得有點難以理解的。中譯本《馬伯樂》「完整版」的正文共420頁，第一部及第二部均為蕭紅所寫，共345頁，由葛浩文續寫的部分只有75頁，佔「完整版」不足20%，比例相當不均稱；加上或因避免第一部蕭紅式的「囉嗦」、「虎頭蛇尾」等缺點，[44]續作版的情節都相當直接、簡潔，最驚險的「約瑟掉失記」，也不過三頁就寫完；[45]而馬伯樂那可悲的結局，也只用了半頁交代。[46]僅從表面的內容和情節來看，或會引人疑竇，續作部分是否太短了一些？[47]一部構思了近二十年的續作，這樣就「完稿」，是否匆忙了一些？

　　在互文理論中，互文可分為「外文本」與「內文本」。「外文本」是克里斯特娃（Julia Kristeva）對「互文性」提出的重要創見。「外文本」指文學以外的外部環境，不再是傳統視為產生文學的「語境」（context）或背景（background），而是屬於相同等級的文本，各文本之間可與文學文本平等對話。「社會文化文本」（socio-cultural text）則是主要的「前文本」之一，無數的前文本互換建構而成的互文網絡。單篇的文學文本及其文化文本屬於同一性質，兩者已互為一體，不能分割。[48]熱奈特（Genette Gérard）則比較強調嚴謹的「互文」定義，他把「互文性」定義為必須「一篇文本在另一篇文本中切實地出現」，是「文」與「他文」之間所維繫的關係的總稱。[49]從文學手法而言，包括

---

[44] 葛浩文：《蕭紅傳》，頁105。

[45] 蕭紅著，葛浩文續寫，林麗君譯：《馬伯樂：完整版》，頁382-384。

[46] 同前注，頁420。

[47] 劉以鬯：〈蕭紅的《馬伯樂》續稿〉（原載香港《明報月刊》第十二卷第十二期，1977年12月），《蕭紅研究七十年》（下卷），頁255-261。劉以鬯據阮朗說「已經出版的可能只是三分之一」，應該是指出版了《馬伯樂》第一部的九萬字；後來，《馬伯樂》第二部篇幅亦差不多，有十萬字。筆者依此推斷，第三部未完部分，其原來寫作計劃的字數，或應與前兩部相若。

[48] Kristeva, Julia, "The Bounded Text," in Leon S. Roudiez ed. and Thomas Gora, Alice Jardine and Leon S. Roudiez trans., *Desire in Language* (New York: Columbia University Press, 1980) pp. 36-37.

[49] Gérard, Genette, Channa Newman and Claude Doubinsky trans., *Palimpsests: Literature in the Second Degree* (Lincoln NE and London: University of Nebraska Press, 1992), pp.1-7.

引用（quotation）、用典（allusion）和抄襲（plagiarism）。[50]在文學批評
的應用上，互文理論可兼含廣義和狹義兩種內容，即文本裡共生（內含
手法）與派生（外延對話）的現象統稱，都可稱為「互文性」。[51]

　　從續作的部分來看，《馬伯樂》的原文情節的確是被淡化了，而
在短短的篇幅中，一再「強化」的就是與蕭紅直接或間接相關的真實人
物、歷史。就「外文本」而言，葛浩文把特定的歷史、社會、文化狀況
直接、明顯地織入正文中，尤其是與蕭紅寫作《馬伯樂》相關的外部情
況，包括中國四十年代的抗戰氛圍、她逃難的地方、文化活動等，續作
中都刻意描繪，[52]其中香港部分尤其仔細。葛浩文把故事的重點及結局
「移師」香港，與1977年劉以鬯推斷《馬伯樂》第三部的重點應在「重
慶」，頗有出入。[53]此外，馬伯樂作為導引「真實人物」的「中介」，
他的朋友「綠川英子」及「鹿地亘」則經常穿插在整個續篇之中，[54]小
說中兩人以幫助中國的「日本朋友」身分出現；而在蕭紅生命中，綠川
英子（蕭紅後期的好友）及鹿地亘（魯迅的好友）都可以說是愛護蕭紅
的好友。以「內文本」而言，除了葛浩文自言加入蕭紅部分作品的片
段外，[55]續作其中的一個高潮在於馬伯樂觀看在香港孔聖堂演出的啞劇
《民族魂》，此劇正是蕭紅為「紀念魯迅先生逝世四周年大會」而編寫

---

50　同前注，頁2-3。

51　以上有關「互文性」的整理，亦見於拙作《香港小說與個人記憶》（香港：天地圖書，
　　2010年），頁110-115。

52　蕭紅著，葛浩文續寫，林麗君譯：《馬伯樂：完整版》，頁354對重慶的描寫、頁405-406
　　及頁411-412對香港的描寫等。

53　劉以鬯：〈蕭紅的《馬伯樂》續稿〉，《蕭紅研究七十年》（下卷），頁255-261。劉以
　　鬯從《馬伯樂》續稿、蕭紅友人書信及阮朗〈馬伯樂往何處去〉等材料，認為「我們可以
　　肯定蕭紅在中篇（即第二部）裏，寫了馬伯樂一家從上海逃到漢口的情形，還計劃在下篇
　　（即第三部）裏寫馬伯樂一家人從漢口逃到重慶的情形。重慶是戰時中國的首都，寫戰時
　　重慶的情形，必會將情節推向高潮。」並指出「《馬伯樂》上篇與中篇都是依照實際經歷
　　來寫的，未完成的部分，沒有理由越出這個『軌跡』。」。

54　綠川英子（Midorikawa Eiko）是蕭紅於1939年到重慶後結識的新朋友。綠川英子是世界
　　語學者，為郭沫若好友，她與蕭紅一見如故，成為好友，她後來死於中國。葛浩文：《蕭
　　紅傳》，頁86、頁96；鹿地亘（Kaji Wataru），1903年出生，日本東京帝國大學日文系
　　畢業，跟隨劇團來到中國，經由內山完造（Uchiyama Kanzo）的介紹，結識魯迅；在戰
　　時與妻池田幸子（Ikeda Yukiko）同為二蕭密友。葛浩文：《蕭紅傳》，頁69。

55　蕭紅著，葛浩文續寫，林麗君譯：《馬伯樂：完整版》，頁iii：「另外，我也盡量收入蕭
　　紅一些散文的片段，如『長安寺』、『滑杆』等等。」

的。續作中很具體地寫馬伯樂如何「轉公車到加路連山」到達會場、大會開始時他的感受，以及其後如何被啞劇完全吸引過去。馬伯樂本欲在全劇演出後與蕭紅見面，但最後還是與她緣慳一面，只能遠觀而無法一談，成為永遠的遺憾：

> 女作家瘦多了，看起來十分虛弱，似乎病了。馬伯樂想大會結束後上去和她說幾句話，順便問問有沒有綠川老師和她的朋友的消息。[⋯⋯]最後是一部啞劇，是那位女作家根據魯迅生平所寫的，這是她寫完以後第一次排演，大家都非常喜歡。馬伯樂也看得很高興，只是這個大會太長了，禮拜快開始了，他得趕回尖沙嘴去。改天再去拜訪女作家，有空詳談也好。但馬伯樂不知道他再也不會見到她了。[56]

不過，有趣的是，英文版的《馬伯樂》續作加入馬伯樂兒子大衛於1985年寫下的「尾聲」，語氣幽默；與中文版只是停於馬伯樂之死的結局並不相同，英文版的序言也非常重要。[57]由於版本、翻譯、文化及傳播與接受等差異並非本文的探討重點，同時亦限於篇幅，這一方面有待來日再深入討論。

中國文學本身亦有「續作」的傳統。在中國文學的傳統裡，除了因為全書未完而代為「續作」、就像評論者一般把葛浩文比作的高鶚外，也包括把作品改編並續寫為「大團圓」結局、[58]在史料或文評上加以訂正增補等作品。[59]續作者的觀點和立場在後者比較顯明，並非僅從原文

---

56　同前注，頁411-412。

57　Howard Goldblatt completed, *Ma Bo'les Second Life* (New York: Open Letter. 2018), pp.231-242.

58　《紅樓夢》的續作，於清代嘉慶、道光年間，最早的四部續書為《後紅樓夢》、《續紅樓夢》、《紅樓復夢》、《綺樓重夢》的為「紅樓四夢」。此外，為人熟知的，還有《水滸傳》《鏡花緣》《三國演義》等續作、「白蛇傳」從短篇小說到劇戲的改編兼續寫等。亦有一些較少人注意的續作，經勾沉而後發現的。參見：（1）胡衍南：〈論《紅樓夢》早期續書的承衍與改造〉，《國文學報》第五十一期（2012年6月），頁179-202；（2）橫信宏：〈踵事增華與雜湊稗販──《續耳譚》之編纂及其性質考論〉，《成大中文學報》第53期（2016年6月），頁69-110等，

59　參見：（1）黃忠慎：〈戴溪《續呂氏家塾讀詩記》的解經特質及其在《詩經》學史上的

推敲發展。《馬伯樂》續作的方式，並非來自中國文學傳統，然當中續作者比較鮮明的意圖、續作中把原作者推至「幕前」，則顯明亦有別於僅純粹從「忠實性」鋪展的方法。葛浩文對《馬伯樂》續作的最大特色及創造，可以說是讓「蕭紅」間接或直接地「現身」。原作者的身影無處不在，這絕不是為展示當代小說「後設」技巧，亦與暴露小說的虛構性、揭示作者製造幻像等目的不同。《馬伯樂》續作首先突出了真實作者「蕭紅」在其作品的重要性，其次是有關續作互文的「真實」元素，不少是與「魯迅」有關的。上述兩點都間接表示葛浩文對詮釋蕭紅的看法：蕭紅與其作品有相互交織不可分割的關係，而魯迅對蕭紅的影響（無論生命或創作）也難以泯滅。《馬伯樂》續作雖然是葛浩文與蕭紅有關的最新作品，但從續作中所表現的這兩個觀點，卻與其最初《蕭紅傳》所「發現」的其中兩個重要觀點並無二致，或者從葛浩文的蕭紅研究脈絡來看，《馬伯樂》續作亦可視為與《蕭紅傳》互文的結果。

## 2.對當代文學批評的反思及啟發

在華文世界中，《馬伯樂》續作的新書發布會上，一般都以「跨時空、跨語言、跨文化」形容此書。[60]當代文學中，對於作品不斷在內容或形式上嘗試衝擊、挑戰、跨越一切的界限，有論者稱之為「極限的文學」（a literature of limits）或「越界的文學」（a literature of transgression）。[61]這類作品經常予人非常「前衛」或「先鋒」的印象。「續作」向不特別為人所重視，甚至被視為「次級」的。葛浩文在看似難以突破的「續作」成見中，用了相對簡潔節制的文本，卻把「跨越」

---

定位〉，《東華漢學》第9期（2009年6月），頁49-89；（2）呂世浩：〈《漢書》與褚少孫《續補》關係探析〉，《漢學研究》第33卷第1期（2015年3月），頁33-66等。

[60] 參〈美國漢學家葛浩文續寫蕭紅〉的報道：「9月16日，『跨越世紀的書寫──《馬伯樂》完整版文學沙龍』在北京中國大百科全書出版社舉行。《馬伯樂》續寫者，美國著名漢學家葛浩文，《馬伯樂》續寫部分的譯者、翻譯家等時隔五年後又到北京，帶來了他們共同的新作──蕭紅《馬伯樂》的續寫。中國大百科全書出版社社長劉國輝、魯迅博物館常務副館長黃喬生，漢學家顧彬，作家劉震雲，作家雪漠，文學評論家陳曉明等與會。」澎湃新聞網，https://m.thepaper.cn/newsDetail_forward_2448914，2019年3月1日讀取。

[61] 陳艷姜：〈慾望之流：莒哈絲的「中國情人」與書寫越界〉，《中外文學》第30卷第4期（2001年9月），頁92。

／「跨界」本色發揮得得淋漓盡致，為當代文學如何理解「越界的文學」，開啟了另類探索的可能。此外，在中國現代文學史（以至中國文學）上這種前所未有的「跨越」式「續作」，同樣開啟一個全新的創作及研究領域。

　　從另一角度而言，《馬伯樂》續作在跨越種種外在限制之餘，亦同時把所有的「跨越」內化「融合」為一整體。葛浩文在《馬伯樂》續作中延續了他以學者（傳記家及批評家）身分而對「作家」生命投入的精神（見上文《蕭紅傳》序），並以幾十年來「老朋友」的身分為《馬伯樂》續作，[62]連同虛構人物與作者、作者故友等多種角色融而為一，主客你我不分。葛浩文以「續作」方式展示了多重角色之間主客互通、感通、合而為一的可能，而在蕭紅研究和作品之中，在多重互通之下，「蕭紅」的「作者聲音」仍然是「讀入」其作品的靈魂及關鍵，這雖然不是當今文學批評的主流，亦並非適用於所有的文學研究，但葛浩文以這種既跨界又融合的寫作方式，對於二十世紀晚期學術界「批評家」位置成為文學的主體，文本「意義被視為屬於評論家而不是屬於作者」、「批評家變成了他自己的主題，作者死亡了，在大學課程設置中，文學理論課取代了文學課」等現象[63]，相信亦不無反思及啟示。

## 四、結論

　　葛浩文對於中國現當代文學作家的「發現」，論者多以蕭紅和莫言為主。葛浩文把莫言成功推向國際文學舞臺，而就蕭紅研究來看，其影響則主要在於中國文學界。[64]他以漢學家的身分引入新的蕭紅研究範

---

[62] 葛浩文在訪談中曾說：「現在我人都快80歲了，還能做什麼呢？蕭紅給我一個暗示。《馬伯樂》的第九章結尾就有『第九章完全文未完』，她寫不完了，怎麼辦呢？心裡就想『葛老弟，你來吧』，我就硬著頭皮開始研究。」見〈葛浩文續寫蕭紅遺作，馬伯樂成愛國者〉，《文化視野》第28期（2018年），頁39。

[63] 約翰・豪爾普林（John Halperin）著，楊正潤譯：〈傳記家的報復〉，《傳記家的報復：新近西方傳記研究譯文集》，頁10。

[64] 這只就側重點而言，葛浩文譯介蕭紅，對於外國學者認識蕭紅，亦功不可沒。德國漢學家顧彬嘗言：「沒有葛浩文，德文版的蕭紅是不可能出版的[⋯⋯]他來德國開會，給我們打開了一扇門，蕭紅的門，然後，我和我的學生開始翻譯蕭紅，我們翻譯了蕭紅所有的作

式，從「評傳」角度強調蕭紅研究中主（作家）客（作品）並行的研讀方法，改變了上世紀八十年代初對蕭紅過於「印象式」（作品）、「私人化」（作家）的批評；直至近期則以續寫《馬伯樂》令蕭紅再次「重現」文壇，並且對蕭紅研究以至中國當代文學批評帶來新的啟發。無論像莫言式的「出口」，還是蕭紅式的「內轉」，都有助促進現當代文學界的中外互動、交流。葛浩文對於中國文學全球化的貢獻，實在毋庸多贅，本文僅以個人對蕭紅研究的一點觀察，聊加析述而已。

---

品。」見〈葛浩文續寫蕭紅遺作，馬伯樂成愛國者〉，《文化視野》第28期（2018年），頁39。

# 漢魏詩歌研究又一途
## ——論宇文所安《中國早期古典詩歌的生成》

伍梓均

## 提要

　　宇文所安的《中國早期古典詩歌的生成》採取一種與中國學者截然不同的研究方法論析漢魏詩歌，旨在討論早期詩歌的內部生成機制，集中論述漢魏詩歌在六朝時期的經典化過程，以及提出詩歌雷同現象與「詩歌材料庫」之關係。本文意在評析該書在研究方法和觀點兩方面的得失，反思漢學家之於中國古代文學研究之優劣。首先指出宇文氏在研究方法上將漢魏詩歌視為共時創作在論述時的前後矛盾，另一方面則認為所提出「詩歌材料庫」尚未能完滿解釋漢魏詩歌的雷同現象，即漢魏詩歌與日常語言、散文語言的界限含混，並沒有固定的材料庫。

## 作者簡介

　　上海復旦大學中國古代文學研究中心（古籍整理研究所）研究生，中國古代文學研究方向。研究範疇為魏晉南北朝時期文學研究，研究興趣包括王粲研究、建安七子文學及文獻研究、謝靈運思想及文學研究

等，研究方法注重實證和理論結合，關注中國中古時期文獻變化及文學演變之關係。曾任中學導師，教授中國語文科。

## 關鍵詞

宇文所安、漢學、範式

## 一、序言

美國漢學家宇文所安（Stephen Owen，1946-），以唐詩研究在學界廣為人所知，著有《初唐詩》、《盛唐詩》、《中國「中世紀」的終結——中唐文學文化論集》和《晚唐：九世紀中葉的中國詩歌（827-860）》等書。[1]如果唐代文學系列專書依然採用以作家為論述的中心，那麼本文所討論的對象——《中國早期古典詩歌的生成》（*The Making of Early Chinese Classical Poetry*），[2]則是在研究方法上與前作截然不同。該書的討論範圍是漢魏詩歌，對象主要為樂府詩和無名氏古詩。書名稱為「生成」，是因為宇文所安在〈引言〉即聲明：「這本書展現了文學研究不那麼可愛的一個方面：研究詩歌的內在運作機制，以及它的斷片是如何被挑出來，組合成一個美麗的整體。」[3]在討論漢魏詩歌的運作機制這個大前提時，主要界定了兩個問題：第一是漢魏詩歌的經典化與六朝文人的建構；第二是漢魏詩歌的「詩歌材料庫」。

## 二、漢魏詩歌與六朝建構

此書主要圍繞漢魏詩歌進行討論，但是宇文所安明確指出，所謂的「漢魏」詩歌並不是完全等同於漢魏時期創作的詩歌，它們在保存和流播上乃受到六朝文人的「選擇」：

我們通常認定我們所讀的是「漢魏」詩歌，但我們實際上是無法直接接觸到那些所謂「漢魏」詩歌的：漫長的歷史歲月橫亙於我

---

[1]　美・宇文所安著，賈晉華譯：《初唐詩》（北京：生活・讀書・新知三聯書店，2004年）。宇文所安著，賈晉華譯：《盛唐詩》（北京：生活・讀書・新知三聯書店，2004年）。宇文所安著，陳引馳、陳磊譯：《中國「中世紀」的終結：中唐文學文化論集》（北京：生活・讀書・新知三聯書店，2006年）。宇文所安著，賈晉華、錢彥譯：《晚唐：九世紀中葉的中國詩歌（827-860）》（北京：生活・讀書・新知三聯書店，2011年）。

[2]　宇文所安著，胡秋蕾、王宇根、田曉菲譯：《中國早期古典詩歌的生成》（北京：生活・讀書・新知三聯書店，2014年）。

[3]　同前注，頁24。

們和那個時代之間，而充當中介的，則是五世紀末和六世紀初那個特殊的文人群體，他們身處建康，南朝的首都。[……]這也就是說，我們對早期古典詩歌直到三世紀晚期的理解，是經由兩個世紀之後一個具有不同文化特質的時代的中介而得到的。[4]

宇文氏所言極是，最明顯的例子就是《古詩十九首》的定型是在《文選》的時代所決定的，從現存「古詩」來看，這批詩歌的數量遠不止十九首，但是經由《文選》的編撰，確定「古詩十九首」之名。除了《文選》和《玉臺新詠》將之收錄外，鍾嶸《詩品》更是將「古詩」評為上品。[5]另一個經典化的做法是將「古詩」的產生時間限定在漢代，並且將部分作品繫名在李陵、蘇武、班婕好、班固和張衡等人身上，結果就會出現一個有趣的現象：這些繫名在李陵、蘇武之下的詩作，其詩學價值並不在於其詩歌作品本身，而是來源其「古」，也就是年代久遠，可被視為五言詩大盛的建安時代之前奏。後世讀者當然難以判斷齊梁文人是否為了建構五言詩的發展脈絡而把部分詩作安排在漢代，使得詩歌的流變似乎經歷了一個由古質向華麗過渡的階段，然而誠如宇文氏指出：能寫出華麗修辭的詩人也同樣可以寫出古質的詩句。[6]

這種論述乃是宇文氏研究唐前詩歌的基本立足點，他在〈瓠落的文學史〉同樣說道：

同時，我們也應該意識到我們現在的漢魏詩歌是後代編選者根據他們的文學趣味篩選過濾的：他們既決定保存什麼、不保存什麼，也刪削作品本身。這裡的問題不是我們失去了多少文本，更重要的是認識到後來一個十分不同的文化世界決定了哪一部分漢魏作品應該流傳。如果說得危言聳聽一點，我們根本就不擁有東漢和魏朝的詩歌；我們擁有的只是被南朝後期和初唐塑造出來的

---

4　同前注，頁27。
5　梁・鍾嶸著，曹旭集注：《詩品集注》（上海：上海古籍出版社，1996年），頁75。
6　宇文所安著，胡秋蕾、王宇根、田曉菲譯：《中國早期古典詩歌的生成》，頁61-65。

東漢和魏朝的詩歌。[7]

於是，在研究漢魏詩歌時，就不能不回到產生「漢魏」詩歌的語境，也就是「六朝」。齊梁文人的文學趣味和史學價值會影響這些選集的編撰，而保存在這些選本中的詩歌很大程度上影響了後世讀者如何觀看漢魏。如果沒有意識到這種中介的存在，而僅僅把《古詩十九首》納入現實主義之中，再把漢代歷史與詩歌內容相互匹配，則不免落入研究的循環論證。事實上，宇文所安的這種論述策略明顯受到解構主義的浸潤，從而與中國學者的研究分道揚鑣。縱觀中國學者的漢魏詩歌研究，僅以《古詩十九首》為例，研究的重心乃是以知人論世的方法探尋作者和考證時代，但每種推論似乎都難以自圓其說；又或者是由於資料稀缺而形成的巨大闡釋空間，使得每種解釋看似合理而又能夠並行不悖。舉例來說，關於創作年代的討論，即有東漢說和兩漢說等多種主張。例如：

> 梁啟超《中國之美文及其歷史》：「我認為要解決這一票詩時代，須先認一個假定，即『古詩十九首』這票東西，雖不是一個人所作，卻是一個時代，──先後不過數十年間所作，斷不會西漢初人有幾首，東漢初人又有幾首，東漢末人又有幾首。因為這十幾首詩體格韻味都大略相同，確是一時代詩風之表現。」[8]

> 馬茂元《古詩十九首初探》：「從文學發展的角度來看，綜合現存的漢代詩歌來看，不到東漢末期，沒有而且也不可能出現像《古詩十九首》這樣成熟的五言詩。」[9]

> 隋樹森《古詩十九首集釋》：「把《古詩十九首》都認為西漢以後的作品，既是沒有理由的，那麼它究竟是什麼時候的產物呢？

[7] 宇文所安著，田曉菲譯：〈瓠落的文學史〉，《他山的石頭記——宇文所安自選集》（南京：江蘇人民出版社，2003年），頁19。

[8] 梁啟超：《中國之美文及其歷史》，載陳引馳、周興陸主編：《民國詩歌史著集成》（天津：南開大學出版社，2015年，複印民國二十五年上海中華書局版），頁116。

[9] 馬茂元：《古詩十九首初探》（西安：陝西人民出版社，1981年），頁8。

> 我覺得還是把它認為出於兩漢無名氏之手，較為妥當。［……］
> 《十九首》中雖有西漢之詩，卻也有東漢人所作者。」[10]

梁啟超和隋樹森雖然同樣採用了字句的考證和年代的避諱等方法論證《古詩十九首》所產生的年代，卻得出幾乎完全不同的結論。這種考據和索隱派的努力當然值得重視，然而宇文所安此書所提供的思路，可稱另闢蹊徑，主張放棄鑽研一個難以尋求終極答案的問題，而改為思考：「給予一首詩不同的作者到底會產生什麼不同的意義？」[11]例如，《古詩十九首》中的第一首〈行行重行行〉，在其得以定型的《文選》中，並無說明作者為何人，但是在稍後的《玉臺新詠》中，卻署名為漢代枚乘所作，為其〈雜詩〉其三。把某篇作品標示為「無名氏」或是一流作者（如曹植），或是次等作者（如枚乘），皆有一種編撰意識的介入，《古詩十九首》的經典化也得以完成。[12]

編撰意識的介入，或許是研究漢魏詩歌一個不可迴避的角度。舉例來說，曹丕的〈折楊柳行〉，此詩見於《宋書·樂志》，共二十四句，《樂府詩集》卷三十七〈相和歌辭十三〉與此同，作者為曹丕，詩題作〈折楊柳行〉。李善在《文選》卷二十二沈休文〈宿東園〉「若蒙西山藥，頹齡儻能度」句下注八句，無說明詩題。《藝文類聚》卷七十八〈靈異部上·仙道〉引十二句，著錄為魏文帝〈遊仙詩〉。《初學記》卷五〈地部上·揔載山第二〉在「五女兩童」條下注引四句，作魏文帝〈登山望遠詩〉。《白氏六帖》在卷九〈藥三十〉「一丸」下引二句，作「魏文帝詩」。又，《白氏六帖》卷二十六〈丹藥第五十三〉「一丸五色」條下注：「古詩云：『與我一丸藥，光輝有五色。服之四五日，身體生羽翼。』」《太平御覽》卷九百八十四《藥部一·藥》收錄八

---

[10] 隋樹森：《古詩十九首集釋》（北京：中華書局，1957年），頁7-10。

[11] 宇文所安著，胡秋蕾、王宇根、田曉菲譯：《中國早期古典詩歌的生成》，頁259。

[12] 宇文所安在另一處解答了這個問題：「無名『古詩』排在最前面，接下來是李陵等有名姓的作者。無名詩作對當代作家和批評家們有磁石般的吸引力，他們肯定會想方設法為其找到比李陵更早的作者（除了那些相信其作於建安時期的人以外）。司馬相如曾服務於武帝，因此他顯得與李陵靠得有點兒太近了（儘管武帝在位時間之長可以拉開先後之時間距離）。這樣一來，西漢早期著名文人就只剩下賈誼和枚乘，二者之中，形象比較模糊的枚乘便成了更好的選擇。」宇文所安：《中國早期古典詩歌的生成》，頁54。

句，無說明詩題，作者為曹丕。同時《太平御覽》在卷四十五〈地部十・隆慮山〉引「西山有雙童，不饑亦不食」二句，亦無說明詩題，作者為曹丕。[13]僅以詩歌題目作為切入點，足見漢魏詩歌在後世的變化中呈現多種面貌。漢魏詩歌的保存，多見於類書或總集，然而類書的保存並不以保存「原貌」為目的，漢魏詩歌反而在類書的編撰體例下有所改變，進而影響後世如何理解漢魏詩歌，乃是編撰意識之介入所發揮的效應。有學者總結類書於詩歌題名的改變有以下幾種：一，類書在著錄題目時為了與所收錄詩歌的類部一致，增加或刪減詩歌題目；二，同一首歌因為歸類不同而使用不同題目；三，重新置換新題；四，刪去原題，只稱某某詩。[14]

如果說宇文所安在此書中實踐一種有別於中國學者的研究範式，那麼還需要追問，這種範式的可行性如何？可以說，宇文氏在全書中著意表現兩個時代觀照下的漢魏詩歌，並且主張把「漢魏」詩歌視為同一個語境下創作出來的作品，從而放棄追尋作者和年代等。然而，在論述的過程中，卻偶爾墮入了傳統敘事的泥淖中，而顯得論述策略前後矛盾。在第二章「早期詩歌的『語法』」中，宇文氏在分析離別詩有固定的搭配和程式時，認為在「音樂」的主題下，詩歌最後會出現化為飛鳥的願

---

[13] 梁・蕭統編，唐・李善注：《文選》（北京：中華書局，1977年，影印胡克家刻本）。蕭統編，五臣並李善注：《文選》（東京大學東洋文化研究所藏，奎章閣本電子掃描版）。蕭統編，李善、五臣注：《文選》，載《日本宮內廳書陵部藏宋元版漢籍選刊》編委會編：《日本宮內廳書陵部藏宋元版漢籍選刊》（上海：上海古籍出版社，2012年，贛州本影印版）。陳・徐陵編（一說陳・張麗華編），吳冠文、談蓓芳、章培恆匯校：《玉臺新詠匯校》，（上海：上海古籍出版社，2016年）。唐・白居易撰：《白氏六帖》，載董治安主編：《唐代四大類書》（北京：清華大學出版社，2003年，一九三三年吳興張芹伯影印南宋紹興間明州刻本影印版）。唐・歐陽詢撰：《宋本藝文類聚》（上海：上海古籍出版社，2013年，宋紹興刻本影印版）。唐・徐堅等撰：《初學記》，載《日本宮內廳書陵部藏宋元版漢籍選刊》編委會編：《日本宮內廳書陵部藏宋元版漢籍選刊》（上海：上海古籍出版社，2012年，南京紹興十七年丁卯余四十三郎宅刻本影印版）。唐・虞世南編，清・孔廣陶注：《北堂書鈔》，載董治安主編：《唐代四大類書》（北京：清華大學出版社，2003年，清光緒十四年南海孔廣陶三十有三萬卷堂校注重刻陶宗儀鈔宋本影印版）。宋・郭茂倩：《樂府詩集》，（北京：人民文學出版社，2010年，傅增湘藏宋本《樂府詩集》影印本）。宋・李昉等撰：《太平御覽》，載《日本宮內廳書陵部藏宋元版漢籍選刊》編委會編：《日本宮內廳書陵部藏宋元版漢籍選刊》（上海：上海古籍出版社，2012年，日本宮內廳書陵部藏南宋慶元間蜀刻本）。

[14] 陸路：〈先唐詩歌流傳過程中題名變化考論〉，《學術月刊》（2017年1月），頁125-136。

望，但也有一些例外，即沒有音樂的主題依然有化為飛鳥的願望，並援引徐幹（一說作者為曹丕）的〈於清河見挽船士新婚與妻別〉為例加以說明。認為該詩最後六句「不悲身遷移，但惜歲月馳。歲月無窮極，會合安可知。願為雙黃鵠，比翼戲清池」，是「有可能關於對一首的確提到音樂的某一具體詩歌文本的語言記憶」，即是對《古詩十九首》其五的「不惜歌者苦，但傷知音稀。願為雙鴻鵠，奮翅起高飛」有所回應。進而推論徐幹詩與《古詩十九首》乃是「似乎並不是對共用詩歌材料中的主題和話題的一種實現方式，而是對一個具體而獨特的文本序列的記憶」。[15]然而，如果認為《古詩十九首》對徐幹詩產生文本記憶，即默認《古詩十九首》產生的年代先於建安時期的徐幹詩，便與宇文氏在本書中所認為的「共時」說法相互抵觸。所謂「共時」，宇文氏如是解釋：

> 一旦我們掌握了早期詩歌作為虛擬詩歌材料（正如語法是「虛擬」的一樣）的重要性，就會從根本上改變我們閱讀早期詩歌的方式。學者們一直傾向於把這些早期詩歌文本看作是獨特的穩定的，因此可以對它們按照創作年代先後進行比較，比如學者常說詩歌Y借用或改寫了詩歌X中的詩句（前提是X出現在Y之前）。但如果一個三世紀詩人創作了某一主題的又一個「版本」，他很可能不是在響應任何一個更早的特定文本，而只是採用了一系列共用的話題和變體的程式。因此，我們想要真正理解早期詩歌，不應該試圖尋找「前例」，而應該檢視現存文本中的共同之處。[16]

可以說，中國學者致力於漢魏詩歌的年代排序有助於形成研究上的穩定，而宇文氏意圖消解這種穩定性，但卻在某些片斷中向傳統敘事靠攏，而不免形成了論述上的混亂。簡言之，這種研究範式的形成無疑開拓了漢魏詩歌的研究路數，但在實踐上卻不甚容易。

---

[15] 宇文所安著，胡秋蕾、王宇根、田曉菲譯：《中國早期古典詩歌的生成》，頁147-149。
[16] 同前注，頁121。

## 三、雷同現象與「詩歌材料庫」

　　《中國早期古典詩歌的生成》一書更為重要的創見是闡述了「詩歌材料庫」這個概念，但本文認為此說法難以成立。值得肯定的是，「詩歌材料庫」乃是以語言學的標準討論文學性的詩歌，這種想法雖已然見於中國古典文學理論或是現當代文學作品中，譬如《文心雕龍》即有〈聲律〉、〈章句〉、〈麗辭〉、〈比興〉和〈練字〉等章，但其重要性遠不及開首的〈原道〉、〈徵聖〉和〈宗經〉，可見對文學思想的討論遠比文學技巧更為重要。至於現當代文學作品，無論是語言學或是敘事學等文學理論的介入，皆可有效論析白話作品的文學語言。唯有古典詩歌一類，尤其是討論漢魏詩歌的專書，在數量和質量上都難以令人滿意。可以說，宇文所安此書的出現，正是在某程度上補充了這一研究領域的空白。

　　宇文所安所提出的「詩歌材料庫」，其核心是「共用」，不把漢魏詩歌按照年代排序，也沒有所謂的「用典」：

> 可以把早期詩歌看作「同一種詩歌」，一個統一體，而不是一系列或被經典化或被忽略的文本。這個詩歌系統中，有其重複出現的主題，相對穩定的段落和句式，以及它特有描寫步驟。[17]

又說：

> 我們完全可以相信早期詩歌遠遠多於現在被保存下來的。除了少數贈答詩和呈給曹操和曹丕的詩以外，我們無法得知在這一時期，哪些人聽到或讀到過哪一首別人的詩。如果一首現存的詩的確是響應某一首同時代的詩，那首原詩也很可能不復存在。對於稍晚時期的中國詩歌來說十分重要的「互文性」在這裡通常無法

---

[17] 同前注，頁78。

成立，甚至是無關緊要的。一個詩人不需要考慮之前的任何一首具體的詩歌，因為他讀過或聽過很多「同一類型」詩歌，熟知很多遵循某種程式的詩句。就和語言習得一樣，很多具體的語言表述累積起來，就會指向一系列的語言可能性、規則和習慣。[18]

關於這個現象，宇文氏以東漢〈費鳳別碑詩〉中的「道阻而且長」為例加以說明。他說，此句和《古詩十九首》其一的「道路阻且長」近乎完全相同，而這兩句又是《詩經·秦風·蒹葭》「道阻且長」的拓展。宇文所安反對上述〈費鳳別碑詩〉和《古詩十九首》的詩句是對《詩經》的「用典」，而應該理解為「套語」。他稱，這種情況只能稱為「習慣性引用語」，也就是說，當一個句子脫離了原始的語境時，是可以被應用於任何場合，這不僅繼承了《詩經》「斷章取義」的傳統，而且《詩經》在東漢乃是作為口頭誦讀和表演的文本，並非後世所認為的經典文本，這也就意味著，〈費鳳別碑詩〉和《古詩十九首》的作者化用《詩經》之句並不見得就是學識淵博之人。在此「套語」的基礎上，不同詩作可以有不同「變體」，例如曹植〈送應氏二首〉其二的「山川阻且遠，別促會日長」便是模仿了《古詩十九首》「道路阻且長，會面安可知」的結構。西晉詩人則進一步，對此「套語」進行擴充，例如「懸邈修途遠，山川阻且深」（張華〈情詩〉）、「故鄉一何曠，山川阻且難」（陸機〈擬涉江采芙蓉〉），都是將一句擴充為兩句或以上的例子。有些學者認為上述所引諸句都是對《古詩十九首》「道路阻且長」的模仿，但宇文所安持相反意見，並說：

> 這一時期（指漢魏時期，筆者注）的詩歌，是一個流動的共用詩歌材料庫的部分，而這個共用的詩歌材料庫由可以被不同方式實現的聯繫鬆散的話題和程式句組成。這個話題和聯繫的網絡超過了任何特定實現方式。[19]

---

[18] 同前注，頁17。
[19] 同前注，頁83。

　　簡而論之，「主題」就是「話題」發展的中心。宇文所安援引「夜不能寐」這個主題加以說明，在漢魏詩歌中，最著名的兩個例子就是《古詩十九首》其十九中的「憂愁不能寐，攬衣起徘徊」和阮籍〈詠懷〉其一的「夜中不能寐，起坐彈鳴琴」。在這個主題下，宇文所安歸納了圍繞於此的若干話題，即著衣（攬衣）、徘徊、明月、清風、鳥鳴、彈琴（或弦歌）。宇文所安的解釋同樣饒有趣味：

> 雖然這些大多是三世紀不眠人意料之中的平常事，另外一些失眠時同樣平常的反應卻沒有被包括在內。詩歌傳統可能基於現實的經驗，但是它還是有獨立的文學的生命：只要有月亮，就一定是明月，從來不會是月牙甚至不會是半月；在這一時期，詩人從來不在雨夜失眠；季節往往是秋天；詩人必定獨守空床。失眠詩的敘述者永遠是孤獨一人。因此這一主題常常和另外一個人的缺席聯繫在一起，有時表現的是不眠的女子思念愛人。[20]

　　縱觀漢魏詩歌，宇文氏所言頗對。宇文所安在後文提到，這種重複雷同的詩句，或許並不是真正表示詩人就是「夜不能寐」，而只是把「夜不能寐」作為表達愁思的手段之一，而為了加強這種感覺，又一併觸及到了明月、清風等諸多容易讓讀者理解的因素。

　　宇文氏所說的詩歌雷同現象，中國學者亦有關注，部分結論有所相似，例如趙敏俐等人所著《中國古代歌詩研究——從《詩經》到元曲的藝術生產史》，認為漢代樂府歌詩出現相同或相近詩句有兩個原因：第一，演唱中會常用一些套語或祝頌語，例如〈艷歌何嘗行〉（飛來雙白鵠）和〈白頭吟〉都有「延年萬歲期」之句；第二，是一些歌辭經過多次演唱成為典型形式。[21] 在此之外，葛曉音《先秦漢魏六朝詩歌體式研究》以詩歌體式的演變解釋這一雷同現象。[22] 葛氏認為，漢代五言詩的

---

20　同前注，頁85。
21　趙敏俐、吳相洲、劉懷榮等：《中國古代歌詩研究——從〈詩經〉到元曲的藝術生產史》（北京：北京大學出版社，2005年），頁252。
22　與會學者香港公開大學人文社會科學院唐梓彬博士於此有所補充，特此致謝。

生成是為了適應二三節奏的句式，而這個句式只能從先秦四言現成句子
中添加虛字，例如上文談到的〈費鳳別碑詩〉，就是從《詩經》的句式
上加以發展：

> 全詩五言主要有幾種成分：一是二×二結構，如：「思賢以自
> 輔」、「白駒以蔽阻」、「爰止其師旅」、「弱者以仁撫」、
> 「功訓而特紀」、「暮月而致道」、「中表之恩情」、「兄弟同
> 甥舅」、「樂松之茂好」、「藏形而匿影」、「道阻而且長」、
> 「搴裳而涉洧」、「惴惴之臨穴」、「剝裂而不已」等，這些句
> 式中的虛字×大多數都加得很生硬，其中還用了一些《詩經》裡
> 的四言句，但也恰好說明二×二節奏是五言句節奏的一個重要來
> 源。[……][23]

　　葛氏採取一個歷時性的詩歌變化角度考察，宇文所安則認為漢魏
詩歌是在一個共時性的語料庫中，二者研究方法和結論不盡相同，但是
依然採取了一種循文獻資料作為問題論述基礎之討論方法。那麼，倘若
宇文所安論述成立的話，那麼關於漢魏詩歌的文學史定論也會動搖。關
於漢魏詩歌，尤其是魏晉時期的作品，此時期之所以與其它時代的作品
不盡相同，乃在於其「人的自覺」和「文學自覺」這兩個概念。關於前
者，是指魏晉作家突破了漢代儒家視角的藩籬，不僅融入了老莊、佛道
的內容，而且在思想解放的時候也得以生成其他類別的詩歌，例如遊仙
詩和山水詩等。至於後者，則是自曹丕提出「文章乃經國之大業，不朽
之盛事」一說，把文學視為與政治相等重要的程度。可是循著宇文所安
的論述，可輕易得知曹植、阮籍這些重要作家，所謂「人的自覺」只是
在利用一個共時的「詩歌材料庫」中擇取材料創作，雖然他們的作品在
修辭或是話題的編排上有所突破，但是畢竟還是在一種共通的語境下創
作，也就失去了所謂詩人的獨立性和獨特性。作家之於作品的生成並不
顯得那麼重要，而這在很大程度上改變了文學史的固定論述。

---

[23]　葛曉音：《先秦漢魏六朝詩歌體式研究》（北京：北京大學出版社，2012年），頁294。

　　然而，倘若漢魏詩歌相對於南北朝以降的詩歌而言較直白，這很有可能顯示漢魏詩歌的創作時建基於「日常語言」而來。宇文所安所提出的「詩歌材料庫」，此前提是當時必須會有一個「詩歌語言」的概念存在，而「詩歌語言」又具備相對於「日常語言」更典雅、曲折的特徵。可是，如果我們從《古詩十九首》的面貌看來，「詩歌語言」的概念似乎是不能成立。明代謝榛即有一段關於《古詩十九首》語言的論斷可移錄如下：

> 《古詩十九首》，平平道出，且無用功字面，若秀才對朋友說家常話，略不作意。如「客從遠方來，寄我雙鯉魚。呼童烹鯉魚，中有尺素書」是也。[……]官話使力，家常話省力；官話勉然，家常話自然。[24]

謝榛僅以「家常話」概述《古詩十九首》的語言特徵。事實上，漢魏詩歌的文字運用不見得和當時的散文語言有很大區別，所以葛兆光說：「詩與文之間的區別只在於文無韻而詩有韻，文多虛字而詩少虛字，文句不齊而詩句齊，只不過人們在讀詩時先存了個『詩』的念頭，所以便在心裡把它讀出了詩歌節奏而已。」[25]葛兆光便以漢樂府〈長歌行〉末四句為例說明詩性語言和散文語言的分別：

> 詩性語言：百川東到海，何時復西歸？少壯不努力，老大乃傷悲。
> 散文語言：百川東到海，何時復西歸耶？少壯若不努力，老大乃傷悲矣。[26]

葛兆光把原本漢樂府的詩句加上虛詞就成了散文句，不難看出漢魏時期的詩歌語言和散文語言（日常語言）的差距非常細微。如果僅僅以此就

24　明・謝榛：《四溟詩話》卷三，載清・丁福保輯：《歷代詩話續編》（北京：中華書局，1983年），頁1178。
25　葛兆光：《漢字的魔方：中國古典詩歌語言學札記》（上海：復旦大學出版社，2016年），頁57。
26　同前注，頁58。

認為詩歌語言存在，則不免牽強。本文認為，漢魏詩歌的創作當是對日常語言的應用，如果有一個「詩歌材料庫」存在的話，那麼放在這個材料庫的內容應該是日常語言，且不見得有「邊界」存在。

值得說明的是，這種語言界限的混雜，不只是漢魏時期，即便延至東晉也同樣如此，這可以東晉的「蘭亭詩」為例加以說明。「蘭亭詩」乃是指東晉永和九年（公元353年）三月三日，王羲之與友人謝安、孫綽等親朋聚會於蘭亭，行修禊之禮，並飲酒賦詩。關於這場聚會，王羲之在〈三月三日蘭亭詩序〉描寫了會稽蘭亭的美景：

> <u>此地有崇山峻嶺，茂林修竹。又有清流激湍，映帶左右，引以為流觴曲水。</u>列坐其次，雖無絲竹管弦之盛，一觴一詠，亦足以暢敘幽情。是日也，天朗氣清，惠風和暢。仰觀宇宙之大，俯察品類之盛，所以游目騁懷，足以極視聽之娛，信可樂也！（下劃線為筆者所加，下同。）[27]

孫綽的〈三月三日蘭亭詩序〉，一般認為是「後序」，同樣有描述當時的景色：

> 以暮春之始，禊於南澗之濱，<u>高嶺千尋，長湖萬頃，隆屈澄汪之勢，可為壯矣。乃席芳草，鏡清流，覽卉木，觀魚鳥，具物同榮，資生咸暢。</u>於是和以醇醪，齊以達觀，決然兀矣，焉復覺鵬鷃二物哉！耀靈縱響，急景西邁，樂與時去，悲亦繫之。往復推移，新故相換，今日之跡，明復陳矣。原詩人之致興，諒歌詠之有由。[28]

下劃線的部分是兩人提到的地理環境，都有明媚的山光水色，以及茂盛的植物和嬉鬧的魚鳥。可以說，保存下來的蘭亭詩大多在山水描寫上有

---

[27] 清・嚴可均：《全上古三代秦漢三國六朝文》（北京：商務印書館，1999年），頁257-258。

[28] 同前注，頁638。

高度的一致性，比如描寫「竹」：

修竹陰沼，旋瀬縈丘。（孫綽〈蘭亭詩二首〉其一）
鶯語吟修竹，遊鱗戲瀾濤。（孫綽〈蘭亭詩二首〉其二）
青蘿翳岫，修竹冠岑。（謝萬〈蘭亭詩二首〉其一）
回沼激中逵，疏竹間修桐。（孫統〈蘭亭詩二首〉其二）
松竹挺岩崖，幽澗激清流。（王玄之〈蘭亭詩〉）[29]

孫綽的兩首詩和謝萬詩直接挪用了王羲之在〈三月三日蘭亭詩序〉所說的「修竹」，指高大挺拔的竹子。孫統詩和王玄之所寫的竹子雖然有所變化，但在寫法上依然類似。這種寫景的雷同還可以描寫「水」為例子加以說明：

穿池激湍，連濫觴舟。（孫綽〈蘭亭詩二首〉其一）
激水流芳醪，豁爾累心散。（袁嶠之〈蘭亭詩二首〉其二）
流風拂枉渚，停雲蔭九皋。（孫綽〈蘭亭詩二首〉其二）
回沼激中逵，疏竹間修桐。（孫統〈蘭亭詩二首〉其二）
吟詠曲水瀨，淥波轉素鱗。（王肅之〈蘭亭詩二首〉其二）
蹤觴何所適，回波縈遊鱗。（謝繹〈蘭亭詩〉）[30]

前兩則例子的「激湍」和「激水」與王羲之所說的「清流激湍」或者是孫綽所說的「隆屈澄汪之勢」之意無異。後四者的「枉渚」、「回沼」、「曲水瀨」、「回波」也與王羲之所言的「曲水」相似。可以補充的是，今人所見的蘭亭集會作品，創作時間應該是詩歌在前而序文在後，但是詩歌所用的物象和散文幾乎一致，可見在詩歌的經營上尚不是十分用力，這當然也從另一個層面說明了詩歌語言並非只是一種獨立文

---

[29] 逯欽立：《先秦漢魏晉南北朝詩》，（北京：中華書局，2017年），頁901、906、907、911。按：孫綽詩在《詩紀》作〈右司馬孫綽二首〉，謝萬詩作〈司徒左西屬謝萬二首〉，孫統詩作〈前餘杭令孫統二首〉。
[30] 同前注，頁901、907、911、913、916。按：張繹詩《詩紀》作〈郡五官張繹〉。

體，它在語言上仍與其他文體有所交涉。

## 四、餘論：範式的成立

　　毋庸諱言，宇文所安的文本解讀方面尚有瑕疵，也是宇文氏系列研究專書的通病。[31]比如說，在「詩歌材料庫」之下，宇文所安尚有「修辭等級」之說，即一種簡單、質樸和複雜、文雅語言風格之間的分野。然而宇文氏對此概念的解說卻語焉不詳，舉例來說，〈李陵錄別詩組詩〉中有「何況雙飛龍，羽翼臨當乖」兩句，和《古詩十九首》其一的「胡馬依北風，越鳥巢南枝」之句比較後，宇文氏即認為「我們首先看到兩種普通禽獸（來自『低俗的』詩歌傳統）為離別而傷心的例子（筆著注：此處指『胡馬』和『越鳥』）；禽獸中的精英，『飛龍』，對離別理所當然地有著更加強烈的情感；而我們人類只有在『飛龍』的例子中才能找到與自身境遇最相稱的比喻。」[32]此番解說尚能理解，畢竟飛龍相對於馬和鳥都是罕見的傳說動物，其修辭等級較高也能理解。但是再分析另一首李陵別詩時，卻認為「轅馬顧悲鳴，五步一徘徊」中「轅馬在分別時的悲鳴是相對高級的形象」，[33]這種論斷實在難以令人信服，「轅馬」和「胡馬」之間的修辭等級差距何在，宇文所安並沒有進一步交代。再如談到陸機的擬詩時，稱陸機〈擬東城一何高〉的「蕙葉憑林衰」在修辭的等級上高於原作《古詩十九首》其十二中的「秋草萋已綠」。[34]這種判斷從何而來，所根據的標準為何，這種粗略討論問題的策略不免形成了很多研究問題上的空白，也因此削減了其論述的力度。

---

[31] 例如莫礪鋒指出宇文所安在文本解讀上不甚理想：「另一種失誤也影響了宇文通過文本而達到正確的結論，那就是對詩意求解過深而流於穿鑿附會。[……]可惜宇文避開了中國學者容易陷入的過於求索詩歌的政治寓意的陷阱，卻沒有留神西方學者容易陷入的另一類陷阱——對詩歌的字句作過分複雜的推敲，從而能殊途同歸地導向了穿鑿附會。」見莫礪鋒：〈論宇文所安的《初唐詩》、《盛唐詩》〉，《唐宋詩歌論集》（南京：鳳凰出版社，2007年），頁115。

[32] 宇文所安著，胡秋蕾、王宇根、田曉菲譯：《中國早期古典詩歌的生成》，頁117。

[33] 同前注，頁119。

[34] 同前注，頁318。

　　本文所提出關於宇文所安的研究範式，乃放在一種與中國學者對立的角度視之，這是因為研究的進路不盡相同所致，但是宇文所安對漢學家和中國學者的文獻學運用之理解，卻認為是殊途同歸：

> 　　我希望中國學者不要再把海外漢學研究視作「理論」。海外漢學有一個源遠流長而且依然精力充沛的文獻學、考證學傳統。我最初就是在這一傳統中接受訓練的。當前的海外漢學與中國本土實踐的不同，與「文化差異」毫無關係：十九世紀和二十世紀初期歐洲的文獻學、考證學實踐與中國當下的研究實踐基本上一模一樣。然而，已經一百多年過去了，時至今日，歐洲文獻學、考證學的實踐已經全然改觀。海外漢學和本土漢學之間的差異是歷史的，而非文化的。[35]

　　宇文氏所論，當然是為了捍衛海外漢學的地位，綜觀《中國早期古典詩歌生成》一書，文獻學之利用乃是討論問題的基礎，這一點確實與中國學者的做法相似。然而在上文的討論中，可知雖然漢學家與中國學者的研究方法類似，但是迥異的結論顯示了研究範式之區別。

　　總結而言，《中國早期古典詩歌的生成》一書乃是以一種偏至的努力拓寬了漢魏詩歌研究的路數，此種研究的範式雖然未見得貫串於全書而不免有些遺憾，部分觀點也有值得商榷之處，但其嘗試突破傳統研究藩籬的勇氣和努力，當值得重視和稱讚。

---

[35] 宇文所安：〈關於「文獻學」〉，載傅剛主編：《中國古典文獻的閱讀與理解——中美學者「鬱門對話」集》（北京：北京大學出版社，2017年），頁13。

# 參考文獻

## 一、傳統文獻

梁·蕭統編，唐·李善注：《文選》（北京：中華書局，1977年，影印胡克家刻本）。

梁·蕭統編，唐·五臣並李善注：《文選》（東京大學東洋文化研究所藏，奎章閣本電子掃描版）。

梁·蕭統編，唐·李善、五臣注：《文選》，載《日本宮內廳書陵部藏宋元版漢籍選刊》編委會編：《日本宮內廳書陵部藏宋元版漢籍選刊》（上海：上海古籍出版社，2012年，贛州本影印版）。

梁·蕭統編，唐·李善等注：《六臣注文選》（北京：中華書局，2016年）。

梁·鍾嶸著，曹旭集注：《詩品集注》（上海：上海古籍出版社，1996年）。

梁·劉勰著，詹鍈義證：《文心雕龍義證》（上海：上海古籍出版社，2013年）。

陳·徐陵編（一說張麗華編），吳冠文、談蓓芳、章培恒匯校：《玉臺新詠匯校》，（上海：上海古籍出版社，2016年）。

唐·白居易撰：《白氏六帖》，載董治安主編：《唐代四大類書》（北京：清華大學出版社，2003年，一九三三年吳興張芹伯影印南宋紹興間明州刻本影印版）。

唐·歐陽詢撰：《宋本藝文類聚》（上海：上海古籍出版社，2013年，宋紹興刻本影印版）。

唐·徐堅等撰：《初學記》，載《日本宮內廳書陵部藏宋元版漢籍選刊》編委會編：《日本宮內廳書陵部藏宋元版漢籍選刊》（上海：上海古籍出版社，2012年，南宋紹興十七年丁卯余四十三郎宅刻本影印版）。

唐·虞世南編，清·孔廣陶校注：《北堂書鈔》，載董治安主編：《唐代四大類書》（北京：清華大學出版社，2003年，清光緒十四年南海孔廣陶三十有三萬卷堂校注重刻陶宗儀鈔宋本影印版）。

宋·司馬光：《資治通鑑》（北京：中華書局，1956年）。

宋·郭茂倩：《樂府詩集》，（北京：人民文學出版社，2010年，傅增湘藏宋本《樂府詩集》影印本）。

宋·李昉等撰：《太平御覽》，載《日本宮內廳書陵部藏宋元版漢籍選刊》編委會編：《日本宮內廳書陵部藏宋元版漢籍選刊》（上海：上海古籍出版社，2012年，日本宮內廳書陵部藏南宋慶元間蜀刻本）。

清·丁福保輯：《歷代詩話續編》（北京：中華書局，1983年）。

清·嚴可均：《全上古三代秦漢三國六朝文》（北京：商務印書館，1999年）。

## 二、近人論著

陳引馳、周興陸主編：《民國詩歌史著集成》（天津：南開大學出版社，2015年）。

傅剛主編：《中國古典文獻的閱讀與理解——中美學者「黌門對話」集》（北京：北京大學出版社，2017年）。

葛曉音：《先秦漢魏六朝詩歌體式研究》（北京：北京大學出版社，2012年）。

葛兆光：《漢字的魔方：中國古典詩歌語言學札記》（上海：復旦大學出版社，2016年）。

陸路：〈先唐詩歌流傳過程中題名變化考論〉，《學術月刊》（2017年1月），頁125-136。

逯欽立：《先秦漢魏晉南北朝詩》，（北京：中華書局，2017年）。

馬茂元：《古詩十九首初探》（西安：陝西人民出版社，1981年）。

莫礪鋒：《唐宋詩歌論集》（南京：鳳凰出版社，2007年）。

隋樹森：《古詩十九首集釋》（北京：中華書局，1957年）。

徐公持：《魏晉文學史》（北京：人民文學出版社，1999年）。

徐艷師：《中國中世文學思想史──以文學語言觀念的發展為中心》（上海：上海古籍出版社，2012年）。

宇文所安著，賈晉華譯：《初唐詩》（北京：生活‧讀書‧新知三聯書店，2004年）。

宇文所安著，賈晉華譯：《盛唐詩》（北京：生活‧讀書‧新知三聯書店，2004年）。

宇文所安著，陳引馳、陳磊譯：《中國「中世紀」的終結：中唐文學文化論集》（北京：生活‧讀書‧新知三聯書店，2006年）。

宇文所安著，賈晉華、錢彥譯：《晚唐：九世紀中葉的中國詩歌（827-860）》（北京：生活‧讀書‧新知三聯書店，2011年）。

宇文所安著，胡秋蕾、王宇根、田曉菲譯：《中國早期古典詩歌的生成》（北京：生活‧讀書‧新知三聯書店，2014年）。

宇文所安著，田曉菲譯：〈瓠落的文學史〉，《他山的石頭記──宇文所安自選集》（南京：江蘇人民出版社，2003年）。

趙敏俐、吳相洲、劉懷榮等著：《中國古代歌詩研究──從〈詩經〉到元曲的藝術生產史》（北京：北京大學出版社，2005年）。

朱自清：《詩言志辯》（上海：上海古籍出版社，1998年）。

# 析論理雅各《孟子譯注》對漢學研究的重要性

## 梁鑑洪

## 提要

　　理雅各（James Legge）是從英國來華的傳教士，也是近代英國著名漢學家，《孟子》其人其書都被理氏推崇備至。從《孟子譯注》英語本體例剖析其重要性；理雅各《孟子譯注》有1861年、1875年、1895年三個版本。1861年版與1895年版體例相近，包括學術性序言、中文原文、英文譯文，學術性注釋。1875年版則是全英文版，網羅一般讀者與學術研究的讀者群。從《孟子》英語譯注本引用文獻剖析其重要性；理氏《孟子》英語譯注本徵引的中國古代文獻共四十一種，遍及經史子集四部，足證此譯注學術水平極高，也可考見理氏把《孟子》與先秦儒家經典看作一整體。從《孟子譯注》的譯注互補例剖析其重要性；西方人士對中國歷史事件、人物生平、字音字義、地理名物等，需要藉譯注互補方式以助理解。

## 作者簡介

　　畢業於樹仁大學中國語言文學系，後於香港中文大學取得碩士學位。並於華中師範大學取得博士學位，博士論文是《理雅各〈孟子〉英譯本注引用儒家五經文獻考述》。亦曾於東南亞神學研究院修畢神學碩士課程。現任教於樹仁大學中國語言文學系，教授「大一國文」。研究興趣包括中國先秦經典、中國教會史、中國宗教、西教士漢學。曾發表論文〈析論理雅各《中國經典》對香港語言文化教育的意義〉，收於《中國語文教學新探》。

## 關鍵詞

理雅各、孟子、漢學、中國經典

## 一、序言

本文所講的漢學,是指西方學者對中國語言、文學、歷史、思想、文化的學術性研究而言。

理雅各(James Legge),1815年12月20日出生於蘇格蘭亞伯丁郡的漢德利城(Huntly)。[1]1837年進入聖公會的海伯雷神學院(Highbury Theological College)學習,接受了兩年神學訓練,被倫敦傳道差會派往馬六甲作傳教士,他與太太二人於1838年到達馬六甲,協助「英華書院」的教育工作,並且開始學習中文。[2]由此認識到把中國的《四書》、《五經》翻譯成英文的重要性。

1843年,理雅各奉命把英華書院遷到香港[3]。自此之後,就根據上述信念開始研究和英譯中國古代經典的工作。

《中國經典》初版分五卷,第一卷是《四書》上卷包括《論語》、《大學》、《中庸》,第二卷《四書》下卷《孟子》,同於1861年出版,第三卷是《書經》附《竹書紀年》於1865年出版,第四卷《詩經》於1871年出版,第五卷《春秋》與《左傳》於1872年出版。這套《中國經典》版本全是中英雙語對照本,有詳細的緒論和注釋。(見圖1-4)《中國經典》的英文全名是*The Chinese Classics. With a Translation, Critical and Exegetical Notes, Prolegomena, and Copious Indexes*。所以本文使用了《中國經典譯注》的名稱。

理雅各《中國經典譯注》的《四書》修訂出版,第一卷名為《孔子生平與思想》(*The Life and Teachings of Confucius*),於1867年出版,包括《論語》、《大學》、《中庸》的英譯本。第二卷名為《孟子生平與著作》(*The Life and Works of Mencius*),於1875年出版。這版本的《四書》

---

[1] 吉瑞德著,段懷清、周俐玲譯:《朝覲東方:理雅各評傳》(廣西:廣西師範大學出版社,2011年),頁2。

[2] 同前注,頁17。

[3] [英]海倫・藹蒂絲・理著,段懷清、周俐玲譯:《理雅各:傳教士與學者》,收於吉瑞德著,段懷清、周俐玲譯:《朝覲東方:理雅各評傳》(廣西:廣西師範大學出版社,2011年),頁509。

同樣是有詳盡的緒論和注釋，是英語本，沒有中文字。

理雅各於1873回到英國，再將1861年出的《四書》修訂出版，第一卷於1893年出版，包括《論語》、《大學》、《中庸》。第二卷是《孟子》，於1895年出版。這版本是中英雙語本，有詳盡的緒論及注解。這個版本的《四書》是對1861年版作出修訂和補充，補充了一些參考文獻，修訂了一些錯誤。而最大的特色，是對一些中文字的標音方式改變，1861年版的《四書》使用了粵音的標音方式，而由1893年至1895年版的《四書》，轉用了官話的標音方式。

這套中英雙語版本的《中國經典》於1960年由香港大學出版社分五冊出版。現在由臺灣南天書室再版的《中國經典》將《四書》合為一冊變成四大冊一套。

本文以1895年版《孟子譯注》為基礎，用文獻剖析的方法，從三個角度剖析《孟子譯注》在漢學研究重要性。第一個角度是從《孟子譯注》的體例剖析其重要性，其體例包括學術性緒論、中文原文、英文譯文，學術性注釋、參考文獻目錄。第二個角度是從《孟子譯注》引用中國文獻討論其重要性，共有三份書目清單，一份是1861年版《論語譯注·緒論》參考書目，另一份是1893年版《論語譯注·緒論》所載參考書目。第三份是筆者從1895年版《孟子譯注》中考證出來的書目。這些學術性參考文獻，說明了理雅各的《孟子譯注》具有相當高的學術水平，奠定其學術地位。第三個角度是從譯注互補的例子論述其重要性，包括地理名物、多音字的讀音、人物生平等，注解補充了翻譯的不足，使讀者容易明白《孟子》一書。

## 二、從《孟子譯注》體例剖析其重要性

理雅各《孟子譯注》有1861年、1875年、1895年三個版本。1861年版與1895年版 The Work of Mencius 體例相近，是中英雙語本，包括學術性緒論、中文原文、英文譯文，學術性注釋、參考文獻目錄。1875年版 The Life and Works of Mencius 則是全英文版，但仍然有學術性緒論、英文譯文、學術性注釋、但缺少了參考文獻，有些學者誤解了這版本是研究孟

子生平的著作，實際上這是《孟子》的英譯與注解。

理雅各這種體例是集大成的產物，在他之前，已有幾位英國宣教士研究中國儒家經典，並有英語翻譯的著作。例如馬士曼的*The Works of Confucius*是中英雙語的《論語》英譯本，可惜只得前十卷，這英譯本有注釋，也有學術性的〈緒論〉。[4]此外，柯大衛的英譯《四書》（*The Chinese Classical Work Commonly Called the Four Books*），同樣是有學術性的〈緒論〉，有注解，是英語本，無中文。[5]而麥都斯的英譯《書經》（*The Shoo King* or *The Historical Classics*），是中英對照本，是逐字翻譯對照的版本，同樣有學術性的〈緒論〉，也有注解。[6]在理雅各之後，蘇慧廉受其影響，他的*The Analects of Confucius*也使用此體例。[7]

但理雅各的《中國經典譯注》（包括《孟子譯注》在內），是將上述幾位著作的體例優化和改良。在版面的外觀上，比較容易閱讀。而最重要的，理雅各的《中國經典譯注》，每一篇〈緒論〉與注釋都引經據典，是引用中文原著，不是使用翻譯作品。例如他提及到引用《十三經》，是阮元於嘉慶二十年在江西南昌府開雕版，無標點符號的版本。

此體例的重要性，是在廣度與深度兩方面，理雅各的〈緒論〉和注釋，都超越了上述幾位學者的著作。而近代學者的《孟子》英譯本，有些只有英譯，有些有比較簡單的注釋。〈緒論〉對《孟子》一書的流傳探源討流，展示出不同時代《孟子》研究的特徵，由子書到經書的轉變過程。至於中英對照的方式有助研究者對兩種文字的比較與理解。而注解方面，對《孟子》所表達的思想、文化背景、人物生平等作出詳細的解釋，補充了翻譯的限制，研究者可以對《孟子》作多方面的理解。這種多元化的體例，為歐美學者研究中國經典開了方便之門，花之安（Ernst Faber）、蘇惠廉、亞瑟偉利（Arthur Waley）都受到理雅各的影響。

---

[4] Marshman, Joshua. Trans, *The Works of Confucius*. (Serampore: Mission Press, 1809)

[5] Collie, David. trans, *The Chinese Classical Work Commonly Called the Four Books*,. (Malacca: The Mission Press, 1928)

[6] Medhurst, Walter Henry. trans, *The Shoo King* or *The Historical Classics*. (The Mission Press, 1846)

[7] Soothill, William Edward. Trans, *The Analects of Confucius*. (By the Author, 1910)

## 三、從《孟子譯注》引用中國文獻看其重要性

　　理氏的《孟子譯注》引述了多元化的中國典籍文獻，茲列舉〈緒論〉裡引用的部分文獻，司馬遷《史記・孟荀列傳》、劉向《列女傳》、班固《漢書・藝文志》、《隋書・經籍志》、《新唐書・藝文志》、馬端臨《文獻通考》。每種文獻都是經典之作。

　　而理氏《孟子譯注》徵引的書目，1861年與1895年兩個版本的書目清單有所不同，而在1895年版的注解之中徵引的文獻與書目清單也有不同，茲分別論述之。

### （一）《論語譯注・緒論》所載文獻目錄

　　理氏《孟子譯注》是以《四書》系列作基礎，故此，《孟子譯注》的參考文獻，大部分都記錄在《論語譯注》的〈緒論〉之內。

　　理氏在《論語譯注》的〈緒論〉列出一張文獻清單，是他翻譯與注解《四書》參考的文獻，這文獻清單有兩版本，一是1861年版，另一是1893年版。現將此兩分文獻清單並列，以茲比較：

表2　理雅各《四書》翻譯與注解參考文獻（1861年版和1891年版）

| 1861年版《中國經典・四書》[8] | 1893年版《中國經典・四書》[9] |
|---|---|
| 1. 阮元：《十三經注疏》[10] | 1. 阮元：《十三經注疏》[11] |
| 2. 高琳：《新刻批點四書讀本》 | 2. 高琳：《新刻批點四書讀本》 |
| 3. 王步青：《四書朱子本義匯參》 | 3. 王步青：《四書朱子本義匯參》 |
| 4. 汪廷機：《四書經註集證》 | 4. 汪廷機：《四書經註集證》 |
| 5. 李沛霖：《四書諸儒輯要）| 5. 李沛霖：《四書諸儒輯要）|
| 6. 張甄陶：《四書翼註論文》 | 6. 張甄陶：《四書翼註論文》 |
| 7. 翁復：《四書遵註合講》 | 7. 翁復：《四書遵註合講》 |

8　Legge, James, *Confucian Analects, The Great earning, and The Doctrine of The Mean.* vol. 1 of *The Chinese Classics.* (Hong Kong: The Authors, 1861)

9　Legge, James, *Confucian Analects, The Great Learning,* and *The Doctrine of The Mean.* Vol. 1. of *The Chinese Classics.* (Tai Wan: SMC Publishing Inc, 2001)

10　理氏作《十三經註疏》，今改正之。

11　同前注。

| 1861年版《中國經典‧四書》 | 1893年版《中國經典‧四書》 |
|---|---|
| 8. 鄧林撰、杜定基修訂：《新增四書補註附考備旨》 | 8. 鄧林撰、杜定基修訂：《新增四書補註附考備旨》 |
| 9. 金澂：《四書味根錄》 | 9. 金澂：《四書味根錄》 |
| 10. 《日講四書解義》[12] | 10. 《日講四書解義》 |
| 11. 《御製周易折中》 | 11. 《御製周易折中》 |
| 12. 《書經傳說彙纂》 | 12. 《書經傳說彙纂》 |
| 13. 《詩經傳說彙纂》 | 13. 《詩經傳說彙纂》 |
| 14. 《禮記義疏》 | 14. 《禮記義疏》 |
| 15. 《春秋傳說彙纂》 | 15. 《春秋傳說彙纂》 |
| 16. 毛奇齡：《毛西河先生生全集》 | 16. 毛奇齡：《毛西河先生生全集》 |
| 17. 曹之升：《四書摭餘說》 | 17. 曹之升：《四書摭餘說》[13] |
| 18. 江永：《鄉黨圖考》 | 18. 江永：《鄉黨圖考》 |
| 19. 閻若璩：《四書釋地》 | 19. 閻若璩：《四書釋地》 |
| 20. 《四書釋地續》[14] | 20. 《四書釋地續》 |
| 21. 《四書釋地又續》 | 21. 《四書釋地又續》 |
| 22. 《四書釋地三續》 | 22. 《四書釋地三續》 |
| 23. 阮元編：《皇清經解》 | 23. 阮元編：《皇清經解》 |
| 24. 王肅：《孔子家語》 | 24. 王肅：《孔子家語》 |
| 25. 顧沅：《聖廟祀典圖考》 | 25. 顧沅：《聖廟祀典圖考》 |
| 26. 《十子全書》[15] | 26. 《十子全書》[16] |
| 27. 蕭智漢：《歷代名賢列女氏姓譜》 | 27. 蕭智漢：《歷代名賢列女氏姓譜》 |
| 28. 馬端臨：《文獻通考》 | 28. 馬端臨：《文獻通考》 |
| 29. 王圻：《續文獻通考》 | 29. 朱彝尊：《經義考》 |
| 30. 《二十四史》（由《史記》至《明史》理氏主要引用《史記》《漢書》） | 30. 王圻：《續文獻通考》 |
| 31. 御製：《歷代統紀表》 | 31. 《二十四史》（由《史記》至《明史》理氏主要引用《史記》《漢書》） |
| 32. 御製：《歷代疆域表》 | 32. 御製《歷代統紀表》 |
| 33. 畢元編：《墨子》十五卷，《目》一卷 | 33. 御製《歷代疆域表》 |
| 34. 許道基編：《五百家註音辯韓昌黎先生全集》[17] | 34. 御製《歷代沿革表》 |
|  | 35. 許慎撰，徐鍇繫傳：《說文繫傳》 |

---

[12] 理氏作《日講四書義解》，今改正之。
[13] 理氏作《四書拓餘説》，今改正之。
[14] 理氏將《四書釋地續》、《四書釋地二續》、《四書釋地三續》俱誤作閻若璩所撰。
[15] 理氏謂只引用了《莊子》、《列子》。
[16] 同前注。
[17] Legge, James, *The Work of Mencius*. vol. 1 of *The Chinese Classics*. (Hong Kong: The Authors, 1861), p126

| 1861年版《中國經典・四書》 | 1893年版《中國經典・四書》 |
|---|---|
| | 36. 戴侗：《六書故》 |
| | 37. 《字彙》（萬曆年面世） |
| | 38. 康熙御製：《康熙字典》 |
| | 39. 《藝文備覽》 |
| | 40. 《佩文韻府》 |
| | 41. 阮元：《經籍纂詁并補遺》 |
| | 42. 畢元：《墨子》十五卷，《目》一卷 |
| | 43. 許道基編：《五百家註音辯韓昌黎先生全集》[18] |

　　1861年的文獻目錄共34種，以《四書》類的文獻為主。而1893年的目錄比舊目錄多了9種，主要是小學類文獻。理氏的參考文獻遍及經史子集四部，足證此譯注學術水平極高，也可考見理氏把《孟子》與先秦儒家經典看作一整體。比較了這兩份清單，反映了理雅各是有進步的，他在中國文字學、語言學方面下了一些功夫，懂得了研究中國儒家經典從「小學」入手的道理。

## （二）《孟子譯注》注解中考見所引中國文獻目錄

　　除了上述兩分書目清單外，在理氏的《孟子譯注》的注解可以發現理氏引用了不少〈緒言〉未徵引的書目。筆者從理雅各《孟子譯注》中考查出理氏所引用的中國古典文獻共41種[19]。茲列出如下，以資比較。

### 1.引用儒家類文獻

（1）《周易》
（2）《尚書》
（3）《詩經》
（4）《周禮》
（5）《儀禮》

---

[18] Legge, James, *The Work of Mencius,* vol. 1 of *The Chinese Classics.* (Tai Wan: SMC Publishing Inc, 2001), P123

[19] 梁鑑洪：《理雅各〈孟子〉英譯本注引用儒家〈五經〉文獻考述》（華中師範大學，博士論文，2017年），頁336-337。

（6）《禮記》

（7）《春秋左傳》

（8）《論語》

（9）《孝經》

（10）《孟子》

（11）朱熹：《四書章句集注・孟子集注》

（12）朱熹：《四書或問・孟子或問》

（13）鄧林、杜定基：《四書補註備旨》

（14）閻若璩：《四書釋地》

（15）喇沙里、陳廷敬：《日講四書解義》

（16）李沛霖：《四書諸儒輯要》

（17）王步青：《四書朱子本義匯參》

（18）翁復：《四書遵註合講》

（19）張甄陶：《四書翼註論文》

（20）曹之升：《四書摭餘說》

（21）吳昌宗撰、汪廷機刻：《四書經註集證》

（22）金澄：《四書味根錄》

（23）許慎：《說文解字》

（24）張自烈：《正字通》

（25）康熙：《康熙字典》

（26）王引之：《經傳釋詞》

## 2.引用歷史類文獻

（1）左丘明：《國語》

（2）司馬遷：《史記》

（3）劉向編：《戰國策》

（4）班固：《漢書》

## 3.引用諸子類文獻

（1）《墨子》

（2）《莊子》

（3）《管子》

（4）《列子》

（5）荀卿：《荀子》

（6）揚雄：《法言》

（7）王肅：《孔子家語》

（8）朱熹：《朱子語類》

（9）凌迪志：《萬姓統譜》

（10）馮夢龍：《東周列國志》

## 4.引用集部文獻

（1）韓愈：《韓昌黎集》

　　《孟子譯注》一共引用了41種中國文獻，可分經、史、子、集四部。經部加小學類多達26種，史部4種，子部10種，集部1種。經部之中《四書》類多達12種，其中的《日講四書解義》是清代皇室子弟御用課本，而《四書補註備旨》、《四書諸儒輯要》、《四書朱子本義匯參》、《四書遵註合講》、《四書翼註論文》、《四書撫餘說》、《四書經註集證》、《四書味根錄》是應考科舉士子們的考試天書，這些考試天書也有一些可觀之處，但學術界很少採用。

　　《東周列國志》是一本歷史小說，理氏覺得比較易看和有趣味，但是將之用作參考文獻，卻不太適宜。

　　整體而言，理氏的注解所引用的文獻，都是具有學術水平的著作，而且他力求引用原著解釋《孟子》，《孟子》所講的典故若果出自《詩經》，理氏就引用《詩經》解釋之，若果典故是出自《禮記》，理氏便引用《禮記》解釋之。評價一本著作是不是有學術水平，其引用的文獻是其中一個重點，《孟子譯注》引用的文獻，顯示了此譯注在漢學研究的其中一個重要性，因為引用的文獻足以證明這是一本具有相當學水術水平的譯注。

　　而且，這些文獻也說明了《孟子譯注》的另一個重要性，為讀者提供了一條學術研究的途徑，順著這些文獻作研究，會加深對《孟子》的

理解，如果翻譯者能夠在此下功夫，對《孟子》的英譯有很大的幫助。

## （三）理雅各引用文獻的方式

理氏引用這些文獻的方式，通常是說明典故的出處，例如《孟子‧滕文公上》第四章第八節云：

> 后稷教民稼穡，樹藝五穀，五穀熟而民人育。人之有道也，飽食、煖衣、逸居而無教，則近於禽獸。聖人有憂之，使契為司徒，教以人倫：父子有親，君臣有義，夫婦有別，長幼有序，朋友有信。[20]

理氏解釋「稷」與「契」二人云：

> Haû-chî, now received as a proper name, is properly the official title of Shun's Minister of Agriculture, Ch'î （棄）. 契（read Hsieh） was the name of his minister of Instruction. For these men and their works, see the Shû-ching, Part II.[21]

理氏是說，后稷現在看作專有名詞，在古代卻是舜帝治下的農業部長，名棄。契是舜的教育部長。他們的事蹟見於《書經》第二部分，即是〈舜典〉。理氏經常使用這種只說明文獻出處的方法。

但有時也會將引述的文字英譯，例如引用《日講四書解義》解釋《孟子‧梁惠王下》第十五章第一節：「二三子何患乎無君？」[22]理氏的注解是：

> 何患乎無君[……] seems to mean: 'If I remain here, I am sure to die from

---

[20] 《孟子注疏》（臺灣：藝文印書館影印[清]阮元刻《十三經注疏》本，嘉慶二十年江西南昌府學開雕版，1981年），頁98。

[21] Legge, James. *The Work of Mencius,* vol. 1 of *The Chinese Classics.* (Tai Wan: SMC Publishing Inc., 2001), pp.251-252.

[22] 《孟子注疏》，頁46。

the barbarians. I will go and preserve your ruler for you.' [⋯⋯] The 日講 however, says:—'My children, why need you be troubled about having no prince? When I am gone, whoever can secure your repose, will be your prince and chief. I will leave this, and go elsewhere.'[23]

　　理氏認為這句的意思，好像是太王不走，會被狄人所殺，他逃走是要保存自己做為統治者的性命。但理氏引用《日講四書解義》的說法卻是：「二三子，莫患我去之後便無君長，但使有人撫安爾等，是即爾之君長也，我將舍此而遷於他方矣。」[24]理氏直接引用《日講四書解義》，指出這句的解釋，其意是即使太王自己離開，但任何有能力使天下太平之士也可以成為百姓的領袖。

　　理雅各並不是單單列出一份書目清單，他是有引用這些文獻解釋《孟子》，而且其翻譯也受到這些文獻的影響。

## 四、從《孟子譯注》看譯注互補的例子

　　從《孟子譯注》譯注互補的例子可以發覺此書對漢學研究的重要性。西方人士對中國歷史事件、人物生平、字音字義、地理名物等是陌生的，需要藉譯注互補方式以助理解。

## （一）人物生平之例

　　《孟子・梁惠王下》第五章第四節云：「昔者公劉好貨。《詩》云：乃積乃倉，乃裹餱糧，于橐于囊，思戢用光；弓矢斯張，干戈戚揚，爰方啟行。」[25]理氏把「昔者公劉好貨」譯作：「Formerly, Kung-liû fond of wealth.」。[26]但是公劉是何許人，後世可謂不得而知。故此，理氏使用注解的方式讓讀者知道公劉此人的生平大概。理雅各《孟子譯注》云：

---

[23] *The Work of Mencius, vol. 1 of The Chinese Classics.,* pp.176.

[24] 喇沙里、陳廷敬：《日講四書解義》（上海：上海古籍出版社，影印文淵閣《四書全書》本，冊208，1987年），頁369。

[25] 《孟子注疏》，頁35。

[26] *The Work of Mencius, vol. 1 of The Chinese Classics.,* pp.163.

公劉, "The duke Liû," was the great grand son of Haû-chî the high ancestor of the Châu family. By him the waning fortunes of his house were revived, and he founded a settlement in 豳（Pin）, the present Pin-Châu（邠州）, in Shen-hsî. The account of his doing so is found the ode quoted, Shih-ching, III.ii. Ode IV. st.I. For 乃 We have in the Shih-ching 廼, and for 戢, 輯. 積, read ts'ze in 4th tone, "to store up," "stores." Chû Hsî Explains:――"stores in the open air."[27]

　　理氏意謂，公劉是周的始祖后稷的曾孫，公劉扭轉了周室的暗淡國運，遷徙到豳，即現今的山西邠州。他的事蹟載於《詩經‧大雅‧生民之什‧鳧鷖》。在此詩，「乃」作「廼」、「戢」作「輯」，「積」讀第四聲，意為儲存，朱熹解作戶外儲存。

　　理氏不單止解釋了公劉的生平，而且更引用《詩經‧鳧鷖》來做根據。可惜理氏在此引用錯誤，理雅各所說的"Shih-ching, III.ii. Ode IV. st.I."是《詩經‧大雅‧生民之什‧鳧鷖》[28]然而〈鳧鷖〉一詩與公劉的生平無關。《孟子》所引乃是〈公劉〉之篇，據理氏所譯《詩經》應在"Shih-ching, III.ii. Ode VI. st.I."[29]，可能因為把Ode IV.錯寫成 Ode VI.吧。

　　茲引述《詩經‧大雅‧生民之什‧公劉》云：「篤公劉，匪居匪康，廼場廼疆，廼積廼倉，廼裹餱糧。于橐于囊，思輯用光。弓矢斯張，干戈戚揚，爰方啟行。」[30]。據此詩的〈小序〉云：「公劉，召康公戒成王也，成王將涖政，戒以民事，美公劉之厚於民，而獻是詩也。」[31]。此詩是召康公勸戒周成王之詩，說及公劉的政績，沒有解釋公劉的生平。但理雅各在〈公劉〉一詩的注解概述了公劉的平生[32]（James Legge, 2011, p.484.）。

---

27　同前注，pp.176.
28　*The She King*, Vol. 3 of *The Chinese Classics*. pp.479-481.
29　同前注，pp.483-489.
30　《毛詩正義》（臺灣：藝文印書館影印[清]阮元刻《十三經注疏》本，嘉慶二十年江西南昌府學開雕版，1981年），頁617。
31　同前注，頁616。
32　Legge, James, *The She King*, Vol. 3 of *The Chinese Classics*. (TaiWan: SMC Publishing Inc, 2000)

雖然理氏解釋《孟子》此章的引述有些錯誤，但他對《詩經》的注解確有公劉的生平簡述。無論《孟子》或《詩經》所載的歷史人物，單憑翻譯是不能將其意義充份表達，需要借助注解，理氏的注解正好補充了這方面的不足。

## （二）多音字讀音之例

《孟子・滕文公上》第四章第七節：「當堯之時，天下猶未平，洪水橫流，氾濫於天下。」[33]

理氏的英譯：「In the time of Yâo, when the world had not yet been perfectly reduced to order, the vast waters, flowing out of their channels, made a universal inundation.」[34]

在這個翻譯裡面，把「橫流」譯成為"flowing out of their channels"，除了譯意之外，他更在其注解把「橫」字的讀音加以斟酌。在1895年與1861年兩個版本的讀音並不相同。

1895年版《孟子譯注》注云：「橫in 4th tone, 'disobedient', 'unreasonable.'」[35]

理氏用當時稱為官話的讀音，用普通話來說是第四聲或去聲，根據《康熙字典》所載，「橫」有五個讀音，其一是第二聲或陽平聲，其二是第四聲或去聲，《康熙字典》云：「héng，《唐韻》：『戶盲切』。[……]縱橫也，東西曰縱，南北曰橫。[……]hèng，《集韻》、《正韻》並『戶孟切』。衡去聲。不順理也。《孟子》：『待我以橫逆』。」[36]理氏是採取"hèng"這個讀音，其意思亦符合《尚書・堯典》、《尚書・舜典》所講洪水橫流的狀況。

1861年版《孟子譯注》注云：「橫——low. 3d tone。」[37]

這是粵語的讀音，意思是「橫」讀陽調第三聲，或者是陽去聲。根

---

[33] 《孟子注疏》，頁97-98。

[34] *The Work of Mencius, vol. 1 of The Chinese Classics.*, pp.250-251.

[35] 同前注，pp.250-251.

[36] 漢語大詞典編纂處整理：《康熙字典》標點整理本（上海：漢語大詞典出版社，2002年），頁501。

[37] Legge, James. *The Work of Mencius. vol. 1 of The Chinese Classics.* (Hong Kong: The Authors, 1861), p.127.

據何文匯《粵音正讀字彙》「橫」有兩音，第一是陽平聲，「橫，戶盲切。˯waŋ，橫行，縱橫。」[38]第二是陽去聲，「橫，戶孟切，_waŋ，橫逆，驕橫。」[39]。

　　中文多音字一字多音是經常出現的情況，不同的讀音引致不同的意義，但在翻譯之中，只能譯出恰當的意思，不能譯出適當的讀音，注解便補充了翻譯的限制。而且，理氏對中文字音的嚴謹要求，說明了他治學的要求也會同樣嚴謹，證明了他的譯注是有水準之作，也間接說明了他的《中國經典譯注》在漢學研究中的重要性。

## （三）地理名物之例

　　《孟子‧梁惠王上》第一章第一節：「孟子見梁惠王」。[40]

　　理雅各英譯："Mencius went to see king Hûi of Liang."[41]

　　單單看翻譯，這個"Liang（梁）"是指什麼地方，並不清楚，甚至誤會了"Liang（梁）"是指一國家。理氏的注解云：

> "Wei, called likewise, from the name of its capital, Liang, occupied the south-eastern part of Tsin, Han and Châo lying to the west and north -west of it. The Liang, where Mencius visited king Hûi is said to have been in the present department K'âi-fâng.[42]"

　　其意是說，魏國也稱為梁國，因為其首都在梁。魏國是篡奪了晉國的東南部而成，韓國及趙國分別在其西和西北面，孟子見梁惠王的「梁」是在現今開封。

　　據《史記‧晉世家》所載，韓、趙、魏三國的祖先原是晉國家臣，逐漸篡奪晉國的土地，建立其國家勢力，至晉烈公十九年，「周威烈

---

[38] 何文匯：《粵音正讀字彙》（香港：香港教育出版社，2001年），頁46。

[39] 何文匯：《粵音正讀字彙》（香港：香港教育出版社，2001年），頁46。

[40] 《孟子注疏》，頁9。

[41] *The Work of Mencius,* vol. 1 of *The Chinese Classics.,* pp.125.

[42] 同前注，pp.125.

王賜趙、韓、魏皆命為諸侯」。[43]這是中國史上著名的「三家分晉」事件。但理氏所講趙、韓、魏三國的地理位置有些混淆，韓國是在魏國的西南面，趙國則在魏國東北偏北。[44]戰國時期，梁惠王與各國諸候一般，都大力招攬人才，朱熹《四書集註‧孟子集註》謂：「梁惠王魏侯瑩也，都大梁，僭稱王，謚曰惠。《史記》：惠王三十五年，卑禮厚幣以招賢者，而孟軻至梁。」[45]可以見到是孟子受到禮聘往見梁惠王。

　　理雅各的注解雖然有些瑕疵，但整體而言，他的注解對那些不了解中國古代文化的讀者而言，很有幫助。

## 五、結論

　　總括而言，理雅各《孟子譯注》引經據典式的學術〈緒論〉、詳細的學術性注解，〈緒論〉與注解引用豐富又多樣性的中國典籍文獻，又提供學術價值頗高參考文獻清單。在理氏之前的中國經典英譯是沒有這麼高水平的，在理氏之後也缺乏這種有詳盡注解的英譯《孟子》。

　　《孟子譯注》對漢學研究的重要性：可歸納為五點。一是從〈緒論〉知道孟子研究的演變，方便歷史性的探索。二是藉詳盡的注解，供研究者對《孟子》作多面性的認識。三是提供豐富又具有學術性的文獻目錄，為研究者提供門路。四是利用譯注互補，使研究者對譯文有更深入的認識。五是對中文多音字的讀音取捨作嚴謹處理，突顯對中文原文研究的重要性。

---

43　司馬遷：（1956）《史記》（臺灣：藝文印書館，影印《乾隆武英殿刻本二十五史》，1956年），頁664。
44　譚其驤：《中國歷史地圖集》（上海：地圖出版社，1982年），第一冊，頁35-36。
45　朱熹：（1985）《四書集註‧孟子集註》（成都：巴蜀書店，影印怡府藏版。1985年），頁1。

# 參考文獻

1. 《毛詩正義》（臺灣：藝文印書館影印[清]阮元刻《十三經注疏》本，嘉慶二十年江西南昌府學開雕版，1981年）
2. 司馬遷：《史記》（臺灣：藝文印書館，影印《乾隆武英殿刻本二十五史》，1956年）
3. 吉瑞德著，段懷清、周俐玲譯：《朝覲東方：理雅各評傳》（廣西：廣西師範大學出版社，2011年）
4. 朱熹：《四書集註‧孟子集註》（成都：巴蜀書店，影印怡府藏版，1985年）
5. 何文匯：《粵音正讀字彙》（香港：香港教育出版社，2001年）
6. 《孟子注疏》（臺灣：藝文印書館影印[清]阮元刻《十三經注疏》本，嘉慶二十年江西南昌府學開雕版，1981年）
7. 梁鑑洪：《理雅各〈孟子〉英譯本注引用儒家〈五經〉文獻考述》（武漢：華中師範大學，博士論文，2017年）
8. 喇沙里、陳廷敬：《日講四書解義》（上海：上海古籍出版社，影印文淵閣《四書全書》本，冊208，1987年）
9. 漢語大詞典編纂處整理：《康熙字典》標點整理本（上海：漢語大詞典出版社，2002年）
10. 譚其驤：《中國歷史地圖集》第一冊（上海：地圖出版社，1982年）
11. Collie, David. trans, *The Chinese Classical Work Commonly Called the Four Books.*, (Malacca: The Mission Press, 1928)
12. Legge, James, *Confucian Analects, The Great earning, and The Doctrine of The Mean.* vol. 1 of *The Chinese Classics.* (Hong Kong: The Authors, 1861)
13. Legge, James, *The Work of Mencius.* vol. 1 of *The Chinese Classics.* (Hong Kong: The Authors, 1861)
14. Legge, James, *The Live and Work of Mencius.* Vol. II. of *The Chinese Classics.* (London: Trübner & Co, 1875)
15. Legge, James, *The She King*, Vol. 3 of *The Chinese Classics.* (TaiWan: SMC Publishing Inc, 2000)
16. Legge, James, *Confucian Analects, The Great Learning,* and *The Doctrine of The Mean.* Vol. 1. of *The Chinese Classics.* (Tai Wan: SMC Publishing Inc, 2001)
17. Legge, James, *The Work of Mencius,* vol. 1 of *The Chinese Classics.* (Tai Wan: SMC Publishing Inc, 2001)
18. Legge, James, *The Shoo King,* vol. 2 of *The Chinese Classics.* (Tai Wan: SMC Publishing Inc, 2011)
19. Legge, James, *The CH'UN TS'EW with The TSO CHUEN,* vol. 4 of *The Chinese Classics.* (Tai Wan: SMC Publishing Inc, 2011)
20. Marshman, Joshua. Trans, *The Works of Confucius.* (Serampore: Mission Press, 1809)
21. Medhurst, Walter Henry. trans, *The Shoo King* or *The Historical Classics.* (The Mission Press, 1846)
22. Soothill, William Edward. Trans, *The Analects of Confucius.* (By the Author, 1910)

# 附錄：書影

◎ 圖1　理雅各《論語》書影

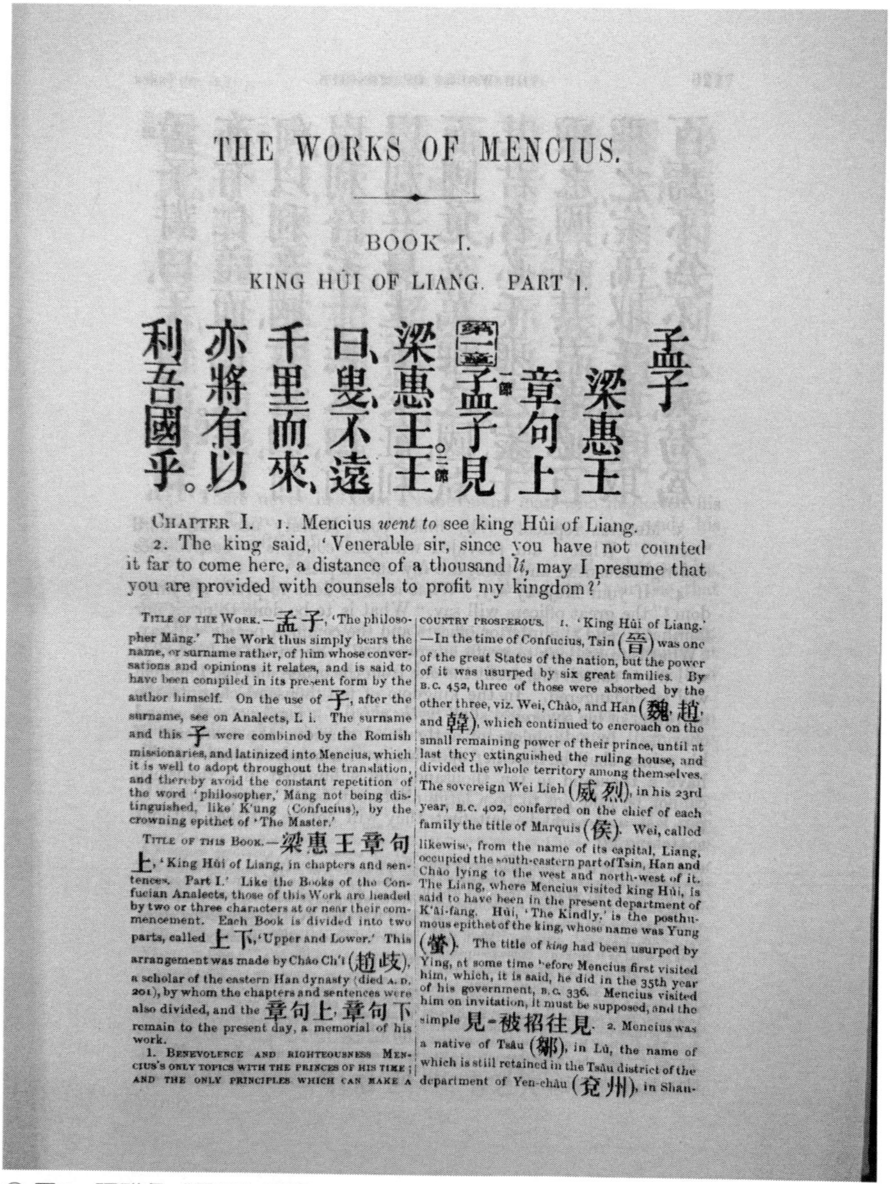

THE WORKS OF MENCIUS.

BOOK I.

KING HÛI OF LIANG. PART I.

孟子
梁惠王
章句上
第一章 孟子見梁惠王。王曰、叟、不遠千里而來、亦將有以利吾國乎。

CHAPTER I. 1. Mencius *went to* see king Hûi of Liang.

2. The king said, 'Venerable sir, since you have not counted it far to come here, a distance of a thousand *li*, may I presume that you are provided with counsels to profit my kingdom?'

TITLE OF THE WORK.—孟子, 'The philosopher Mäng.' The Work thus simply bears the name, or surname rather, of him whose conversations and opinions it relates, and is said to have been compiled in its present form by the author himself. On the use of 子, after the surname, see on Analects, I. i. The surname and this 子 were combined by the Romish missionaries, and latinized into Mencius, which it is well to adopt throughout the translation, and thereby avoid the constant repetition of the word 'philosopher,' Mäng not being distinguished, like K'ung (Confucius), by the crowning epithet of 'The Master.'

TITLE OF THIS BOOK.—梁惠王章句上, 'King Hûi of Liang, in chapters and sentences. Part I.' Like the Books of the Confucian Analects, those of this Work are headed by two or three characters at or near their commencement. Each Book is divided into two parts, called 上下, 'Upper and Lower.' This arrangement was made by Châo Ch'î (趙歧), a scholar of the eastern Han dynasty (died A.D. 201), by whom the chapters and sentences were also divided, and the 章句上, 章句下 remain to the present day, a memorial of his work.

1. BENEVOLENCE AND RIGHTEOUSNESS MENCIUS'S ONLY TOPICS WITH THE PRINCES OF HIS TIME; AND THE ONLY PRINCIPLES WHICH CAN MAKE A COUNTRY PROSPEROUS. 1. 'King Hûi of Liang.'—In the time of Confucius, Tsin (晉) was one of the great States of the nation, but the power of it was usurped by six great families. By B.C. 452, three of those were absorbed by the other three, viz. Wei, Châo, and Han (魏, 趙, and 韓), which continued to encroach on the small remaining power of their prince, until at last they extinguished the ruling house, and divided the whole territory among themselves. The sovereign Wei Lieh (威烈), in his 23rd year, B.C. 402, conferred on the chief of each family the title of Marquis (侯). Wei, called likewise, from the name of its capital, Liang, occupied the south-eastern part of Tsin, Han and Châo lying to the west and north-west of it. The Liang, where Mencius visited king Hûi, is said to have been in the present department of K'âi-fang. Hûi, 'The Kindly,' is the posthumous epithet of the king, whose name was Yung (罃). The title of *king* had been usurped by Ying, at some time before Mencius first visited him, which, it is said, he did in the 35th year of his government, B.C. 336. Mencius visited him on invitation, it must be supposed, and the simple 見=被招往見. 2. Mencius was a native of Tsâu (鄒), in Lû, the name of which is still retained in the Tsâu district of the department of Yen-châu (兗州), in Shan-

◎ 圖2　理雅各《孟子》書影

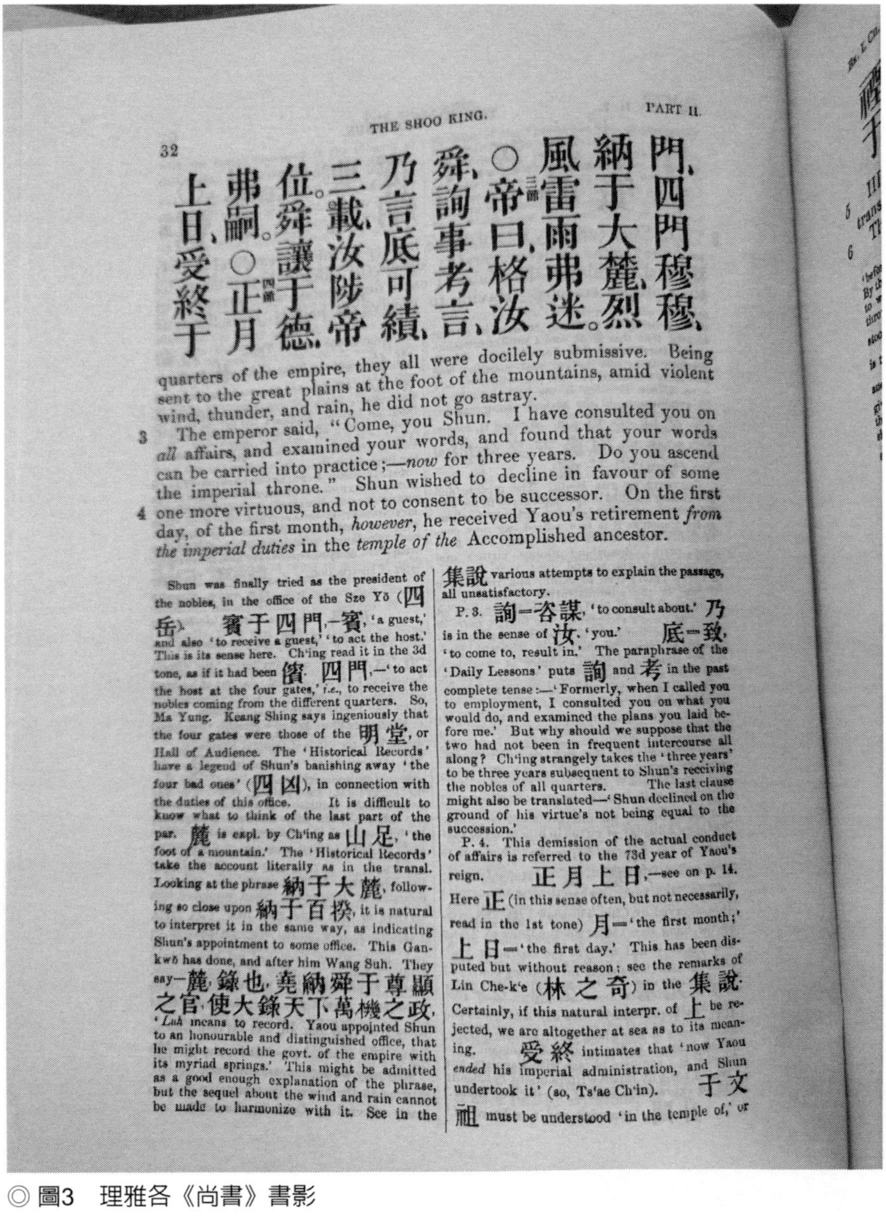

◎ 圖3　理雅各《尚書》書影

# THE SHE KING.

## PART I.
### LESSONS FROM THE STATES.

#### BOOK I. THE ODES OF CHOW AND THE SOUTH.

I. *Kwan ts'eu*,

詩經
國風一
周南一之二

關雎

一章
關關雎鳩。在河
之洲。窈窕淑女
二章
君子好逑。
參差荇菜。左右
流之。窈窕淑女。
寤寐求之。求之

1　*Kwan-kwan* go the ospreys,
　　On the islet in the river.
　　The modest, retiring, virtuous, young lady:—
　　For our prince a good mate she.

2　Here long, there short, is the duckweed,
　　To the left, to the right, borne about by the current.
　　The modest, retiring, virtuous, young lady:—
　　Waking and sleeping, he sought her.

TITLE OF THE WHOLE WORK.—詩經, 'The Book of Poems,' or simply 詩. The Poems. By poetry, according to the Great Preface and the views generally of Chinese scholars, is denoted the expression, in rhymed words, of thought impregnated with feeling; which, so far as it goes, is a good account of this species of composition. In the collection before us, there were originally 311 pieces; but of six of them there are only the titles remaining. They are generally short; not one of them, indeed, is a long poem. Father Lacharme calls the Book—'*Liber Carminum*,' and with most English writers the ordinary designation of it has been 'The Book of Odes.' I can think of no better name for the several pieces than *Ode*, understanding by that term a short lyric poem. Confucius himself is said to have 'fitted them to the string.'

VOL. IV.
1

◎ 圖4　理雅各《詩經》書影

# 第二章　中國文學的亞洲流播

# 新加坡漢詩中的文化記憶與身分認同

## 趙穎

## 提要

　　在文學史上，海外漢詩具有不可替代的意義。新加坡漢詩在跨文化語境下與所在地表現的互補性，使其產生獨特的文化場域。而作為以傳統文學符號為表達的文本系統，新加坡漢詩具有客觀的物質文化符號載體，是華人社會身分固化和群體認同的重要來源。而從文學性層面來看，海外漢詩在創作意象、音韻變革、文化精神等方面拓展了古典詩詞的研究空間，更在涉及社會生活的廣度、深度方面較本土有著不同的面貌，創作的觸角伸展到新加坡華人社會生活的各個角落而具有獨特的社會史意義。

## 作者簡介

　　1980年生，女，漢族，陝西省西安市人，文學博士。現為陝西師範大學文學院副教授，比較文學與世界文學、祕書寫作方向碩士生導師。主持教育部人文社科項目等科研項目6項，出版學術專著《新加坡華文

舊體詩研究》等3部。在各類期刊上發表學術論文三十餘篇。

## 關鍵詞

漢詩、文化記憶、跨文化、以詩證史

　　關於新加坡漢詩的研究，本人的舊作《新加坡華文舊體詩研究》（科學出版社，2016年版）探索範式主要是從史料整理以及跨文化視閾的角度進行。以作品屬地為原則，在對漢詩創作者這個龐大群體進行研究時，以作者身分性質為標準，將新加坡漢詩的作者分為三類。這三類作者的創作以文化記憶為切入點，進入不同時期華文漢詩作者的身分認同情境，以之為路徑探討海外漢詩的文學精神。

## 一、認同差異：新加坡漢詩的空間場域的不同形態

　　在中國本土，自「五四」新文化運動以來，傳統文化與中國古典文學的崇高精神被逐漸消解。最代表中國傳統文化的漢詩更因為不能代表「時代精神」而成為被顛覆的對象。於是，漢詩這樣的古典文學形態在中國現代文學的場域集體失聲，包括魯迅的態度也是「一切好詩，到唐已被做完。」這種情況直到抗戰時期田漢、郭沫若、柳亞子等人漢詩的創作，才有所復興。

　　而在新加坡，卻由各個時期不同身分的作者、各種漢詩傳播載體的多重合力構建了一個異質文化空間，各個時期的作品，有憑藉古典形式的文學書寫心靈撞擊的宏達詩篇，有退避塵世、不問世事的淡泊主題，有面對南洋椰風的風光書寫，更有大量僅憑興趣創作的雅作，表現出與中國本土迥異的文學面貌與氣質。在新加坡漢詩的發展歷史上，數量最多並且影響最大的一批詩作主要集中在清末民初。從晚清三次大規模的出洋活動開始，[1]按照清政府總理衙門的要求，往來官員要把所見所聞記錄下來，漢詩作為中國傳統社會知識分子的言說方式，在途經新加坡時，承載了紀錄早期新加坡社會風貌的社會使命。這些文字被鍾叔河收

---

[1] 十九世紀六十年代至二十世紀初，清政府曾經組織三次大規模集體出洋：第一次是1866年的赫德師團與1868年的蒲安臣使團，這是完全由外國人率領的外交使團。第二次是十九世紀七十年代到九十年代的海外遊歷使團，特點是成員均有清政府通過考試選拔。第三次是清末「五大臣出洋」事件，1905年（光緒三十一年）7月，清政府接受資產階級改良派「立憲」的口號，高懸「預備立憲」的招牌，特派鎮國公載澤、戶部侍郎戴鴻慈、兵部侍郎徐世昌、湖南巡撫端方、商部右丞紹英等五大臣分赴東西洋各國考察政治。其中戶部侍郎戴鴻慈、湖南巡撫端方於1905年12月前往美國、德國和奧地利，並於1906年7月返回。

錄為《走向世界叢書》，集結出版。這部分詩作所傳遞的異國形象，作為晚清官員社會集體想像物的一種特殊表現形態所構建的體系，真正意義並不在於再現新加坡鏡像，而是服務於構築自身文化優勢。斌椿的《海國勝遊草》中表現的尤為突出，如果說「樓閣參差映夕陽，百年幾度閱興亡；龍涎虎跡愁行旅，何待聞猿始斷腸」，[2]是近代中國人走出過國門對外交流軌跡的起點。那麼，「片帆天際認歸途，入峽旋收十幅蒲。異域也如回故里，中華風景記桃符」，[3]則顯現中國文化的居高臨下的審視。人類的生活空間由精神場域和文化場域構成，兩個場域相互作用。在這類作品中呈現出一個更有意思的景觀，為布迪厄的「場域」做出現實闡釋。正是因為新加坡的文化場域是往來過客身分的官員進行文化再疆域的重構，使得原有的文化場域被官員自身的精神場域裏挾，在這種狀態下，漢詩呈現出中國文化的自我欣賞。

相形之下，作為駐新加坡的清政府官員左秉隆、黃遵憲筆下的新加坡則更加豐富客觀。左、黃二人先後任清政府南洋總領事，在新期間的詩作主要以與文人唱和為主。在新加坡這片異質的文化場合，唱和的雙方往往具有相同的社會環境、人生體驗、文學傾向。以漢詩為媒介交遊，文人唱和既是漢詩創作的動力，也是漢詩得以存世的重要手段。漢詩唱和交遊類似於帶競爭意味的一種友好遊戲，既借他人酒杯澆自家塊壘，又可以聯絡彼此情感。與此同時，既是唱和，必有競爭和比較，在這種相互激勵、爭奇鬥勝的文化語境中，漢詩作者創作技巧得到很好的鍛煉，愈出愈妙。鑒賞品評也是早期新加坡漢詩交遊的一個重要途徑。因背景、閱歷、趣味、思想等方面的接近，最能理解彼此詩中的象外之旨與言外之意，惺惺相惜的愉悅感充實了原作品，使之豐富華贍。置身海外，文人借助這種方式，取長補短，古典詩詞含蓄隱晦的特色在曲折心理的表達上比起其他文體要自如許多，對詩體、格律的嚴苛要求也使得漢詩格外有一種凝重的意味，最能承載對華人情感、異域時空等重大命題的思索。

其中，1889年，清代著名文人衛鑄生受左秉隆之邀在新加坡遊歷。

---

[2]　斌椿：《天外歸帆草》（《走向世界叢書》，嶽麓出版社，1985），頁198-199。
[3]　同前注，頁198-199。

兩人詩來歌往，是文人間的一次雅聚。衛鑄生應邀初去新加坡，充滿對友人的感激，更有初抵南洋的意氣風發，「意氣如龍未可馴」，[4] 此外，面對左秉隆的盛情款待，「明知作客誰非偶，卻喜論交尚有人」。[5] 左秉隆回應道時，肯定衛鑄生的文采，又對其感激表示回應，「霧鬢雲鬟常列座，蠻花犵鳥或為群」。[6] 由於衛鑄生到南洋只是遊歷，並未打算久居，因此遊人的心態可見一斑，初訪異域的揮灑自如，飄逸風趣躍於紙上。此外，作品中的南洋更加的平和，左秉隆的漢詩作品〈息力〉、〈客息力作〉中既有關於新加坡「左襟中國海，西接九州鄉」、「南去亞洲盡，蒼茫孤島間」[7]的地理地貌描述，也有描寫南洋熱帶氣候條件下，「野竹冬仍翠，幽花夜更香」的四季常青生態環境。當然，對作者本人而言，遠離故土的苦悶躍然紙上，黃遵憲〈眼前〉一詩前半段：「眼前男女催人老，況是愁中與病中。相對燈青恍如夢，未須頭白既成翁。」描述的是愁病交加，夜闌燈青，歲月催人的情景，渲染出消沉惆悵的情緒氣氛。後半段：「添巢燕子雙雛黑，插帽花枝半面紅。不信旁人稱歲暮，且忻生意暖融融。」[8]雖由燕子添巢、花枝映面的喜慶，但是終有強顏歡笑、苦中作樂之嫌。整首詩中流露出凝重、消沉的氣氛。尤其清末國內政局風起雲湧，海外駐臣已然成為革命黨人眼裡的反面人物，於是左秉隆頓生「贏得頭銜一字榮，翻令心結萬愁生」的淪桑，[9]在〈重領新洲七律四首〉第一首就表明了對待事物任其自然的態度：「人呼舊吏作新吏，我視新洲成舊洲」，「漫云老馬途應識，任重能無顛蹶憂。」[10]

十九世紀上半葉，由於新加坡氣候濕熱，是中國人眼中「化外之民」的居住殊域，文人雅士往來尚少，但十九世紀下半葉，由於政治因素，中

---

4　《叻報》1889年9月14日第5版。
5　《叻報》1889年9月14日第5版。
6　柯木林：《新華古典詩文選釋》，http://blog.sina.com.cn/s/blog_5de4db230100caw5.html。
7　饒宗頤編：《新加坡古事記》，香港中文大學出版社，1994，頁278。
8　黃遵憲：《人境廬詩草箋注》（上海：上海古籍出版社，1981），卷八，頁606
9　左秉隆：《勤勉堂詩鈔》（新加坡：南洋歷史學會，1959），卷四，《重領新洲七律四首》第四首，頁168。
10　同前注。

國文人政客紛紛南來。康有為、梁啟超、郁達夫、丘逢甲、許南英等人留下的漢詩作品通過詩人構造出的對南洋的文化場域，不僅對新加坡早期文壇起到的啟蒙作用，更在精神上哺育了新一代華僑的文教精神。

從早期新加坡漢詩的傳播載體來看，最主要的載體首先就是作者的詩集印刷，以下詩集中，都存錄有作者唱作於新加坡的作品：《星槎勝覽》（費信）、《海國勝遊草》（斌椿）、《弢園文錄外編（漫遊隨錄）》（王韜）、《海客日談》（王芝）、《外國竹枝詞》（尤侗）、《歸樸齋詩集》（曾繼澤）、《勤勉堂詩鈔》、《人境廬詩草》（黃遵憲）、（左秉隆）《葛喇吧賦》（陳乃玉）、《海外吟》（袁志祖）、《說劍堂集，老劍文稿》（潘飛聲）、《窺園留草》（徐南英）、《嶺雲海日樓詩鈔》（丘逢甲）、《明夷閣詩集》（康有為）、《大庇閣詩集》（康有為）、《邦崖詩集》（何藻翔）、《滄趣樓詩集》（陳寶琛）、《飲冰室詩集》（梁啟超）、《江山萬裡樓詩詞鈔》（楊雲史）、《南遊詩》（林豪）、《鄭觀應集》（鄭觀應）、《蕃女怨詞》（蔣玉棱）、《郁達夫全集》（郁達夫）。

反思這些「過客」身分的詩作群體，多以中國官員為身分特徵。而在這批作品的創作高峰後，新加坡本土詩人具有代表性的作品也逐漸湧現出來。其中，品質較高的、具有代表性的是作為「流寓」者新加坡詩人。所謂「流寓」者，是由於這批文人都是出生於中國本土又長年僑居海外的中國近代知識分子，早年接受正統儒家傳統教育，具備深厚的中國古體文化的根基，最傑出的代表分別是「南洋才子」丘菽園和「國寶詩人」潘受。但是，從傳播的載體來看，此類詩作多出現於各類報章。有能力印製詩集的尚在少數，如丘菽園的《丘菽園居士詩集》、《嘯虹生詩鈔》及《庚寅偶存》，潘受的《潘受詩集》和《海外廬詩》。

而各個時期的新加坡華文報紙，從清末民初的華文報紙《叻報》、《新國民日報》、《天南新報》、《總匯新報》、《檳城新報》、《益群日報》、《南洋商報》、《光華日報》、《星洲日報》等的副刊來看，這批報紙的副刊大都開闢出文藝專欄，刊登漢詩、散文、小說等等，這些文學作品的發表不僅成為海外華文文學的發端，更為華文漢詩的創作和發表提供了廣闊天地。這個時期的漢詩的創作者在報刊上發表

作品，近半數使用筆名示人，這些筆名除了「笑罕子」是新馬兩地知名
報人葉季允，「猿公」是丘菽園等，許多筆名今已難考，其中有大俗大
雅的筆名如「雅士」、「呆漢」、「太癡生」、「癡仙」以及所謂的
「醒未庵主人」、「竹園居士」、「龍溪映華氏」、「少陵野老」表示
抱負和理想的。而類似「檳榔散人」、「南海沙鷗」、「潮州陋士」這
類筆名或可推斷，他們的祖籍和其時居住地。此外，更有大量的筆名很
直白的命名為「佚名」。

　　由於時代條件，尤其是經濟條件、讀者數量的限制，真正有能力印
製詩集的是少數，今天可以查閱到的漢詩多依附報章副刊存在。如丘菽
園在《五百石洞天揮塵》中所言：「《檳榔嶼志略‧藝文志》著錄凡十
數種，據稱皆流寓諸子筆墨。余嘗欲致之一室，冀有採錄，以廣其傳。
使人入市求之不得，始知皆未刊行本也。」[11]漢詩在華文報紙上刊登從
最初的偶而出現，到後來漢詩品質和數量的提升，直至《叻報》、《新
國民日報》上專門開闢空間設置「詩聯摘錄」、「詩章照錄」等專欄。
值得一提的是，報紙刊載漢詩這種做法延續至今，2010年新加坡《聯合
早報》的「文藝城」整版刊登了新加坡國立大學學生漢詩的詩集彙編
《南金集》選，2015年又刊載《南金二集》。如林立先生所言：「雖或
未能媲美昔賢，而星洲風雅，庶幾可稍振於吾人歟。」[12]

　　而進入上世紀八十年代以後，當代新加坡的漢詩創作已經成為一面
文化景觀。當代新加坡漢詩人，處於急劇變革的多元化時代裡，守護傳
統的文學樣式及其背後的文化意蘊。他們對於傳統文學及傳統文化的眷
戀，即是中華傳統文化的積澱，又是傳統與現代、中國與海外的對話。
與此同時，漢詩簡潔的形式可以表達委婉、含蓄的內容，加之藝術上的
精彩紛呈，對中華文化嚮往的詩人們很難對其視而不見。新生代詩人的
創作主題主要集中在寫景、狀物、唱和。他們的創作出於對中國傳統文
化的喜愛，是真性情的創作。自費印製部分詩集，饋贈或出售，都成為
我們審視中國文學海外傳播的重要視窗。例如當代新加坡著名漢詩社團
新加坡新聲詩社《新加坡新聲詩社詩詞選集》、《新加坡新聲詩社百期

---

[11] 丘菽園：《五百石洞天灰塵》，1899年粵互雕刻木版大字本，卷二，頁5。
[12] 林立：新加坡：《聯合早報》，2016年3月15日。

社課選輯》等等。和古典詩詞相比，當代漢詩的生產傳播方式已經發生了一些變化，如借助資訊化大眾傳播媒介發表、出版漢詩的情況。但從已發表的數量比來看，遠遠少於新文學樣式。很長時間以來，漢詩創作的首要目的不是發表或出版。而是為了抒遣一時的情懷，為作紀念用，頂多是在幾個志趣相投的好友之間流傳。私人印製詩集由此而生。

如果將此作為一個文化現象審視的話，非常值得關注的是當代漢詩團體聚眾研習漢詩的傳統，這使得古典詩詞在當代的新加坡社會得以傳承。當代新加坡漢詩的生產方式和傳播方式，出現了多元化的趨勢和管道，又借助現代化報刊發表、專門的漢詩網站論壇進行溝通，詩集的出版等等。但是，無論從質還是量上，漢詩和新文學相比，可以說是微不足道。當代漢詩創作者的目的多是出於興趣，為抒遣一時的情懷作為宣洩情感的途徑，或者是為了自娛自樂、自省自勉留存紀念。寫作、傳播對象主要仍是詩人圈子，更像是小群體見面溝通交流的產物。這種詩人圈子的交流，構成詩社新加坡現存的詩社分別是新聲詩社、獅城詩詞學會和全球漢詩總會（新加坡分會），其中新聲詩社是新加坡漢詩創作和研究歷史最為悠久並且影響最大的民間文化社團。此外，還有堅守漢詩創作園地的研習組織，例如：

同德書報社每月一次講授對聯、傳統詩詞。並於2014年5月邀請詹尊權教授講授《詩詞曲賞析探究》十個單元。同德書報社是1910年孫中山宣導舉辦，是為了啟民智，提倡華人看書讀報的民間社團。該社團堅守至今，開展書法、文學、歷史等課程。牛車水民眾俱樂部的「傳統詩詞班」，「傳統詩詞對聯學習興趣小組」每月兩次舉行，每個班級二十餘名詩詞愛好者。由本地詩人林銳彬講授詩詞格律，數十年如一日義務教導，如其所言「之所以堅持義務開班，是想為提升本地的華文水準盡一分力。」除了在牛車水，林銳彬在新加坡的潮州八邑會館開辦詩詞對聯班，在南洋普寧會館開設《紅樓夢》詩詞賞析班和「傳統詩詞賞析班」等課程，在經禧民眾俱樂部開設「中華詩詞研習班」。2013年，本地士人日落冬在牛車水舉行「在水一方」古詩詞研習班，其認為漢詩詞是傳承中國文化的最佳載體。

這種文化景觀背後的原因在於，一方面，在中國各種傳統文學樣式

中，詩的人際交往功能是最強的。在新加坡，漢詩一直是一部分文人應酬、交往雅致的媒介。而正是由於這種人際交往功能，詩人從「我」走向「我群」，「我群」為漢詩的創作提供一個彼此欣賞的空間，這個空間既有人際往來又有藝術審美。另一方面，這個「我群」在新加坡雖然處於邊緣，但也正是這樣的邊緣位置給予漢詩很大的發展空間，從而保留了傳統的色彩。究其原因，正是由於遠離現代文化中心，沒有更多的承受都市文化帶來的壓力，漢詩在邊緣地帶裡表現活躍。

## 二、去國懷鄉：新加坡漢詩中的文化記憶

　　文化記憶從社會記憶中提煉而成，社會記憶的普遍特徵和作為人類文明生活體驗的特殊性共存。記憶作為一種社會現象，尤其在特定區域範圍內，形成共時性的記憶空間，於是文化記憶指向遙遠的過去，形成歷時性的時間軸。在新加坡漢詩的研究範疇內考慮文化記憶，並非是把來自個體心理學領域的概念用於對社會和文化現象的分析中，而是強調南洋特定區域內社會和文化之間的互動關係。文化記憶的情感維度在漢詩的研究過程中，是一種具有社會群體特徵的華人對於逝去的文化的追懷心理。其作用不僅僅在於作為文人這個群體的情感引導模式，還在於是華人文化記憶的情感溝通方式。尤其在早期海外華文漢詩的創作過程中，更是代表了異質文化空間中的民族歷史性格和文化心態。另一方面，漢詩為介質所構建的身分認同是一個長期發展的過程。華人的文化身分認同伴隨漢詩不同時期的創作主題發生改變，從早期的「過客」身分，到移民後心繫兩地的特點，直至當代新加坡本土華文漢詩創作中以詩社、華文報刊和網路創作的多元化語境使得漢詩的認同也從單一走向多元。

　　在「過客」詩人那裡，漢詩寫作雖然形式上屬於傳統寫作，風格上也體現出傳統漢詩的特點。但是，從內容上，我們看到的不是「真實的新加坡」，而是「我眼中的新加坡」，是一個代表清政府的中國人的觀察、體驗和認證。在他們的詩作中，儒家的理想人格，作為中國人的文化身分，成為這個類型作者漢詩的基本敘述支點。非常有代表性的例

子就是王芝，王芝在自己的旅行日記《海客日譚》中自稱駐騰越的清軍中人，他們於1871年底進入緬甸，在仰光通過海路去倫敦。故而，史學界亦有人認為王芝是劉道衡的隨行文人。[13]王芝的出訪，途經新加坡所做的漢詩錄入他的遊記《海客日譚》第五卷，具體有〈月中望南洋諸島國〉、〈晚泊星架坡〉、〈雨後望柔佛〉以及〈白雉吟〉四篇。而王芝筆下的新加坡同樣是對於風景的記錄，在此摘錄兩首王芝漢詩作品。

### 月中望南洋諸島國　二首

東望星奇夜色開，春帆新自泰西回。紅毛淺外風初陡，白石門前潮正來。

魚蹴晶球銀世界，蜃吹珠氣玉樓臺。一聲長笛姮娥笑，快挹清光入酒杯。

龍牙溜裡隱煙霏，古達汶萊望裡微。山獷難名明草木，航珍爭貢宋珠璣。（南洋諸島自宋明已通貢中華）

如蘆島樹撐雲短，似塔風帆帶月飛。欲訪蚪耆問奇事，春潮聲佐海天威。

### 晚泊星架坡

兩山中斷一帆拖，春樹斜陽星架坡。滿壑煙雲藏墨豹（坡中多炭），層巒燈火點青螺。

魖魖狡黠含沙毒，魚鳥貪饞近市多。潮挾海風催月上，鯨聲蟾影壯詩魔[14]。

從「魚蹴晶球銀世界，蜃吹珠氣玉樓臺」、「欲訪蚪耆問奇事，春潮聲佐海天威」、「鯨聲蟾影壯詩魔」等句中，不難看出王芝筆下的新加坡風景多了幾許魔幻色彩。這當然和他本人的經歷是分不開的。一方

---

[13] 張治：《異域與新學：晚清海外旅行寫作研究》（北京：北京大學出版社，2014年版），頁35。

[14] 王芝：《海客日譚》（光緒丙子石城刊本），卷五。

面，王芝少年早慧，早在1870年，十八歲就從四川到滇緬邊防上辦理文案，次年，就奉派偕緬人由漾貢（今仰光）出發赴英，同治七年又出使泰西，少年得志急於寫書自見，更多的仰仗自己才思敏捷的文采和少年充沛的想像力。他的出訪遊記和詩作，被錢鍾書視為無稽之談：「一些出洋遊歷者強充內行或吹捧自我，所寫的旅行記──像大名流康有為的《十一國遊記》或小文人王芝的《海客日譚》──往往無稽失實，行使了英國老話所謂旅行家享有的憑空編造的特權。」[15]而鍾書河本人也在評價王芝的出訪實錄時說道：「他的『敢想敢說』，顯示出少年人的幼稚和盆地居民的固陋。」[16]

必須指出的是，這些詩作中折射出的新加坡形象多依賴「過客」們的觀感和直覺。新加坡的漢詩題材，從最初的神祕期待到對異域風土人情、異國情調的簡單表述，再到後期黃遵憲、左秉隆等人對自己和異質文化的深層考察和跨界反思，這些都離不開「過客」的描述。在他們經歷的穿越時空的文化遭遇中，新加坡形象的構建很大程度上是中國文化同南洋文化互動的過程。

新加坡的華文漢詩之所以能一直延續業發展生存，離不開在地華人的文化環境，和南來知識分子的文學氛圍。作為流寓在新的南來文人，不論是在何種歷史時期、社會氛圍，對於故國的關心都是長期存在的。個人的經歷、對故國的憂思、異域的體驗都被一覽無餘的展現在詩作。其創作意義在於，結合南洋本土經驗，借助於文學經典樣式重寫的方式，以漢詩衍生出關於族群及文化認同。諸如丘菽園1913年創作的〈星市橋上作庚申並序〉「燕子飛飛靡定居，勞人腕脫日傭書。一溪兩岸分南北，晨夕橋中走敝車。」對於新加坡生活的實錄和體驗。尤其1949年丘菽園的臨終之作〈夢中送人回國醒後記〉表達的故國哀思：「送子歸程萬里長，報君一語足眉揚。滿船都是同聲客，才踏艅艎見故鄉。」[17]對於「流寓」詩人而言，中國本土文化是一片肥沃的土壤，具有豐厚的

---

15　鍾書河：《走向世界──中國人考察西方的歷史》（北京：中華書局，1985年版），錢鍾書序。
16　鍾書河：《書前書後》（海口：海南出版社，1996年版），頁7。
17　丘菽園：《丘菽園居士詩集》（新加坡，1949年版）三編，頁453。

營養，新加坡社會是移居的外在環境，他們的漢詩在新加坡開花結果。沿著這條主線，不難發現新加坡漢詩的創作具有深刻歷史文化語境的支撐，如果忽視文化語境，只是審視其文學性，只能是海外漢詩的研究視域變得非常狹窄。新加坡漢詩從純形式的角度看，只是中國的格律詩，而從創作的語境的角度看，作者和讀者都是針對新加坡華人，漢詩是中國與南洋文化傳播與聯繫的「走廊」。縱觀百年來新加坡漢詩的創作實踐，已經成為多元調和的產物，如果簡單的從「內部研究」角度去進行評價，難以把握新加坡花恩偉漢詩創作的複雜性和多樣性的。但從社會的、歷史的文化形態的等外部生態對新加坡漢詩的影響與滲透，便有可能使新加坡漢詩研究從主題、用典、藝術表現等純文學研究的樊籬中解脫，更準確地返身觀照漢詩本來的價值。

　　一方面，「流寓」詩人的身分背景和傳統教育決定了他們與漢詩的不解之緣，尤其像丘菽園身上具有的文人貴族精神的心理趨向推動他們即便面對新文學的衝擊，依然選擇漢詩作為書寫方式。新加坡的儒家文化以「群」為表徵，漢詩因此具有強烈的本體意識，對新加坡的國家認同雖然淡薄，卻表現出「寓客」集體無意識的原鄉傳統。漢詩足以承載南來文人對新生活的體味和踐行，字裡行間給這些寓客們的是一種文化上的歸屬感而非被放逐感。另一方面，不同於往來於新的「過客」文人，丘菽園、潘受等人以新加坡作為自己的終老之所，筆下的南洋社會多了幾分客觀的描述。作品中呈現出置身其中、樂在其中、參與其中的態度。如丘菽園〈留別檳榔嶼八首〉中「入耳鄉音洽比憐，綿蠻到處盡黃人。援琴莫負鐘儀意，不礙南冠客裏身。」[18]對華僑海外生存狀態的狀寫，尤其最後一句「不礙南冠客裡身」更是樂在此間的映射。因此，雖然「流寓」詩人們的創作能力源於中華傳統教育的積澱，但他們已逐漸意識到自身文化身分不再是純粹的中國，於是漢詩中出現大量南洋意象，他們筆下的故鄉包括隨著時間的推移和新生活元素的刺激逐漸消磨，在漢詩的創作上表現出故土生活真實場景和二次闡發並行的現象。

---

[18]　丘菽園：《丘菽園居士詩集》，民國三十八年鉛印本，初編卷三，第149頁。

　　「流寓」詩人漢詩中出現的故國，之於那個已經回不去的故鄉所具備的「斷片」意義。隨著在這些記憶「斷片」在漢詩的文本敘述中逐漸展開，實現了一場文學再現遠去故鄉記憶的立體復活。這其中體現了文化記憶與文學文本文學之間最基本的相互關係，互為場域，復活地理意義上僅作為符號存在的故土與南洋的「空間」和「場所」。南洋生活與往來文人在場域內的種種活動使之生氣盎然，使它們並不僅作為一個物質存在。新加坡俗世生活從器物到符號種種層面的展開使它們開始含有文化記憶的意義；而與中國同步的時代事件與政治又使漢詩別具了時代的痕跡。在文人自身的一遍遍吟詠與文人場合的過程中，不僅南洋百態呼之欲出，而且這漢詩所承載的文化記憶也成為反思歷史的景觀。

　　二十世紀八十年代以後的漢詩，由於文化轉型的危機、漢詩文學精神的沒落、語言環境的變更，以及以熱帶自然地理環境為標誌所形成的地域文化不可避免的制約和影響著作者的思維習慣、創作方式、表達形態和審美取向。新加坡漢詩創作者們也逐漸意識到，漢詩這種傳統問題的藝術魅力要在新加坡開花，首先就在於其獨特的地域風味，借助濃厚地域特色，才會使漢詩產生自成一體的文化韻味。因此，新加坡的多元文化與新華文學的地域特徵構建了一個具有南洋風采的藝術語境，並以此為核心營造新加坡華文文學氣候。研究者不難理解在新華漢詩中諸如椰林、榴槤、胡姬花等南洋意向是詩人的審美眼光對感覺世界的投注與把握，感受與領悟。不同類型的詩人在相同的文化背景中用個性化的體驗與方式描情狀物、借景抒情。於是熱帶雨林、馬來風俗、新加坡河都成了南洋意向直接構建的對應物，而這樣的描述正是詩人通過這些富於特徵性的事項的捕捉，施加文化情感色彩的渲染，是這些事項具有審美指認效果，從而使得這些漢詩在表達詩人真情性的同時，滲透流露著本土的文化精神。

　　從文學發展的規律而言，漢詩能夠在新加坡得以生存，還在於詩詞本身所具有的「在地化」特質，一個突出的表現就是南洋竹枝詞的出現，傳統的古典詩詞這樣的廟堂文學在面對異質文化時的捉襟見肘、難施拳腳時，南洋竹枝詞這樣的采風問俗樣式則更加適合對於旅途的摹寫，不禁得以言志，更可以通過新語詞的使用而融入南洋生活，從而

展現一個更為豐富的南洋。現存史料中第一首竹枝詞應是1888年刊載於《叻報》林會同的〈福州南臺竹枝詞〉。此後，竹枝詞的創作在南洋源源不斷，根據新加坡李慶年先生的統計，現留存在各類報刊上的竹枝詞約有四千餘首。[19]丘逢甲、王恩翔、葉季允、丘菽園、蕭雅堂等人均以南洋風物為題，吟詠南洋風土。這些文人對南洋的感情很複雜，一方面對於異域文化好奇震驚，一方面又有對故土家鄉的思念感懷。這種特殊的歷史文化背景，不同文化在南洋這片土地上發生了強烈的衝突和交融，給南洋竹枝詞帶來了獨特的「混血」色彩。如丘逢甲〈檳榔嶼雜詩〉一詩中，既有對南洋風光的體驗「谷繡林香萬樹花，青崖飛瀑落谽砑」，又有對於中華文化的描述「海外居然譜學通，衣冠休笑少唐風」，[20]對於南洋的到訪者而言，創作竹枝詞的內在情感，往往與中國社會政治聯繫在一起，表達的更是一種政治情感。

　　當然，文化衝突是個相對的概念，而且更多的是近代以來對世界知識的認知才有的概念。歷史上所謂中國，直至晚清中國人一直覺得自己是世界的中心。而國這個概念不同於現代政治制度中的國家。從秦以前的萬邦林立，世界在中國人眼裡是從中原為中心向外輻射，並以同心圓的方式向外累積。這種視角下的世界格局是以朝貢關係維繫的，周邊各國包括南洋都應該向中心朝貢，是內聚的向心力。從文化上講，儒家文明教化響播四裔。因此，在早期的竹枝詞中，奇特的異域景象實在太多了。

　　另一方面，五四之前，鑒於明清時期南洋諸國與中國曾有的朝貢關係，清末政治家（包括梁啟超「殖民南洋」的口號），常使人們對南洋產生一種「中國的南洋」的意識。但是伴隨英國、荷蘭等西方殖民勢力對南洋的控制與改造，這種「中國的南洋」意識也在發生變化。而這種變化背後隱藏的是一種帶有衝突和排斥性話語體系，在南洋竹枝詞中，「蠻」、「夷」之類的詞語不在少數，甚至出現「最是狂奴相對舞，東施偏解效西顰」的不屑。晚清的南洋竹枝詞更樂於以奇觀話語描述過異域民俗，視之為野蠻與落後的象徵進行冷眼相對去批判審視。

---

[19]　李慶年：《南洋竹枝詞彙編》（新加坡：今古書畫店發行，2012年），頁7。
[20]　《叻報》，1900年5月23，第5版。

　　五四運動初期的南來文人，則以一種溫和而寬容的態度尋找不同文化與宗教的交融之道。展現出儒家文化獨特，異域風光不是被排斥和否定的他者，而是一個彼此平等互動，可以冷靜審視的關係。丘菽園對於南洋華人的地位作了這樣的描述「入耳鄉音洽比憐，綿蠻到處盡黃人。援琴莫負鍾儀意，不礙南冠客裏身」。[21]從他的詩句中可以尋找到一種對話的姿勢，一種平和性的視角。他對自我歸屬的表述無意中凸顯了他對南洋文化的理解與尊重，雙方構建一種建立在平等基礎上的對話。詩人和南洋即沒有附屬關係，也不存在文化同化現象。你是你，我始終是我，彼此之間是有距離和差異的。在南洋的生活經驗使得在理解認同的同時，也保持了反思意識和批判意識。這些南洋漢詩的作者，作為早期華人，在南洋屬於遊移族群，他們的身分尚未確定處在不斷變更的過程中，對於南洋來說，他們既可能是外在的，也可能是內在的。漂洋過海流寓南洋時，他們是外在的「寓客」的角色。落地生根在地化後則成為創造南洋歷史的主人。這種意識最終呈現出了帶有雜糅性的儒家意味的力量。換言之，五四後的竹枝詞是將其南洋意識是隱含在儒家意識之中的。

　　南洋竹枝詞顯現了從晚清之後的文化啟蒙和文化時代轉換中，晚清開始帶有觀遊印象的寫實竹枝詞式被轉換為帶有想像性的故國之思、自我審視的寫意形式。南洋形象從奇怪的他者轉變為客觀合理的存在。南洋竹枝詞以帶有自身體驗的立場不斷修正已有的關於異質文化的套話，逐漸形成客觀寬容的描述方式。竹枝詞描述下的南洋不只是簡單的實景複製，而是文人建構出來的帶有自我意識的異域圖像。南洋文人在更為多元化的體驗中形成跨文化交流的態度與視點。

　　從創作主題而言，南洋竹枝詞取材廣泛，語言通俗易懂。從整個南洋竹枝詞的文化圖景來看，取材豐富。涉及南洋各國的歷史典故、教育興衰、地理風貌、熱帶氣候、民情風俗等等。相形於其他記敘方式，南洋竹枝詞最大的特點就是如實記錄所見所聞，呈現出詩人所聞所見的真實世界。南洋竹枝詞中有大量屬於流寓文人對南洋印象的隨錄，這些以

---

21　《檳城新報》，1924年11月14日，「文苑」版。

南洋為題材的竹枝詞就具有了「史」的性質，重在實景再現。因而其書寫重心便集中在異域風光、民風民俗等的角度。如「女郎著屐漢穿裙，每日街頭攘往紛。見慣司空不經意，隨波逐流可同群。」[22]南洋竹枝詞中的敘事雖與傳統有關異域的或妖魔或神話的話語和集體話語形成對照，但南洋對於詩人來說依舊只是被重新發現的精緻，是被觀察的對象與異域。

　　如同清代竹枝詞開始對地方風土記錄，南洋竹枝詞也有和地方誌相互為證的作用，甚至有些竹枝詞詩人以地方誌或筆記為據，在詞下添加詳細的箋注。如上一段提到的「女郎著屐漢穿裙，每日街頭攘往紛。見慣司空不經意，隨波逐流可同群」，作者不磨在詩後續上以下注解「熱帶居民，不喜著襪，無論男女，大多赤足拖鞋，然一鞋之代價，有貴至五六元者，則女郎所著之繡花拖鞋也；有賤至八九占者，則普通人所用之木屐也。馬來與土生之婦女，又喜彩布圍下體，名曰沙籠，招搖過市，以為美觀。奇裝異服，初見之，以為有關風化，習久之，司空見慣矣」。這段話的創作者之所以要在竹枝詞後添加如此詳細的箋注，是由於竹枝詞七言二十八字的篇幅無法更詳細地記述風土人情。從創作動機上來分析，詩人表現出將竹枝詞作為南洋地方志的補充的可能性。

　　通過上述分析，我們可以看出，漢詩在文學史和城市文化的延續承擔了雙重「再現」功能：新加坡漢詩帶著自身創作之初的原始生活目的，喚醒對於故土的文化記憶，賦予新加坡華人社會歷史文化品格，體現華人社會文化記憶的生成；與此同時，新加坡漢詩與生俱來的歷史價值反作用於當下，拓展新加坡華人精神歷史，完成了國家歷史記憶的當代價值構建。新加坡漢詩不僅是文學樣式，更是族群精神的凝聚物；早期漢詩更不是沉睡於角落的年老體邁者，而是海外華人靈魂的塑造者。總而言之，新加坡漢詩所具有的「再現」、「以詩證史」特徵，使其有資格承擔起文化記憶生成和華人文化價值構建者的雙重角色。

---

[22]　〈南洋竹枝詞〉，《南洋商報》，1925年9月26日。

## 三、海外漢詩對中國傳統文學範式的實踐與接受

　　新加坡漢詩遵守中國傳統文學樣式，在文學交流活動中作為接受者的主體「選擇性」創造的重要表現形式就是文化過濾，即跨文化文學交流過程中，接受者根據自身的文化語境對交流資訊進行「選擇」和「改造」。另一方面，任何文化一旦形成，就具備一定獨立性和穩定性，因而在面對異質文化的時候，會表現出抵禦和排它性。文學交流過程中，本土文化面對異質文化的情形，要麼是異質文化作為強勢乙方，對接受者進行強制性的文化灌輸或滲透；但更為多見的是接受者出於發展自身文化的需要，向異質文化中將有利於自身的因數主動吸收。

　　新加坡漢詩，脫胎於中國傳統文學樣式，內容上儒教的「忠」、「義」、「仁」、「孝」和憂國憂民等思想內容成為基本主題之一；儒釋道亦影響了新加坡漢詩的創作內容；自然風光是樂於表現的內容。體裁上，中國古典詩詞中的七絕、七律、五絕、五律、五言、七言等各種詩體幾乎都有採用。在藝術手法上，同樣將中國古典詩歌虛實結合、寓情於景和托物言志等手法靈活運用。

　　地域文化作為特徵鮮明的文化，指這種特徵只存在於特定的地域，且有別於其他地域。各地域文化之間相通之處是作為主流文化的共同部分。地域文化是相對於主流文化的支流。雖然主流文化，對詩人的影響不容忽視。但是，文化、交遊，甚至秉賦、個性都可能對詩人產生重大影響。因此，本文強調漢詩與新加坡地域文化之間關係，並不是否認其他文化種類和創作活動本身的重要作用而是為文體與文化的關係提供新的視角。

　　中國傳統漢詩有所謂的「詩言志」之說，即「言之不足故嗟歎之，嗟歎之不足故詠歌之」，漢詩最初的功用是傳達人的思想情緒的。之後儒家「興觀群怨」則依據詩歌的表現力擴展了詩歌的題材。雖然漢詩是表現和傳播個人情感的，但是內容題材細分卻有很多，諸如：歌功頌德、志向表達、紀事詠史、人物評傳、山水遊記、閨怨寄情、詠物品類、談詩論藝等。這些主題影響到新加坡漢詩的創作，在以上列舉的中

國本土漢詩的八大種類中，除了歌功頌德和談詩論藝外，其他六種都是新加坡漢詩常見的主題。由於同文同源，由於歷史及血緣方面的千絲萬縷的關係，促使這些各類漢詩作者仍然不斷地從中國文學吸取養分。例如《潘受詩集》中第一首〈紫金山梅花〉，「孫陵路接孝陵斜，間代英豪起漢家。千古春風香不斷，紫金山下萬梅花。」[23]這首詩寫於1937年，「孫陵」即孫中山陵墓，「孝陵」即明太祖朱元璋陵墓。這一年「七七盧溝橋事變」和「南京大屠殺」。讓潘受希望以此詩以激勵國人奮發圖強，勇敢抗敵，希望見到有像孫中山及朱元璋這樣的中國開國領袖出來領導人民，強調中華民族「千古春風香不斷」，民族精神永存，應該萬眾一心，共同抗敵。再如當代郭先楫的詩作〈黃鶴樓〉，「黃鶴飛回樓已換，江邊新起黃鶴樓。江西水接江東水，中華歷史長悠悠。十億人民歌禹甸，八千里路望星洲。我是騰雲駕霧至，天風鼓蕩不知愁。」詩文中「中華歷史長悠悠」新華漢詩必然受到中華文化的影響，也擺脫不了「中國性」的影子。因而，不可否認的新加坡漢詩中同樣具有中國漢詩詞那種非常傳統的思想感情，其中的感時書憤、述懷明志、抒悲遣愁、說禪慕逸等等情感對於中國讀者一樣有似曾相識的感覺，正說明了海內外華人在思想情感上的相似性和一貫性。

　　首先，儒家思想是中國古典詩歌所表現的內容。一方面，儒家思想的「忠」、「孝」、「仁」、「義」等思想成為新加坡漢詩所經常表現的內容。在清政府派往新加坡的第一任領事左秉隆在其詩集《勤勉堂詩鈔》中，總結了自己在新加坡的事業時稱「欲授諸生換骨丹，夜深常對一燈寒。笑余九載新洲住，不似他官似教官。」[24]這種提攜後人，文教興邦的思想是由左秉隆在中國本土所接受的教育有絕對的關係。另一方面，憂國憂民作為儒家思想的最高表現境界，是中國古典詩歌創作的基本主題之一，也是新加坡漢詩中出現的內容。如新加坡國寶詩人潘受在1937年作於南京的〈金陵四首〉中的第四首：「遼海旌旗一歎嗟，國看日蹙豈無涯。十年聚訓思句踐，更有何人式怒蛙？」[25]詩人悲憤於抗日

---

[23]　潘受：《潘受詩集》（新加坡：新加坡文化學術協會，2004），頁3。
[24]　左秉隆：《勤勉堂詩鈔》，頁42。
[25]　潘受：《潘受詩集》，頁3。

戰爭中東北的淪陷，傷痛於漢奸、媚敵者痛心疾首，諷刺失去鬥志的當權者連一隻怒蛙也不如，意圖借此鼓勵國人奮起抗敵救國。

其次，佛教為中國傳統文化中的重要組成，成為中國古典詩歌所表現的思想內容。例如，唐朝王維的〈過香積寺〉：「不知香積寺，數里入雲峰。古木無人徑，深山何處鐘。泉聲咽危石，日色冷青松。薄暮空潭曲，安禪制毒龍。」再如白居易的〈感悟妄緣題如上人壁〉：「弄沙成佛塔，鏟玉謁王宮。彼此皆兒戲，須臾即色空。」而本文所涉及的新加坡漢詩作者在本土受到佛教的影響同樣一直延續至海外的創作，例如丘菽園在〈戲贈陸夫人〉中寫道，「知爾金經勤唄誦，談禪吾亦病維摩。」[26]正是詩人參禪禮佛的心理寫照。

再次，道教作為中國本土影響最大的宗教，其仙游詩、步虛詩、青詞等道教文體豐富了中國古代文學，影響了中國古典詩歌。在新加坡漢詩中也體現出類似的道化民俗之氣，例如丘菽園的〈香妃並序三首之二〉：「鸞鳳深宮樹樹棲，瑤華更折大荒西。漫誇魏武酬銅雀，孰與楊妃呢溫羝。尺組忽銜青鳥使。長門永恨夜鳥啼。當時駝足知多少，一任香塵踏作泥。」[27]這首詩作裡的「鸞鳳」、「瑤華」、「青鳥」處處凸顯的都是道家自古流傳的神話傳說。

此外，好古、懷古是中國古典詩歌裡重要的文化心態。這一精神現象實際上是人類社會所共有的。好古、懷古詩人類共有的精神現象。但是中國的懷古不同於西方，西方社會的懷古更多的表達的是感傷、悲涼。例如新加坡詩人潘受的作品中就有大量的懷古主題詩作，例如〈姑蘇懷古〉：「歌舞西施破此城，吳王自召越王兵。飛花斜日聞鵑泣，故苑當年有鹿行。地久沉沉無劍氣，我來暗暗覓簫聲。五湖合阻佳人隱，乞向蓬山更一程。」[28]此詩是作者1937年在江蘇吳縣西山姑蘇臺遊歷時的懷古遊記，此詩描述的是春秋時代發生在此地的吳越戰爭的情景，用典有據，對仗工整，是一首具有代表性的懷古詩。

而從用典角度來看，中國古典詩歌的藝術手法極其豐富，新加坡漢

---

[26] 丘菽園：《丘菽園居士詩集》，邱鳴權、王盛治編輯家印本，初編第3卷，頁16。
[27] 同前注，初編第4卷，頁37。
[28] 潘受：《潘受詩集》，頁7。

詩幾乎悉數把中國古典詩歌的各種藝術手法引進了創作中並進行效仿。
諸如用典，就是在詩詞創作中援引史實，使用典故，恰當用典可以豐滿
詩歌形象，豐富詩歌內涵，增強作品的表現力和感染力，是中國古典詩
歌的慣用手段，常見的用典方式有明用、暗用、側用、反用等。用典常
常成為詩人表達自己志向情感的方式。新加坡詩人潘受就是一位典故運
用的高手，例如他的〈蘇州雜詩五首之孫武〉：「君王難救美人誅，教
戰宮廷赴敵如。一代威廉矜霸略，暮年恨晚讀孫書。」[29]是詩人行至蘇
州孫武遺跡處，想到德國威廉二世在一戰後，始得《孫子》譯本，讀後
感歎道：「使吾早見是書，何至有今日！」這首詩是典型的古代典故與
現代典故，中國典故與西方典故同時運用的詩作。

　　對於研究者而言，所要關注的不僅是文學的傳承關係，更應該注
意到新加坡漢詩對中國古典詩歌詩體的流變。所謂流變，包括風貌之變
和體式質變，所謂「詩之體以代變」。最早提出這個看法的是金代人劉
祁；「唐以前詩在詩，至宋則多在長短句，今之詩在俗間俚曲也。」[30]
明代胡應麟對此表述的最詳細、完備：「四言變而為離騷，離騷變而五
言，五言變而七言，七言變而律詩，律詩變而絕句，詩之體以代變也。
三百篇而騷，騷降而漢，漢降而魏，魏降而六朝，六朝降而三唐，詩
之格以代降也。」[31]再如「詩至於唐而格備，至於曲而體窮。故送人不
得不變而之詞，元人不得不變而之曲。詞勝而詩亡矣，曲勝而詞亦亡
矣。」可以看出隨著時代的不同，詩體在發生著相應的「代變」。新加
坡漢詩從創作詩體而言，主要集中在律詩和絕句。這主要是出於對中
國傳統詩歌的繼承。從詩體本身而言，並沒有太大的變化。但從社會
發展角度而言，所謂「文變染乎世情，興廢繫乎時序」，漢詩不僅是
傳統的文學樣式，更屬於具有民族性的文學樣式。如「流寓」詩人們
的漢詩就成為中國社會變遷的參照。丘菽園的詩歌創作主題是「戊戌變
法」、「百日維新」直至「辛亥革命」前後海外華人的情感訴求與政治
表達。

---

[29]　同前注，頁5。
[30]　劉祁：《歸潛志》（北京：中華書局，1986），頁52。
[31]　胡應麟：《詩藪》內編卷一（上海：上海古籍出版社，1979），頁1。

　　除卻詩題流變，新加坡漢詩的變異還表現在語言層面，包括在格律、用詞上和中國古典詩詞相比，產生的變異，如新詞入詩。這種現象從黃遵憲、丘菽園到現代詩人筆下「組屋勢巍峨，華洋雜處多。家家宜互動，國治賴民和。」[32]具有現代性精神品格的民主、自由、科學等價值觀是的「國治」、「民和」的思想，以及「組屋」這類映射出新加坡獨特的社會生活狀況的新詞。但是，由於傳統漢詩詞的藝術特色之一就是文學的音樂美，中國古典詩詞的格律是在總結漢語聲韻規律的基礎上形成的。但是，隨著時代的變遷語言也發生了相應的變化，如果一味的用現代漢語迎合古典詩詞的聲韻格律，不可避免地會出現言意之間不協調的問題。新加坡漢詩人在遵循漢詩詞藝術規律的同時變通格律來適應表現新時代新內容的要求。因此，這種變異並沒有對古典詩詞進行大的革新，其詩形、節拍、用韻依然沿襲古典詩詞的模式。但也是由於漢詩對於形式的規範化要求，因此，即便有新詞入詩等變異出現，但是並未取得讓學界滿意的成就。

　　新加坡漢詩中俗語、新語詞入詩，使得作品自然沒有中國傳統詩歌的平仄及節奏感。古代漢語中，一個字往往就是具有獨立意義的詞，也是具有獨立意義和各自的音節。而現代漢語中的辭彙多是雙音節或者三音節，這必然會改變漢詩的音韻結構。因此，古體詩的創作便成為一股潮流。正如梁啟超評價黃遵憲的長詩時所說：「煌煌兩千餘言，真可謂空前之奇構矣！」[33]這種現象背後實際上是對聲律的弱化。新加坡根據自己的具體社會發展需要對漢詩進行了有選擇的吸收和變異。因此，發軔於中國本土的文學樣式在新加坡也帶有了濃鬱的南洋色彩。如果將其只是視為一種文化現象，這一點無疑是值得讚賞的，如葉維廉所說：「理想的詩人應該擔當起改造語言的責任，使它能適應新的感受面」。例如蔡映澄的〈星洲春望〉：「康樂亭前水淼茫，女皇道左樹成行。雲煙彌漫迷三霧，島嶼依稀認四王。曲岸春回芳草碧，遙天雨過暮山蒼。

---

[32] 馬宗薌：〈睦鄰〉載於《新加坡新聲詩社詩詞選集》（新加坡：新加坡新聲詩社，1985），頁7。

[33] 梁啟超：《飲冰室詩話》（北京：人民文學出版社，1959），頁4。

此來忘卻攜樽酒，空負沙爹有異香。」[34]如果有的馬來語詞翻譯中確實難以找到恰當的表意漢字時，詩人往往用注釋的方式予以解釋。蔡映澄這首詩中有當代新加坡漢詩中較少見的馬來語入詞，其中「三霧」、「四王」是地名，「沙爹」是食物。這種語言使用方式，表現了詩人對於語言本土化的追求，以及對所新加坡的國家認同，使得漢語語言有了新的表現力。

於本人看來，一個時代有一個時代的文學樣式。評判漢詩歷史價值的尺度之一，就在於審視它是否表現了所屬文化的精神和時代生活。文學史經典傳世詩篇，無不帶有鮮明的時代烙印。雖然學界不能憑藉一個時代的詩歌水準衡量另一個時代的文學作品，但至少應該考察它是否反映了時代的生活和記憶。從這個角度，新加坡漢詩雖然形式上是舊的，但在記錄歷史的層面，謂之「詩史」是不過分的。

---

[34] 蔡映澄：〈星洲春望〉載於《新加坡新聲詩社詩詞選集》（新加坡：新加坡新聲詩社，1985），頁57。

# 新華文學場域論：全球脈絡的在地結構

## 游俊豪

## 提要

　　二十一世紀的全球化，推動著人類、資本、概念的流動，重組著世界各處的國家體制、社會結構、文化論述。一方面，崛起中的中國繼續深化其在全球脈絡的參與，叩問各地民族國家的回應方式。另一方面，離散華人社會愈益繁複，不斷調整自身於所在國的族群位置，調適對中國的身分認同。有的民族國家呈現的多元文化主義，也在持續地變動著，政府在規劃各種國內外資源的同時，也在整合各個族群之間的關係，以取得符合在地社會的穩定性。本文聚焦新加坡華文文學的場域，觀照華文文化的語境，探究離散族裔主體性的構建。

　　首先，梳理有關全球化研究的概念，以及離散族裔的理論，解析兩者如何有助於離散華文文學的理解。接著，會解剖華語語系、世界文學兩個概念的側重面，並且提出離散文學能與這兩者相輔，提供新穎的視野，探視離散族裔與文化地理之間的複雜關係。通過現今新加坡華文文學書選與重要期刊的案例研究顯示，在新華文學場域裡，在地結構正和全球脈絡疊合。

## 作者簡介

　　南洋理工大學中文系副教授，中文系主任，華裔館館長，中華語言文化中心主任，《華人研究國際學報》執行編輯。新加坡國立大學東亞研究所博士（2002），美國加州聖地牙哥大學移民比較研究中心Fulbright訪問研究員（2013）。學術研究領域包括華人移民和離散族裔、僑鄉關係、離散華文文學。專書有《移民軌跡和離散論述：新馬華人族群的重層脈絡》（上海三聯書局，2014）；*Guangdong and Chinese Diaspora: The Changing Landscape of Qiaoxiang* (London & New York: Routledge, 2013); *Antara China dengan Tanah Tempatan Ini: Satu Kajian Pemikiran Dwipusat Penulis Cina 1919-1957 (Between China and This Local Land: A Study of Dual-Centred Mentality of Chinese Writers in Malaya, 1919-1957)* (Penang: Universiti Sains Malaysia Press, 2011)。文章發表在重要期刊，包括*Journal of Contemporary China, Modern Asian Studies, Asian Ethnicity, Cross-Cultural Studies*,《長江學術》、《外國文學研究》等。游俊豪是世界海外華人研究學會會員、陳嘉庚國際學會會員、陳嘉庚基金會員、新加坡亞洲研究學會會長。

## 關鍵詞

離散華人、華文文學、中國、全球化、族群

　　二十一世紀的全球化，推動著人類、資本、概念的流動，重組著世界各處的國家體制、社會結構、文化論述。一方面，崛起中的中國繼續深化其在全球脈絡的參與，叩問各地民族國家的回應方式。另一方面，離散華人社會愈益繁複，不斷調整自身於所在國的族群位置，調適對中國的身分認同。有的民族國家呈現的多元文化主義，也在持續地變動著，政府在規劃各種國內外資源的同時，也在整合各個族群之間的關係，以取得符合在地社會的穩定性。

　　本文聚焦新加坡華文文學的場域，觀照華文文化的語境，探究離散族裔主體性的構建。

　　首先，梳理有關全球化研究的概念，以及離散族裔的理論，解析兩者如何有助於離散華文文學的理解。接著，會解剖華語語系、世界文學兩個概念的側重面，並且提出離散文學能與這兩者相輔，提供新穎的視野，探視離散族裔與文化地理之間的複雜關係。通過對現今新加坡華文文學書選和期刊的案例研究，本文嘗試提出新華文學的場域論，認為場域論適於真實地觀照離散華文文學的疊合與互動。

## 一、全球化的調整功能

　　2018年10月的《經濟學人》（The Economist）刊登了一篇特別評論，申論一個屬於中國的世紀正在成形，因為當今許多在全球脈絡中出現的趨勢，都跟中國有密切關係。這篇文章回溯了歷史上世界經濟重心的轉移，指出西元1世紀的中國與印度是世界最大經濟體，西元16世紀開始歐洲工業改革與美國強大勢力導致經濟中心轉到大西洋，二戰後日本的經濟蓬勃跟著牽動世界重心往亞洲靠近，目前中國已經逐漸取得經濟領導權，所以世界經濟重心進而在東方確立。為了證明中國的全球驅動力，《經濟學人》提出一些資料，包括中國的購買力平價大幅飛漲、貧窮人口逐漸下降、研發專利增加、軍事裝備增加等。[1]

---

[1]　"The Chinese Century is Well Under Way", *The Economist*, 27 October 2018, https://www.economist.com/graphic-detail/2018/10/27/the-chinese-century-is-well-under-way（瀏覽：2018年12月3日）。

　　除了中國的經濟與軍事實力增強，中國的軟實力其實也不斷擴散至全球，穿越國家疆界傳播到離散華人社會當中，以及其他族群裡面。中國1978年改革開放，九十年代開始蓬勃發展，與全球各個方面接軌愈益密切。中國的影響，如何通過文化形式、影視印象、文學閱讀落實到各地，已經長時間引起媒體的關注、學界的探討。[2]

　　各個國家的利益有所不同，國家體制內各個族群的認同又有所差別，所以回應中國的方式也就多元多樣。準確地說，各個國家對全球化與一個崛起的中國作出反應的時候，需要思考的不僅僅是國際關係上的多邊衡量，而且要顧慮自身國內族群政治的深度脈絡。

　　在全球化的學理研究與實際情況當中，中國是全球化進程的新勢力。六十年代，全球化作為現象與議題，在美國與法國開始討論。冷戰在1990年結束，面對人口、資金、資訊的逐漸順暢流動，其他國家也跟著思考全球化的衝擊，管制全球化的內容。在很長的一段時間裡，對於許多國家來說，全球化相等於美國化，在地景觀受到美國的民主思想、流行電影與音樂，甚至餐飲文化的影響，而產生了變化。[3]接著，日本、韓國、中國也相繼給全球化的成分與方式帶來了新的變數與印記。

　　然而，全球化領域的專家學者提醒，必須建構學理化的分析與認知。需要認知的是，全球化的力量並非無所不能的，它尚未消弭所有的國家疆界，也還未滲透到所有的地方空間。所謂「地球是平的」的提法並不全對，因為現代民族國家體制需要捍衛自己的利益，所以在有些方面放開入口迎接全球化的利潤，在有些方面卻豎起障壁阻擋全球化的傷害。[4]

---

[2]　Joshua Kurlantzick, *Charm Offensive: How China's Soft Power Is Transforming the World* (New Haven and London: Yale University Press, 2007); *Soft Power: China's Emerging Strategy in International Politics* (The Rowman & Littlefield Publishing Group, 2009).

[3]　Mark Rupert, Ideologies of Globalization: Contending Visions of a New World Order (London: Routledge, 2000); James L. Watson, "McDonald's in Hong Kong," in Frank J. Lechner and John Boli (eds.), *The Globalization Reader* (Malden, USA; Oxford; Victoria, Australia, 2008), pp. 126-134.

[4]　Thomas L. Friedman, *The World is Flat: The Globalized World in the Twenty-First Century* (London: Penguin Books, 2006).

　　因此，關注全球化的議題，就應該注意全球、國家、地方互動後的各種轉型，也應當留意地域政治、族群話語、離散論述之間的張力。[5]需要注意離散論述，是因為許多國家不但在歷史上由移民組成，而且在當今的全球化時代中迎來新近移民的衝擊。

## 二、離散族裔的繁複與場域

　　在中文詞彙裡，「僑民」與「移民」經常互用，甚至各自帶來涵義上的混淆。它們的使用，應該具體地反映各自的側重面，以便幫助政治與文化上的探討。建立於「僑民」概念上的「華僑」，理應指涉身處中國境外的中國公民，或者具有中國本位意識的華人。[6]「移民」應該只涵蓋第一代遷徙的群體，他們的入籍當地的後代則應該稱為所處國的「居民」、「國民」、「公民」。但是，在媒體呈現與日常使用當中，由於場域政治的錯綜複雜，這些詞語變得時而模糊，時而清晰。

　　「華僑」的潛臺詞，隱含了二分法。「海外－海內」、「國外－國內」、「邊緣－中心」這樣的分化，其實也整合了從屬與依附的關係，即「非傳統－傳統」、「非正統－正統」、「非正宗－正宗」。若是論述進行極致的話，就是「外道－正宗」、「雜亂－純正」的非彼既此的分歧。就像圖1所喻示，「華僑」與「中國」是同心圓的關係，中國的影響從中心擴散至邊緣的華僑社區，而華僑則從邊緣認同中國為中心。

---

5　David Held and Anthony McGrew, *Globalization Theory: Approaches and Controversies* (Cambridge, UK; Malden, USA: 2007), "Introduction: Globalization at Risk?" pp. 1-11; David Held, Anthony McGrew, David Goldblatt, Jonathan Perraton, *Global Transformations: Politics, Economics and Culture* (Stanford: Stanford University Press, 1999), "Introduction: Mapping the Global Arena of Diasporic Politics," pp. 1-31.

6　有關「華僑」詞義在不同處境的適用性，見Wang Gungwu, "The Origin of Hua-Ch'iao" in Wang Gungwu, *Community and Nation: China, Southeast Asia and Australia* (St Leonards, NSW: Asian Studies Association of Australia in association with Allen & Unwin, 1992), pp. 1-10; Wang Gungwu, "Sojourning: The Chinese Experience" in Wang Gungwu, *Don't Leave Home: Migration and the Chinese* (Singapore: Times Academic Press, 2001), pp. 54-72; Leo Douw, "The Chinese Sojourner Discourse" in Leo Douw, Cen Huang and Michael R. Godley (eds.), *Qiaoxiang Ties: Interdisciplinary Approaches to 'Cultural Capitalism' in South China* (London and New York: Keagan Paul International, 1999), pp. 22-44.

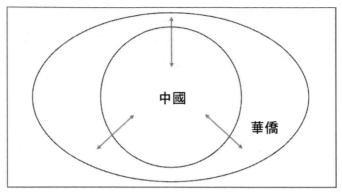

◎ 圖1　中國與華僑的同心圓

　　「移民」的語義籠統性，模糊了時間階段性。遷徙的過程，穿越了不同的時間與空間，按道理就應該分成不同階段來觀察，以便把握所經歷的語境，所產生的變化。即便從最簡單的方面來考慮，就可分為「前移民」、「移民」、「後移民」的階段。如果再顧及所牽動的因素與變數，所涉及的代際與境遇，所折射的身分與認同，所謂階段更可以進行不同的劃定，不是「移民」可以一語而蔽之。

　　華人移民，就是全球離散族裔的成員。起初，有的學者排斥將「離散族裔」套用在華人移民身上。主要的原因在於「離散族裔」曾經很狹隘地被用來概括猶太移民，而猶太移民的刻板印象是他們擁有熾熱的愛國復國想望、雄厚的經濟壟斷實力、敵對的族群相處關係。[7]離散族裔的最初涵義和後來界定，其實不然。離散族裔的詞彙源頭是希臘文，diaspora結合了動詞*speiro*和介詞*dia*，意思是遍地播種。[8]1990年後，全球化語境中移民活動和現象日益重要，離散族裔的研究領域也因此獲得拓展和修正。到了現在，有關離散族裔的概念和理論，各種學說百花齊

---

[7]　Laurent Malvezin, "The Problems with (Chinese) Diaspora: An Interview with Wang Gungwu," in Gregor Benton and Hong Liu (eds.), *Diasporic Chinese Ventures: The Life and Work of Wang Gungwu* (London & New York: RoutledgeCurzon, 2004), pp. 49-60; Wang Gungwu, "A Single Chinese Diaspora?" in Gregor Benton and Hong Liu (eds.), *Diasporic Chinese Ventures: The Life and Work of Wang Gungwu* (London and New York: RoutledgeCurzon, 2004), pp. 157-177.

[8]　Robin Cohen, *Global Diasporas: An Introduction* (London: University College London Press, 1997), p. ix.

放，簡約主義的論述已經被逐漸被揚棄，多元性的研究方法開始被確立。[9]值得注意的是，儘管視角和分析紛雜，但離散族裔的多元主體性建立在時空性和地方性上的論點，已經獲得多數學者的肯定與共識。[10]

通過圖2「離散族裔的橫向途徑」，這篇論文希望指出「離散族裔」概念採取的視域，是穿越不同地理位置的流線，即移民與其後裔如何離開原點A，到達另一點B，或又前往下一點C。「離散族裔」的方法論，破解了前面提及的「僑民」二元論，也解決了「移民」的籠統性。事實上，「離散族裔」領域的學者，致力於「路線」、「途徑」、「網路」的研究，以及「流動」、「之間」的探討。[11]而且，C點以後經常有許多的無盡的地點，沒有所謂的「離散的完結」。[12]

由此，可以衍生更多切合社會現實、文化語境的角度與觀點。譬如，圖3「新加坡在離散脈絡的主體」，就在新加坡研究與新華文學分析方面，修正了研究者該有的視域，將新加坡真切地作為核心主體，讓學術的探索在新加坡境遇裡進行。看研究的具體課題如何，如有必要的話，可以進而探討新加坡華人如何跟中國或者其他國家維持、建構關係。圖3裡大大小小的圓點，就是離散華人分布的地方。換了研究的主題，圓點大小與排位也應該跟著調整。換句話說，圖3確立了新加坡的主體性，也就建立了新華文學本就該有的場域論。

---

[9] James Clifford, "Diasporas," *Cultural Anthropology* 9(3) (1994): 302-228; Jana Evans Braziel and Anita Mannur (eds.), *Theorizing Diaspora: A Reader* (Malden, Oxford: Blackwell, 2003).

[10] 由於進入和生活在多元文化語境當中，離散族裔的主體性逐漸成為雜糅體系，也跟著呈現多元性質。Homi K. Bhabha, *The Location of Culture* (London: Routledge, 1994); Paul Brodwin, "Marginality and Subjectivity in the Haitian Diapsora," *Anthropological Quarterly*, 76 (3) (Summer, 2003): 383-410.

[11] 有關場域（site）、「路線」與「途徑」（routes）的觀點，參閱 Ananya Jahanara Kabir, "Oceans, Cities, Islands: Sites and Routes of Afrodiasporic Rhythm Cultures," *Atlantic Studies*, 11:1 (2014): 106-124; James Clifford, *Routes: Travel and Translation in the Late Twentieth Century* (Cambridge, MA; London, England: Harvard University Press, 1997). 由於途徑的連接，流動的概念就會在離散場域當中建構自己的公共空間（public sphere），參閱 Paul Gilroy, "Exer (or) casing Power: Black Bodies in the Black Public Sphere," in Helen Thomas (ed.), *Dance and the City* (London: Palgrave Macmillan, 1997), pp. 3-21.

[12] 到底有沒有「離散的終結」？離散族裔的身分如何變成非離散族裔的身分？值得另開一篇進行深入的討論。

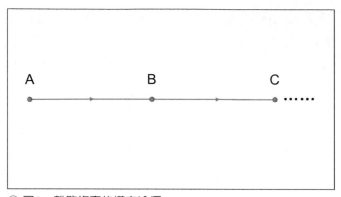

◎ 圖2 離散族裔的橫向途徑

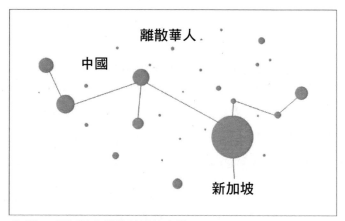

◎ 圖3 新加坡在離散脈絡的主體

# 三、華語語系與世界文學

　　華語語系文學研究領域，經過王德威、史書美、石靜遠等美國學者的開拓，已經成為重要的學術命題。其信奉的主要信念，是要辨識出一個跟中國大陸主流漢文學不一樣的所謂「華語語系文學」。[13]其建構的

---

[13] 王德威〈華語語系文學：邊界想像與越界建構〉，《中山大學學報》（社會科學版）（2006年第5期），頁1（1-4）；王德威〈中文寫作的越界與回歸：談華語語系文學〉，《上海文學》（2006年第9期），頁91（91-93）；王德威〈文學行旅與世界想像〉（上），《聯合報》，2006年7月8日；Shu-mei Shih, *Visuality and Identity: Sinophone Articulations across the Pacific* (Berkeley: University of California Press, 2007)；石

首要類型文學，包括了新疆與西藏、臺灣與香港、中國以外世界各地的華文寫作。由於極力突顯華語語系文學的獨特性，區別於中國語言、文字、文學的標準與典範之餘，華語語系文學論述難免就陷入另一種二分法，即「中國大陸主流漢文學」與「非中國大陸主流漢文學」。儘管它也顧及地方性，但沒有深究各地之間的差異，例如新華文學如何迥異於馬華文學。[14]它過多地觀照華語語系文學如何獨立於、疏離於、撕裂於中國文學，而罔顧中國的全球化卻也帶來正面的文化傳播、文學影響。

　　值得注意的是，「世界文學」作為更為繁複的理論，有助於更深入地理解華文離散文學與中國的關係，更細緻地探討兩者如何互動於全球語境。作為一種概念，「世界文學」的存在已經有兩個世紀，但在九十年代後期才開始逐漸盛行，獲得比較文學領域學者的興趣，在國家文學傳統之外，形成另一焦點。世界文學研究領域的積極開拓，得力於兩大原因。其一，全球化的巨大影響力，使得書寫文字的解讀超越了純文學的研究範圍，而必須銜接文化與身分認同等議題。其二，在民族國家（nation-state）範式以外思考文學，更有現實意義，因為跨境的文化交流越來越頻密，影響的面積越來越廣闊。[15]

　　在探討世界文學的地理分布與關係的時候，學者覺得有必要注意文學的級別（scale），致力讓全球、國家、地方層次分明，對各地文學之間的距離（distance）、各自的地點（location）的分析更能入理。[16]至於文學的地點論述，場域（site）觀照空間的架構性層面，甚至結合了皮耶・布迪厄（Pierre Bourdieu）領域（field）的社會學概念，解剖各種類型資本如何建構國際的文學生產。[17]

---

　　靜遠〈華語語系研究及其對母語觀念的重塑〉，《華人研究國際學報》，第7卷，第1期（2015年6月）。

[14] 有關華語語系概念如何不能完全適用於馬華文學研究，參閱游俊豪〈馬華文學的族群性：研究領域的建構與誤區〉，《移民軌跡和離散論述：新馬華人族群的重層脈絡》（上海三聯書店，2014）。

[15] Theo D'haen, César Domínguez and Mads Rosendahl Thomsen (eds.), *World Literature: A Reader* (London and New York: Routledge, 2013), "Introduction," p. x.

[16] Nirvana Tanoukhi, "The Scale of World Literature," *New Literary History*, 39(2008) 3-4: 599-617.

[17] Pascale Casnova, "Literature as a World," *New Left Review* 31(January-February 2005); Pascale Casnova, *The World Republic of Letters* (Cambridge, MA: Harvard

「世界文學」觀照資本主義的的影響，正好是全球化學者關注的重點，恰好也是離散族裔研究探討的層面，就像學者所肯定的，「世界文學」能夠處理這些以下的問題：

> 首先，它拒絕歐洲中心主義，不求援於後殖民差異，後者漠視了資本主義普及全球的起源與影響。它叩問，現代性作為一種現象，其存在和通過殖民關係的形構，如何不能簡約為地點和關係之間各別的特殊性？最後，如何讓後殖民的批判，敏感於不均衡的結構、體制、市場這些繼續形塑著世界文學的因素？[18]

## 四、二十一世紀的新華文學

挪用離散的理論，就是將新加坡視作一場域，一個跟其他地方有所連接的地點，進而觀察華文文學如何在這場域當中發生，進行，延異。華文文學在新加坡，一般論者稱為「新華文學」。將新華文學置於離散語境，它就不會被定位為中國文學有關上下游、主支流的淵源論，也不會被製作為跟中國文學抗衡的華語語系異調。新華文學的場域學，圍繞其主體性如何通過互動而建構，即如何吸納外來元素而涵化為其整體性。[19]

二十一世紀的新華文學場域，其活躍的作家分為三個主要背景：新加坡本土出生的、來自馬來西亞的、來自中國大陸的。這大致相符於新加坡的人口結構，華人社會主要由新加坡當地人、馬來西亞移民、中國新移民組成。[20]必須指出的是，新加坡是多元語言的環境，分為英語、華語、馬來語、淡米爾語四大語群。[21]

---

University Press, 2005.

[18] Caitlin Vandertop, "Book Review on *Combined and Uneven Development: Towards a New Theory of World-Literature* by Warwick Research Collective," *ariel: A Review of International English Literature*, 49(4), (October 2018,) p. 189 (189-192).

[19] 游俊豪〈淵源、場域、系統：新華文學史的結構性寫作〉，《移民軌跡和離散論述：新馬華人族群的重層脈絡》（上海三聯書店，2014），頁175-192。

[20] 游俊豪〈與公民互動：中國新移民在新加坡〉，《華人研究國際學報》5（1）（2013年6月）：13-26.

[21] Chua Beng Huat and Kwok Kian-Woon, "Social Pluralism in Singapore," in Robert

　　後殖民的遺產、資本主義的運作，形成了語言在新加坡的權力架構。雖然新加坡官方宣言平等對待四種語文，但實際上英文的價位與地位最高，因為是教育機構、政府部門、經濟領域、商業活動通行的語言。華文在學校僅僅作為第二語文來學習，無異於外語。影響所及，華文群體的話語權、華文文化產業的規模並不時常處在首要位置。[22]新華文學，因此就裏夾在多重強大文化話語的縫隙之中，在全球的脈絡當中，跟來自境外的英文文化、中文文化活動。

　　當今新華文學場域的構成，可以從這幾年的「早報書選」驗證。書選的名單，由新加坡最大華文報《聯合早報》主辦，邀請學術界和文學界的代表進行遴選和評定，至今已經頒發了2016、2017、2018三個年度的書選。評選的標準，是從新加坡公民和永久居民在本地出版的書籍當中，選出最值得向讀者推薦的好書，無拘於虛構或非虛構的分類。可以說，這份通過華文主流媒體選出的名單，顯示了新華文壇最為活躍、最受肯定的作家群。

　　附錄整理了「早報書選」的年份，所選書籍的作者和編者，以及他們來自哪些國家。有的人名出現超過一次，因為他們所寫或所編的書籍多次入選。三個年份的書選，總共有30人次。表1按照作者和編者背景，列出入選的人次。當中有23人次來自新加坡，成為最大的群體。來自馬來西亞的有3個人次，中國大陸的有3個人次，臺灣的1個人次。可以說，新華場域的活躍分子，背景是多元的，來自各地的離散華人：本地出生的新加坡華人，以及移民自馬來西亞、中國大陸、臺灣的華人。

---

W. Hefner (ed.), *The Politics of Multiculturalism: Pluralism and Citizenship in Malaysia, Singapore, and Indonesia* (Honolulu: University of Hawaii Press, 2001), pp. 86-118; Eddie C. Y. Kuo, "Multilingualism and Mass Media Communication in Singapore," *Asian Survey*, 18(10) (October 1978): 1067-1083.

[22] 有關新加坡華文教育的發展與式微，見李元瑾〈新加坡華文教育變遷下知識分子的保根心態1957-1987〉楊松年編《傳統文化與社會變遷》（新加坡：新加坡同安會館，1994），頁47-97。

表1　早報書選作者和背景人次背景

| 作者和編者背景 | 人次 |
|---|---|
| 新加坡 | 21 |
| 馬來西亞 | 3 |
| 中國大陸 | 3 |
| 臺灣 | 1 |

　　附錄顯示，這23位元人次新加坡本地作家是阿果、柯思仁（兩個人次）、依沙卡馬里（馬來人，兩個人次）、陳妙華（兩個人次）、周星衢基金會（暫且算一個人次）、殷宋瑋、佟暖、鄧寶翠、流蘇、葉哮忠、姚夢桐、李國梁、林得楠、劉培芳、吳耀宗、黃凱德、孤星子、洪均榮、陳文慧、林恩和。來自馬來西亞的作家是許維賢（筆名翁弦尉，兩個人次）、游以飄。來自中國大陸的是杜平、何華、原非，來自的臺灣的是衣若芬。

　　必須補充說明的是，孤星子小時候移民自馬來西亞，從小就就是新加坡公民，其文學創作在新加坡開始，所以他的背景應該算是新加坡的。衣若芬、許維賢、游以飄到新加坡前已經是作家，所以他們的背景分別從來自臺灣和馬來西亞來考慮。

　　新華文學場域的組成，也可以通過文學期刊的出版體現出來。2018年11月，新加坡七大華文文學團體召開了「華文文學期刊研討會」，探討文學雜誌如何應對網路時代與新媒體、社會文學生態的轉變、華文文學創作與閱讀人口的減少。根據表2的整理，這7份期刊是《新華文學》、《新加坡文藝》、《五月詩刊》、《錫山文藝》、《書寫文學》、《新赤道風》、《藝術研究》，分別由新加坡作家協會、新加坡文藝、五月詩刊、錫山文藝、書寫文學、赤道風、當代文藝研究會出版。

　　7位文學期刊主編當中，5位是新加坡本地的，2位來自大陸。這再一次證明，新華文學場域高度的國際化。來自中國的新移民主編重要的文學雜誌，勢必帶來當代中國的文學概念與文化理念，影響著新加坡的文學寫作與閱讀。

表2　新加坡七大華文文學期刊

| 期刊 | 創刊年份 | 主編 | 主編背景 |
|---|---|---|---|
| 《新華文學》 | 1978年4月 | 總編輯：劉瑞金，新加坡作家協會副會長 | 新加坡 |
| 《新加坡文藝》 | 1976年1月 | 主編：李選樓，新加坡文藝協會副會長 | 新加坡 |
| 《五月詩刊》 | 1984年5月 | 主編：周德成，五月詩社副社長 | 新加坡 |
| 《錫山文藝》 | 1991年5月 | 主編：南治國博士，錫山文藝中心主席 | 中國大陸 |
| 《書寫文學》 | 2017年1月 | 主編：黃明恭，書寫文學協會理事 | 新加坡 |
| 《新赤道風》 | 2018年10月（原《赤道風》1986年4月） | 主編：黃明恭；副主編：語凡 | 新加坡 |
| 《藝術研究》 | 2018年7月 | 主編：鄒璐，當代藝術研究會祕書 | 中國大陸 |

　　七份重大文學雜誌當中，歷史最為悠久的是《新加坡文藝》。1980年新加坡文藝研究成立，1990年左右改名為新加坡文藝協會。《新加坡文藝》季刊創刊於1976年，先有文學雜誌，後有文學團體。《新加坡文藝》至今出版了125期，目前主編是李選樓，新加坡人。

　　最為年輕的當數《藝術研究》，2018年7月發行創刊號。它的主編是鄒璐，來自中國大陸，是新加坡註冊的當代藝術研究會祕書。當代藝術研究會成立的目的，在於評介當代文化藝術創作，通過《藝術研究》半年刊的出版、講座活動的舉辦，促進文藝發展和理論體系的建構。

　　《新赤道風》在2018年10月首次面世，比《藝術研究》第一期還晚三個月，但它不全然是新的文學雜誌。它的前身是《赤道風》，1986年4月創刊，出版了100期後，101期改名《新赤道風》。《赤道風》第9期至第100期的主編是方然、芊華，《新赤道風》主編是黃明恭，三人都是新加坡人。

　　《新華文學》歷史相當長久，是新加坡作家協會的期刊，1978年4月創刊，至2019年總共出版了90期。它的主編是劉瑞金，新加坡人，是新加坡作家協會副會長。新加坡作家協會，1970年8月正式成立，是新加坡主流的華文文學團體，多年以來扮演橋樑的角色，推動著新加坡與中國作家、世界各地華語語系作家之間的交流。借助全球化的便捷，《新華文學》立意面向新傳媒，以電子書的形式，把新加坡文學推向世界。

　　《五月詩刊》，由五月詩社出版，至今出了43期。主編是周德成，

新加坡人。五月詩社成立於1978年10月，象徵了新華文壇現代主義詩人
的集結。《五月詩刊》增進刊登臺灣詩人洛夫與余光中、大陸詩人顧城
的詩作，跟世界華語語系的詩人與詩歌進行連接。最近五月詩社把過去
40多年舊期的《五月詩刊》電子化，放在互聯網分享參閱，借助新媒體
讓新華詩壇衝破了國界的約束。

　　《錫山文藝》至今出版了49期，主編是南治國，來自中國。跟其他
以作家組織為主體的文學期刊相異，《錫山文藝》立足於新加坡的武吉
知馬社區，集合了這社區的資源，豐富了新華場域的文學雜誌出版。
這份雜誌主要是刊登本地作家的創作，不時也發表了中國與其他地區的
作品。

　　至今總共出了5期的《書寫文學》，目前主編是黃明恭，新加坡
人。他同事也主編前面提到的《新赤道風》。《書寫文學》，由書寫文
學協會出版，理事來自「書寫文學網」。這個文學團體與這份文學雜
誌，幫助建立本地作家與世界各地作家之間的聯繫，希望世界各地了解
本地文學的狀況。

## 五、結論：論及離散文學的歷史性與地理性

　　保羅・傑（Paul Jay）在他的一篇學術文章，提到英文文學雖然發源
於英國，但後來發展於美國，而又蓬勃於其他國家，認為任何一個國
家的某種語文文學研究，必須超越國家的範式，方能反應全球流動的
實況：

> 我們需要重組文學研究，超越過時的但仍然使用的國家範式，並
> 且強調在不同的時期，文學已經處在多重方向的流動當中[……]
> 這樣的研究方法主要的注意力，務必檢閱文學在全球系統文化交
> 流當中的歷史角色，承認這些交流是多重方向的。在理解了全球
> 化是一個長期的歷史進程，我們就能有效地複雜化以國家為本位
> 的研究英文的方法，這並不是放棄了民族國家的範式，而是為了
> 民族國家而突顯它的歷史與功能，我們研究者必須理解，在跨國

政治與文化關係當中，文學的工具性角色。[23]

　　新加坡是一個高度全球化的場域，整合著來自外國的移民、資本、概念，進入在地的架構與脈絡當中。中國在全球化各種形式的參與，來到新加坡的疆界裡，不斷跟在地話語與其他元素互動，形塑著新加坡的多元景觀。事實的發生，並沒有顯示任何一方面的同質化，而多元主義一直進行著，雜糅的主體相繼在重構著。

　　這樣的情況，是新加坡當代歷史的事實，也是新加坡長久歷史的事實。

　　當今新華文學的具體場景，充滿了不同背景的離散華人作家。他們可以分成三個群體：已經數代繁衍在此的新加坡華人、遷徙自鄰近的馬來西亞華人、移民自較遠的中國的新移民。從有代表性的書選與文學期刊來看，這三個群體的華人作家給新華文學主體性帶來了豐富的內容與形式。

　　這樣的多元構成，是離散理論讓我們清楚視察到的，也是符合歷史性的、地理性的。過去一些學者所汲汲經營的華語語系研究，其偏頗之處只注意中國與在地的對抗，卻是偽歷史、偽地理的。新華文學的歷史，以及其地理，從來就是緊密地處在區域化與全球化當中。

　　而且，世界文學所關注的資本主義與資源配置，也幫助了理解這樣一個新華場域的狀態：本地作家仍然是最有話語權的群體，因為他們的國民身分最能爭取到國家的資源。在一個全球化尚未同質化所有元素的時代當中，在一個國家疆界與國族邊界尚且存在的場域當中，新華場域當中，最大的能動者當然是本地作家。但與此同時，本地作家無可避免地跟來自其他地方的作家互動，彼此不斷形塑著新的經驗體悟、身分認同、書寫方式。新加坡這樣一個從不封閉的場域，不斷消解華語語系當中的對峙，也不斷溝通各個語系之間的交流。

---

23　Paul Jay, "Beyond Discipline?: Globalization and the Future of English," *PMLA*, Vol. 116, No. 1 (Special Topic: Globalizing Literary Studies) (January 2001), p. 42.

## 附錄：早報書選

| | 年份 | 書名 | 分類 | 作者／編者 | 來自 |
|---|---|---|---|---|---|
| 1 | 2016 | 南洋風華：藝文・廣告・跨界新加坡 | 學術文章 | 衣若芬 | 臺灣 |
| 2 | | 說好的，重逢有期 | 插圖、散文 | 阿果（本名：李高豐） | 新加坡 |
| 3 | | 備忘錄：新加坡華文小說讀本 | 小說集 | 柯思仁 | 新加坡 |
| | | | | 許維賢 | 馬來西亞 |
| 4 | | 流線 | 詩集 | 游以飄（本名：游俊豪） | 馬來西亞 |
| 5 | | 第二張臉 | 散文集 | 翁弦尉（本名：許維賢） | 馬來西亞 |
| 6 | | 刺哇：白礁島悲劇（Rawa: Tragedi Pulau Batu Putih） | 翻譯 | 伊沙卡馬里（Isa Kamari） | 新加坡 |
| | | | | 翻譯：陳妙華 | 新加坡 |
| 7 | | 致讀者：新加坡書店故事1881-2016 | 調查報告 | 周星衢基金 | 新加坡 |
| 1 | 2017 | 舞臺亮起 | 散文集 | 柯思仁 | 新加坡 |
| 2 | | 慢動作 | 散文集 | 殷宋瑋 | 新加坡 |
| 3 | | 秤砣集 | 詩 | 佟暖 | 新加坡 |
| 4 | | 我們唱著的歌 | 記錄片、訪談集 | 鄧寶翠 | 新加坡 |
| 5 | | 薔薇邊緣 | 散文集 | 流蘇 | 新加坡 |
| 6 | | 我在媒體這些年 | 散文集 | 杜平 | 中國 |
| 7 | | 慢行，斯里蘭卡 | 散文集 | 葉孝忠 | 新加坡 |
| 8 | | 流動遷移・在地經歷：新加坡視覺藝術現象（1886-1945） | 散文集 | 姚夢桐 | 新加坡 |
| 9 | | 大眼雞・越洋人 | 散文集 | 李國梁 | 新加坡 |
| 10 | | 如果還有螢火蟲 | 詩集 | 林得楠 | 新加坡 |
| 1 | 2018 | 在南洋 | 散文集 | 何華 | 中國 |
| 2 | | 遠去的硝煙 | 散文集 | 劉培芳 | 新加坡 |
| 3 | | 悲君統治（Duka Tuan Bertakhta） | 翻譯 | 伊沙卡馬里（Isa Kamari） | 新加坡 |
| | | | | 翻譯：陳妙華 | 新加坡 |
| 4 | | 形成愛 | 詩集 | 吳耀宗 | 新加坡 |
| 5 | | dakota | 散文集 | 黃凱德 | 新加坡 |
| 6 | | 詩精五十首：不可預期 | 詩集 | 孤星子 | 新加坡 |
| | | | | 洪均榮 | 新加坡 |
| | | | | 陳文慧 | 新加坡 |
| 7 | | 鄰人的運氣 | 小說集 | 原非（本名：于森森） | 中國 |
| 8 | | 我城我語 | 散文 | 林恩和 | 新加坡 |

# 略論中國古典小說在韓國文學史上扮演的角色

唐梓彬

## 提要

　　韓國是東亞「漢文化圈」重要的成員之一，長久以來即有以中國漢字書寫的「漢文學」。本文著重從宏觀的角度探討中國古典小說在韓國文學史上扮演的角色，藉以思索中韓文化交流的關係。就中國古典小說在韓國的定位問題，可考慮的因素有以下兩項：一為韓國對中國古典小說的接受與小說的文學地位；二為中國古典小說對韓國的影響。小說在韓國歷來都被摒棄於入仕制度以外，故就中國古典小說而言，其文學地位在韓國也較低，卻又因其娛樂性而在總體上受到國君與民間的歡迎。另外，中國古典小說對韓國小說產生了啟蒙的作用，其內容、主題思想、故事情節、文學體式、語言運用均被接受與轉化；而在對中國小說的接受上，又可見到韓國的自我取捨與價值判斷。本文認為中國古典小說在韓國擔任了領導的角色，對韓國小說發展有深遠的影響。

## 作者簡介

畢業於香港浸會大學中國語言文學系，並於同系先後獲得榮譽文學士（一級榮譽）、哲學碩士及哲學博士學位，現職香港公開大學人文社會科學院助理教授，主要研究興趣包括中國古代文學、文學理論與批評、文體學及王安石研究等，論文見於《漢學研究》、《人文中國學報》、《東吳中文學報》等學術期刊。

## 關鍵詞

漢文化圈、中國古典小説、韓國文學

## 一、序言

日本學者西嶋定生（1919-1998）（Nishijima Sadao）曾對東亞世界作出界定和說明，其云：

> 「東亞世界」是以中國文明的發出及發展為基軸而形成的。[……]隨著中國文明的開發，其影響進而到達周邊諸民族，在那裡形成以中國文明為中心，而自我完成的文化圈，這就是「東亞世界」。[……]是以中國為中心，包括其周邊的朝鮮、日本、越南以及蒙古高原與西藏高原中間的河西走廊地區東部諸地域[……]構成這個歷史的文化圈。[1]

據此看來，韓國屬於東亞文化圈，亦即是「漢文化圈」最重要的成員之一，[2]長久以來即有以中國漢字書寫的「漢文學」。[3]由於地緣的關係，韓國文學一直處於中國文化的影響之下。在1443年世宗조선세종（1397-1450）創製韓文字母（訓民正音 훈민정음 Hangul Joseon mun）之前，韓國均沒有自己的文字，而是以漢字作為官方法定的書寫文字。[4]因此，韓國古代的文學作品大多由漢字寫成，並採用與中國文學非常相近的文學體式。在這接近二千年的文化交流裡，中國文學對韓國文學的影響極大，可謂擔當著領導的角色。近年來，中韓學者多在經學、詩

---

[1]　西嶋定生：〈東亞世界的形成〉，載劉俊文主編：《日本學者研究中國史論著選譯》（北京：中華書局，1993年），第2卷，頁88-92。

[2]　有關「漢文化團」的定義與論述，參考張伯偉：〈再論騎驢與騎牛——漢文化圈中文人觀念比較一例〉，《清華大學學報》（哲學社會科學版），2007年第1期，頁12-24；張伯偉：〈作為方法的漢文化圈〉，《中國文化》，2009年第2期，頁107-113及張伯偉：〈再談作為方法的漢文化圈〉，《文學遺產》，2014年第2期，頁114-118。

[3]　有關「漢文學」的定義與論述，參考曹虹：〈陶淵明《歸去來辭》與韓國漢文學〉，《南京大學學報》（哲學・人文科學・社會科學版），2001年第6期，頁18-26及張伯偉：〈選本與域外漢文學〉，《南京大學學報》（哲學・人文科學・社會科學版），2002年第4期，頁81-89。

[4]　關於韓文的由來和歷史，參考李泳敏：《新標準韓國語發音教程》（天津：天津大學出版社，2008年）。

歌、散文方面研究中韓文化之間的相互影響，並取得了顯著的成績。經學方面的研究眾多，如盧鳴東〈《士昏禮》與朝鮮《家禮》學研究——金長生《家禮輯覽》婚禮述評〉、[5]賴貴三〈韓國朝鮮李氏王朝（1392-1910）《易》學研究〉、[6]陳亦伶〈從「四書五經」到「四書三經」——對韓國經學研究的影響與展望〉[7]及金秀炅《韓國朝鮮時期詩經學研究》[8]等等，均對韓國經學進行了深入的研究，成果頗豐。至於詩歌與散文方面的研究亦為數不少，例如簡錦松〈高麗詩人李齊賢成都紀行詩詞現地研究〉、[9]錢志熙〈從《韓客詩存》看近代的韓國漢詩創作及中韓文學交流〉、[10]張伯偉〈漢字的魔力——朝鮮時代女性詩文新考察〉、[11]鄺健行、吳淑鈿合編的《韓國詩話中論中國詩資料選粹》、[12]全英蘭《韓國詩話中有關杜甫及其作品》[13]均屬這方面的研究，補充了中韓詩歌研究的種種空白。然而，早於三國（高句麗、百濟、新羅）時代（427-660）已傳入韓國的中國古典小說的影響卻被受忽略。[14]目力所及，前人有關該論題的研究以韓國學者閔寬東最有代表性，而其研究大多側重於傳播、出版、翻譯、目錄、文獻版本及資料整理等方面。[15]本

---

[5]　盧鳴東：〈《士昏禮》與朝鮮《家禮》學研究——金長生《家禮輯覽》婚禮述評〉，載《域外漢籍研究集刊》，第六輯，（北京：中華書局，2010年），頁155-174。

[6]　賴貴三：〈韓國朝鮮李氏王朝（1392-1910）《易》學研究〉，《東海中文學報》，2013第25期，頁1-25。

[7]　陳亦伶：〈從「四書五經」到「四書三經」——對韓國經學研究的影響與展望〉，《中國文哲研究通訊》，2014年第1期，頁55-72。

[8]　金秀炅：《韓國朝鮮時期詩經學研究》（臺北：萬卷樓圖書股份有限公司，2012年）。

[9]　簡錦松：〈高麗詩人李齊賢成都紀行詩詞現地研究〉，《漢學研究》，2014年第4期，頁95-132。

[10]　錢志熙：〈從《韓客詩存》看近代的韓國漢詩創作及中韓文學交流〉，《韓國學叢書》，第9輯，頁232-243。

[11]　張伯偉：〈漢字的魔力——朝鮮時代女性詩文新考察〉，《中國社會科學》，2018年第3期，頁162-283。

[12]　鄺健行、吳淑鈿合編：《韓國詩話中論中國詩資料選粹》（北京：中華書局，2002年）。

[13]　全英蘭：《韓國詩話中有關杜甫及其作品》（臺北：文史哲出版社，1990年）。

[14]　關於中國小說傳入韓國的四種途徑，參考陳翔華：〈中國古代小說東傳韓國及其影響（上）〉，《文獻》1998年第3期，頁132-154。

[15]　其著作包括：（韓國）閔寬東：《中國古典小說在韓國之傳播》（上海：學林出版社，1998年）。（韓國）閔寬東：《中國古典小說在韓國的研究》（上海：學林出版社，2010年）。（韓國）閔寬東、陳文新合著：《韓國所見中國古代小說史料》（武漢：武漢大學出版社，2011年）。（韓國）閔寬東著；李英月譯：《中國古代小說在韓國研究之綜述》（武漢：武漢大學出版社，2016年）。

文希望在前人的基礎上，從宏觀的角度開拓新的研究方向，著重探討中國古典小說在韓國文學史上扮演的角色，藉以思索中韓文化交流的關係。

## 二、韓國對中國古典小說的接受與小說的文學地位

多達三百餘部的中國古典小說傳入韓國後，[16]雖然得到廣泛傳播，但韓國對於中國小說的接受情況卻有排斥和接納兩種分歧。[17]

韓國排斥中國古典小說的原因大多出於儒家思想，認為小說無益教化，思想淫邪，主題內容又多屬神怪、愛情之作。例如朝鮮時代弘文館副提學金堪等大臣曾勸諫成宗성종（960-997）切勿沉迷於閱讀中國小說，據《李朝成宗實錄》的記載：

> 伏聞，頃者李克墩為慶尚監司、李宗準為都事時，將所刊《酉陽雜俎》、《唐宋詩話》、《遺山樂府》及《破閑》、《補閑集》、《太平通載》等書以獻，既命藏之內府，旋下《唐宋詩話》、《破閑》、《補閑》等集，令臣等略註歷代年號、人物出處以進。臣等竊惟，帝王之學，當潛心經史，以講究修齊治平之要，治亂得失之迹耳。外此皆無益於治道，而有妨於聖學。克墩等豈不知《雜俎》、《詩話》等書為怪誕不經之說，浮華戲劇之詞，而必進於上者，知殿下留意詩學，而中之也。人主所尚，趨之者眾，克墩尚爾，況媒進者乎？若此怪誕戲劇之書，殿下當如淫聲美色而遠之，不宜為內府祕藏，以資乙夜之覽。請將前項諸書，出付外藏，以益聖上養心之功，以杜人臣獻諛之路。[18]
> （卷28）

---

[16] 參考（韓國）閔寬東：《中國古典小說在韓國之傳播》（上海：學林出版社，1998年）一書中的相關章節。

[17] 有關觀點與論述，參考崔溶澈：〈朝鮮時代中國小說的接受及其文化意義〉，《中正漢學研究》，2013年第2期，頁333-352。

[18] 下文《李朝成宗實錄》原文，均來自韓國國史編撰委員會所提供的《朝鮮王朝實錄》（The Annals of the Joseon Dynasty）網站中的原文部分，不逐一注出。網址：http://sillok.history.go.kr/main/main.jsp

弘文館的大臣認為成宗應該「潛心經史」，在經學和史學鑽研探究；而閱讀小說卻「無益於治道」，不但對治理國家沒有益處，亦「妨於聖學」，妨礙學習孔子之學。對此，成宗卻反駁：

> 如爾等之言，以《酉陽雜俎》等書為怪誕不經，則《國風》、《左傳》所載，盡皆純正歟？近來印頒《事文類聚》亦不載如此事乎？若曰人君不宜觀此等書，則當只讀經書乎？克墩識理大臣，豈知其不可而為之哉？前者柳輊為慶尚監司時，書十漸疏于屏進之，議者以為阿諛，今所言亦如此也。予前日命汝等略註此書，必汝等憚於註解而有是言也，既知其不可，則其初何不云爾？（卷28）

言語間，流露出成宗對唐人段成式（803?-863）《酉陽雜俎》等中國小說的喜愛及對人君「當只讀經書」的要求的不滿。後來燕山君연산군（1416-1506）於1506年（李朝燕山君十二年）更特別命人在中國購入瞿佑（1341-1427）《剪燈新話》、李昌祺（1387-1452）《剪燈餘話》等明代小說，據《李朝實錄》載：「《剪燈新話》、《剪燈餘話》、《效顰集》、《嬌紅記》、《西廂記》等，令謝恩使貿来[⋯⋯]傳曰：《剪燈新話》、《餘話》等書印進。」[19]可見韓國國君對於中國小說需求的強烈。李朝宣祖선조（1552-1608）更把一部中國明朝末年的公案小說《增像包龍圖判百家公案》（簡稱《包公案》）賞賜予駙馬：「且四書一帳，書信故事一帳，《包公案》一帙，贈送駙馬。」[20]足證中國古典小說在當時極受韓國國君的歡迎。而且據蔡濟恭（1720-1799）《女四書·序》云：

> 近世閨閣之競以為能事者，惟稗說是從，日加月增，千百其種。僧家以是淨寫，凡布借覽，輒受其值以為利。婦女無見識，或讀

---

[19] 吳晗輯：《朝鮮李朝實錄中的中國史料》（北京：中華書局，1980年），第2冊，頁824。

[20] （朝鮮）金一根編注：《親筆諺簡總覽：李朝御筆諺簡集》（首爾：景仁文化社，1974年），頁136。

　　釵釧或求債銅，爭相貰來，以消永日。[21]

可見中國古典小說在李朝社會亦受到廣大百姓的喜愛，閱讀小說更成為缺乏見識的深閨婦女消磨時日的娛樂活動。因此中國小說在韓國雖有「妖妄小說」（《李朝實錄》1485）、「旁門小說」（《李朝實錄》1608）等貶稱；但在總體上中國古典小說還是因其娛樂性受到國君與民間的歡迎和接受，「近來文體日益駁雜，且有貪看小說之弊」（《李朝實錄》1788）的記載正點出了這一點。

## 三、中國古典小說對韓國文學的影響

　　中國古典小說對韓國文學的影響非常大，下文將從內容、主題思想、故事情節、文學體式、語言運用五方面作扼要精簡的概述。

　　在內容上，中國古典小說對韓國古典小說的影響，主要體現於模擬和改作方面。不少韓國文人均以中國古典小說作為藍本，將中國古典小說的故事情節加以改編、擴寫、濃縮或刪減，然後冠以與原作相類近的新名稱，轉化成為韓國的「漢文學」。[22]這類小說為數眾多，而一然일연（1206-1289）所著《三國遺事》中的〈申屠澄娶虎〉，歷來均被視為這類改作小說的始祖之一。〈申屠澄娶虎〉乃參照中國《太平廣記》卷429之〈申屠澄〉的故事改作而成；若兩相比對，我們可以發現〈申屠澄娶虎〉不但保留了原作的人物和思想主題，整個故事情節更與原作無異；不同的只是刪減了少量枝節的篇幅而已。又如《黃夫人傳》則根據陳壽（233-297）《三國志・諸葛亮傳》的記載：

　　襄陽記曰：黃承彥者，高爽開列，為沔南名士，謂諸葛孔明曰：「聞君擇婦；身有醜女，黃頭黑色，而才堪相配。」孔明許，即

---

21　（朝鮮）蔡濟恭：《女四書・序》，出自蔡濟恭：《樊岩集》，《韓國文集叢刊》（韓國：景仁文化社，2001年），第236冊，卷33，頁75。

22　陳翔華：〈中國古代小說東傳韓國及其影響（下）〉，《文獻》，1998年第4期，頁163-192。

> 載送之。時人以為笑樂，鄉里為之諺曰：「莫作孔明擇婦，正得
> 阿承醜女。」[23]

改編成諸葛亮與醜女黃氏成婚的故事；但韓國文人又運用想像力進行改
作，故在故事裡加入了神仙道術的元素，把黃氏塑造成因犯錯而被懲罰
的仙女，故要戴上醜女的面具在人間尋覓真愛，一直至婚後才能解脫。

　　至於主題思想，韓國古典小說亦深受中國儒、釋、道思想的影響，
故多勸善懲惡、忠君報國、因果報應等等的傳統主題。[24]當中以《三國
遺事》最有代表性，誠如李岩、徐建順《朝鮮文學通史》云：

> 《三國遺事》收錄的傳說最多。受佛教在統一新羅時期興起的影
> 響，這一時期的朝鮮民間傳說大多帶有宗教色彩，出現了很多
> 神、佛、鬼，以及輪迴，因果報應等思想。[25]

　　但另一方面，韓國古典小說在思想上，亦表現出追求自由的反封建
思想。例如許筠（1569-1618）在《洪吉童傳》中就展現出極欲推行社
會改革的理想，這點韋旭昇《韓國文學史》曾作出扼要的論述，其云：

> 作者對封建家庭制度和嫡庶差別制度進行了揭露和批判，表現出
> 反對封建壓迫、剝削的思想和進行社會改革理想。《洪吉童傳》
> 是朝鮮文學史上的首部反映農民起義的小說，也是首部反映社會
> 改革理想的小說。[26]

這種思想在中國古典小說中卻不多見。

　　再者，在故事情節上，韓國古典小說亦經常借用了中國古典小說的
故事情節，並以其作為素材展開故事。如金萬重（1637-1692）的《九

---

[23]　（晉）陳壽：《三國志》（北京：中華書局，2006年），卷35「蜀書五」，頁929。
[24]　參考舒暢：〈韓國古典小說《春香傳》蘊含的中國儒釋道文化研究〉，《中華文化論
　　　壇》，2018年第2期，頁84-89。
[25]　李岩、徐建順等：《朝鮮文學通史》（北京：社會科學文獻出版社，2010年），頁109。
[26]　韋旭昇：《韓國文學史》（北京：北京大學出版社，2008年），頁282。

雲夢》，借用了羅貫中（1320-1400）《三國演義》中的劉備、關羽、張飛桃園結義的情節，以描繪八姐妹結義的情景。[27]《玉麟夢》第三回亦有類似的借鑒，其云：

> 吾之兩人，既許其心，不可以泛然交道論之，乃效桃園結義之古事為兄弟，未知如何？[28]

又據崔有學的研究，《九雲夢》亦有不少情節，例如與夢、神仙四散、轉世、夫妻結緣、長生不老、彈琴等等相關的情節均與《封神演義》極為相似。[29]

在文學體式方面，韓國的古典小說多效法中國明清小說的章回體進行創作，故多以對聯作為章回篇目，以概括該回的內容重點。例如《水滸傳》第一回為：「張天師祈禳瘟疫　洪太尉誤走妖魔」[30]；韓國小說亦多仿照此體例，如《玉麟夢》第一回為：「祈玄妙誕生玉麟　救忠良披瀝丹墀」[31]，這對句更完全符合律詩的格律要求。但《水滸傳》在篇目以下慣以一首引言詩渲染氛圍，如第一回下有詩曰：

> 絳幘雞人報曉籌，尚衣方進翠雲裘。九天閶闔開宮殿，萬國衣冠拜冕旒。
>
> 日色才臨仙掌動，香煙欲傍袞龍浮。朝罷須裁五色詔，佩聲歸到鳳池頭。[32]

這種引言詩的寫作方式在韓國古典小說中卻極為罕見。

---

[27] 金寬雄、金晶銀：《韓國古代漢文小說史略》（北京：北京大學出版社，2011年），頁157-163。

[28] 林明德主編：《韓國漢文小説全集》（臺北：中國文化大學；韓國精神文化研究院，1980年），卷1夢幻、家庭類《玉麟夢》，頁286。

[29] 參考崔有學：〈試析《九雲夢》和《封神演義》的相似性〉，《延邊大學學報》（社會科學版），2015年第5期，頁53-58。

[30] （明）施耐庵、羅貫中著；李永祜點校：《水滸傳》（北京：中華書局，2005年），頁3。

[31] 林明德主編：《韓國漢文小説全集》，卷1夢幻、家庭類《玉麟夢》，頁1。

[32] （明）施耐庵、羅貫中著；李永祜點校：《水滸傳》（北京：中華書局，2005年），頁3。

　　在小說語言方面，中國章回小說常用的熟語如開端語「且說」、「話說」和結束語「未知如何，且看下回分解」等等，這種語言運用的方式也被韓國古典小說所繼承。再者，韓國的古典小說在字裡行間，也充斥著關於中國古典文學的典故，如《玉麟夢》第一回：

> 女兒金玉之性，花月之態，當獨步於千古，而關雎好逑，必難其人，是可憂慮？[33]

「關雎好逑」之語便是出自《詩經‧關雎》：「關關雎鳩，在河之洲。窈窕淑女，君子好逑。」[34]以此觀之，韓國古典小說在語言運用方面受中國文化的影響極深，師法痕跡明顯，關係密切。

　　綜上所述，中國古典小說在韓國得到廣泛傳播，並對韓國古典小說產生巨大的影響，對韓國文學之發展作出重大貢獻。但也應該指出的是：儘管韓國古典小說其主題、情節、語言等創作方法常借鑒中國古典小說，且以漢文寫成；但韓國的古典小說終究不能與中國古典小說的形式特點劃上等號。因為無論是哪一個時期的韓國漢文古典小說，都是用較為典範的文言文寫成的，從來沒有像中國話本體小說那樣用通俗語言寫成的小說出現。一俗一雅，這是兩者發展的分歧所在。

## 四、結論

　　總括全文，就中國古典小說在韓國文學史上扮演的角色，可考慮的因素有以下兩項：一為韓國對中國古典小說的接受與小說的文學地位；二為中國古典小說對韓國的影響。

　　小說在中韓歷來都被摒棄於入仕制度以外，文學地位不如儒家經典、詩賦以及古文（散文）。故就中國古典小說而言，其文學地位在韓國也較低，多被視為閒書，相對不受重視；卻又因其娛樂性而在總體上受到國君與民間的歡迎。

---

[33] 林明德主編：《韓國漢文小說全集》，卷1夢幻、家庭類《玉麟夢》，頁8。
[34] （宋）朱熹：《詩經集傳》（上海：上海古籍出版社，1987年），頁1。

　　中國古典小說對韓國小說產生了啟蒙的作用，其內容、主題思想、故事情節、文學體式、語言運用都被接受與轉化。雖然部分韓國小說的內容與形式跟中國的有相似之處；但在韓國小說中，我們又可以見到其特性，這都為我們展現出更全面的古代韓國背景下的中國文化。

　　再者，韓國對中國古典小說的接受並不等同於中國。雖然在古代韓國仰慕中華之心較強，然而在對中國小說的接受上，又可見到韓國的自我取捨與價值判斷。事實上，中韓雙方對個別的古典小說就有著不一致的評價，例如前文提及的《剪燈新話》在中國並不太受重視，但在韓國卻受到極力推崇，且影響了韓國文學史上第一部小說金時習（1435-1493）《金鰲新話》的誕生與寫作方式。誠如沈魯崇（1762-1837）《大東稗林》云：

> 金時習《金鰲新話》中〈南炎浮洲志〉，實小說之第一位也……余讀之，未嘗不撫卷三嘆。但其敷敍大概，以蹈襲瞿宗吉《剪燈新話》，而立意出語則過之，豈但青於藍而已哉！[35]

　　從中可見，韓國文學並不是中國的複製品，韓國對中國文化也非單純的接受；它既有向中國文學吸收的部分，同時更發展出自己鮮明的民族和藝術特點。

　　本文認為中國古典小說在韓國擔任了領導的角色，對韓國小說發展有深遠的影響。然而，韓國的漢文古典小說卻得不到應有的重視，部分較偏激的韓國研究者的文學史著作，甚至不承認漢文小說是他們的民族文學，如林辰〈初識漢文小說〉所言：

> 韓國漢文小說在過去的一個不算短的歷史時期裡，卻成為世界文學史上的「棄兒」。據說，這是因為有不少韓國的文學史著作和研究者，不承認漢文小說是他們的民族文學，如《朝鮮文學史》、《國文學史》、《國文學概論》等書，都對漢文小說持排

---

[35] 沈魯崇：《大東稗林》（密西根大學：國學資料院，1991年），頁473。

　　　斥的態度。[36]

貶低了韓國古典小說應有的價值。根據本文的論述，韓國的漢文古典小說，是由韓國民族寫成的，而且也處處反映了當時社會的情況，理應符合韋勒克的民族文學觀。[37]事實上，韓國最早使用的文字就是漢字，而且以後相當長的時間內，漢字也是古代韓國唯一通行的文字。如果認為韓國的漢文小說不能成為韓國的「民族文學」，這觀點是否符合歷史事實呢？這是值得我們進一步思考的問題。

[36] 林辰：〈初識漢文小説〉，《文化學刊》，2007年第4期，頁231。
[37] 關於民族文學的定義與內涵，參考劉為欽：〈韋勒克的民族文學觀及其啟示〉，《文學評論》，2016年第2期，頁72-80。

# 參考文獻

## 一、專著：

全英蘭：《韓國詩話中有關杜甫及其作品》，臺北：文史哲出版社，1990年。

朱熹：《詩經集傳》，上海：上海古籍出版社，1987年。

吳晗輯：《朝鮮李朝實錄中的中國史料》，北京：中華書局，1980年。

李岩、徐建順等：《朝鮮文學通史》，北京：社會科學文獻出版社，2010年。

李泳敏：《新標準韓國語發音教程》，天津：天津大學出版社，2008年。

沈魯崇：《大東稗林》，密西根大學：國學資料院，1991年。

林明德主編：《韓國漢文小說全集》，臺北：中國文化大學；韓國精神文化研究院，
　　1980年。

金一根編注：《親筆諺簡總覽：李朝御筆諺簡集》，首爾：景仁文化社，1974年。

金秀炅：《韓國朝鮮時期詩經學研究》，臺北：萬卷樓圖書股份有限公司，2012年。

金寬雄、金晶銀：《韓國古代漢文小說史略》，北京：北京大學出版社，2011年。

施耐庵、羅貫中著；李永祜點校：《水滸傳》，北京：中華書局，2005年。

韋旭昇：《韓國文學史》，北京：北京大學出版社，2008年。

陳壽：《三國志》，北京：中華書局，2006年。

閔寬東、陳文新：《韓國所見中國古代小說史料》，武漢：武漢大學出版社，2011年。

閔寬東著；李英月譯：《中國古代小說在韓國研究之綜述》，武漢：武漢大學出版社，
　　2016年。

閔寬東：《中國古典小說在韓國之傳播》，上海：學林出版社，1998年。

閔寬東：《中國古典小說在韓國的研究》，上海：學林出版社，2010年。

蔡濟恭：《樊岩集》，《韓國文集叢刊》，韓國：景仁文化社，2001年。

鄺健行、吳淑鈿合編：《韓國詩話中論中國詩資料選粹》，北京：中華書局，2002年。

## 二、論文：

西嶋定生：〈東亞世界的形成〉，載劉俊文主編：《日本學者研究中國史論著選譯》
　　（北京：中華書局，1993年），第2卷，頁88-92。

林辰：〈初識漢文小說〉，《文化學刊》，2007年第4期，頁231-237。

崔有學：〈試析《九雲夢》和《封神演義》的相似性〉，《延邊大學學報》（社會科學
　　版），2015年第5期，頁53-58。

崔溶澈：〈朝鮮時代中國小說的接受及其文化意義〉，《中正漢學研究》，2013年第2
　　期，頁333-352。

張伯偉：《選本與域外漢文學》，《南京大學學報》（哲學・人文科學・社會科學
　　版），2002年第4期，頁81-89。

張伯偉：〈再談作為方法的漢文化圈〉，《文學遺產》2014年第2期，頁114-118。

張伯偉：〈再論騎驢與騎牛──漢文化圈中文人觀念比較一例〉，《清華大學學報》
　　（哲學社會科學版），2007年第1期，頁12-24。

張伯偉：〈作為方法的漢文化圈〉，《中國文化》，2009年第2期，頁107-113。

張伯偉：〈漢字的魔力──朝鮮時代女性詩文新考察〉，《中國社會科學》，2018年第3期，頁162-283。

曹虹：〈陶淵明《歸去來辭》與韓國漢文學〉，《南京大學學報》（哲學・人文科學・社會科學版），2001年第6期，頁18-26。

陳亦伶：〈從「四書五經」到「四書三經」──對韓國經學研究的影響與展望〉，《中國文哲研究通訊》，2014年第1期，55-72。

陳翔華：〈中國古代小說東傳韓國及其影響（上）〉，《文獻》，1998年第3期，頁132-154。

陳翔華：〈中國古代小說東傳韓國及其影響（下）〉，《文獻》，1998年第4期，頁163-192。

舒暢：〈韓國古典小說《春香傳》蘊含的中國儒釋道文化研究〉，《中華文化論壇》，2018年第2期，頁84-89。

劉為欽：〈韋勒克的民族文學觀及其啟示〉，《文學評論》，2016年第2期，頁72-80。

盧鳴東：〈《士昏禮》與朝鮮《家禮》學研究──金長生《家禮輯覽》婚禮述評〉，載《域外漢籍研究集刊》，第六輯，（北京：中華書局，2010年），頁155-174。

賴貴三：〈韓國朝鮮李氏王朝（1392-1910）《易》學研究〉，《東海中文學報》，2013第25期，頁1-25。

錢志熙：〈從《韓客詩存》看近代的韓國漢詩創作及中韓文學交流〉，《韓國學叢書》，第9輯，頁232-243。

簡錦松：〈高麗詩人李齊賢成都紀行詩詞現地研究〉，《漢學研究》，2014年第4期，頁95-132。

# 第三章　文學與影像的跨界對話

# 希望與滅亡

## ——比較郁達夫《沉淪》及三島由紀夫《憂國》所呈現的死亡意識

### 鄒凱靜

## 提要

　　學術界多以郁達夫《沉淪》和佐藤春夫《田園的憂鬱》作比。然而三島由紀夫的《憂國》在內容、精神核心層面上和《沉淪》更有可比之處。二人皆對死亡和性愛有一份執著，卻有不一樣的死亡觀。論文由此切入：先論《憂國》其實意不在憂國，《沉淪》才是真正的憂國之作。然後論《憂國》和《沉淪》中的性愛在死亡一主題裡的角色：前者角色為死亡的契機；後者角色為展現死的美學的工具。最後以中日文化角度剖析造成以上差異的根本原因作結。論文加入較少討論的作品作比較，貫穿中日，為現有對《沉淪》的較為單一論述提供了新的切入方向。

## 作者簡介

　　2017年畢業於香港大學文學院，主修中國語言及文學。畢業後曾獲聘為香港大學教育學院中文教育研究中心研究員，參與的研究多為香港教育局資助，包括《閱我深思：故事、戲劇與德育師生互動教學》、以

通過創新和互動的教學和評估方法促進學生閱讀策略的學習、適應性學習背景下閱讀理解知識結構試點等研究項目。現於香港大學攻讀文學院的哲學碩士。研究方向為現當代臺灣文學、身分認同議題。期間曾於香港大學中文學院的研討會發表《從怨恨到寬宥：論駱以軍前期小說中的弒父意識》、第十屆東京的亞洲藝術與人文會議中發表論文Hope and Destruction: A Comparative Analysis on the Consciousness of Death between Patriotism and Sinking。

## 關鍵詞

郁達夫、三島由紀夫、死亡、性、國家

## 一、序言

　　學術界中，除了作獨立作文本分析的研究外，有關郁達夫《沉淪》一書的研究大多以佐藤春夫的《田園的憂鬱》（《田園の憂鬱》）作比較。[1]其主要原因為郁達夫曾承認自己的寫作風格受到了佐藤春夫的深刻影響：「在日本現代作家中，我所最崇拜的是佐藤春夫[⋯⋯]我每想學到他的地步，但是終於畫虎不成。」[2]日本學者小田岳夫亦直指「達夫並不僅僅是崇拜佐藤春夫，在創作上也多受其影響。《沉淪》在很多方面與《田園的憂鬱》相似，這就很充分地證實了這一點。」[3]不少學者以此為引，比較佐藤的《田》及《沉淪》中私小說[4]的特色及主人公的憂鬱症傾向。

　　然而，筆者以為《田園的憂鬱》對《沉淪》的最大影響體現在私小說這文體上，[5]屬表層的比較，未能完全地探討《沉淪》深層內容的核心精神。與《田》相比，《沉淪》似乎與三島由紀夫的《憂國》（《憂国》）在內容層面上更有可比之處。

　　郁達夫和三島由紀夫對死亡這題材皆有特殊的偏好。[6]郁達夫認為

---

[1]　學術界中有大量比較二作的研究，學位論文有白學賢的〈郁達夫と佐藤春夫の文學の比較研究──《沈倫》と《田園の憂鬱》を中心に〉、孫香的〈郁達夫與日本「私小說」──以《沉淪》與《田園の憂鬱》比較研究為中心〉等，單篇的出版論文有王世銀的〈影響與突破──從《沉淪》與《田園的憂鬱》看郁達夫與日本私小說的關係〉、刑雪的〈五四新文學與日本文學的對話──從《沉淪》與《田園的憂鬱》看郁達夫與佐藤春夫〉等。

[2]　郁達夫：〈海上通信〉，《郁達夫文集》第3卷（廣州：花城出版社，1982年），頁73。

[3]　小田岳夫：〈郁達夫傳──他的詩和愛及日本〉，見【日】小田岳夫、稻葉昭二著；李平、闇振宇、蔣寅譯：《郁達夫傳記兩種》（浙江文藝出版社，1984年），頁33。

[4]　「私小説」一詞於1920年開始散見於日本報刊上。1924年至1925年間，久米正雄把「私小説」定義為「自敘」小説：「總的一句話，就是作家把自己直截了當地暴露出來的小説」。見葉渭渠：《日本文學思潮史》（臺北：五南圖書出版，2003年），頁376。

[5]　佐藤春夫於1916年帶著兩隻狗、一隻貓和情人遷居神奈川縣都築郡，希望逃離令人窒息的城市卻失敗而回，並寫下《田》。1921年5月，郁達夫在日留學，因在異國受到冷遇和歧視而以自述口吻寫下《沉淪》。《田》及《沉》同以作者個人私生活為材，內容實際地記錄了作者真實的生活經歷和內心情緒，故皆被定義為私小説。

[6]　郁達夫的小說中，涉及死亡的約佔一半。他甚至說到「世人若罵我以『死』為招牌，我肯承認的。」參見郁達夫：〈寫完了鶯蘿集的最後一篇〉，見王自立、陳子善編：《郁達夫研究資料》（天津：天津人民出版社，1982年），頁188。

「性欲和死，是人生的兩大根本性問題，所以以這兩者為材料的作品，其偏愛價值比一般其他的作品更大」；[7]三島同表示「描寫的性愛與死亡的光景[……]堪稱我對這人生抱以期待的唯一至福」。[8]可見二人同樣對關於死的作品有一份執著，特別是當死亡和性愛拉上關係時。然而，郁達夫的《沉淪》和三島由紀夫的《憂國》同樣牽涉到死和性時，卻又反映不一樣的死亡觀。本論文將以三島由紀夫的《憂國》作對比，探究郁達夫何以死作題材，窺視其死亡觀的相同相異。

## 二、死亡和國家

在郁達夫的年代裡，中國對外屢戰屢敗，「國事，糟得同亂麻一樣，中國人的心裡，都不能不抱一種哀想。」[9]郁達夫表示在日本留學時「眼看到故國的陸沉，身受到異鄉的屈辱」，《沉淪》便是他當時哀切的悲鳴。[10]

因為身為中國人的自卑，留日讀書的主人公總認為「同學的眼光，總好像懷了惡意」、「他們是在那裡笑他」。[11]作品中一大主題便是寫性的苦悶和對愛情的追求，這些亦皆可看成作者對祖國地位低落的抗議，使主人公沒有戀愛的機會：他認為自己是中國人，故得不到日本女孩的喜愛，想「已經知道我是支那人了，否則她們何以不來看我一眼呢！」。[12]因此，作品結局中，主人翁死前的呼喊出「中國呀中國，你怎麼不強大起來！」、「祖國呀祖國！我的死是你害我的！」[13]將死亡和國家聯繫於一起。

---

7　郁達夫：〈在文藝鑒賞上之偏愛價值〉，《郁達夫全集》第5卷（杭州：浙江文藝出版社，1992年），頁91。

8　「愛と死の光景、エロスと大義との完全な融合と相乗作用は、私がこの人生に期待する唯一の至福。」轉引自【日】浅井清：《研究資料現代日本文学：小説・戯曲 II》（東京：明治書院，1980年），頁181。

9　轉引許子東：《郁達夫新論》（杭州：浙江文藝出版社，1984年），頁138。

10　同前注。

11　郁達夫：《沉淪》（廣州：花城出版社，1982年），頁23。

12　同前注，頁25。

13　同前注，頁52。

　　郁達夫在《沉淪》寫到死亡，並不是純粹的為了書寫「死」。主人翁尋死是因在異國感到弱國子民的屈辱，加上生理苦悶才尋死。作品最後並未有大量的文字描寫死的過程，只是暗示了主人公有投海尋死的決定。在《沉淪》，「國」是小說內容、主題、重點，「死」只是憂國的結果，表示郁達夫對國民性深切的失望。

　　《憂國》裡的武山信二中尉是支持政變的軍官。同袍因為武山還在新婚中，未找他參與政變。政變事件發生後，武山受命要武力鎮壓叛亂分子。他不欲親手逮捕同袍，卻又無法違抗天皇命令，最後決定自殺。

　　三島把作品名為《憂國》，主人公卻不是因憂國而死，真正的主題其實是愛和死。首先，《憂國》雖以1936年的政變「二‧二六事件」作背景，文中卻只有模糊地交待主人公與事件的關係，[14]未有詳寫事件發生經過及作者的政見。1965年三島將這部小說拍成電影，並以 *The Rite of Love and Death*（愛與死亡的儀式）為英文片名。三島設定電影不使用對白，並堅持以名為《愛之死》的音樂作背景。其英文片名和背景音樂名已經明確透露作品主題。

　　三島曾指出：「雖以事件作為背景，故事卻又離開事件本身，是對待生與死的故事」。[15]「二‧二六事件」為時空背景，三島只是取材一件社會事件，讓「義」成為軍官自殺的理由。評論家、詩人上田三四二就直接指出了「書名雖稱《憂國》，但幾乎沒有憂國的面影，主要是描寫切腹而死的的形態的悲壯美，是一種滅亡美學的實踐。」[16]因此，筆者大膽地認為英文片名 *The Rite of Love and Death* 更能帶出作品主題：為大義而死，表現死時「靈魂的奔騰」、「正義感的爆發」那份美態。[17]

---

[14] 文中只有三點透露出作品和事件有關。第一是2月26日清晨未明時響起集合的喇叭聲；第二是妻子在收音機得知丈夫的幾個好友加入了政變；三是武山中尉告知妻子，自己負責武力鎮壓叛亂部隊。

[15] 轉引自唐月梅：《怪異鬼才：三島由紀夫傳》（北京：作家出版社，1994年），頁187。著重號為本文作者所加，以起強調之作用，下文相同。

[16] 轉引自【日】三枝康高：《三島由紀夫──その血と青春》（東京：桜楓社，1976年），頁184。

[17] 「讚美的不是二‧二六事件本身，而是參與政變的青年軍官的『靈魂的奔騰』、『正義感的爆發』。」見唐月梅：《怪異鬼才：三島由紀夫傳》（北京：作家出版社，1994年），頁185。

　　《沉淪》把性欲和對國家的關懷連在一起，是有其時代性的。其時中國國際地位低落，使主人公在海外得不到異性的尊重。三島所美化的死也不是隨便任何一種死。書中「自己所憂慮著的國家[……]自己正是為了這一切而獻身的。可是，自己就要以死相諫的這個巨大的國家，果真會對自己的一死垂眼相顧嗎？」[18]說明他所書寫的是為「大義」的「死」，不論有否回報，這種凜然的死才是三島所追求的。《沉淪》及《憂國》的主人公皆是因國家而死，而《憂國》裡的死卻又比《沉淪》多了一份莊嚴的儀式感，三島亦把《憂國》的主題從國家轉移到死亡。故此，《憂國》不憂國，《沉淪》才是真正的憂國之作。

　　這也符合了夏志清所說的「感時憂國」（Obsession with China）。晚清以來，中國國勢頹敗，因此知識分子對國家的苦難有特別深刻之感，也期待一日中國會富強起來。[19]加上五四運動時期，文人們抱著「文學救國」的理念，希望以文學喚醒社會，故其時小說皆具有社會性。不過，中國作家多為關心國家境內人民的生活品質，而在外留學的郁達夫有了被日本人冷淡待遇的經歷，比其他本土作家更關注中國在世界上的權力位置（power position）。當時日本和中國的國勢大為不同，《憂國》自然缺少了這份社會性、感時憂國的精神。


## 三、死亡和性愛

　　留日時，最惱亂郁達夫心靈的，是「國際地位落後的大悲哀」和「男女兩性間的種種牽引」。[20]第一部分已經對前者有所討論，此部分將論述後者。

　　郁達夫說過：「戀愛、性欲、結婚，這三重難關實在是我們人類的宿命的三種死的循環舞蹈」。[21]他在這裡把「愛」與「死」聯繫起來，《沉淪》亦呈現出此二者的關係：主人公對愛情異常渴望，曾說過「我

---

[18] 【日】三島由紀夫著、許金龍譯：《憂國》（杭州：浙江文藝出版社，2011年），頁58。
[19] 中央研究院中國文哲研究所：《中國文哲研究通訊》第 1 卷，第1-4期（臺北：中央研究院中國文哲研究所，1991年），頁34。
[20] 王自立、陳子善：《郁達夫研究資料》第1卷（天津：天津人民出版社，1982年），頁58。
[21] 郁達夫：《郁達夫文集》第5卷（廣州：花城出版社，1982年），頁85。

並不要知識，我並不要名譽，我也不要那些無用的金錢，你若能賜我一個伊甸園內的『伊夫』，使她的肉體與心靈全歸我所有，我就心滿意足了」，[22]甚至表示願意為愛情而死去。

但他始終因「交游離絕，孤冷得幾乎到將死的地步」[23]而得不到愛情。其間多次手淫、偷看房東女兒入浴時「雪樣的乳峰」和「肥白的大腿」、[24]偷聽男女野合等行為都顯出他對性的渴求。他到酒館裡喝醉酒後和侍女發生關係，終使他的一切美好幻想破滅。他感到自己骯髒、齷齪不堪，「變了一個最下等的人了」。[25]知道了「所求的愛情，大約是求不到的了」[26]，最渴求的真摯愛情永遠離他遠去，他就投海赴死。比起國家衰弱，情慾苦悶才是主人公赴死的導火線，令他深切、直接地感受到身為弱國子民的屈辱。[27]死亡使他從身陷情慾和羞恥的痛苦泥潭中得到解脫。

《憂國》中的性愛和死亡聯繫更為緊密。年輕軍官與其妻子帶著對死亡的熱切期待而進行最後一次性愛。書中對於的這次性愛過程[28]及其後的切腹經過[29]都有十分鮮明詳細的敘述。筆者認為這是三島在以生和死這兩個絕對的概念來表達美。對他來說，生命、性愛帶來的至上的肉體愉悅和切腹、殉死的至上的肉體痛苦是在同一個原理。在得到死亡這殘酷的快感，至上的肉體痛苦前，主人公首先享受性愛的快樂、至上的

---

[22] 郁達夫：《沉淪》，頁26。

[23] 同前注，頁38。

[24] 同前注，頁39。

[25] 同前注，頁56。

[26] 同前注，頁56。

[27] 許子東：《郁達夫新論》（杭州：浙江文藝出版社，1984年），頁60。

[28] 作品描寫切腹經過極詳細，是為了展現其生的有力的美：「在經歷了這麼一番周折後，他們倆品味了何等極至的歡悅。中尉精神抖擻地爬起身子，用健壯有力的胳臂，抱過因淚水和悲哀而綿軟無力的妻子的身體。兩人瘋狂般地相互蹭擦著左右面頰。麗子的身體顫抖著。兩人被汗水濡濕的胸脯緊緊地貼合在一起，年輕、美麗的肉體的每一處都融合在了一起，簡直不可能讓他們再度分開。麗子喊叫著，由天堂墜向地獄，又借助翅膀，從地獄直衝上令人眩目的高高天際。中尉氣喘噓噓，如同一名長驅直入的聯隊旗手……」見《憂國》，頁56。

[29] 作品描寫切腹經過極詳細，是為了展現其死的壯烈的美：「中尉感到了一陣不安。他的拳頭愈加滑膩了，注意一看，原來白布和拳頭都浸了鮮血，就連兜襠布也被染成了一片赤紅。不可思議的是，在這樣劇烈的痛苦之中，能看到的東西還能看到，存在著的東西依然存在。在中尉把軍刀刺入腹部左側的瞬間，麗子看到他的面部好似突然降下了幕布，猛然間變得一片慘白，沒有絲毫血色。」見《憂國》，頁68。

肉體愉悅。

　　主人公在性愛前想過「不知現在等待的是死亡，還是肉體上的狂歡，或者是兩者的重疊」，[30]正是在將「血的飢渴」和「愛的飢渴」劃上等號。《憂國》緊緊抓住主人公男性的生命、活力、肉體來表現作者對青春、生命力的憧憬，並將之藝術化：「在就要來臨的死亡面前，無不顯現出男人那極致的美」。[31]「生」和「死」是絕對對立的概念，但它們同樣是真實的、激烈的、有力的，這共同特質正是強烈吸引三島之處。三島在追求「死」的過程並沒有排除「生」，這亦符合其「在悲境中自覺地捕捉生的最高瞬間，追求至福的死」[32]的信念。

　　兩部作品對性愛的態度完全不同。《沉淪》裡的性是求而不得、得到後又覺得是可怕的。主人公認為自瀆是在犯罪。郁達夫也曾在日記中自白，表示自己在性張力達到頂峰後，到日本的妓院召妓，並把妓院中的性啟蒙比作地獄的經驗。[33]亦因為經歷了這份可怕的性，《沉淪》的主人公恥辱地死去。性是令他死亡的契機、原因之一。《憂國》的性卻是美好而熱烈的。三島寫出肉體死亡時的痛苦和性愛時的愉悅互相撞擊，主要想表達的是死的壯烈。性愛表現了生命力，是為「死」的對立面，卻又附助的表現了「死」。兩部作品同樣寫到性愛，兩種性愛卻和死的關係如此不同。

## 四、死亡及其形象

　　讀《沉淪》並不能讀出任何關於死的美好。郁達夫沒愛上死亡，也逃不過對死的恐懼。郁達夫曾說過：「人之自殺，蓋出於不得已，必要精神上的苦痛，能勝過死的時候的肉體上的苦痛的時候，才幹的了的事情。」[34]

---

[30] 【日】三島由紀夫著、許金龍譯：《憂國》，頁56。
[31] 同前注，頁67。
[32] 【日】三島由紀夫：《三島由紀夫全集》第32卷（東京：新潮社，1989年），頁359。
[33] 王觀泉：《席捲在最後的黑暗中──郁達夫傳》（天津：天津人民出版社，1986年），頁87。
[34] 郁達夫：〈說死以及自殺情死之類〉，《郁達夫文集》第8卷（廣州：花城出版社，1982

這份恐懼在《沉淪》中亦有所展現。主人公在鄉下求學時，對沒人煙的夜晚感到恐懼，甚至害怕得想落淚；選擇死亡前，他亦對祖國發出了抱怨，[35]說明他也並不是心甘情願要去死的。如不是那樣的焦慮而絕望，主人公不會選擇死亡。

這個選擇死亡的主人公在作品中是一個弱者的形象。他形象陰沉，有「青灰色的眼窩」，[36]眼睛同死魚的一樣。他在窺聽別人野合後責罵自己「你去死罷，你怎麼會下流到這樣的地步！」[37]他讓自己死去是因為自己做了不潔的事，而這種死去並不光榮，並且十分消極。

相反，《憂國》中死去的夫妻二人形象是光輝的。二人不但甘願死亡，還美化死亡。對他們來說當死和義拉上關係時，死是美好的：「蘊含著一種難以言喻的甘美。中尉認為，這不正是那種極致的幸福嗎？」[38]

妻子死前「仰視著丈夫所體現出來的如同太陽般的大義」；軍官認為「這樣的死和戰場上的死是完全相同的。現在就要讓妻子看看自己在戰場上的英姿」。[39]這樣的死是英偉的。他們認為死時的那種喜悅，沒有一絲不潔的東西，是神聖的、「大義」的、「道德的」。他們腦海裡浮現出的死亡一點也不可怕，反是「愜意的」。[40]

兩部作品中主人公之所以有著不同的形象，是因為其死亡觀完全不一樣。在中國傳統文學裡，水有特別的象徵意義。古時有屈原，近代有王國維都因受不了世俗的污濁而投水。對他們而言水是「皓皓之白」；「蒙世之塵埃」的淨土。郁達夫面對未知國家前程的茫然、現實的黑暗，讓小說中人物投水而死，其實是以死來潔淨自己的靈魂。《沉淪》的死是不得已而為之，是消極的解決主人公的煩惱。

《憂國》的死是為了死而為之，為了以血和死激烈地體現美，故選的是轟烈的切腹，而不是較為溫和的投水。這也是符合日本的傳統

---

年），頁93。
[35] 包括「中國呀中國，你怎麼不強大起來！」、「祖國呀祖國！我的死是你害我的！」見《沉淪》，頁52。
[36] 郁達夫：《沉淪》，頁36-37。
[37] 同前注，頁56。
[38] 【日】三島由紀夫著、許金龍譯：《憂國》，頁67。
[39] 同前注，頁67。
[40] 同前注，頁67。

美學：「日本人有時認為死比生更美。這是一種『滅』的美學。日本人覺得櫻花盛開時是美的，但櫻花落下的時候更美。」[41]生的時候是美的，但死的一刻更美。三島由紀夫就如他所說一樣繼承了「日本美的傳統」，是「死亡之美的特攻隊」。[42]

## 五、結論

　　兩本作品皆以死作結，並將死、國家和性拉上關係。〈沉淪〉中性欲和憂國是因；死是果。三者有因果的關係。三島的死卻是和國家情義、性慾在情神上的高度統一，認為「肉體的欲望與憂國的至情之間，不僅沒有任何的矛盾與衝突」，「甚至把它們看作是一個整體」。[43]如果說《沉淪》的死亡是解脫的工具、途徑；《憂國》的死純粹是展現血的世界，「大義」（國家）是帶出死亡的工具。

　　郁達夫和三島分別表現了頹廢主義和浪漫主義。兩部作品在中日兩地都頗有爭議，當中描寫的性愛和死亡或有不道德之處。筆者卻從美學和藝術出發，欣賞其為藝術而藝術的大膽描寫、驚人取材。況且，《沉淪》令人反思國情，寫得頹廢正是因為作者對國家沉痛的哀愁。[44]《憂國》歌頌為大義而死的美好，仍有他們道德的成分，並不是純感官的描寫。

　　筆者以為《沉淪》和《憂國》雖然分別呈現不同的死亡觀，但同是一部「向生而死」的作品。魯迅曾說：「絕望之為虛妄，正與希望同」。這句話可以總括《沉淪》中主人公投死時的心境：即便在絕望中

---

41　葉渭渠：《日本文學思潮史》（香港：經濟日報出版社，1997年），頁143。
42　見【日】三島由紀夫：〈私の遍歷時代〉，《三島由紀夫評論全集》（東京：新潮社，1989年），頁377-378。三島除了將這種美學展現在文學作品上外，還在現實實現了。1970年，三島由紀夫發動兵變，希望自衛隊成為真的軍隊以保衛天皇和日本的傳統，失敗後切腹自盡諫世，徹底的成為了他口中的「死亡之美的特攻隊」。
43　《憂國》，頁67。
44　「人家都罵我是頹廢派、是享樂主義者，然而他們哪裡知道我何以要去追求酒色的原因？唉唉，清夜酒醒，看看我胸前睡著的被金錢買來的肉體，我的哀愁，我的悲嘆，比自稱道德家的人，還要沈痛數倍。我豈是甘心墮落者？我豈是無靈魂的人？不過看定了人生的命運，不得不如此自遣耳。」見郁達夫：〈蔦蘿集自序〉，《郁達夫文集》第7卷（廣州：花城出版社，1982年），頁153。

投死，仍希望死後祖國會有日能強大起來。《沉淪》的死是為了死後的
一絲希望，是「向生（死後的希望）而生」；《憂國》的死是為了死亡
那一刻爆發的美和生命力，同是「向生（死時的生命力）而死」。

　　如上文所說，學術界大多以佐藤春夫的《田園的憂鬱》和《沉淪》
作比，討論私小說的元素。《沉淪》在寫作手法及體制上無疑有受佐藤
的影響。然而，筆者見到的是在作品內容精神核心上，死亡、國家和性
似乎都在《沉淪》和《憂國》有著不可缺席之位。有趣的是，《沉淪》
寫成於1921年，《憂國》成於1961年。前後相隔了40年的作品不約而同
地探討了希望死亡、國家和性。筆者希望能以此論文剖釋兩部作品，並
一窺兩位中日作家死亡觀之異同。

## 參考書目

郁達夫：《沉淪》（廣州：花城出版社，1982年）。

郁達夫：《郁達夫文集》第3卷（廣州：花城出版社，1982年）。

郁達夫：《郁達夫文集》第5卷（廣州：花城出版社，1982年）。

郁達夫：《郁達夫文集》第7卷（廣州：花城出版社，1982年）。

郁達夫：《郁達夫文集》第8卷（廣州：花城出版社，1982年）。

郁達夫：《郁達夫全集》第5卷（杭州：浙江文藝出版社，1992年）。

【日】三島由紀夫著、許金龍譯：《憂國》（杭州：浙江文藝出版社，2011年）。

【日】三島由紀夫：《三島由紀夫全集》第32卷（東京：新潮社，1989年）。

【日】三島由紀夫：《三島由紀夫評論全集》（東京：新潮社，1989年）。

葉渭渠：《日本文學思潮史》（臺北：五南圖書出版，2003年）。

王自立、陳子善編：《郁達夫研究資料》（天津：天津人民出版社，1982年）。

許子東：《郁達夫新論》（杭州：浙江文藝出版社，1984年）。

唐月梅：《怪異鬼才：三島由紀夫傳》（北京：作家出版社，1994年）。

【日】小田岳夫、稻葉昭二著；李平、閻振宇、蔣寅譯：《郁達夫傳記兩種》（浙江文藝出版社，1984年）。

【日】淺井清：《研究資料現代日本文學：小說・戲曲Ⅱ》（東京：明治書院，1980年）。

【日】三枝康高：《三島由紀夫──その血と青春》（東京：桜楓社，1976年）。

# 冷戰、新女性、情感敘事：張愛玲電懋劇本《情場如戰場》與其影像改編探論

趙家琦

## 提要

本文以張愛玲五十年代為香港電影懋業公司（簡稱「電懋」）撰寫的電影劇本《情感如戰場》為討論對象，探析張愛玲以劇本形制進行的人情書寫，亦將其劇作置於冷戰語境，探討其影像改編所再現美國文化全球化傳播下的中產階級敘事。以電懋在戰後香港的政治文化／文化政治協商為勘查視域，本文解讀《情感如戰場》與張愛玲小說之互文性，更指出其改編電影所圍繞新女性形象、兩性婚戀與情感關係對現代價值觀的回應，使其電影改編之情感敘事逸出張愛玲之原創框架，卻反映了冷戰香港在美國文化傳播下之透過文學生產——影像改編之跨界合作而就資本主義價值觀與中產階級敘事的演／衍繹。

## 作者簡介

畢業於國立臺灣師範大學國文學系，後於英國倫敦大學亞非學院漢學系取得碩士學位，並獲臺灣國立清華大學中國文學系博士學位。

趙博士現任臺灣國立中興大學中國文學系助理教授，授課領域包括大學
國文、文學探索、小說寫作、近現代都市文學與文化、華語影視文學、
現代文學與世界想像等。研究專長包括近現代小說、上海文學與城市文
化、跨語際翻譯與東亞文學、張愛玲文學及電影作品等。趙博士曾獲行
政院科技部補助國內專家學者出席國際會議（2019）、臺灣國立中興大學
通識優良教師獎（2018）與行政院中華發展基金會獎助研究生赴大陸地區
短期研究（2012）等。主持研究項目包括「翻譯、詮譯與跨國傳播：戰後
美援脈絡下的張愛玲《海上花列傳》中、英譯注與接受史」（2018）與
「晚期風格：戰後張愛玲之跨語際與跨文類實踐（1950s-1990s）」（2017-
2018）。

## 關鍵詞

張愛玲、電懋、冷戰、女性、情感敘事

## 一、序言

1952年，張愛玲離滬赴港。在港停留三年期間，張愛玲除撰寫《秧歌》與《赤地之戀》兩部小說，亦在好友宋淇（1919-1996）推介下加入香港電影懋業公司（Motion Picture & General Investment Co. Ltd., 以下簡稱「電懋」），成為該公司編劇之一。電懋影業，源自星馬地區國泰企業，領導人陸氏家族原以礦業起家，後橫跨戲院經營，富甲一方。四十年代末，隨著政治情勢的變化，香港成為中國南移人口的主要地區之一，其帶來的大量華語人口與商業環境，使香港成為戰後華語影業的新興重鎮，也因此吸引了南洋的國泰企業跨國北上。1951年，陸運濤（Loke Wan Tho, 1915-1964）接任總裁，從戲院經營延伸至電影發行；兩年後，國泰北上香港成立子公司「國際電影發行公司」（簡稱「國際」）。1955年，國泰接下永華片廠，開啟其結合電影製作、發行與院線的垂直經營模式，正式改組為「電懋」。直到六十年代末，電懋是香港規模最大的影業公司之一。[1]

回顧以上電懋的簡史，其於五十年代初北上香港，不僅代表著商業上的拓展，其目的地——香港在二戰後所夾縫於共產中國與殖民地背景的特殊政治環境，亦使電懋的北上與冷戰語境存在緊密的關係。而張愛玲在戰後負笈香港，亦有其冷戰背景因素。1952年，張愛玲以難民身分進入香港，始受雇美國新聞處（United States Information Agency）從事翻譯，而美新處正是冷戰美國的海外文化政策重點機構。之後在宋淇推介下，張愛玲加入電懋。從1957年為電懋撰寫第一部劇本《情場如戰場》到1964年陸運濤過世，張愛玲總共為電懋撰寫了十部劇本，而此約七年期間正是美國對亞洲進行冷戰文化戰略的初期重要階段。

迄今，有關張愛玲電懋劇作的研究，多集中在其劇作編寫與改編電影的文本分析。[2]晚近以來，則有學者嘗試自時代外緣語境來考察電

---

[1] 電懋影業發展歷史，參見黃愛玲編，《國泰故事》（香港：香港電影資料館，2009年）。

[2] 此可參見鄭樹森的論析，其提出張愛玲劇作具有的神經喜劇（screwball comedy）特點，開啟之後張氏劇作與好萊塢電影類型之研究。至於張愛玲電懋劇本研究，可參見也斯、王

戀，或提出張愛玲電懋劇作與其改編電影所反映的戰後香港處境。[3]然而迄今，同時結合外緣文脈與文本分析來探討張愛玲劇作的研究並不多，並少見從冷戰美援文化背景來論析張愛玲電懋劇作與電懋影業機制之關係。本論文因此擬以冷戰語境為觀察視域，探勘電懋影業與冷戰香港語境的交涉，並以張愛玲的電懋首部劇本《情場如戰場》為對象，分析其人情書寫通過電影媒介詮釋下的轉化異動，並論析此異動所反映電懋影業機制對原著之介入及其所鑲嵌的冷戰時代運作背景。藉此分析，本文期以重審電懋影業作為亞洲冷戰文化工業之一環，並為張愛玲的電懋劇作提供一從戰後全球化視野下的探討視角。

## 二、冷戰下的跨國聯盟：電懋電影的亞洲跨國情感敘事

電懋影業是冷戰初期香港影業所具跨國性特徵的一個代表例子。1949年，隨著兩岸政治分裂與隨之中國市場的封閉和華語人口的南移，香港成為戰後華語影業的新興重鎮，既承接南移的上海影業，亦吸引跨國企業的進駐投資。除人口市場轉移外，位處中國南方邊界與英屬殖民地背景，亦使香港在二戰後成為冷戰國際勢力交鋒下的特殊場域，其既是左翼分子避居處，亦是英美勢力圍堵共產主義的遠東據點。兩股政治拉力也因而反映在戰後香港影業的情況：一方面左翼分子持續參與香港影業建設；另一方面，隨著美國戰後亞洲政治戰略部署的展開，香港影業產業鏈亦受到美援太平洋防線的牽動：從日本的現代技術，到臺灣成為主要觀影市場，至東南亞成為新興資金的來源，這些國家與地區以作為美援勢力下的亞洲反共紐帶，[4]串起戰後香港影業的跨國線索。

---

　宇平與梁慕靈等人討論。茲不贅述。

[3]　此類論述，參見傅葆石，〈現代化與冷戰下的香港國語電影〉，收入黃愛玲編，《國泰故事》，頁48-57；以及容世誠與麥浪的文章，收入李培德、黃愛玲編，《冷戰與香港電影》（香港：香港電影資料館，2009年）；又參見千野拓政，〈張愛玲・電影・香港認同〉，收入林幸謙編，《張愛玲：文學・電影・舞臺》（香港：牛津大學出版社，2007年）。

[4]　麥浪，〈冷戰氛圍下的香港寓言——電懋與東寶的「香港」系列〉，李培德、黃愛玲編，《冷戰與香港電影》，頁196-199。

　　承上來論，作為起家星馬，到北上香港發展，電懋的跨國路線，已顯示亞洲地緣政治在冷戰情勢下的重新配組。在此特殊的政治情勢下，加上總裁陸運濤的英美受教背景與洋化品味，電懋既與美援國家進行跨境合作攝製，而其親美路線，亦反映在影片內容的跨國敘事特徵。事實上，當國泰企業1953年於港成立發行子公司「國際」時，便已資金借貸支持部分華語片的攝製，而其資助電影在主題上就顯露日後電懋擅長以人倫情感為題材的跨國敘事。典型例子如1956年國泰的《菊子姑娘》取景東京，該片以發生於戰後日本的愛情故事為主軸，涉及飛機、戰事、離別與跨國相戀等，內容則一反二戰期間日本軍國主義教條，而是以唯美感傷的情調再現戰爭創傷記憶。事實上，《菊子姑娘》的跨國言情敘事，可讓人想到皮埃爾‧洛蒂（Pierre Loti, Louis Marie-Julien Viaud, 1850-1923）的同名著名小說《菊子夫人》（*Madame Chrysanthème*），但兩者則具不同時代隱喻：一以法國海軍官員的跨國婚戀再現殖民主義下的東方異國情調；一則以唯美清新的跨國情戀故事，反映戰後日本的凋敝及其在美國接管後的（情感）文化重建。

　　相較於《菊子姑娘》的唯美情調，亦由國泰出品的同年電影《歡樂年年》（1956）則是主打活潑歡樂氣氛，不僅與日本松竹歌舞團合作，更以具迪士尼卡通風格的服裝造型與歌舞場面，將中國情致的過年敘事，雜揉為具有美國大眾通俗娛樂文化的娛樂歌舞秀。除了以上兩片，《星洲艷跡》（1956）與《娘惹與峇峇》（1956）則以濃厚南洋情調的片名，直接傳達影片所具備南洋敘事與東南亞意味的跨族、跨境與跨國情戀的主題。

　　整體來說，在改組為電懋前，「國際」所資助拍攝的華語片雖無明顯政治傾向，但當中影片所呈顯的東洋情戀、香港孤女與南洋風情等內容，可說在不同層面體現了冷戰美援脈絡下的亞洲地緣政治，而其跨國情戀等情節與歡樂歌舞場面，並可說以友善的、溫和／馨的感性訴求一反戰爭敘事，[5]而側面體現了戰後美國勢力援助、介入下所營／打造的新亞洲情感共同體。1955年接下永華片場後，電懋蓬勃發展，更進一步

---

5　筆者此觀點得自麥浪論述的啟發，參見前注，頁201-203。

製作起多部具有跨國敘事的電影。事實上，永華的貸款方除電懋外，並包括了臺灣國民黨政府。永華素與國民黨關係密切，如其1948年的戰後初期創業大片《國魂》與《清宮祕史》以宣揚愛國精神與歷史題材，不乏可見國民黨教化寓意意味。[6]在承接永華片廠後，電懋雖同樣傾向反共，[7]但其製片方向則在永華基礎上加以轉型，即將永華以歷史大戲樹立的政治表態，轉化至一具現代西化色彩與跨境、跨國的格局方案，從而展現電懋回應美援情勢下的冷戰亞洲版圖而放眼國局勢的新視野。

當跨國方案的製片方向落實到實踐上，我們便可看見電懋成立後，其影片類型多主打都會時裝、喜劇、言情片與歌舞片，而這些片種皆體現了電懋以美國好萊塢為借鑒範示的傾向。[8]如電懋1957年推出的《曼波女郎》以能歌善舞的葛蘭（1933-）為女主角，顯示電懋取法好萊塢歌舞片與其明星制度，又影片內容呈現美式生日舞會、服裝造型與曼波歌舞樂曲等，鮮明回應了戰後美國流行文化的全球化傳播。[9]兩年後的《空中小姐》（1959）同樣以葛蘭為女主角，在跨國色彩上更為顯明，不僅以「空中小姐」這一職業而標誌伴隨現代化進程而經濟自主的時髦新興女性形象，「空中」與影片裡不時出現的飛機畫面，更象徵在資本主義體系上透過科學載體而自由跨國移動的現代主體。[10]饒富意味的是，影片裡的外景橫跨臺灣（臺北碧潭）、泰國（曼谷）與新加坡，其串起的城市圖景不僅再次呼應戰後美援的亞洲太平洋防線地帶，葛蘭在片中對臺灣的高歌，其歌詞對臺灣進行富足的、美麗的、溫暖的寶島歌頌，[11]顯然其潛臺詞為對映著共產中國在「自由世界」子民看來的貧窮、落後與黑暗，其寄存的政治訊息在歡欣氣息的歌舞場面下，顯得既曖昧又暗喻十足。

---

6  沙榮峰，《繽紛電影四十春：沙榮峰回憶錄》（臺北：國家電影資料館，1994年），頁12。傅葆石，〈現代化與冷戰下的香港國語電影〉，頁48-49。

7  沙榮峰，《繽紛電影四十春：沙榮峰回憶錄》，頁30-34。

8  鍾寶賢，〈星馬實業家和他的電影夢：陸運濤及國際電影懋業有限公司〉，黃愛玲編，《國泰故事》，頁35。

9  容世誠，〈圍堵頡頏、整合連橫──亞洲出版社／亞洲影業公司初探〉，李培德、黃愛玲編，《冷戰與香港電影》，頁134-137。

10  傅葆石，〈現代化與冷戰下的香港國語電影〉，頁53。

11  同前注，頁54。

相較以上影片，電懋六十年代初的「香港三部曲」系列則從拍攝資源到內容劇情等，進一步體現對冷戰美援亞洲地緣政治的回應，並尤顯示在影片裡的情感敘事。此三部影片——《香港之夜》（1961）、《香港之星》（1962）與《香港・東京・夏威夷》（1963）誠如其名所謂，為以香港與東京為主要場景，而三部影片皆為電懋與日本東寶公司合作，外景並橫跨至澳門、星馬與夏威夷，而這些地點所連結起來的城市光譜正巧皆落在戰後親美的亞洲城市，而《香港・東京・夏威夷》更以夏威夷這一美國所屬領地，間接指涉夏威夷自20世紀初以來作為美國太平洋防線的軍事鎮守地位。儘管在此地理線索上隱含著戰事線索，但值得注意的是，三部片則共通地以跨國情戀與人倫親情的內容，尤鑲嵌進日本作為人物角色的身世與所處背景，以著墨戰後亞洲離散（diaspora）經驗而傳達一具修補意味與平和關係的情感氛圍。誠如研究者指出的，這種以日常人際與親密關係的取材方向，為戰後日本影業有意避開其戰時侵略者形象來爭取跨國觀影市場的方案，[12]但深究其中，影片所訴諸溫情效果的感性敘事，亦是電影劇情經營中所被賦予的情感價值，而此也是電懋電影在其跨國敘事中所挾帶深刻之時代情感訊息的重點特徵。

## 三、情感風暴到兩性喜劇：《情場如戰場》的人情書寫與 其影像改編的中產階級敘事

在戰後香港影業，電懋以其西化色彩為特色，而其西化傾向在相當程度上得力於公司聘請的劇本編委會小組，[13]包括小組核心人物宋淇與其他編劇成員，其多半具有英美受教背景與中產階級知識水平，故使其寫作劇本在戲劇化情節的編排之外，亦關注劇中人物角色在現代生活中的人際關係與情感細節。如前述《曼波女郎》一片雖以洋派作風的青春女郎為主角，但其背後身世卻牽涉原生家庭與養父母間的扞格與矛盾，該片劇情亦圍繞著此人倫難題展開；而《空中小姐》以現代航空產業為

---

[12] 麥浪，〈冷戰氛圍下的香港寓言——電懋與東寶的「香港」系列〉，頁200-202。
[13] 舒琪，〈對電懋公司的某些觀察與筆記〉，黃愛玲編，《國泰故事》，頁70-74。

題，但影片亦著墨呈現「空中小姐」由空中引發到地上的問題，如職業婦女於公領域的工作表現與私領域的情感糾葛；[14]「香港」系列三部曲更不用說，其雖為跨國題材，但內容則涵蓋了身世、血緣、尋親、手足、養父母、情愛、婚戀與道德人倫等議題。電懋電影這種採取現代時空為背景，但內容上不外於關注兒女情長與觸及人倫道德等命題，亦使其常被視作「文人電影」。[15]

如自「文人電影」的概念來看張愛玲的電懋劇作，可見後者即具有這類「文人」特徵，但如果我們將張愛玲作品單獨視之，可發現這些「文人」特點，實際上與張愛玲的小說作品特點多有呼應。如在為電懋寫的首部劇作《情場如戰場》，張愛玲即延續其戰時上海小說中對都會兩性題材的關注，並主要以女性敘事而旁及人倫親情等，該劇故事概梗如下：女主角葉緯芳出身中上流階級家庭，有姊葉緯苓，兩人卻個性迥異，芳大膽活潑，苓穩重內斂。芳暗戀著表哥史榕生。苓協助寫作的表哥謄稿，卻被芳誤會兩人有曖昧情愫，加上榕生看不慣芳的孩子氣，時常勸導，讓芳對苓頗生芥蒂。一日，榕生好友——白領青年陶文炳在舞會上對芳一見傾心。陰錯陽差下，文炳從榕生處得到葉家別墅鑰匙，其向緯芳炫耀，反被芳揭穿揶揄。其後，文炳在芳邀請下至葉家別墅度假。為了獲取表哥關注，芳向文炳與受邀至葉家鑑賞骨董的何教授大展女性媚態，無料陶與何為爭奪緯芳大打出手。在兩人窮追猛打下，緯芳終向表哥表白示愛。榕生難掩對芳的心動，卻無法承受而選擇逃跑，殊不知緯芳早已坐上車子後座，等到榕生發現時，為時已晚。文炳則在苓的示情下，兩人終成眷屬。

儘管《情場如戰場》以其喜劇框架而與張歷來小說風格頗有出入，但該劇以兩性敘事為經、人倫敘事為緯，另劇中就姊妹內在關係的細緻描寫，皆展現了張愛玲小說中擅長的人性書寫。劇本裡，張愛玲雖無法自由使用心理敘事與修辭隱喻來凸出人物內在心態，但其以採取近景般的動作與對話描摹，在不同場景中，暗示緯芳對於姊姊的較勁心理。

---

[14] 黃淑嫻，〈跨越地域的女性：電懋的現代方案〉，黃愛玲編，《國泰故事》，頁120-122
[15] 王宇平，〈兒女情長的新舊感覺——易文影片趣味考〉，《當代電影》2016年第7期，頁85-89。

最具代表性如第29場芳幫苓縫裙一幕，此幕中，姊妹兩人為化裝舞會著裝，言談間卻心結暗生。苓質問芳玩弄文炳情感，芳從中獲知姐姐心事，卻假裝若無其事，實為話中暗諷：「（在沉默片刻後，抬起頭來微笑望著苓）姐姐，原來你喜歡文炳，我真沒想到。」幫苓縫補裙裝時並動作上「（扯苓裙）」、「（繼續扯苓裙。針線嗤的一聲裂開）」，最後兩人不歡而散，以「（芳微笑不語，對鏡塗唇膏。鏡中映出苓悄然離室）」作結。[16]在此段落中，張愛玲以揣摩電影鏡頭捕捉的方式，並以影像畫面構圖的呈現感，透過字詞承載的微妙訊息，展現其幽微筆觸具有的文學意味。

承上來論，《情場如戰場》中的姊妹競爭關係及其所帶出女主角的負面與頗具威脅感的形象，[17]為該劇的喜劇主軸製造了不少懸疑的裂縫，而這種以人倫親情元素的加入而使全劇的情愛敘事顯出不穩定的傾向，亦可見於緯芳與表哥間的亂倫敘事。眾所周知，近親間的情／性愛關係在東西方文明史與文學作品中皆不乏其例。然而，隨著近現代科學思潮與現代知識系統的建立，近親情／性愛關係不僅觸及醫學與法律問題，亦被視為有違正當倫理範疇而成為現代道德的禁忌話題。雖然《情場如戰場》劇中並無以亂倫這一詞強調女主角與表兄間的關係，但作者鋪寫榕生在緯芳示愛的心意動搖與不安，[18]到最後榕生遙想自己為逃離女方至緬甸出家，這些心境的轉折與掙扎，讓全劇敘事結構在表兄妹關係與情愛關係的混淆下，凸出了人倫與人性、情感與情欲之間的難題與弔詭，因而讓全劇的現代兩性敘事合理性蒙上了一層陰影。

《情場如戰場》在兩性情愛書寫所展示的人性課題，頗讓人聯想張愛玲在其散文作品〈自己的文章〉裡以戰爭比喻戀愛中人人性景觀的比喻。[19]就此來看，《情場如戰場》以姊妹情仇與表兄妹戀愛的劇情而鋪寫人性幽微，頗呼應了張愛玲在情愛書寫中而探索人性的寫作理念。然而在電影改編下，我們可以看到的是，《情場如戰場》劇本裡的人倫敘

---

[16] 張愛玲，《六月新娘》（北京：北京十月文藝出版社，2015年），頁121-122。
[17] 林奕華，〈片場如戰場：當張愛玲遇上林黛〉，《國泰故事》，頁176-177。
[18] 此可見劇本第33到36場。張愛玲，《六月新娘》，頁133-138。
[19] 張愛玲，《張愛玲典藏全集・散文卷一》（臺北：皇冠出版社，2008年），頁91。

事則被刪減與簡化，其中最明顯的就是劇本裡以姊妹貫穿的雙主線敘事在電影中被則改成女主角的單敘事。在此刪改下，原由姊妹關係牽引出的同性競爭與兩人角色內涵之鏡像結構的意義脈絡被沖淡了不少；也由於姊妹互動戲分被大加刪減，女主角原在劇本中的強勢形象被弱化，其角色個性並在女星林黛的飾演下而轉變為甜美可人。與姊妹戲分互為對應的表兄妹戀愛敘事，亦在電影中加以刪減，從劇本中男主角對女主角心軟動情而更改為兩人僅止於禮的矜持互動。

　　在以上有關人倫親情的情節刪減／改下，電影《情場如戰場》逸出了原劇本所涵蓋情愛、親情與倫理的多線敘事，而轉為以兩性攻防戰為主調的喜劇路線，而其喜劇脈絡雖仍延續劇本裡的性別戰爭為主軸，但卻將男配角戲分比例提高，並以趨使通俗敘事的戲碼，以加重人物之性別角色關係的典型化特徵，由此製造情節邏輯的喜劇張力。舉例來看，相較男配角陶文炳在劇本中被緯芳揭穿後憤而撕破芳照片的片段，電影予以刪除，而代以陶與芳互動中總洋溢的笑容表情，呈現其質樸憨厚的性格；又何教授在劇本中呈現以道貌岸然與多心防範，但電影中的飾演者劉恩甲（1916-1968）以其微胖身形與喜感表現，則淡化了原角色的嚴肅性而增加了相當喜劇成分。在此人物角色與敘事方向的改動下，電影《情場如戰場》的喜劇主軸集中以男子（男配角為代表）與女子（女主角為代表）的兩性差異與來往攻防戰，以凸出前者在後者操弄下的陶醉、愚昧與自喜，誇張化男子陷入色相迷惑而失去理智的窘態，並以安插進兩場男配角之間的打架戲碼，激起觀者的觀賞趣味。

　　電影《情場如戰場》刻畫男子追求女子的窘態來製造喜劇效果，對於當時上映的冷戰香港與亞洲地區而言，該部片可說傳達了一具有西方現代感的性別觀，既為傳統的性別關係重新下一定義，亦帶出一主動積極的現代女郎形象。事實上，《情場如戰場》女主角可令人聯想到三十年代上海新感覺派筆下的摩登女郎。然而，有別於摩登女郎以人倫關係的闕如和其色相主要在男子觀照下映顯的浪蕩子美學；[20]《情場如戰

---

[20] 彭小妍，《浪蕩子美學與跨文化現代性：一九三〇年代上海、東京及巴黎的浪蕩子、漫遊者與譯者》（臺北：聯經出版社，2012年）。

場》女主角青春有活力、天真又性感、有貌又有情，讓其更像是東方版的蘿莉塔（Lolita），其大膽形象不僅嘲諷了性別刻板印象，更可說融合了美式鄰家女孩與六十年代美國好萊塢女星的性感小野貓形象，使其別具時代風采。[21] 電影並有意透過呈現女主角穿著泳裝而露出白皙長腿的畫面，既傳達女體的摩登性，亦凸顯該影片作為通俗喜劇而對於視覺性的重視。另外，如與電懋官方畫報《國際電影》所刊登旗下女星多幀穿著熱褲與泳裝照參看的話，這種強調女體具有的摩登、性感與健康性質，亦體現了電懋於銀幕內／外之借重好萊塢明星制度，以宣傳、主打與推崇漂亮的、健康的、大方的、開朗的、友善的與讓人親近的女性角色與女明星形象，傳遞其回應美國現代中產階級流行文化並間接展示了電懋影像工業背後所置入美國冷戰流行娛樂文化之全球化傳播與其亞洲化再製的時代背景。

　　《情場如戰場》裡就美式現代中產階級文化的回應除了女主角／女明星形象的塑造，並包括圍繞此女性角色所呈顯的一套具資本主義色彩的條件背景與場景環境。在影片中，葉家別墅為主要場景空間，而此豪華內景暗示了女主角優渥的家庭背景與來自上流社會的中產階級教養，並可說藉此一再宣示了女主角在性別關係之權力取得與其經濟身分的緊密性。換言之，郊區別墅可說象徵了女主角握有的經濟資本，而電影裡不斷鋪陳男配角「受邀」至女方家作客，但卻在這情愛遊戲裡落敗而歸，其彷彿暗示著觀者，女主角在情場上的出奇不意（與出奇致勝）也許不僅僅來自其女性魅力，倒毋寧說歸功女方所擁有的經濟條件與其背後所牽引的龐大資本主義體系。如在電影開始，便有一場葉父接聽商界好友星洲富豪王壽南來港的電話訊息，又影片最後揭示原被眾人誤以為是青年男子的王壽南之子卻不過是個小男孩，前者所帶出的國際商業來往關係，以及後者作為影響女主角進入「婚姻市場」的敘事脈絡，皆暗示了主角家庭雄厚財力背後所涉及龐雜的商業金融體系，而其代表的正是資本主義重要的運作動力之一，亦是電影女主角之所以為「現代」的必要條件。

---

[21] 此可參考容世誠分析五十到六十年代美國好萊塢性感尤物女星形象的亞洲傳播。見氏著，〈圍堵頡頏、整合連橫──亞洲出版社／亞洲影業公司初探〉，頁134-136。

作為一齣時裝喜劇電影，《情場如戰場》體現了該電影類型以都會為背景而關注現代中產階級社會裡的人際關係與情感價值觀，又當中，物質條件常是構成該影片情感敘事的關鍵元素。而作為一種影視類型，都會喜劇自五十年代以降隨著美國文化的全球化傳播，成為現當代觀影市場備受青睞的類型之一，其不僅與戰後美國日常流行產業如電視秀、爵士樂、曼波歌舞與貓王風潮有著緊密關聯，而其主打的喜劇形式，並與冷戰時期美國透過大眾通俗文化的傳播來塑造其資本主義意識情感共同體有著相當共鳴。[22]以此角度以觀，電影《情場如戰場》以摩登女郎為主角，而影片中所充斥的中上流社會生活場景如海邊別墅、打網球、下午茶與派對等，對於當時的戰後亞洲觀者而言，其觀影中亦彷彿經歷了一場美式資本主義生活幻夢的視覺饗宴。[23]然而，當此美式幻夢觸碰到戰後香港的現實，其亦可能產生一番在地化的衝擊，如電影最後，當榕生發現緯芳躲藏車子後座而大驚失色，其操控失序的車身在公路上搖晃駛去的畫面，其宛如預告著一則女性版的城市寓言，即當資本主義投懷送抱，她／它是如此誘人，卻又潛藏著不安與危險，通往茫茫的未知未來？而此，也是《情場如戰場》在通俗喜劇敘事下所留下一耐人尋味的伏筆。

## 四、結論

本文以電懋影業在戰後香港之文化協商為勘查視域，指出電懋電影之跨國色彩所回應美國冷戰文化策略下的亞洲地緣政治。主要探討對象為張愛玲的電懋劇本《情感如戰場》，解讀其人情書寫色彩，並論析其改編電影以通俗喜劇模式和新女性形象的塑造所回應現代資本主義中產

---

[22] 有關冷戰時期美國流行文化與其全球化傳播研究，參見William H. Young, Nancy K. Young, *The 1950s: American Popular Culture Through History* (London: Greenwood Press, 2004). Alfred Eckes, Thosmas Zeiler eds., *Globalization and the American Century* (Cambridge: Cambridge University Press, 2003); Lisa E. Davenport, *Jazz Diplomacy: Promoting America in the Cold War Era* (U. Press of Mississippi, 2010).

[23] 有關電懋電影所呈現中產世界而具濃厚西化風格的特點，參見鄧小宇對電懋電影在場景構建、人物生活樣貌與性別關係的看法。〈鄧小宇：電懋的世界〉，黃愛玲編，《國泰故事》，頁273-274。

階級文化敘事，使其逸出了原著中的人性書寫，卻反映了張愛玲劇作在影業機制的操作轉化下，就冷戰時期美國資本主義文化之全球傳播的在地影像演／衍繹。

# 參考文獻

千野拓政，〈張愛玲・電影・香港認同〉，林幸謙編，《張愛玲：文學・電影・舞臺》（香港：牛津大學出版社，2007年），頁79-96。

王宇平，〈兒女情長的新舊感覺──易文影片趣味考〉，《當代電影》（2016年第7期），頁85-89。

李培德、黃愛玲編，《冷戰與香港電影》（香港：香港電影資料館，2009年）。

沙榮峰，《繽紛電影四十春：沙榮峰回憶錄》（臺北：國家電影資料館，1994年）。

張愛玲，〈自己的文章〉，《張愛玲典藏全集・散文卷一》（臺北：皇冠出版社，2008年），頁91。

張愛玲，〈情場如戰場〉，《六月新娘》（北京：北京十月文藝出版社，2015年），頁87-142。

彭小妍，《浪蕩子美學與跨文化現代性：一九三〇年代上海、東京及巴黎的浪蕩子、漫遊者與譯者》（臺北：聯經出版社，2012年）。

黃愛玲編，《國泰故事》（香港：香港電影資料館，2009年）。

Alfred Eckes, Thosmas Zeiler eds., *Globalization and the American Century* (Cambridge: Cambridge University Press, 2003).

Lisa E. Davenport, *Jazz Diplomacy: Promoting America in the Cold War Era* (U. Press of Mississippi, 2010).

William H. Young, Nancy K. Young, *The 1950s: American Popular Culture Through History* (London: Greenwood Press, 2004)

# 全球背景下的香港電影明星文本閱讀

## ——以《重慶森林》及《2046》的王菲為例

吳子瑜

## 提要

現今中國電影的明星已不再侷限於國內的電影製作,如章子怡、鞏俐和景甜都已經參與了不少美國荷里活電影的演出,為荷里活帶來了不少新元素。縱然如此,中國電影明星卻少有得到學術界的關注,大部分涉及明星現象的研究都是建基於美國文化,讓中國電影明星的研究少有配合華語社會的文化語境。

由此,為開拓中國電影明星研究的可能性,本文將以中國女明星王菲為例,解讀王菲由八十年代末來港定居,到千禧年代初回流中國生活的身分變化,如何展現在《重慶森林》及《2046》之中。因為兩齣電影都是王家衛希望藉此回應當代香港人的身分認同問題,而王菲的明星身分和背景特色,都可以成為當代港人的一個集體認同。本文希望藉此將中國電影明星的研究,能夠配合華語社會的文化語境加以解讀。

## 作者簡介

現任香港公開大學人文社會科學院講師。香港公開大學創意寫作與電影藝術（榮譽）文學士、香港中文大學文化研究文學碩士。研究興趣包括流行文化、音樂、明星和電影理論，著作有《紫色的祕密：楊千嬅歌影二十年》（香港三聯，2016）。

## 關鍵詞

明星研究、全球背景、王菲、王家衛

## 一、序言

　　當西方學術界都陸續從明星的形象及演出作意識形態批評時，香港現今對明星形象的意識形態閱讀仍未算豐富。由理查德·代爾（Richard Dyer）於1979年提出的明星研究理論（Star Studies），便開始以明星螢幕上（on screen）和螢幕下（off screen）的形象，組合出代表明星的含義，例如珍·芳達（Jane Fonda）生活中左翼激進主義的政治觀點及由其衍生的影像作品，都可以重新定義她前期的「性感」形象。而且導演也會因明星的形象而創作出適合明星的電影。[1]

　　而張英進及胡敏娜就因應華語地區對明星研究的忽略，集結華語世界的學者推出《華語電影明星：表演語境類型》（*Chinese Film Stars*），探討不同時代明星在電影的意識形態呈現。可是，此合著對香港明星的意識形態呈現只停留在性／慾身分的呈現，而未及討論香港明星在九十至千禧年代初的身分政治意識。[2]就此，梁穎暉就曾於*Multimedia Stardom in Hong Kong*一書中，以梅艷芳及劉德華為個案研究香港明星在九十至千禧年代初的身分政治意識，討論在香港土生土長的明星在1997年前後對中國身分的展現。[3]

　　然而，雖然有愈來愈多的明星研究都開始針對香港明星的身分政治意識，可是在九十年代出道的香港明星，其實並不只有香港土生土長的香港人，還有從香港以外地區到來發展的外來者，如葉蒨文、金城武和王菲。馮應謙就曾探討王菲的南來身分及其流行音樂特色，有助香港及國內的女性受眾突破主流的父權生活，而且更有助於中國受眾在中國共產政權的統治下，仍然可以透過消費王菲混合中港兩地的明星形象，來表達受眾的個人意識。[4]所以，就了解香港明星的身分政治意識而言，

---

[1] Richard Dyer, Stars (London : BFI Pub, 1979)

[2] Farquhar M., Zhang Yingjin, *Chinese film stars* (London: Routledge, 2010)

[3] Leung Wing-Fai, *Multimedia Stardom in Hong Kong: Image, Performance and Identity* (London: Routledge, 2014)

[4] Anthony Fung, "Faye and the Fandom of a Chinese Diva," *Popular Communication*, 14 October 2009, Vol.7(4), p.252-266

除了研究土生土長的香港明星之外，探討南來的香港明星如何面對香港
／中國的身分變化，會更完整理解香港明星在九十至千禧年代初的身分
政治意識呈現。

可是，由於馮應謙的研究只集中了在王菲的流行音樂方面，忽略了
王菲作為一個「多媒體明星」（multimedia star）的特色，即王菲不只流
行音樂呈現了相應的明星形象，王菲在電影的演出亦有相同之特色。所
以，本文將會透過文本分析兩套王菲有份演出，而且有關香港身分意識
的電影——《重慶森林》及《2046》，以補充早前研究對南來的香港明
星對九十至千禧年代初的身分政治意識呈現之不足。

## 二、電影導演對明星身分的理解

並非每位電影導演都視電影為呈現身分意識的工具，但王家衛曾明
言自己一系列的電影都是要表達當時香港社會的氛圍，因為當時香港大
眾都對1997年的主權移交感到迷惘，在限期之前所有人事物都移動得很
快，《重慶森林》就表現了「高速」這種香港城市的本質，[5]如電影中
阿菲（王菲飾）及663（梁朝偉飾）在Midnight Express快餐店像慢動作般
凝住了的一幕，就是王家衛用了一秒12格菲林的少格數拍攝方法，表達
店外的途人都快速移動，而一對主角卻能在高速的城市之下，沉醉在自
己的世界，不受外界干擾。[6]可見，王家衛認為王菲飾演的阿菲，是跟
社會主流不同的他者，而這位他者就給予了當時九十年代的香港人，另
一種思考生活的可能性。

王家衛處理阿菲的表現方式時，就選擇了一首歌曲*California Dreamin'*
為阿菲定調，因為當年香港人在面臨主權移交時，總會提到移民，並逃
避面對中國的恐懼，但對於阿菲此角色來說，「加州」（California）這
個遠方的意象，並不代表離開，反而是一種經驗和可能性，因為阿菲始

---

[5] Wong, Kar-wai, John Powers, *WKW: the cinema of Wong Kar Wai*. (New York: Rizzoli international publications, 2016), p.145.

[6] 同前注，頁128-129。

終都會回來香港，[7]所以阿菲的「出走」，只是讓自己更適合香港。以下，可從王菲的親身經歷來理解這種可能性。

在1997年前，香港人普遍排斥中港的主權移交，認為中國代表著落後、封建、貧窮等負面形象，但王菲在香港的演藝歷程就打破了此等香港人對中國的定型。當年簽約王菲成為歌手的陳少寶及資深電臺唱片騎師林柏希均有透露過王菲在初出道時，常遭業界同儕及聽眾嫌棄王菲的身分背景，認為王菲不夠時髦。[8]直至王菲在1991年到紐約讀書，再回流香港工作，王菲才真正得到香港觀眾的歡迎，改變了香港人對中國背景的抗拒。因為王菲放棄了當時正好的歌唱事業，孤注一擲到紐約進修，再帶著美國風格的節奏藍調（R&B）及靈魂樂（soul）歌聲回歸，成為前衛的香港明星。[9]王菲的經歷正好切合了九十年代香港人的心態，一方面抗拒中國帶來的背景，另一方面又勇於出走求新，但不同的是，王菲會回來香港繼續發展，亦一直都堅持著自己是中國人的身分。[10]所以，王家衛亦希望憑著電影，回應香港社會在面對著恐懼而變得「高速」時，逃避不是最好的方法，「出走」後回來，才可能有新的可能性出現。王家衛在選擇使用王菲演出時，就已經了解過王菲的背景，並認為此背景讓王菲變得吸引。

## 三、王家衛對王菲個人特質在電影中的運用

王家衛雖然比王菲在更年少時，便已來到香港生活，但跟王菲一樣，無論在1997年前後，王家衛都一直視自己為中國人。[11]甚至，王家衛在了解王菲的明星形象時，也留意到王菲突破了向來香港人對中國人的定型，而且認為王菲外來者的身分，讓王菲感覺很新潮，很配合香港

---

7　同前注，頁161。

8　吳琪：〈王菲從藝之路盤點　香港不曾改變過她〉，《三聯生活周刊》第591期，2010年8月31日。載http://magazine.sina.com/bg/lifeweek/591/2010-08-31/ba91669.html，瀏覽日期為2019年1月30日。

9　Anthony Fung, "Faye and the Fandom of a Chinese Diva," *Popular Communication*, p.255.

10　同前注，頁256。

11　Wong, Kar-wai, John Powers, *WKW: the cinema of Wong Kar Wai*. p.95.

現代城市高速變化的特色。[12]王菲以上的身分特色和個人經歷，都讓王家衛認為王菲適合演出《重慶森林》阿菲的角色，因為王家衛在訪問中，曾提及王菲的本色演出讓角色生色不少，並認為只有王菲才能擔任阿菲此角色。[13]再者，王家衛在處理明星演員的時候，都習慣將演員演繹（acting）的方法拿走，以明星最真實的方式表演，[14]加上後來王家衛對王菲演出的讚賞，更能驗證王家衛對王菲個人特質的認同。

王家衛形容王菲有一種類似美式「酷」（cool）的態度，即對自我不作多餘的裝飾，以精簡取代繁雜，在云云眾生中突顯自我的與別不同。[15]王家衛通常都會親自為電影挑選合適的配樂，一方面渲染場面氣氛，另一方面描述人物特色。王家衛在過往一系列的電影作品中，都沒有挑選由演員演唱的歌曲作背景歌曲，但唯獨在《重慶森林》中，阿菲偷闖663家的一幕，就用了王菲演唱的〈夢中人〉作背景歌曲。〈夢中人〉的歌曲監製梁榮駿，提及〈夢中人〉原曲是The Cranberries的*Dreams*，其獨立搖滾（indie rock）的風格很適合王菲。[16]電影中阿菲的獨舞，再配合同由王菲演唱的歌曲及歌曲風格，均描述了阿菲擁有不受拘束的自我個性。

為了強調王菲的個人特質，王家衛在電影中不斷重複使用*California Dreamin'*作背景歌曲。王家衛認為重複可以讓背景音樂，成為一種印記，使人物在重複不變的音樂之下，有更明顯的變化。[17]所以，電影不斷用*California Dreamin'*來連結阿菲與663的關係時，就更明顯看到663眷戀在Midnight Express和空姐前女友（周嘉玲飾）的一段感情，因為663在電影結尾仍然逗留在播放著*California Dreamin'*的Midnight Express，而阿菲早就選

---

[12]　同前注，頁126。

[13]　訪問片段收入2014年《重慶森林》日本重製版DVD，由Asmik Ace, Inc發行及出版。

[14]　何慧玲：〈我常幻想自己是希治閣──王家衛訪談錄〉，《王家衛的映畫世界2015年版》（香港：三聯書店（香港）有限公司，2015年1月），頁307-309。

[15]　李照興：〈王家衛COOL的美學〉，《王家衛的映畫世界2015年版》（香港：三聯書店（香港）有限公司，2015年1月），頁121-156。

[16]　扭耳仔：〈〈夢中人〉原唱者Dolores猝逝　王菲監製憶述：她才華洋溢〉，《香港01》，2018年1月17日，載https://www.hk01.com/扭耳仔/150271/夢中人-原唱者dolores猝逝-王菲監製憶述-她才華洋溢，瀏覽日期為2019年1月30日。

[17]　Wong, Kar-wai, John Powers, *WKW: the cinema of Wong Kar Wai*. p.161.

擇了成為空姐，出走再回來，嘗試尋求變化。可見阿菲愛自由的個人特質，在重複的歌曲運用之中得到突顯，並可看到阿菲角色的與別不同。

王家衛憶述當初認識王菲是在《阿飛正傳》續集的試鏡，當時王菲已經用了「王菲」這個原名。[18]因為王菲在香港剛出道時，唱片公司認為王菲要有一個更貼近香港市場的名字，於是便改名為王靖雯，並附以英文名Shirley出道。可是，王菲在出國進修回來後，便收起冗長的藝名，用回原名王菲。[19]所以在王菲的個人經歷而言，王靖雯只是一個被塑造來配合香港的名字，而王菲才是真正原本的自我。由此，王家衛於《重慶森林》中，繼續將王菲飾演的角色命名為阿菲，就是要指涉極具簡約、自我個性的王菲，使電影的阿菲同樣有王菲的個人特質。

## 四、王靖雯、王菲、阿菲與主權移改前後的相互指涉

王菲在1994年的《重慶森林》飾演以自己原名來命名的角色阿菲，在十年之後，王菲2004年又參演了王家衛另一套電影《2046》。是次王菲演出的則是以當初在香港的藝名來命名的角色──王靖雯。《2046》的電影名字是來自於香港主權移改時，中國對香港承諾50年不變的年份。於是，王家衛挪用了當中的意思來回應香港人面對1997年的心態，認為香港人只希望保持不變的心態，只是害怕失去而眷戀過去，失去了可能變好的機會。[20]所以到了《2046》王菲飾演的王靖雯亦延續了《重慶森林》中阿菲的角色，鼓勵眷戀過去的周慕雲可以離開過去，尋求改變的可能性，亦寓意給當時的香港人不應因為主權移改而恐懼，要相信香港有更好的改變。

《2046》是王家衛延續著前作《阿飛正傳》及《花樣年華》的作品，《花樣年華》中登場的周慕雲與來自《阿飛正傳》的蘇麗珍發生了一段婚外情，但最後二人的感情不了了之。這份失落了的感情由周慕雲

---

[18] 同前注，頁126。

[19] Anthony Fung, "Faye and the Fandom of a Chinese Diva," *Popular Communication*, p.255

[20] Wong, Kar-wai, John Powers, *WKW: the cinema of Wong Kar Wai*. p.182.

延續到《2046》，繼續在不同女伴的身上找回過去蘇麗珍的影子，包括王靖雯。不過，周慕雲在經歷過白玲（章子怡飾）、新加坡的蘇麗珍（鞏俐飾）及露露（劉嘉玲飾）的感情後，只有王靖雯一個角色會拒絕與周慕雲發生感情。因為王菲飾演的王靖雯一直堅持與Taku（木村拓哉飾）的感情，就算遭爸爸反對和異地相隔，都沒有改變。在眾多流連煙花之地或三教九流之地的其他女性角色來說，王靖雯相較與她們不同，像《重慶森林》的阿菲一樣有自我個性，不與他人為伍。

　　《重慶森林》的663和阿菲在不斷重複的歌曲運用之下，突顯了阿菲的勇於求變和663對不變的執著。延續到《2046》，當中的周慕雲就像面對主權移改的香港人一樣，只一直眷戀英殖時代，不願意接受改變，反而王靖雯仍然是願意作出改變的一方。王家衛借用了歌劇《諾瑪》（*Norma*）中的〈貞潔女神〉（*Casta Diva*）以描述王靖雯的角色，是一個對愛情堅貞的女孩。[21]電影中有多場王靖雯被父親責備及天臺的情節，都有重複使用〈貞潔女神〉為背景音樂，而且周慕雲亦同樣在場，甚至最後一場在天臺的情節，只留下周慕雲在天臺，懷念已嫁到日本的王靖雯。王家衛繼續重複利用歌曲，突顯周慕雲的眷戀和王靖雯的求變。

　　在周慕雲協助王靖雯到報館打長途電話時，王靖雯對著電話叫對方大聲一點，跟《重慶森林》的阿菲在Midnight Express的情況一樣，因為被背景歌曲覆蓋聲音，也叫對方大聲一點。兩個均由王菲飾演的角色，其實都有相同的個人特質，都與王菲的個人經歷有所指涉，角色的名字也是用王菲的原名和藝名來命名。王靖雯原是王菲初出道時為配合香港市場的藝名，王菲為了要適應香港的市場，努力學習廣東話，改變原本的唱歌方法。在當時王菲並不瞭解香港娛樂工業的文化，感覺格格不入，甚至抗拒。因為王菲不明白為何歌手要宣傳，又要回應私隱問題，而且初出道的歌曲都是主流的情歌風格，讓王菲萌生了出國進修的念頭。[22]所以，對於王菲而言，王靖雯和王菲是兩個階段的自我，前者是

---

[21]　羅展鳳：〈《2046》：痴男怨女的主題曲〉，《畫內音：電影‧音樂‧筆記》（香港：Kubrick，2014年10月），頁200-201。

[22]　吳琪：〈王菲從藝之路盤點　香港不曾改變過她〉，《三聯生活周刊》第591期，2010年8月

為了市場而妥協，後者則是自我對主流的抗拒。

　　將王靖雯和阿菲加以比較的話，前者會因為父親的反對而曾經沮喪，又會嘗試因此而了結自己的生命，之後才勇敢求變，叫正在通話的對方大聲一點。相反，後者在電影中甫出場的時候，就已經在嘈雜的環境，不停叫對方大聲一點。阿菲面對困難的態度比王靖雯來得更積極。不過，縱使阿菲的個性較為積極，但都只能強調阿菲個人的與別不同，而未能及王靖雯般，對別人造成影響，叫身邊其他人都一同求變。

　　1994年上映的《重慶森林》，描述的香港正是面對主權移改之際，呈現了香港城市的高速變化，而2004年上映的《2046》則是描述港人就算渡過1997年了，但仍然留戀在殖民時期的香港。兩套電影相隔了十年之久，當中香港人對身分意識由對中國統治的恐懼，改變為對自我身分的迷惘，因為一方面仍未完全接受中國人的身分，另一方面仍懷念殖民時期帶來的穩定。所以，阿菲在《重慶森林》中的設定只有一位店主表哥，而其他家人都完全缺席，顯得自由，沒有後顧之憂，而王靖雯則有完整的家庭背景，爸爸是東方酒店的主人，會控制女兒的戀愛關係，又有一個主動又熱情的妹妹經常騷擾周慕雲。不過，當王靖雯首先作出改變，飛往日本求愛後，其他家人都隨之而受到影響，傳統又嚴厲的爸爸欣然接受女兒的婚姻，妹妹又成熟了可以打理賓館，甚至將留戀過去的周慕雲，從回憶中解放，接受未來的新變化。

　　由此，歸納《重慶森林》和《2046》中兩對主角的感情變化，可以理解角色需要對自我堅持，才能有讓人改變的可能。由於《重慶森林》的阿菲只顧自己出走，縱然會回歸，卻從未有肯定和清晰的向663表達愛意，使663仍然逗留在過去的感情。相對而言，《2046》的王靖雯由電影開始到結尾，都非常堅定自己與Taku的關係，就算後來周慕雲嘗試接王靖雯下班，都給王靖雯拒絕。自此，周慕雲便從獨白中表達，王靖雯不願接受周慕雲的接送，其實是一種對周慕雲感情的拒絕，而且亦引發了周慕發為王靖雯寫了新的小說叫《2047》。對於王靖雯在電影中對

---

31日。載http://magazine.sina.com/bg/lifeweek/591/2010-08-31/ba91669.html，瀏覽日期為2019年1月30日。

周慕雲的影響，王家衛認為是王靖雯給予了周慕雲一個改變的契機，[23]亦是王菲為電影帶來對身分政治意識的呈現。

## 五、結論

王菲自進修回港後，就算當時香港人普遍對中國人仍然存有偏見，但王菲的態度仍然故我，繼續回北京工作和生活，甚至在1995年推出了一張以翻唱鄧麗君歌曲為主題的普通話專輯《菲靡靡之音》，以強調王菲中國人的身分，[24]2000年之後，王菲已逐漸將生活重心放回中國大陸，絕跡於香港娛樂工業，完全回歸中國人和中國歌手的身分。王菲在流行音樂中，一方面有前衛實驗的求新精神，但另一方面對身分的認同又十分肯定和堅持，使王菲在九十年代初的香港，仍然大受歡迎。例如王菲在1993年同時推出了曲風突破，玩味十足的〈流非飛〉，及由王菲親自以普通話填詞的情歌〈執迷不悔〉，都得到市場很好反應，尤其是在當時普通話歌曲仍未受到香港主流市場歡迎的時候。[25]

所以，王菲在堅持中國人身分之時，又願意吸納其他國家的文化加以創新的特色，同樣出現在王菲演出的電影之中。王家衛對中國人身分的肯定，同時又留意到王菲在流行音樂上的特色和經歷，使王家衛都刻意將王菲的個人特質投放到電影創作，在1994年及2004年都創造了一個與王菲相關的角色，以回應香港人在主權移改前後對身分政治意識的恐懼和迷惘。這個答案就是香港人應先肯定自己的國家身分，才能擺脫對未來的迷惘，重拾對香港的信心。

---

[23] Anthony Fung, "Faye and the Fandom of a Chinese Diva," *Popular Communication*, p.255

[24] 同前注，頁256。

[25] 吳琪：〈王菲從藝之路盤點 香港不曾改變過她〉，《三聯生活周刊》第591期，2010年8月31日。載http://magazine.sina.com/bg/lifeweek/591/2010-08-31/ba91669.html，瀏覽日期為2019年1月30日。

# 參考文獻

Anthony Fung, "Faye and the Fandom of a Chinese Diva," *Popular Communication, 14 October 2009, Vol.7(4), p.252-266*

Farquhar M., Zhang Yingjin, Chinese film stars (London: Routledge, 2010)

Leung Wing-Fai, *Multimedia Stardom in Hong Kong: Image, Performance and Identity* (London: Routledge, 2014)

Richard Dyer, *Stars* (London: BFI Pub, 1979)

Wong, Kar-wai, John Powers, *WKW: the cinema of Wong Kar Wai.* (New York: Rizzoli international publications, 2016)

李照興：〈王家衛COOL的美學〉，《王家衛的映畫世界2015年版》（香港：三聯書店（香港）有限公司，2015年1月），頁34-56。

何慧玲：〈我常幻想自己是希治閣──王家衛訪談錄〉，《王家衛的映畫世界2015年版》（香港：三聯書店（香港）有限公司，2015年1月），頁300-347。

扭耳仔：〈〈夢中人〉原唱者Dolores猝逝　王菲監製憶述：她才華洋溢〉，《香港01》，2018年1月17日，載https://www.hk01.com/扭耳仔/150271/夢中人-原唱者dolores猝逝-王菲監製憶述-她才華洋溢，瀏覽日期為2019年1月30日。

羅展鳳：〈《2046》：痴男怨女的主題曲〉，《畫內音：電影‧音樂‧筆記》（香港：Kubrick，2014年10月），頁198-205。

吳琪：〈王菲從藝之路盤點　香港不曾改變過她〉，載於「三聯生活周刊」網，2010年8月31日，載http://magazine.sina.com/bg/lifeweek/591/2010-08-31/ba91669.html，瀏覽日期為2019年1月30日。

# 第四章　中國表演藝術的傳統與現代

# 戲曲現代化的三個維度

傅謹

## 提要

從十九世紀末始，戲曲現代化就成為這門古老藝術現實生存發展的核心話題之一。一個多世紀以來，何為現代化、戲曲為因應現代化的訴求出現了哪些變化，反而成為研究的盲區。梳理這段歷史，戲曲現代化的實際上一直圍繞三個維度展開，它們分別是戲曲的藝術內涵、表現形態和行業制度。傳統戲曲一直在這三方面，努力回應內在體現著戲曲「現代化」訴求的各種新觀念，並且因此發生了重大變化。

## 作者簡介

男，文學博士，1956年生，浙江衢州人。中國文藝評論家協會副主席，國務院學科評議組成員。中國戲曲學院學術委員會主任、教授，《戲曲藝術》雜誌主編，兼任廈門大學人文學院講座教授。1987年在杭州大學中文系獲文學碩士學位，1991年畢業於山東大學中文系文藝學（美學）專業，獲文學博士學位。先後在浙江省藝術研究所、杭州大

學、中國藝術研究院工作，歷任副研究員、副教授、研究員，2004年應
聘為北京市特聘教授，調中國戲曲學院。主要從事戲劇理論、中國現當
代戲劇與美學研究。

## 關鍵詞

現代戲曲、戲曲現代化、中國當代藝術

中國戲曲現代化的呼聲和進程始於十九世紀末的新文化運動。在二十世紀上半葉的多數場合，有關現代化的訴求只是一批與戲曲界無關的知識分子在面向虛空呼喊，不過1949年的政權迭變讓這一現象出現了逆轉。戲曲因此成為國家機器的組成部分，而恰好知識分子們有關戲曲現代化的理念又成為國家政策，在這樣的特殊背景下，部分成為執政者的知識分子，其社會影響力在政治助力下得以無限放大，因此，戲曲現代化的理論與實踐的關係，似乎總是處於兩極之一端。但無論何種狀態，有關現代化的指意基本聚焦於三方面，即戲曲的藝術內涵、表現形態與行業制度。如果說戲劇的內涵與形態，都是觀眾通過欣賞演出感知的物件，對戲劇而言，它的體制亦十分重要，這裡所說的「體制」包含了決定戲劇如何呈現在舞臺上的那個全過程，還包括戲劇與觀眾建立關係的方式，它雖然是觀眾在劇場無法直接觸及的因素，對戲劇的生成及樣貌卻有十分重要的作用。

這三者經常糾結在一起，構成二十世紀戲曲現代轉換錯綜複雜的主軸。在不同場合以及不同的論者那裡，它們的差異並不一定都被清醒地意識到，然而了解這三者的分野，可以讓我們更好地把握二十世紀有關戲曲現代化的起伏及其原因。這裡之所以使用「內涵」和「形態」這兩個概念，而非更常見的「內容」與「形式」，是由於戲曲「現代化」所要「化」的物件，既不限於觀念性的「內容」，也不止於抽象的「形式」，且這兩個概念既包含太多哲學上的規定性，不足以完整全面地用於描述本文所關注的戲曲藝術領域的現象。這是本文展開論述的初始設想。

## 一、戲曲行業制度的重大變化

戲曲既是一門藝術，又是一種職業，從兩宋年間戲曲成熟時起，它就在高度大眾化的娛樂行業記憶體在與發展。在多數場合，藝術理論研究者並不太關心各門藝術的行業特點及其沿革，但是對於像戲曲這樣必須由多人共同完成、並且有很強的公共性的藝術門類，藝術作品的創作和呈現的過程不僅與從事該職業的人員構成及分工相關，更涉及廣泛的社會成員。戲曲又是一門通過直接面向觀眾的演出實現其所有功能的藝

術，作品的生成過程以及呈現方式，就直接決定了它的存在及其方式。上述所有這些因素並不包含在作品之中、呈現於觀眾面前，卻是構成戲曲這個行業的生態與基礎，並且對觀眾可能看到什麼樣的作品，起著直接和間接的決定作用。二十世紀戲曲在現代化進程中出現了諸多變化，假如分門別類給予評估，那麼我們會意外地發現，戲曲的行業制度方面發生的變化才是最大和最明顯的，它們實際上遠遠超出了戲曲的內涵與形態方面的變化幅度。

其實有關戲曲現代化的最初的動議，就是從行業角度開始發聲的。晚清年間有數位出使西歐的外交官和學者注意到歐洲戲劇的狀況，因此有了跨文化的視野，他們帶回的諸多有關歐洲戲劇的資訊，在不同程度上起到了促使中國戲劇發生變化的作用。至少在二十世紀初的一些年份裡，中國各地的戲曲行業各種各樣的異動中，劇場格局的變化可能是最直觀的，其中又尤以1908年上海新舞臺的出現最為重要，[1]它改變了觀眾欣賞戲劇的角度與方式，並進而改變了舞臺上所演出的劇碼的結構方式與呈現方式，而在它背後，我們彷彿聽到晚清年間眾多呼籲者的迴響。

中國的商業性劇場大約在清中葉開啟了前所未有的蓬勃發展時期，從北京到全國各地的中小城市，陸續建設了各類以「茶園」為名的商業化演出場所。但是即使是在皇城根下的北京，劇場的設施仍是極其簡陋的。從晚清年間開始，各地的劇場建設進入了一個新階段，劇場本身的設施和運營都有突飛猛進的提升。各地劇場的建設標準均大幅度提高了，衛生設施、消防通道等設施都得到不同程度的完善，還出現了在劇場裡設置「彈壓席」，派駐員警現場執勤維持秩序的現象。因此，1908年以上海新舞臺為標誌的西式劇場全面進入中國之前，劇場的經營方式的已經發生很大變化，新舞臺則助推了這些變化，並且用新的劇場形制催生了新形態的戲劇。

我們仍可以新舞臺作為這一重要變化的標誌，100年來這種劇場形制幾乎覆蓋性地取代了戲曲原本的演出場所。從經營的角度看，茶園時代的案目制逐漸被取消，各地劇場內逐漸實施了觀眾對號入座的方式，

---

[1] 拙著《20世紀中國戲劇史》上冊（中國社會科學出版社，北京，2017）用專節詳細論述了上海新舞臺的建築特點以及在中國現代戲劇發展中的重要性，此處不贅。

它遠不止於規範了觀劇的秩序。觀眾座位排列方式、欣賞視野的變化，劇場內限制乃至完全禁止售賣食品等非戲劇的經營活動，它們都在改變觀演關係，讓戲劇真正成為劇場內的主角。正是有此變化，戲劇不再作為社交的附屬品，它作為一門藝術的獨立性與主體性才得到確認。這一變化當然是具有現代性的。當然，討論二十世紀戲曲劇場經營方式的變化及其對戲曲的影響，不能忽略二十世紀五十年代的「戲改」中關鍵性的劇場改制，尤其是對城市地區那些經營情況特別好的劇場實施強有力的掌控（其後又有推進國營或主要由國家控制的公私合營的制度性改造）。劇場是戲曲行業的演出經營中不可分割的關聯方，從結果看，劇場迅速的國有化意外地成了劇團改制和藝人歸附的強大動力。實際上，劇場所有權的大規模移置，從另一個方面改變了觀演關係：它讓戲曲有可能成為政治的附屬品，觀眾對演出的話語權明顯被消減。

　　從晚清到民初，戲曲劇場還出現了很多變化。從晚清開始，各地的劇場逐漸開始允許女性觀眾進入劇場，並且為女性觀眾設置專門的女座，以避免其與男性觀眾混雜一起而觸發風化案件。這一措施從社會學的角度看，固然有兩性平權的含義，而從戲劇角度看，女性觀眾的進入引入了女性的美學和藝術判斷，並且由於城市女性比男性有更多的閒暇時間，她們對戲劇的話語權很快就開始迅速擴張；同樣有性別平權意義的，還有民國初年女性演員與男性演員同臺演出的禁令的全面解除，雖然我們很難從女性演員大量登上舞臺中發現戲曲現代化的意義，但是它顯然擴大了戲曲表演行業的參與人群，而與此密切相關聯的就是戲曲藝人社會地位的急劇提升。

　　從十九世紀末開始，戲曲藝人的社會地位就是戲劇界內外廣泛關注的話題，戲曲藝人社會地位的提高無疑是現代化進程的重要組成部分。隨著一系列歧視藝人的法規習俗成為歷史，同時也由於戲曲愈益趨於商業化，部分傑出藝人成為社會公眾追捧的明星，戲曲表演從業者長期被視為社會邊緣人的現象逐漸改變。更為關鍵的當然是1949年後的「戲改」，戲曲表演者獲得了與其他各行各業的從業者同等的社會地位，他們都成為「新中國的主人」。甚至由於戲曲的意識形態功能被放大了，歷史上一直社會地位卑微的戲曲藝人，現在成了身負「教育」廣大人民

群眾之職的文化藝術工作者。[2]

　　社會身分與地位的巨大變化，改變了戲曲藝人的從業心態，進而還改變了他們的生活方式。「戲改」時期相當數量的民營戲班、尤其是各劇種代表性表演藝術家所在的戲班普遍改制為現代形態的、有較完善的福利機制的國營劇團，我們可以在當時人的回憶中普遍看到藝人對「生老病死有依靠」的感激；但是戲曲這個行業不再被受普遍性的歧視，不再是「賤業」，社會身分的改變和社會地位的提高可能是更具決定性的因素。這些變化讓更多戲曲藝術家有可能用平視的眼光看待歷史與現實，在藝術創作與發展方面也有可能更著眼於長久，這些都是戲曲現代化進程給戲曲帶來的意外果實。

　　有關戲曲現代化的各種涉及行業制度的訴求，與藝術較相關的部分多是容易引起爭議的。馬少波1951年在《人民戲劇》上發表文章，將檢場、飲場等舞臺現象與淫蕩猥褻、迷信恐怖、酷刑凶殺的表演一同斥為「舞臺上的病態和醜惡形象」，[3]這種基於對戲劇假定性獨特認知之上的舞臺手段因此遭遇滅頂之災。如果從現代劇場所要求的舞臺表演整體性角度看，檢場和飲場似乎是具有破壞性的，但是事實上假如我們用更具假定性的眼光看待戲劇，並不是無法緩和它們和「現代」之間的緊張關係。飲場雖然幾乎絕跡，現在卻有部分戲曲演出在有意識地重新恢復檢場，看起來也談不上是對現代化的反動。

　　戲曲領域最具特點的「腳色制」同樣受到嚴厲批評，它們原本是戲曲行業內部分工的慣例，在它的形成過程潛藏著戲曲藝術的特殊手法與戲曲表演專業化訓練的規律。戲曲劇團數百年來形成了以腳色為核心的內部分工，但是因「編導制」的引入改變了劇團內部構成。這是戲曲行業制度現代化改造的重中之重，是二十世紀戲曲行業制度最具戲劇意義的變化。

---

[2] 在「戲改」最初的一段時間裡，按階級分析的模式，戲班裡收入遠高於其他成員的主角及班主，曾經被比附為農村的地主或工廠裡的資本家，成為鬥爭的對象，但是出於統戰的理由，各劇種諸多代表性表演藝術家都成為人大代表和政協委員，當然不會再遭受鬥爭；況且，離開戲班的組織者、尤其是離開主角，戲班就失去的生存與競爭的能力，因此他們很快恢復了社會整體中積極與正面的形象，這是階級分析理論在實踐中有可能受挫的一個極好印證。

[3] 馬少波：〈清除戲曲舞臺上的病態和醜惡形象〉，《人民戲劇》第三卷第六期，頁25-29。

編導制的全面推進，改變了戲曲藝人主導的創作演出制度。戲曲演出史上沒有導演建制，或者說，在西方近代戲劇中有突出地位的導演這一職業，在戲曲史上並不存在，甚至連編劇在戲曲裡的作用也和近代西方戲劇有明顯差異。一般認為，明末清初各地方劇種興盛後，舞臺上演出的大多數劇碼就是表演者為主體創作的。[4]清末民初商業劇場發育過程中，經常有文人加入到戲曲編劇行列之中，但這些新劇碼仍然圍繞主演的舞臺表現創作，戲曲行業因此形成類似現代娛樂業的明星體制的演劇形態。幾乎是在同時，西方近代戲劇經新文化運動傳入中國，從創作演出體制上看，西方戲劇體制中職業化的導演起主導作用，是其與戲曲的差異最明顯的區別，但事實上話劇進入中國後的一些年裡，同樣為適應市場而形成了模仿戲曲的劇團形制。

二十世紀五十年代初戲曲界建立「編導制」的討論，就是在這樣的背景下出現的，它既包括前幾十年模仿西方戲劇的新劇－話劇從業者引進導演中心戲劇體制未能獲得成功的不甘，也包括文人參與戲曲創作的諸多實踐。無論基於何種前提，我們看到的就是在「戲改」中，以田漢為代表的「戲改」主導者在不遺餘力地推行導演制。他們通過《新戲曲》月刊召開建立導演制的座談會，田漢在會上指出，戲曲導演制度的建立是「戲改工作中極重要的新的問題」，因為「舊中國戲曲看人不看戲，於今要大家看戲不看人。人的條件當然始終關係著戲的成敗，但應當是戲中的人，即與戲緊密結合的人而不是離開戲的人，也不是單看某一突出的個人而當是演員整體，不是單看演員的演技而是整個舞臺工作的渾然一致。凡此是改革戲曲的重要綱目，也是它成功的保障，要做到這樣便須建立有效的導演制度。」[5]馬彥祥進一步說明，將要新建立的導演制和此前戲曲行業的習慣截然不同，「導演工作不僅僅是過去排戲先生說場子的工作」，[6]說明在戲曲領域推行導演制，就是為了引進一

4　各地廣泛流布的高腔、亂彈、梆子乃至皮黃（京劇）無不如此，更不用說清末民初形成的評劇、越劇、楚劇、滬劇和各地的秧歌、花鼓、花燈、採茶類劇種。即使最依賴劇本規範的昆劇，從清初舞臺演出本合集《綴白裘》看，也在文人撰寫的明清傳奇基礎上有很多表演者的增益和刪改。
5　〈如何建立新的導演制度座談會記錄〉，《新戲曲》第1卷第2期，1950年10月出版。
6　同前注。

種全然不同於戲曲傳統的創作演出制度。

　　新的導演制為戲曲領域引入了一種全新的藝術生產方式，編導制的引入對戲曲的影響甚至超越了「戲改」中的「改制」。如果說從取消班主制組織「共和班」，到最後的「事業單位」，完全改變了劇團內部的人事制度，那麼，導演制改變的則是戲曲劇團的藝術生產機制。在戲曲劇團內全面推行並建立導演制度，當然是因為戲改主導部門對導演制度在提高戲曲舞臺藝術水準、至少提升新劇碼創作水準的作用深具信心，也是由於傳統戲曲原有的演員中心的戲劇演繹形式，並非戲改幹部所能了解和接受，因其與西方戲劇之間的差異而被看成是「落後」的戲劇制度。但「編導制」要引入的不僅是導演，還有職業編劇，它是為了要求舞臺演出時有固定的劇本，杜絕演員在演出時的即興發揮與創造。它的另一個孿生兒就是專業作曲。「作曲」作為戲曲班社劇團裡的一個新行業，在戲曲創作過程中、尤其是在新劇碼的音樂唱腔創作中起主導作用，接替了原來由表演者自主承擔的唱腔設計職能。

　　對二十世紀的戲曲而言，專業作曲的介入以及主導並不是自然發生的，如劉天華與梅蘭芳之間短暫的合作不足以導致行業制度的改變。它之所以成為戲曲新的行業制度，根源在二十世紀五十年代的「戲改」，在這一時期，政府鼓勵並派遣大量「新音樂工作者」進入各戲曲班主劇團，從最初擔任傳統劇碼的記錄工作始，逐漸轉而成為劇團的「專業作曲」，進而壟斷了創作劇碼的編腔作曲職能，演員樂師從唱腔創制的主體逐漸演變為音樂唱腔創作的局外人，成為現成的音樂唱腔的呈現者。而在此之前漫長的戲曲史上，不僅戲曲劇碼裡的唱詞對白經常由表演者自由創造，音樂更是如此，除崑劇受制於嚴格的曲牌，演唱者更趨於遵守現有的格律外，高腔類劇種音樂上的限制並不大，各類板腔體劇種更是從音樂結構上就給予演唱者非常大的自由空間，它從根本上就是演唱者的音樂創作世界。

　　從為了幫助挖掘整理傳統戲曲而進入戲曲行業的「新音樂工作者」，到各地戲曲劇團普遍開始引入音樂學院培養的職業作曲者，他們成為戲曲音樂唱腔設計的主體，這一制度性的變化如同編導制一樣，改變了戲曲的生成方式與創作生態。更重要的是這些職業化的作曲者多數

經受了西方音樂的基礎訓練，他們自覺不自覺地在西方作曲理論的指導下為劇碼創作音樂，並且將交響樂的音樂思維帶到了戲曲音樂創作中。他們直接進入戲曲界並且在其中佔據了主導地位，讓西方戲劇與音樂觀念有機會從內部衝擊和改變戲曲，這是戲曲的傳統脈絡與當代形態之所以出現激變的主要原因之一。

與此同時，戲曲行業內還出現了職業化的舞臺美術團隊，由舞美、燈光、服裝和化妝設計師，他們和編劇、導演、作曲共同組成了劇碼創作的「主創團隊」，完全改變了戲曲劇團原本僅由演員和樂師為主體的體制。更重要的是，這些變化們從一開始就被冠以「現代」的標識，它們始終是帶著戲劇「現代化」的桂冠出現的。

## 二、戲曲作品之內涵的現代化

戲曲改良和有關戲曲現代化的各種訴求，從行業之外逐漸波及行業內部，它對戲曲藝術層面的衝擊，漸次體現為由外及裡的過程。在二十世紀初，戲曲改良的意見開始涉及戲曲所表達的藝術內涵。

陳獨秀1904年以「三愛」為筆名在安徽《俗話報》發表的《論戲曲》，[7]是最早系統提出戲劇改良建議的重要文獻，這位中共首任總書記對戲曲的關注，彷彿是半個世紀後中國共產黨剛執政就在全國迅速推進「戲改」的預言。陳獨秀的文章提出，戲曲須在五方面加以改良：宜多編有益風化之戲；採用新法；不可演神仙鬼怪之戲；不可演淫戲；除富貴功名之俗套。這五個方面，除第二條「採用新法」，按他自己的解釋是應該運用現代科學的「光學、電學各種戲法」之外，其餘所涉均為戲曲表現的內涵。他這些建議如同那個時代其他鼓吹戲曲改良的建議一樣，幾乎完全是以「歐西」為參照系的。

陳獨秀改良戲曲的五條建議，後三條主要是對某一部分傳統戲曲劇碼的批評，希望清除這些作品中荒誕無稽的神怪形象和情色描寫，至

---

7 該文最早發表於《俗話報》1904年第11期，署名三愛，次年以文言在《新小說》第2卷第2期重新發表，並被收入《晚清文學叢鈔‧小說戲曲研究卷》。本文所引係被錄入《晚清文學叢鈔》之後者，且不再注出。

於「除功名富貴之俗套」，是由於他認為戲曲大量充斥著主人公以獲取功名富貴為理想結局的作品，「吾儕國人，自生至死，只知己之功名富貴，至於國家之治亂，有用之科學，皆勿知之。此所以人才缺乏，而國家衰弱」，[8]所以必須清除。民國初年北洋政府時期全國各地紛紛成立的通俗教育研究會內設的戲曲編審委員會與陳獨秀的思想與有頗多呼應，此類戲曲編審委員會針對傳統戲劇「審」的部分明顯重於「編」。蘇少卿曾經說他們承擔的「編審戲曲」任務，最主要的工作就是查禁粉戲及神怪荒誕的劇碼。[9]而二十世紀五十年代的「戲改」同樣是從頒布禁戲令發端的，清除傳統劇碼中的「毒素」，是其始終如一的重要工作。

　　從陳獨秀到「戲改」時期大量的禁戲，對傳統戲曲作品中許多情節、人物設置和思想、道德和情感取向不能認同，並且堅定地認為此類作品的存在有害社會，意在清除傳統戲曲作品中那些與「現代思想」相背的內涵，是戲曲內涵層面的現代化最主要的動因。而創作大量新的能充分表現「現代思想」的作品，則成為戲曲現代化主張的另一路徑。幾乎相同的理念在二十世紀八十年代又一次再現，思想的更新仍然是有關戲曲現代化的佔主導地位的核心理念與訴求。當孟繁樹提出戲曲需要從「傳統藝術」向「現代藝術」轉化時，他心目中的現代戲曲，必須具備「重視作品的生活容量與思想深度，戲劇矛盾比較集中與激烈情節和結構也向複雜化發展[……]主要不是以形式的精美取勝，而是以豐富的內容、深刻的思想性和性格化的人物形象取勝」[10]等特點，其中作品精神內涵顯然佔據最重要的位置。

　　有關戲曲作品內涵之現代化還有更多重界定，在所有戲曲「現代化」的宣導者的意涵中，要求戲曲強化「表現新時代的、新生活的現實」的能力，更是戲改主導者最普遍的共識，而通過戲曲內容的變化定義「現代化」，看起來似乎是一條捷徑。張庚早就指出，延安時期開始的新秧歌運動，其實際意義就是「把這種表現了我們古代生活的詩歌、

---

8　　三愛：〈論戲曲〉，原載《新小說》第2卷第2期，阿英編：《晚清文學叢鈔·小說戲曲研究卷》。
9　　蘇少卿：〈嚴禁上演淫戲〉，《戲劇春秋》1943年第8期。
10　孟繁樹：〈現代戲曲的崛起〉，《戲劇藝術》1988年第1期。

音樂、舞蹈相結合的戲劇、歌舞劇的形式拿來現代化，使它來表現現代的我們人民最光輝的生活。」[11]雖然他也指出認為「所謂改革舊劇並不單是在形式上，而主要的是使它的形式能夠表現新時代的、新生活的現實，並且能夠從進步的立場來批判並改造這現實」，但是在他看來，傳統戲曲之所以需要現代化，最主要的原因就是它「反映現實的能力還差」，[12]所以幫助戲曲提升其「反映現實生活」的能力，才是戲曲現代化之根本。「戲改」時期解放區「反映現實生活」的「解放戲」的走紅，曾經被認為是戲曲現代化的重要成就，也激勵了當局進一步推動「現代戲」創作演出，鼓勵戲曲藝術家創作演出基於政治宣傳目的而創作的新劇碼，提高戲曲「反映現實生活」的能力，始終被看成是「戲曲現代化」的關鍵，從1958年「大躍進」熱潮中，文化部明確要求「經過幾年努力，確保現實題材戲曲劇碼佔據50%」、1963年柯慶施提出「大寫十三年」，到1964年的革命現代京劇會演，這條脈絡一直持續到當下。在這半個多世紀裡，現實題材戲曲劇碼和戲曲現代化之間的困果關係，實有太明顯的虛構成分，但如果我們考慮到鼓勵現代題材戲曲的政治因素，就不必感到驚訝。

　　概而述之，有關戲曲內涵的現代性訴求，主要體現在兩個方面，其一是所謂「現代思想」，其二是「現代生活」。前者屬於社會政治範疇，經常旁及道德領域，從最初只是要求去除傳統劇碼裡的色情、暴力、等具有社會危害性的內容和非科學的迷信思想，直到20世紀50年代「戲改」時期要求清除有背於階級立場的「奴隸道德」等等，直到20世紀80年代後希望用更具人性化的方式處理傳統題材，都是不同階段產生了重大影響的聲音；後者屬於戲曲題材範疇，早在延安時期，張庚就已經將戲曲新劇碼「反映現實生活」視為戲曲現代化的核心，在二十世紀五十年代後，它更成為頗具普遍性的要求。

　　在社會越來越寬容於藝術作品裡性的表現方式的大背景下，從道德

---

11　張庚：〈新歌劇——從秧歌劇的基礎上提高一步〉（1950年4月16日），《張庚文集》第二卷，頁9-10。
12　張庚：〈話劇民族化與舊劇現代化〉，原載《理論與實踐》一卷3期，1939年10月。《張庚文錄》第一卷（湖南文藝出版社，2003年），頁242-243。

立場出發指責傳統劇碼裡的色情表現，是否恰好與現代性相背離？人類心靈中諸多超驗因素的藝術表現，如何能用現代科學加以斥責？按照新的法律法規乃至政策批評傳統劇碼，要求其內涵必須與之相符，這樣的理念是否具備現代性？尤其是現實題材作品是否天然地具有現代性，對當下題材的關注是否確實與戲曲的現代化進程相關？假如這些疑問沒有得到肯定的回答，有關戲曲內涵的現代性的界定，就依然是個無解的難題。

## 三、「現代化」與戲曲的藝術形態

戲曲現代化的所有動議，都意味著對傳統戲曲程度不同的改造，它的前提，是十九世紀末以來西化的激進知識分子們試圖用「新文化」完全取代「舊文化」的方略遭遇重大挫折。對「舊劇」的改造因而成為不得已的抉擇，但是從結果看，顯然這才是正確的選擇。經歷一個多世紀，戲曲現代化早就不再停留於劇碼和戲劇內涵的更換，今天舞臺上演出的戲曲劇碼與十九世紀的戲曲之間明顯而巨大的差異，就是毋庸置疑的現實，然而戲曲的藝術形態的變化與承繼，卻是一個頗耐人尋味的過程。

所有藝術都有其特定的表現形態，如果說戲曲現代化的進程貫穿了整個二十世紀，那麼只有戲劇形態層面的變化，才真正具有藝術的意義。然而在戲曲藝術形態方面發生的諸多變化中，哪些變化是具有現代性的，並不容易把握。十九世紀末燈彩被搬上舞臺，海派戲曲大量運用機關布景直到轉檯的運用，還有舞臺燈光的反覆運算更新，它們無不被冠之以戲曲現代化的意義。但是細細分辨，諸多科技手段的運用與「現代精神」的藝術體現根本不是一回事，這些變化與戲曲的藝術形態在美學上的演進之間的關係，也過於複雜。

張庚曾經指出，「舊劇的現代化的中心，是去掉舊劇中根深蒂固的毒素，要完全保存舊劇的幾千年來最優美的東西，同時要把舊劇中用成了濫調的手法，重新給與新的意義，成為活的。」[13]既然如此，他所

---

[13] 同前注，頁246-247。

希望保存的戲曲「最優美的東西」究竟是什麼，「用成了濫調的手法」又有哪些？新文化運動時期代表了一代激進知識分子思想追求的《新青年》雜誌，曾經在其「戲曲改良專號」等刊登多篇文章，其中傅斯年的文章說戲曲在藝術上很原始，簡直是「各種把戲的集合品」、是「下等把戲的遺傳」、「百衲體」，[14]錢玄同認為「如其中國有真戲，這真戲自然是西洋派的，決不是那『臉譜』派的戲。要不把那扮不像人的人，說不像話的話全數掃除，盡情推翻，真戲怎樣能推行呢？」[15]這些論述都意在要全面改造戲曲，使之完全變更為新的表現形態。

　　現實主義戲劇觀念的引進，在戲曲現代化進程中具有特殊的重要性。戲曲表現形態包括舞臺表現手法和敘事模式，最為重要的就是唱念做打為一體的表演體系，戲曲藝術家借此傳遞故事、人物性格及關係和包含於其中的思想情感與道德內涵。在戲曲的表演體系中，虛擬化的摹象寫意手法是最根本的特點，但是恰恰由於這種手法與西方近代戲劇模擬現實生活的表演原則存在本質上的差異，因而被視為現代化改造的關鍵。

　　近代西方話劇表演崇尚的「第四堵牆」理論，要求演員在舞臺上盡可能營造類似現實生活的幻覺，藉以表現戲劇故事和人物，這一藝術理念借蘇俄斯坦尼斯拉夫斯基的表導演體系進入中國，它不只成為在中國話劇界佔支配性的戲劇模式，並且被認為是指導所有戲劇表演的一般性原則。在接受斯氏表演理論的戲劇家和被派往中國「指導」戲劇的蘇聯專家們看來，戲曲的表演（包括戲曲演員的化妝扮相）是背離「現實生活」的；只有接受現實主義的表演原則，用「符合生活邏輯」的方式在舞臺上表演，才是唯一正確的戲劇表演方式。「現實主義」表演理論對戲曲構成了極大壓力，正由於戲曲表演的特殊形態與風格與所謂「現實主義」原則是完全相背的，直接接納現實主義表演原則必然導致戲曲走向「話劇加唱」甚至它的消亡。周揚有關戲曲「運用程式去反映生活的方法其基礎仍然是現實主義」[16]的論述，明顯是在否認戲曲表演基本原

---

[14]　《新青年》第5卷第4號。

[15]　《新青年》第5卷第1號。

[16]　周揚：〈進一步革新和發展戲曲藝術〉，《文藝研究》1981年第3期。

則非現實主義的特徵。在二十世紀的大多數時期，戲曲理論家和表演藝術家都很難理直氣壯地正面闡述戲曲非寫實表演原則的價值與合法性。相反，強調模仿生活的表演模式則始終才被看成戲曲現代化的必經之路，它不可能不在某種程度上影響戲曲藝術家的舞臺表演。當然也不妨指出，戲曲表演趨於寫實的現象並非一邊倒的趨勢，戲曲表演藝術家們在接納現實主義表演原則時，經常運用一些閃避騰挪的辦法，避免戲曲傳統表演手段完全被「現實主義」原則吞噬；即使在蘇俄戲劇理論借國際政治形勢之助力大行其道的年代，也有如黃佐臨提出梅蘭芳戲劇觀與斯坦斯拉夫斯基和布萊希特的本質差異，藉以張揚戲曲表演體系的特殊美學價值；而1964年和二十世紀八十年代初兩度開展的有關「京劇要姓京」的討論，更是在呼籲戲曲保持其表演特點。近年來戲曲界更多強調舞臺表演的「戲曲化」，更說明用戲曲現代化的名義推行現實主義表演原則，並非一帆風順。

　　有關戲曲表現形態的現代化理念，並不僅僅局限於表演手法。如前所述，儘管歷史上有許多文人對戲曲舞臺上的自由即興表演中不可避免地存在的粗糙與草率的表達深表不滿，二十世紀五十年代戲曲領域普遍推行的導演制，才是此前諸多地方戲曲劇種的自由即興表演現象逐漸消失的主要原因。民國年間越來越多職業編劇進入戲曲領域，明顯提升了戲曲作品的文化品位，但是商業劇場對新劇碼的強烈需求，仍然是戲曲舞臺上存在大量沒有固定劇本的「路頭戲」（或稱提綱戲、幕表戲）的決定性因素。導演制的普及真正讓這一現象發生了根本變化，片面強調按固定劇本演出才能確保作品的規範性，卻忽視演員自由即興發揮的藝術魅力，這是全面實施導演制始料未及的消極結果，但是戲曲形態因此發生的變化，卻是實實在在的。同樣的現象也出現在音樂領域，從「戲改」時期開始強調戲曲唱腔的定腔定譜定調，改變了戲曲演唱的音樂表達方式，也改變了戲曲演唱的規律，其出發點亦如推行編導制一樣，首先是為了規範演員的唱腔，使之表演呈現水準更具穩定性，但是結果卻改變了戲曲形態。而且，唯此才有可能讓交響樂進入戲曲音樂領域，汲取西方音樂形式，用西洋樂器和交響樂的音樂思維改造戲曲音樂。它們都與戲曲音樂領域的現代化訴求相表裡。

　　舞臺美術的演變，在戲曲藝術形態的演變進程中最為直觀與突出，其中包括機關布景的運用，還包括電與燈光的使用。其實它們是最早被看成戲曲現代化之表徵的，其原因當然是由於這些外來的技術手段既是現代社會的產物，故而也就被看成是現代社會的符號。但是更重要的是由於舞臺美術設計理念出現了根本變化，舞臺已經不再僅僅只是表演的場地，它已經成為營造戲劇情節發展空間的有效手段。傳統戲曲主要由表演者的敘述和動作指示戲劇情節及其所發生的地點，舞臺本身的審美意義當然是缺失的（故此才有「守舊」的存在空間），而舞臺上各種新穎的美術設計開始參與戲劇進程，成為有戲劇意義的元素，豐富了舞臺的表現力，當可看成戲曲現代化進程中路徑最簡潔效果最直觀的變化。

　　綜上所述，從十九世紀末以來，戲曲現代化一直從多個維度影響戲曲的發展，全面描述這些變化，就已經堪稱一項艱巨工程。我們可以從中看到，現代化的諸多宣導者經常簡單化地將「西化」與「現代」混為一談，因此不免引起相反的回應，「戲曲化」的背後就體現了民族藝術力圖避免被異域文明同化的本土意識或曰自我意識的覺醒。戲曲在體制、內涵、形態三方面發生的巨大變化很難輕言其得失，「現代化」與「戲曲化」之爭在藝術上也決非一道簡單的是非題。但是客觀冷靜地看待東西方文化差異，回到現代化的本義和戲曲藝術的發展演變本身，這幅精彩的圖景，既有絢麗的景觀，更有豐富的意義。

# 對1935年梅蘭芳訪蘇座談會紀要的考察和細讀

吳新苗

## 提要

　　1935年梅蘭芳赴蘇巡演是中西戲劇交流史上的重要事件，4月14日蘇聯對外文化交流協會舉辦了一次總結性的座談會，丹欽科、梅耶荷德、泰伊洛夫、愛森斯坦與梅蘭芳、張彭春等中蘇戲劇家圍繞梅蘭芳及中國戲曲藝術特色展開了討論。這次重要座談會的紀要直到今年才被完整的翻譯介紹到國內，當時的中蘇戲劇大師們在座談會發表了哪些觀點，以及他們觀點後面有何政治文化背景，訪蘇座談會與梅蘭芳此後的藝術觀念之關係，有很多內容值得深入討論。本文就是基於這樣一種認識，展開對座談會紀要的詳細考察和細讀，梳理歷史真相，對歷史進行反思。

## 作者簡介

　　男，安徽岳西縣人，文學博士，教授，碩士生導師。2003年在安徽大學中文系獲文學碩士學位，2006年畢業於首都師範大學，獲文學博士

學位。現任中國戲曲學院戲文系教授，史論教研室主任，兼任北京戲曲文化傳承與發展研究基地副主任。所授課程包括：「古代戲曲經典作品導讀」、「古代戲曲理論名著導讀」、「中國京劇史」、「戲曲史料學」、「戲曲藝術思想史」等。研究方向為明清文學、古代戲曲史及京劇學。2011年獲中國戲曲學院「師德先進個人」榮譽稱號，2011年獲中國出版協會「全國優秀古籍圖書一等獎」，2012年獲北京市教工委「師德先進個人」榮譽稱號，2014年獲評北京市教委「青年拔尖人才」。近年著作包括學苑出版社2017年版《梨園私寓考論：清代伶人生活、演劇及藝術傳承》，中國社會科學出版社2017年版《文本、舞臺與戲曲史研究》（論文集）等。

## 關鍵詞

中國戲曲、梅蘭芳、蘇聯、座談會、假定性

　　1935年梅蘭芳赴蘇巡演，是中國現代戲曲史、中西戲劇交流史上的重要事件。與五年前的赴美演出是梅蘭芳自發行為不同，這次是蘇聯官方的主動邀請。1929年因為「中東路」事件導致中蘇絕交，隨著「九一八」事變後日本加快在東北的侵略，中蘇兩國同時感受到聯合抗日的急迫性，1932年12月12日兩國外交人員經過祕密談判，24小時內恢復邦交，震驚了世界。為了修復兩國的交往，加強民間文化交流成為一種有效的手段，因此在前一年蘇聯舉辦徐悲鴻畫展之後，邀請梅蘭芳赴蘇公演。這是大的政治背景。[1]中方自然深知其意，因此外交部積極斡旋此事，第二歷史檔案館中藏有當年雙方為訪蘇一事商討、溝通的80多份電報，就可知雙方政府的重視程度了。經過近一年的磋商、接洽、籌劃，1935年2月21日梅蘭芳一行從上海開啟征程，3月12日到莫斯科，開始了在莫斯科、列寧格勒兩個城市為期40天的演出、考察活動。蘇聯官方和戲劇界對梅蘭芳來訪非常重視，其對外文化交流協會（沃克斯BOKC）負責組織接待，為慎重其事，專門成立了「接待梅蘭芳委員會」，沃克斯會長阿羅謝夫和中國駐蘇大使顏惠慶任主席，斯坦尼斯拉夫斯基、丹欽科、泰伊洛夫、愛森斯坦等戲劇界、音樂界著名人士任委員。在列寧格勒，對外文化交流協會的分會也成立了一個接待委員會，有漢學家王希禮等人組成。各大媒體爭相報道梅蘭芳及其劇團的行蹤，發表積極正面的劇評文章。梅蘭芳最初接到蘇聯邀請時還「心上很躊躇，猶疑不決」，[2]而當完成莫斯科的演出後，當初的猶疑已經煙消雲散。4月1日他在列寧格勒接受當地報紙的採訪，已經透露出訪蘇成功的喜悅心情，並特地強調回莫斯科後「我將參加一次座談會，與蘇聯大師們討論演員工作的方法問題」，[3]期待與蘇聯的知音者進行更為深入的探討。

　　4月14日下午5時開始的這場座談會是雙方對梅蘭芳訪蘇的最後總結，是整個事件最高潮的樂章。因此，這場二十世紀最著名的戲曲演員與「蘇聯大師」們的座談會，讓後人充滿無限想象。他們談了些什麼，

---

[1]　參許姬傳、許源來著《憶藝術大師梅蘭芳》中關於蘇聯邀請動機的介紹，參周麗娟〈1935年梅蘭芳劇團訪問蘇聯的政治和藝術背景探析〉，《戲曲藝術》2016年第4期。

[2]　梅蘭芳《梅蘭芳遊俄記》，傅謹主編《梅蘭芳全集》第七卷，頁6。

[3]　〈我們的巡迴演出〉（中國劇團領導人梅蘭芳接受《列寧格勒真理報》的專訪），《列寧格勒真理報》1935年4月1日，引自陳世雄《譯文三則》。

這些觀點後面是什麼樣的政治、文化背景，八十多年前的聲音在今天還有哪些歷史的迴響？我們有必要對這場座談會進行細緻的考察。

## 一、座談會紀要的發現之旅

　　最早對這次座談會大師們談了什麼感到興趣的，是一個瑞典人拉爾斯・克萊貝爾格。他於上世紀七十年代在蘇聯攻讀戲劇博士學位，接觸了大量蘇聯當代戲劇文獻，發現1935年梅蘭芳赴蘇演出：

> 幾乎當時所有偉大的導演，而且不僅是俄羅斯導演，都觀看了中國戲劇，如斯坦尼斯拉夫斯基、聶米羅維奇-丹欽柯、梅耶荷德、泰依洛夫、愛森斯坦，以及1935年4月正在莫斯科的戈登・克雷、貝爾托特・布萊希特、艾爾溫・皮斯卡托等。[4]

　　這些人都或多或少留下了一些對梅蘭芳、中國戲曲的評論文字，他由此知道了對外文化交流協會曾經舉行了一次紀念梅蘭芳旅行演出的座談會。但經過多方尋找，也未能找到座談會的記錄。

　　「關於這些極不相同的、各具自己鮮明個性的、決定著二十世紀戲劇面貌的異常觀點的藝術家們相互『碰撞』的想法」，[5]仍然深深吸引著克萊貝爾格，於是這位戲劇學博士編寫了一部「臆想的記錄」，從文本看很像純然的會議記錄，其實是一部話劇作品。劇名《仙子的學生們》，命名的靈感來源於愛森斯坦寫梅蘭芳的一篇著名文章《梨園仙子》（亦譯《梨園魔法師》）。這部話劇1986年首演於波蘭的克拉科夫，兩年後又參加了法國阿維昂涅藝術節，劇本被翻譯成9種外國文字廣為流傳。1986年，梅蘭芳之子梅葆玖出席丹麥的「國際戲劇人類學研討會」並在瑞典訪問演出，9月29日克萊貝爾格將這個劇本交給了他。梅葆玖帶回中國，其兄梅紹武翻譯後發表於1988年12月出版的《中華戲曲》雜誌上，發表時標題是《在1935年莫斯科舉行的一次討論會上的發

---

[4]　李小蒸譯，拉爾斯・克萊貝爾格整理《藝術的強大動力》，《中華戲曲》第14輯。
[5]　李小蒸譯，拉爾斯・克萊貝爾格整理《藝術的強大動力》序言，《中華戲曲》第14輯。

言——斯坦尼斯拉夫斯基、梅耶荷德、愛森斯坦、戈登‧克雷、布萊希特等藝術大師論京劇和梅蘭芳表演藝術》。後收入1990年出版的《梅蘭芳藝術評論集》（此外，該文還由著名導演黃佐臨推薦，轉載於上海人民劇院院刊《話劇》1992年第2、3期合刊），標題設置比較誇張，用大字號排列「蘇聯斯坦尼斯拉夫斯基 梅耶荷德 愛森斯坦 英國 戈登‧克雷德國布萊希特 等藝術大師」，下面黑體正標題「論京劇和梅蘭芳表演藝術」，副標題「在1935年莫斯科舉行的一次討論會上的發言」。克萊貝爾格的劇本，翻譯到國內變成了梅蘭芳訪蘇的重要史料，而且用比較誇張的方式排版，這反映了上世紀八九十年代戲曲逐漸走向低潮、業界呼籲「振興京劇」的歷史背景，戲曲人想從這個外來的文本中汲取更多的自信。

雖然這是一個臆想的記錄，一些細節（如最後丹欽科宣布梅蘭芳要搭乘今晚的火車回北京，其實梅蘭芳直到20日才離開莫斯科去柏林）有著明顯的漏洞，但作者創作時搜集了豐富的資料，特萊傑亞考夫、愛森斯坦、布萊希特等人的發言都是按照他們撰寫的論梅蘭芳及中國戲曲的文章中整理生發出來的，基本代表著這些人的真實看法，至於梅耶荷德的發言，則因為當年他在座談會上的發言已經公開發表出版，所以更接近當時的實際情況。儘管如此，很顯然，劇本並不是座談會記錄的真實文獻。

正在國內信以為真時，克萊貝爾格沒有放棄繼續搜尋原始檔案的想法，蒼天不負有心人，他終於在國家十月革命檔案館中發現了座談會記錄，並以《藝術的強大動力》為題發表於1992年莫斯科《電影雜誌》上。第一個接觸這份真實記錄的中國人應該是翻譯家邢秉順。1992年邢秉順時任駐俄羅斯大使館文化參贊，克萊貝爾格恰好任瑞典駐俄羅斯大使館文化參贊。兩人因為工作關係而熟悉，克萊貝爾格將自己的發現告訴了邢秉順，邢秉順「為了進一步瞭解有關情況，並向克萊貝爾格先生表示敬意」，於1992年3月9日相約見了面，他將事情的經過寫成《一份珍貴的歷史記錄》發表於《中外文化交流》（1993年第1、2期），文後附錄了他翻譯的座談會記錄，題為「1935年4月14日蘇聯戲劇界人士為梅蘭芳訪蘇演出舉行的座談會發言紀要」。

　　由於《對外文化交流》這本雜誌並不為戲曲研究界所熟知，因此這篇文章事實上在學界沒有引起反響。僅稍後一些時候，1993年中國藝術研究院電影電視藝術研究所的李小蒸研究員讀到了《電影雜誌》上克萊貝爾格的文章，並翻譯成文投寄給《上海戲劇學院學報》，後來由他在藝術研究院的同事、著名戲曲研究專家龔和德推薦發表到了當年的《中華戲曲》雜誌上。[6]（梅葆玖翻譯的劇本也是龔先生推薦發表在該雜誌）至此，學界才看到真實記錄，恍然大悟。從李小蒸《藝術的強大動力》譯文中，我們才瞭解這次研討會發言者及其先後順序是丹欽柯（主持）、梅蘭芳、張彭春、丹欽柯、特列傑亞科夫、梅耶荷德、莫·格涅欣、泰伊洛夫、愛森斯坦、張彭春、丹欽柯、梅蘭芳、丹欽柯。比起李小蒸的翻譯，邢秉順譯文刪去了張彭春的發言，其他人的發言翻譯得也比較概略，並非一字一句的完整譯文。但某些字句的譯法，還是可以作為重要參考，況且這是第一份真實記錄的譯文，其意義也是不可忽視的。

　　克萊貝爾格追尋真實記錄而不捨的精神和對中國戲曲濃厚的興趣，令人感佩。但探尋真相之旅還沒有結束，接力棒從克萊貝爾格氏轉到了廈門大學戲劇學教授陳世雄先生手上。陳世雄1998年12月在俄羅斯劇協中央戲劇科圖書館裡《電影藝術》雜誌讀到了刊登克萊貝爾格整理的記錄，「感到震驚，意識到這是一個很重要的發現」，於是做了複製，並在2000年夏天全部翻譯出來。說來頗有趣，至此他沒有看到邢秉順、李小蒸的譯文，直到次年才發現李小蒸1993年的譯文，「不免自歎孤陋寡聞」，在當年完全靠人工檢索的時代，其實這也很正常。但是，他發現學界還有人對《藝術的強大動力》是否真實檔案抱有懷疑，於是決定親自到檔案館查找原始文獻。2014年夏天，陳世雄在俄羅斯訪學期間到國家檔案館複印了「梅蘭芳1935年訪蘇檔案」——《關於梅蘭芳劇團訪問蘇聯的通信、與張教授等人座談的報告與記錄匯總》，發現了記錄參加會議的31個人員名單，斯坦尼斯拉夫斯基、戈登·克雷、布萊希特不僅沒有發言，根本就沒有參加會議。關鍵是他發現克萊貝爾格《藝術的強

---

[6]　龔和德〈拉爾斯·克萊貝爾格先生的貢獻〉，《中華戲曲》第14輯。

大動力》對記錄作了大膽的刪節，刪除的部分如果譯成漢語，至少在600字以上。其中，當時蘇聯最優秀的芭蕾舞女演員克莉格爾的發言被全部刪除。[7]

　　同時，他感到這份檔案可能只是整理後的一個官方報告，原始記錄也許還在天壤之間。2019年第一期《文化遺產》上發表了《梅蘭芳等中蘇藝術家討論會記錄（未刪節版）及其價值》，這是他的最新研究報告，文中介紹：

> 2018年8月，筆者終於看到了保留著刪節痕跡的另一份列印稿。它收藏在俄羅斯國家檔案館，被刪改的部分沒有被塗黑，只是劃了一些線條而已。因此，文字可以辨認。[8]

據此整理出完整的原始記錄。

　　至此，1935年這場重要的座談會的原始記錄才以完整的面目為世人所知。

　　如果我們把時間再倒回到八十四年前，發現那時上海的一份戲曲專業報紙《羅賓漢》中最早登載了這次座談會的有關資訊。梅劇團訪蘇總指導張彭春5月1日回國後，該報記者採訪後發表了《張彭春談梅劇團在俄演劇經過》一文，記者將張氏關於座談會的記錄（是張彭春筆記，還是口述給記者的不得而知）發表於文中。雖然不是很正式的記錄，也可能被記者編輯過，但保存了一些非常真實的訊息。「記錄」中介紹了會議在14日下午五時開始，由戲劇界之耆宿「但金珂氏」（丹欽科）任主席。發言人與陳世雄公布的原始記錄完全一致。記錄了梅耶荷德關於「自看了梅君手的表演後，覺得所有俄國演員們的手，真可以把他斬斷」的話，而且這個話題得到了泰伊洛夫和女藝術家Krigir（即克莉格爾）的回應，泰伊洛夫說俄國演員的確應該效仿梅蘭芳「手」的藝術，「所以主張暫且不要把俄國演員的手斬掉」，「出語頗婉轉有味，聞者

---

[7]　陳世雄〈梅蘭芳1935年訪蘇檔案考〉，《戲劇藝術》2015年第2期。
[8]　陳世雄《梅蘭芳等中蘇藝術家討論會記錄（未刪節版）及其價值》，《文化遺產》2019年第1期。

皆為失笑」。另有兩個非常有價值的訊息：一，座談會首先由對外文化協會副會長致辭，略謂「今日之會，係本張彭春教授之意，願與諸位討論中國戲之印象與批評」，這在陳世雄翻譯的檔案裡是沒有的；[9]二，現在公開的檔案中，張彭春的發言都是翻譯的大意，與此處的記載頗不相同，尤其是最後的總結部分，他說：

> 有三個要點，要向諸位闡明，第一點，西方戲劇與中國戲劇的隔閡可以打破；第二點，中國戲可以貢獻給現代戲劇做實驗的趨勢如何；第三點，中國戲本來之趨勢如何。

接著一一闡述：

> 種種舞臺上的動作及音樂，都有一定的程式，能夠如此，才可以得到正確的技術。中國戲雖有這種藝術上的字母，但是中國戲的演員們卻不被這種字母所束縛，他依舊可以發揮他在藝術上的天才與創造。[10]

　　將中國戲曲的程式化和整體藝術比喻成字母與文字的關係，這種提法比較新穎，也是公開的檔案中沒有的內容。

　　這些有關座談會概述式、整理過的、原始的紀要的翻譯和介紹，對於全面認識當年座談會真實情況，了解蘇聯大師們對梅蘭芳和中國戲曲的評價，有著重要價值和意義。從記錄的客觀性和完整性角度來說，陳世雄翻譯的未刪節版無疑具有更大的價值，本文即以此為底本，展開對紀要的細讀和討論。需要說明的是，檔案上座談會的全稱是「全蘇對外文化交流協會為了對梅蘭芳劇團對蘇聯的訪問進行總結而舉辦的晚會」，為了方便敘述，本文就徑稱「座談會紀要」。

---

9　　陳世雄〈梅蘭芳1935年訪蘇檔案考〉所錄參加人員名單中沒有對外協會副會長，但正如作者所云這個名單並不正式，可能有遺漏，的確如此，作了發言的音樂家米・格涅辛也不在名單中。

10　《羅賓漢》1935年5月10-5月19日連載。

## 二、打破隔閡和「對中國戲劇的新的創造性態度」

如《羅賓漢》所載屬實，張彭春應該是以中方代表身分，向蘇方提出召開座談會的建議的。因此他在座談會上有兩次發言，開始時談了座談會的主旨：對中國戲劇的評價和對中國戲劇未來發展的建議。大家發言結束後，他又做了回應。他相信東西戲劇可以打破隔閡，認為座談會上蘇聯諸公對中國戲曲的評價擺脫了西方社會一貫的「斷章取義」和「獵奇式」態度，展現出「新的創造性的態度」——「巨大的真誠，是渴望著理解、利用中國戲劇所給予的東西」。我們就蘇聯藝術家們到底說了什麼進行較為細緻地考察。

蘇聯著名戲劇活動家、莫斯科劇院導演丹欽科主持會議，開場白中他說：

> 對我們來說，最寶貴就是看到中國舞臺藝術最光輝、最完美的體現，也就是，最精緻和最成熟的東西，看到中國文化對全人類文化對貢獻。

給座談會定了一個基本調子。其次，他高度評價中國戲曲通過「最偉大的技巧」，「把深刻的表現力與極其洗練的手段結合起來」，蘇聯戲劇會從中得到啟發。對中國戲曲「技巧」的深刻印象，也是蘇聯諸公共同的感受。他在最後總結時，還有一個重要觀點，後文再談。

接下來發言的是特列季亞科夫（李小蒸譯「特萊傑亞科夫」），他是著名戲劇家和詩人，也是一個中國通，曾於1924至1925年在北京大學教授俄羅斯文學，號稱「鐵捷克」，曾寫下散文集《中國》和有名的劇本《怒吼吧，中國！》。對中國有很深的感情，也熟悉京劇，因此在梅蘭芳訪蘇時寫了不少評介文章，其中蘇方為此次演出準備的宣傳品《梅蘭芳與中國戲劇》一書中，就收有他的〈五億觀眾〉一文。他的發言表達了三個觀點，首先，他認為梅蘭芳劇團在蘇聯「最基本和最重要的事情」，那就是蘇聯人沒有像西方那種根深蒂固的「獵奇式」方式去對待

中國戲曲。為何特列季亞科夫如此強調這一點呢？正如座談會最後張彭春總結時說，「人們從三種不同的視覺評價中國文化，產生了斷章取義的態度、獵奇式的態度和創造性的態度」，如十八世紀西方對《趙氏孤兒》之類作品的翻譯和改編屬於斷章取義式的，而日本和美國更多是獵奇式的態度，在蘇聯「對中國戲劇新的創造式的態度正在形成」。近代以來對東方藝術獵奇式的態度，體現了強烈的殖民色彩，西方把那些經濟、軍事力量較弱的國度的文化藝術當作一種奇怪的異文化的產物，並且充滿一種優越感。這種情況同樣發生在十九世紀的俄羅斯。[11]但是在二十世紀初，人們普遍感到西歐戲劇陷入了一種自然主義的泥沼，青年一代的先鋒戲劇家們開始借助十六世紀的英國、西班牙戲劇，義大利即興喜劇和東方戲劇為歐洲戲劇「招魂」。正因如此，蘇聯戲劇家對梅蘭芳藝術抱有一種認真研究的態度，[12]正是這種認真研究的態度使得梅蘭芳訪蘇在中西戲劇交流史上具有了不同一般的意義。正如梅蘭芳還未到蘇聯時，梅耶荷德、愛森斯坦接受採訪時說：「蘇聯觀眾對於梅蘭芳的表演，並不用一種好奇的眼光去看待。蘇聯有許多著名的藝術家已經定下了研究和觀察的方案。」[13]因為這個原因，梅蘭芳在蘇聯得到隆重而正式的接待，梅蘭芳代表的戲曲藝術在蘇聯造成極大反響，所以特列季亞科夫要首先強調這一點。其二，他認為梅蘭芳的演出實踐，「使另一種神話破產了，這是一種非常令人不愉快的神話──認為中國戲劇是

---

[11] 比如1866年一本《劇場休息》雜誌中載有一篇〈中國戲劇〉，這是一個記者在恰克圖看了一場中國戲後的劇評：「中國人愚昧無知，他們在表演騎馬打仗時，拿著棍棒當馬騎，還覺得是騎在真馬上呢！看到這些，我不禁想起了亞曆山大劇院的演出。當時，作戰的不是瘦弱的中國演員，而是勇猛的俄國士兵，騎的也不是棍棒，而是歡快嘶叫的體壯膘肥的棗紅馬！」轉引自謝洛娃〈梅耶荷德的戲劇觀念與中國戲劇理論〉，童道明編選《梅耶荷德論集》，1994年版。

[12] 愛森斯坦在《梨園仙子》中也批評了對中國戲曲「獵奇式」的態度，說那些人習慣於西方舞臺墨守成規的那一套，把中國戲曲當作「奇怪現象」，感到大吃一驚，「既不去尋找原因，也不去探討其內涵。」（愛森斯坦〈梨園魔法師〉（王燎譯）載於《當代外國藝術》第14輯）在梅蘭芳訪蘇事件中非常活躍的漢學家瓦西里耶夫也有同樣觀點，1935年4月1日《列寧格勒真理報》發表了他的〈歡迎梅蘭芳〉，文中說西方資產階級把中國戲曲「當做一種古老的有異國風情的藝術，居高臨下、帶著獵奇的心理加以評價」，「在中國之外，只有蘇聯觀眾能夠真正地評價這種藝術」，因為梅耶荷德等人對中國戲曲是真心學習的態度。

[13] 《時事新報》之〈蘇聯戲劇家對梅蘭芳之感想？〉，見梅蘭芳《梅蘭芳遊俄記》，傅謹主編《梅蘭芳全集》第七卷，頁40。

徹頭徹尾假定性的。」邢秉順、李小蒸都將「假定性」翻譯成「程式化」，按照特列季亞科夫舉《打漁殺家》為例的表達來說，似乎「程式化」更貼切。這句話的重點是「徹頭徹尾」，其實他並未反對中國戲曲在形式上是程式化的，正如他在另一處文章中所說「程式化的結果是中國戲劇沒有自然主義的道具的負擔」，[14]但是他要論述的是「然而在這種華美的僵化的外表之下，卻跳動著生命的脈搏，它打破了任何的僵化」，《打漁殺家》就是這樣的例子，儘管裝飾、嗓音、劇情伴隨著音樂，但表現了「被壓迫者的復仇」，而這體現了「這種戲劇的現實主義底蘊」，這種戲劇的前途就在這種底蘊中。也就是說他認為中國程式化的形式是以表現現實主義內容為主的。三，對蘇聯民族戲劇發展的反思，中國戲劇「必然證明，具有自己獨特的民族戲劇或是具有可以構成這種戲劇的各種成分的共和國，不一定非要模仿歐洲戲劇的範例不可」（李小蒸譯文），呼籲蘇聯各民族可以有自己的戲劇風格。這對於當時風格統一化的蘇聯官方戲劇政策，無疑有一定的針對性。

　　第三個發言的是蘇聯著名戲劇理論家、教育家、導演梅耶荷德，他的發言比較長，但核心非常突出，首先他說：「我們在梅蘭芳的劇院裡看到，普希金提出的那個吸引我們的公式得到了最理想的體現。」所謂「普希金公式」，指的是「在假定情境中的熱情的真實和情感的逼真──這便是我們的智慧所要求於戲劇作家的東西。」[15]毫無疑問，他認為梅蘭芳代表的中國戲曲其表演原則是與普希金精神相通的，「假定性」及其內在情感的真實性才是「最寶貴的、失去了它們戲劇生命就會枯竭的精華。」我們知道，梅耶荷德在二十世紀初就開始了「假定性戲劇」的實驗，1913年《論戲劇》提出「假定性戲劇」理論，他在戲劇本質「假定性」理論探索與實踐中，與東方戲劇尤其是中國戲曲有了更多共鳴。其次，是對梅蘭芳具體表演技藝的評價，人們總在關注臉部的表情、眼睛和嘴的動作，他特別提出梅蘭芳的「手」，「我從來沒有看見過哪位女演員能夠如此美妙地表達梅蘭芳博士所表達出來的女性

14　（俄）葉可嘉〈蘇聯漢學家王希禮、文學家特列季亞科夫論中國戲曲與梅蘭芳〉，《戲曲研究》2014年，第91輯。
15　周寧《西方戲劇理論史》，廈門大學出版社2008年版，頁697。

特徵」，並說了那段很著名的把俄羅斯演員的手都砍掉的話，因為這些手「既不能表現什麼，也不能表達什麼，或者表達某種不應該說出來的意思」。對梅蘭芳「手」的推崇，不僅是其具有形式上的美，更是因為能夠表達出準確、豐富的意義。這些觀點與他提倡「有機造型術」進行演員形體訓練是完全一致的。除了「手」之外，他高度評價梅蘭芳表演中的精準的節奏，「他是用六十分之一秒來計時的，而我們是用分鐘來計時的。」所謂節奏，指的是中國戲曲在音樂伴奏下動作的精準，規範準確到了以秒來計算。關於這點，我們可以援引與梅蘭芳一起出訪的演員郭劍英的話，他說蘇聯人對中國戲曲評論最為顯著的特點其中之一，「中國戲的動作，和時間、空間是一致的，比如唱或作某戲之某段，一定要在一定的地方一定的時候，換句話說，就是在某個時間，應當在某個地方是某種動作。」[16]這也讓我們聯想到齊如山說明戲曲傳統中對這種動作精準的節奏感而舉的例子——晚清時一個著名的老藝人眼盲之後仍登臺演出，表演時的尺寸嚴絲合縫。梅耶荷德在二十世紀初就收到瓦格納和中日戲劇的影響，認識到音樂在表達感情和節律節奏時到巨大功效，在排演《森林》《欽差大臣》等劇時，已經在音樂伴奏和加強節奏感方面作了很多實驗。這次親眼目睹了中國戲曲的精準的節奏感，大有感觸，說出「我們應該把鐘錶上的秒針拔掉，因為它完全無用。我們需要這樣的指針，它一下子就能跳過十五秒——正常的秒針間的隔離對我們來說太小了」這樣憤激的話。這些發言和把演員的手砍掉等語言皆因對蘇聯戲劇的強烈批判色彩而在官方報告裡刪掉了。

　　接下來發言的是音樂家米・格涅辛，他主要分析了中國戲曲音樂的特點，以及音樂成為形塑戲曲特色時的作用，「演出始終貫穿著音樂，這就使鑑賞家們感到莫大的喜悅」。中國戲劇的成就之一，就是「全部戲劇因素在音樂的基礎上的融合」。同時，他也強調了「劇情節奏的增強、減弱而需要樂隊配合的地方」，這與梅耶荷德的觀點如出一轍，這也是很自然的，他是梅耶荷德劇院的音樂設計，兩人有很多合作，戲劇觀當然就比較接近了。他發言的另一個重要觀點，就是「把梅蘭芳博士

---

16　郭劍英《梅劇團到蘇俄後之感想》，《廣播週報》1935年，第39期，頁43。

的中國戲劇表演體系說成是象徵主義體系，那是最正確的」，不僅稱中國戲劇表演有體系，而且用「象徵主義」代替「假定性」，因為他認為「因為假定性可以被人們接受，但是在激情方面什麼也沒有表達，而象徵包含著特定的內容，並且傳達著激情。」細譯其文意，他想表達的是中國戲劇形式上的獨特性，並不妨礙其表達內容和激情。因此，他又稱這種戲劇是「現實主義的」，這就回到了梅耶荷德對普希金公式的論述中，所以他強調「我完全贊成梅耶荷德剛才說的話。」他還以漢語四聲與音樂以及戲劇情感表達的關係，說明研究這種戲劇「還有許多事情沒做」。

第五個發言的是著名芭蕾舞女演員克莉格爾，他高度讚美梅蘭芳，「他使我們理解了中國舞蹈的本質，[……]我看到了他令人驚歎的節奏和造型」，這也是對梅耶荷德的呼應，包括她贊同要將演員的手砍掉的話，同樣她批評了當時芭蕾舞中「虛假的民俗風情」，因為這種藝術背叛芭蕾舞的「技巧和經典」。

接下來發言的是著名導演塔伊羅夫（泰依洛夫），他的發言主旨：其一，在中國戲劇「巨大體系」中動作、布景等假定性（程式化）等表演因素，「只不過是為了有機而完整地、恰當地體現整個演出的內在結構的必不可少的形式罷了」。塔伊洛夫重視戲劇的綜合性和有機性，所以在中國戲曲裡看到了這種有機的內在結構，並非一般流行的拼接的零碎。他從這個體系關注到演員，「在梅蘭芳劇團的演員身上看到的那種了不起的、巨大的凝聚精神」（這裡引用的是李小蒸譯文，理解時也參考了邢秉順譯文），演員之間的凝聚精神也是體系的內在結構性的表現。這類似中國梨園界常說的「一棵菜」精神，互相凝聚在一個戲裡，形成一個有機體。其二，「我們一直在和自然主義戲劇爭論，演員外形變化的極限在哪裡」，以梅蘭芳男旦藝術的形體變化（男人表現女人）的純熟和逼真，「這個不可思議的變化，由這位演員完美地實現了」，因此認為這是可以影響俄羅斯戲劇發展的，就是那種對舞臺上自然主義表演方法對唾棄，注重形體的訓練。

著名導演愛森斯坦的發言應該是最長的，他的主要觀點：一，同屬東方戲劇的中國戲劇和日本戲劇就像希臘藝術與羅馬藝術之間的關係，

相比較「積澱著某種僵化與數學的簡單化」的羅馬藝術（比喻日本戲劇），[17]「中國戲劇美妙的生動性和有機性使它完全徹底地擺脫了其他戲劇所具有的僵化、簡化的因素」。二，討論梅蘭芳藝術的個性與傳統的關係。認為梅蘭芳戲劇中一系列姿勢，「幾乎是象形文字般的固定動作」，「是一種特別的、經過千錘百煉的定型的體現」。這些程式化動作有著深遠的傳統和現實的基礎，雖然固定，但在不同演出中，「梅蘭芳博士用活生生的、美妙的性格刻劃來豐富和充實這些傳統」。他的意思是梅蘭芳用程式化的動作，卻表演出不同的人物性格，「這種對有血有肉的個性的感覺是最令人難忘的印象之一」。這也是對第一論點的補充說明，我們看到了他說的擺脫僵化、簡化的有機性和生動性大概就是指在固定的程式下，演員是塑造出「有血有肉、不可重複的性格」。同時，也指梅蘭芳「能在嚴格和不折不扣地按照對每一類型角色的傳統理解並保持其風格的條件下，加進一系列自己精緻巧妙和更完美的新表現手法」，[18]對這種傳統的豐富和發展。其三，談梅蘭芳藝術對蘇聯文藝的啟發。他首先引述了「通過個別能反映一般」、個別與一般兩個概念相輔相成的基礎建構起來的「現實主義」。然後以此來認識中國戲曲，即它「概括到了象徵[……]而個別的造型成為扮演者的個性」，在中國戲曲裡「一般」與「個別」的矛盾展開到了極限。他說的其實是「行當」和「角色」之間的關係。在《梨園魔法師》中「每一類型角色的傳統」得到了關注，「旦」行被分類介紹，接著他說：

> 這個旦具有完全特殊的含義，絕沒有自然主義地再現婦女形象的意思。它表示的是純粹假定性的觀念，其目的首先是創造一定的美學抽象化形象，盡量擺脫一切偶然的和個性化的因素。[19]

---

[17] 他比較中日戲劇，不僅是闡述「中國劇團使東方戲劇所共有的輪廓變得更加清晰」的論述策略，也是因為在此之前，蘇聯劇界最先接觸到的是日本戲劇舞臺藝術的直接影響，雖然泰伊洛夫、梅耶荷德等人在二十年代已經開始學習中國戲劇，但關於中國戲劇的認識大部分是來自書本，或通過日本戲劇的一種聯想歸類性的認識。
[18] 愛森斯坦〈梨園魔法師〉，王燎譯，載於《當代外國藝術》第14輯。
[19] 同前注。

在愛森斯坦看來，「旦」作為行當是個抽象化的形象，有固定的姿勢和程式化的動作，其中沒有「一切偶然的和個性化的因素」。這種高度概括和抽象，使得行當成了「圖形標誌」。但當演員以此來演出時，就因不同的劇中角色而具體化，並「充滿著演員本人的個性」。愛森斯坦對中國戲曲表演藝術的理解是深刻的。正是從這個角度，愛森斯坦批判了當時的蘇聯戲劇界，認為「整個地維繫在單一的構成上」，只有對現實的「反映」，而缺乏形象化，「形象的文化，也就是崇高的詩學形式的文化，似乎正在整個地消失」。最後，愛森斯坦提出了對中國戲曲發展的建議，那就是無論藝術領域還是技術領域，都不要讓它「現代化」，而是「不妨慷慨地讓這種戲劇保留在現存的爐火純青的形式中」，並希望梅蘭芳帶領大家做好傳承與研究工作。

在張彭春進一步闡發中國戲曲的特色之後，丹欽科做了總結發言，其核心觀點是通過回顧普希金、托爾斯泰等偉大作家作品的共同特點，闡述了深刻的思想內容才是俄羅斯藝術最寶貴的品質這一論點，宣稱：

> 它過去和現在都充盈著我國的藝術，迫使我們藝術工作者在對形式──狹義的形式──進行加工的時候，務必以內容為自己的生命。

這內容就是，「關於更好的生活的理想，對更好的生活的嚮往，和為更好的生活而進行的鬥爭」，這也是俄羅斯藝術的主要發展動力。他希望在梅蘭芳未來的藝術創作中也能體現這一點。

## 三、「脆弱的防禦物」與「防禦物」的脆弱

很明顯的，丹欽科最後這一番話與參會者的發言在旨趣上有極大的差別。

此前六位蘇聯藝術家的發言中，除了特列季亞科夫明確反對把中國戲曲看作「徹頭徹尾程式化的」並比較多的談到了這種戲劇的「現實主義底蘊」之外，其他人都主要是從形式層面去評價中國戲曲，肯定它

的程式化、固定手法的內外各種要素和卓越的藝術效果。儘管他們之間也有差異，比如梅耶荷德主要從假定性的總體特徵、手的藝術和節奏感角度，泰伊洛夫則多從綜合性、有機的內在結構方面立論，愛森斯坦則是從行當與角色塑造的層面，但他們一個共同點就是以梅蘭芳及其代表的戲曲藝術的形式美以及這種形式美藝術擁有深刻表現效果的角度展開討論。其實在這一方面，丹欽科也是基本同意的，因此他說「在手法方面、色彩方面，在人類本性一切可能性的綜合方面，對我們來說都是理想的」（李小蒸譯文），也就是說它在手段技巧和形體上的極致等方面無疑是卓越的。這也可以說是蘇聯藝術界對梅蘭芳及其代表的中國戲曲藝術基本一致的評價。

但是丹欽科大講一番俄羅斯文學自普希金、屠格涅夫、托爾斯泰以來的偉大傳統，並委婉地批評了梅蘭芳藝術中缺乏「關於更好的生活的理想，對更好的生活的嚮往，和為更好的生活而進行鬥爭」的主題內容。易言之，丹欽科雖然也承認梅蘭芳的藝術在形式上，在技巧上已經達到了理想狀態，但在表現的內容主題上已經偏離現實生活，而梅耶荷德、泰伊洛夫等人的發言中僅僅關注形式、而忽視了內容，因此他必須提醒他們這些藝術工作者「在對形式進行加工的時候，務必以內容為自己的生命」。

丹欽科這番話有著重要的政治背景。眾所周知，1934年召開第一屆蘇聯作家代表大會上，主管意識形態工作的日丹諾夫將斯大林提出的「社會主義現實主義」確立為蘇聯唯一正確的文藝創作方法，蘇聯文藝日趨意識形態化，各種探索性的現代主義藝術被當做「非現實主義」打入另冊。白銀時代的蘇聯戲劇除了斯坦尼斯拉夫斯基和丹欽科領導的現實主義戲劇之外，各種探索、實驗的現代主義先鋒派風起雲湧，形成二十年代蘇聯戲劇的繁榮，高舉「假定性」大旗的梅耶荷德，標舉「綜合性」的泰伊洛夫就是先鋒派中的雙子星座。因此，當確立起「社會主義現實主義」創作原則後，這些先鋒派戲劇家面臨極大的政治壓力。1935年春天梅蘭芳訪蘇，正是「風雨欲來風滿樓」這樣一個特殊的時間節點。嚴峻的政治高壓態勢已經非常明顯，但殘酷的「大清洗」政治鬥爭在藝術界還沒有完全展開（那要到1936年以後），因此正如拉爾斯·克

萊貝爾格在座談紀要整理前言裡說：

> 這次討論會的參加者們從那種由於政治氣候而被迫產生的、幾乎
> 習以為常的瞻前顧後的狀態中解放出來，有可能表達自己對藝術
> 問題的看法，而沒有因為任何意識形態的原因而使自己的看法含
> 混不清。[20]

他們還有機會表達自己，而恰好這些先鋒派戲劇家取法的東方戲劇代表性人物梅蘭芳來到蘇聯，他們就抱有這樣的幻想：通過借助對梅蘭芳及中國戲曲藝術的評價來為他們的藝術理念申辯。

首先，梅耶荷德將梅蘭芳藝術特色與普希金戲劇觀對接起來，為自己堅持的「假定性」辯護，通過對梅蘭芳藝術形式美的強調來為自己的「形式主義」辯護。[21]他的觀點最為鮮明、激進，也獲得了大部分人的贊同。[22]泰伊洛夫雖然認為假定性、程式化只是細枝末節，梅蘭芳這種戲劇體系的本質是「綜合性的戲劇，而這種綜合性戲劇是非常有機的」，這是為他的綜合戲劇觀辯護，談的其實仍然是戲劇形式問題。同時也高度讚美梅蘭芳的技術，並對當前的「自然主義」進行了批評。

其次，格涅辛和愛森斯坦在談假定性的同時，把中國戲劇也歸入「現實主義」一類，但要注意的是，他們談的現實主義並不是那種思想

---

[20] 拉爾斯‧克萊貝爾格整理 李小蒸譯《藝術的強大動力》，《中華戲曲》第14輯。

[21] 童道明譯編《梅耶荷德談話錄》中收有〈論梅蘭芳的表演藝術〉一文，事實上就是4月14日座談會上的發言，不過最後的結束語明顯是後來發表時加上的，「我們將反覆地回味普希金的金玉良言，因為這些教誨是和梅蘭芳的藝術實踐血肉相連的。」再次強調梅蘭芳藝術與普希金公式相吻合，其自我辯護的意識更為明顯。

[22] 陳世雄認為「梅耶荷德的觀點並沒有得到其他左翼藝術家的一致認同[……]這就使梅耶荷德在討論會上的自我辯護未能得到多少正面的呼應」，似乎不確，如格涅辛「我完全贊成梅耶荷德剛才說的話」，愛森斯坦高度讚美梅蘭芳藝術之後說「我在我國的一家劇院——梅耶荷德劇院中看到了與梅蘭芳博士的手法相近的情況」，克莉萊爾認為梅耶荷德「砍手論」「說得對」。按照前文所引《羅賓漢》中的記載，泰伊洛夫對「砍手論」的也並非是反對梅耶荷德，而是一種調侃式的呼應。即使是這次座談會上發言比較「另類」的特列季亞科夫，他在不僅前《莫斯科真理報》上發表〈我們的客人梅蘭芳〉中也在大談特談梅蘭芳的「手」：「他的十根手指就像舞臺上其他十個不在節目單內的演員[……]這些手指一直處於運動變化之中，所以一定會被手指的舞動吸引。」

內容上的「現實主義」，比如愛森斯坦以中國戲曲在行當的概括中能表現出角色的豐富、細膩情感成為「現實主義」，這就與「社會主義現實主義」中單調統一的個性不一樣。其實梅耶荷德在此後不久一篇討論中國戲曲的文章中，也用了現實主義，「他們的動作有更深厚的現實主義基礎。他們的動作脫胎於表現民間日常生活的舞蹈動作」，[23]同樣的都是用形式上的「現實主義」取代了內容上的現實主義。

再次，梅耶荷德、格涅辛、格萊莉爾、愛森斯坦、泰伊洛夫對當時藝術界在技巧上的缺陷、在形象塑造上的單一都做了批評，而這正是「社會主義現實主義」過於注重內容而忽略形式上的探索，人物情感趨於單一化的問題，「批評西方演員資源的局限性，實際上是人們對佔主導地位的美學提出訴訟」。[24]即使唯一強調中國戲曲藝術在思想內容上具有「現實主義」的特列季亞科夫，也提到了民族戲劇多樣化、不必完全學習西方戲劇一種模式的問題。大部分批評文字都被官方報告刪除。

概言之，梅耶荷德等先鋒派戲劇家通過評價梅蘭芳藝術的假定性、綜合性、形式美來為自己的「非現實主義」戲劇進行辯護，而丹欽科對他們進行了「敲打」。

正如喬治·巴紐所說：

> 對面臨日趨嚴重的恐怖，在最後希望的奮起中的梅耶荷德或愛森斯坦，梅蘭芳是他們豎起的、但又是如此脆弱的防禦物。[25]

座談會上的藝術家們祭起「梅蘭芳藝術」這樣的法寶，但強大的文化專制及其背後的政治力量無情地將他們的藝術理想擊碎。[26]1935年以後，所有與現實主義疏離的藝術創作被當作形式主義、頹廢主義和唯美主義

---

[23] 梅耶荷德〈中國戲曲藝術的特點〉，童道明譯編《梅耶荷德談話錄》，1985年版，頁251。

[24] 傅秋敏譯，喬治·巴紐〈梅蘭芳——西方舞臺的訴訟案和理想國〉，《戲曲研究》第48輯，1994年。

[25] 同前注。

[26] 蘇源熙說「許多安排並歡迎梅蘭芳訪問莫斯科的戲劇工作者，在媒體上發表文章介紹梅氏，不久就被流放，在家中被捕並被送到勞改營，還有很多被處決」，他未列舉這些人員名單，現在可知參與接待的重要成員瓦西里耶夫、特列季亞科夫、梅耶荷德、泰伊洛夫、加涅茨基均死於肅反運動。

的標籤而打到，梅耶荷德、泰伊洛夫等人更是被批為「脫離勞動群眾的一群孤立的、個人主義話的藝術貴族」而遭到打擊，梅耶荷德在1938年遭到逮捕不久被槍決，泰伊洛夫的小劇院在四十年代末被解散，他在1950年去世。

被梅耶荷德等人當作防禦物的梅蘭芳呢？

芝加哥比較文學系蘇源熙教授關於梅蘭芳訪蘇的研究文章中有個非常有意思的結論：

> 對二十世紀初追求歐洲現代主義的中國人而言，似乎他們必須拋棄他們不知不覺已經擁有的現代主義；對準備接受梅蘭芳帶來的中國形式中的現代主義的歐洲人而言，他們必須拋棄史特林堡與易普生的現代主義：第四堵牆以及生活的片段。[27]

把中國戲曲藝術稱為「現代主義」這當然是一個美麗的誤解，但二十世紀初的歐洲戲劇家現代主義探索過程中，在對自然主義、現實主義的刻板模式進行突破時，中國戲曲的形式藝術的確是他們援引的重要資源，啟發他們藝術靈感的「東方繆斯」，梅耶荷德曾滿懷信心地宣告「再過二十五至五十年，未來戲劇的光榮將建立在這種藝術基礎上。那時，將出現西歐戲劇和中國戲劇藝術的某種結合」。[28]梅耶荷德、愛森斯坦、泰伊洛夫等人在梅蘭芳身上找到了他們所心儀的「現代主義」藝術形式的確證，而梅蘭芳也在這些知音者身上看到了傳統戲曲藝術的價值和意義。他在蘇聯觀看了二十場左右的各種戲劇演出，對泰伊洛夫的《埃及之夜》充滿興趣，而對梅耶荷德尤其產生了深切的共鳴。梅蘭芳觀看梅耶荷德的《茶花女》之後，接受《列寧格勒真理報》採訪時直言：「梅耶荷德的絕妙作品給了我特別巨大的印象。」[29]而在他的文集中留下大量關於蘇聯藝術家的回憶，世界一流戲劇家們對戲曲的評價讓他樹立起

---

[27] 卞東波譯，【美】芝加哥比較文學系教授蘇源熙（Haun Saussy）〈1935年，梅蘭芳在莫斯科：熟悉、不熟悉與陌生〉，《國際漢學》第二十五輯，頁195。

[28] 梅耶荷德〈中國戲曲藝術的特點〉，童道明譯編《梅耶荷德談話錄》，1985年版，頁252。

[29] 《列寧格勒真理報》4月1日專訪〈我們在蘇聯的巡迴演出〉，引自陳世雄譯《譯文三則》，《藝苑》。

更大的信心。

　　這是因為他在國內文化界尤其是左派知識分子那裡聽到了太多的批判，太多對他所從事的藝術的否定。左派知識分子把傳統戲曲叫做「舊劇」，從五四《新青年》時期開始「舊劇」被全盤否定，它的藝術形式（程式化動作、舞臺布景、臉譜、音樂）都遭到了全面的批判。儘管1930年梅蘭芳訪美後獲得西方世界的讚譽，但人們還是認為這不過是西方的「獵奇」心理，並不能證明舊劇作為與藝術的高妙。因此，在1934年傳出蘇聯邀請梅蘭芳訪蘇的消息後，左派的諷刺、挖苦和批判的聲音就沒有停止過（魯迅在這一年就寫過〈臉譜臆測〉〈略論梅蘭芳及其他〉等四篇文章）。因為是社會主義國家的蘇聯官方邀請梅蘭芳演出，左派知識分子不能說這也是美國式的「獵奇」，而是較為客觀地理解到蘇聯借鑒東方戲曲藝術發展本國戲劇的真實動機。那麼所希望的，就是梅蘭芳到蘇聯後認真學習，以期回國後改革舊劇。田漢兩篇「梅蘭芳赴俄演劇問題的考察」文章極有代表性。他判定梅蘭芳所演各劇的封建的內容與反大眾的表現形式，決定了他的藝術已不適於現代的生存，是無可懷疑的事實。[30]

　　那蘇聯為什麼邀請梅蘭芳，原因之一是「為著繼承東方封建藝術的遺產」，「我們不能因為反對歌舞伎所附麗的封建制度而完全否定在這一制度下長時期發展的藝術的某些部分。這個看法是可以用在同一封建藝術的中國戲劇的」；原因之二「為著與東方民族演劇以社會主義的影響」。所以他勸誡梅蘭芳身邊的名流把梅蘭芳訪蘇當作「宣傳中國文化」「發揚國光」的「封建的自負」，「而切實以這一次做一個好機會，去從蘇聯的進步的戲劇學習，給中國舊劇以一個決定的改革。」[31]

---

[30] 田漢〈中國舊戲與梅蘭芳的再批判──梅蘭芳赴俄演劇問題的考察之一〉，《田漢全集》第17卷。

[31] 田漢〈蘇聯為什麼邀梅蘭芳去演戲──梅蘭芳赴俄演劇問題的考察之二〉，《田漢全集》第17卷，頁35-36。類似的觀點還有侯楓〈梅蘭芳赴俄演劇的問題〉，文中說：「梅蘭芳是中國舊劇中的一個代表人物，這二十年來在中國舞臺上佔有最高峰的地位。」去美國回來，並沒有改良舊劇。「因為梅蘭芳始終是個中國式承受衣缽的伶人，他只曉得努力地去承受師傅的工藝而發揚之」，蘇聯有很多可以學習的新資料，希望梅能回來後「徹底的把中國的舊劇，加以改進」和世界新興的劇壇一致，能「負起社會教育的責任。」

　　儘管民國時期，戲曲的發展更多還是以大眾藝術的屬性受到商業規律的影響，以及因其大量的高水準戲迷而具有保存固有藝術的土壤和生態，但左派的聲音，梅蘭芳不會聽不到，代表著新文化、攜有現代性光環的左派的意見，梅蘭芳也不能完全忽視。在這樣背景下，他對於蘇聯先鋒派戲劇家的觀點自然會更加珍視，中國戲曲有著自己的獨特體系，它的程式化、形式美被世界頂級戲劇大師們所讚賞，何況愛森斯坦還認為「藝術領域的現代化，也包括技術領域，是這個戲劇應該極力避免的」，「完全可以保留這種戲劇現有的極其完美的形式」[32]這樣保存固有藝術傳統為宗旨的鮮明觀點，這正是梅蘭芳需要的，是對自己藝術的一種確證。

　　所以，梅蘭芳回國後並未能如左派所願。他回國報告訪蘇所得，著重報告蘇聯人對中國戲曲藝術的肯定，輕描淡寫地說「我們平時就是這麼做的」。同時也談到蘇聯在創造新的新劇，「但是同時，對於他們舊的戲劇文化，依舊的想法子來把它保存。」[33]「蘇聯之戲劇新創造演出頗多，但舊作亦多演出者[……]演出方法，亦並不注意於無產階級之宣傳，故余等在蘇聯參觀二十餘家戲院演劇，只有一家演出宣傳意義之戲劇耳」[34]這似乎是對左派的答覆。當然他也說過「對於平劇的改革，蘭芳抱了很大的願望的」，但他認為「現在所應該做的，只能說先就劇本內，劇中那些不合潮流的地方，先給淘汰了去，大部的改革，還賴文學家、劇作家」[35]，而他僅在中國戲曲形式藝術傳統範圍內，進行小幅度微調。如果說早起實驗時裝戲的經驗讓他認識到不能為了內容而放棄形式的話，那麼訪蘇給予他對於京劇藝術表現形式的更大自信，身體上的「玩意兒」才是這種藝術的根本。這是他「移步不換形」理論的重要源頭。

---

[32] 李小蒸譯，拉爾斯・克萊貝爾格整理〈藝術的強大動力〉，《中華戲曲》。梅蘭芳在《我的電影生活》中還回憶起愛森斯坦的話，說：「傳統的中國京劇必須保存和發展，因為它是中國戲劇藝術的基礎，我們必須研究和分析，將它的規律系統地加以整理，這是學界和戲劇界的寶貴事業。」（中國電影出版社1962年版，第48-49頁）

[33] 〈本市名流昨日茶會歡迎梅蘭芳，梅氏評述遊俄經過情形〉，《申報》1935年8月15第14版。

[34] 《梅蘭芳歐遊雜感》。

[35] 〈在杭州義演鏡湖茶話會上的答詞〉，《東南日報》1935年9月24日第2版。

　　1935年梅耶荷德等人把梅蘭芳及其藝術作為防禦物，是那麼脆弱；梅蘭芳及其代表的藝術美學和觀念，在遇到與當年蘇聯幾乎相同的情境下，也是如此脆弱。1949年關於「移步不換形」的觀點受到新文藝工作者們的批評，他只好發表檢討式的表態。在回憶蘇聯的文字中，他談與斯坦尼斯拉夫斯基的交往，講述自己學習斯坦尼斯拉夫斯基體系的體會，但對當年最為相契的梅耶荷德，再也不見提及。

## 四、結論

　　中國戲曲通過演員艱苦的訓練，而形成一種高度程式化、技藝化、美術化的表現方法，是這種藝術最有魅力的特點。梅蘭芳訪蘇，讓西方世界看到什麼？他不僅呈現了這種藝術的完美形式，還展現了背後演員艱辛的訓練。[36]喬治・巴紐的表達是符合事實的，「梅蘭芳便是演員夢想的一種表演方法的有形證據，戲劇可通過有形的身體表現無形，西方導演們敏感地意識到這點。」[37]所以人們對梅蘭芳身體的技藝讚賞有加，他們找到破除西方自然主義束縛的有效方法。而這種身體的技術，又與戲劇整體的假定性特徵相為表裡（比如與音樂的配合，比如舞蹈化）。歸根結底，中國戲曲藝術是以高度技藝化的演員存在為前提，這必須以傳統的四功五法為基礎的長時間訓練，當演員掌握了這些技藝，才能進行具體人物的表演，精妙地傳達感情和思想。蘇聯的藝術家們在親眼目睹梅蘭芳的表演後，深入理解並抓住了這種戲劇的內在本質，這也成了梅蘭芳對於自身藝術的再一次確證。但是，在強勢的意識形態化藝術觀念下，他們共同確認過的理想模式，最終走向了異化。

---

[36]　《申報》1935年8月15日第14版登載的〈本市名流昨日茶會歡迎梅蘭芳，梅氏評述遊俄經過情形〉中，梅蘭芳介紹說：「有一天，我們在戲劇工會開了一個研究會，我們把中國演員在學戲時期所經過的各階段同各種之工夫訓練，表演給他們看，所以他們均知道在中國戲裡面，每一個演員，總得經過六七年的訓練工夫，才能夠登臺。在臺上的一舉一動，如臺步、身段，都是很嚴格的，而且有一定的規律的。所謂有地方、有尺寸，一點都不能含糊的。可是一種活潑之運用，全在演員表演之天才。」

[37]　傅秋敏、王慷譯，喬治・巴紐《梅蘭芳——西方舞臺的訴訟案和理想國》，《戲曲研究》第48輯，1994年。

　　1935年梅蘭芳訪蘇是一個重要文化事件，我們需要細緻地考察當年的歷史真相，在歷史反思中認識藝術史流變原因。4月14日座談會紀要便是這樣一個需要充分進行討論的文本。本文只是一個嘗試，還有更多的解讀內容，需要另撰文討論。

# 李斐叔之於梅蘭芳

李小紅

## 提要

　　學界對李斐叔尚無專門論述，然而作為梅蘭芳的弟子、祕書，李斐叔曾隨梅蘭芳訪日、訪美、訪蘇，其著述有《梅蘭芳遊美日記》、《三藩市裡之梅畹華》、《梅蘭芳遊俄記》、《梅邊雜憶》、《憑梅館掇藝》、《蘇聯的戲劇》等傳世，在他的筆下梅蘭芳不僅僅是京劇表演藝術大師，更是一個全面立體、有血有肉的凡人，研究梅蘭芳實不應忽略李斐叔，深入研究李斐叔有助於進一步推動梅蘭芳研究、京劇學研究走向縱深。

## 作者簡介

　　女，中國戲曲學院戲曲研究所副研究員。主要從事戲曲、曲藝理論研究和梅蘭芳研究。在《文藝研究》、《戲曲研究》、《藝術百家》、《戲曲藝術》、《中華戲曲》、《中國典籍與文化》、《文史知識》、《河南師範大學學報》、《曲藝》等刊物上發表論文三十餘篇，書刊十

餘部。其中《文章千古事　得失寸心知——《梅蘭芳全集》編撰自述》被《新華文摘》全文轉載；《〈遊美日記〉中的梅蘭芳》、《中國評書研究的現狀與思考》被人大複印報刊資料全文轉載；《〈鼎峙春秋〉版本敘錄》被人大覆印報刊資料索引收錄。《中國評書研究的現狀與思考》獲得《藝術百家》年度論文獎（青年）二等獎；《〈鼎峙春秋〉研究》一書2015年獲得北京社科聯出版資助，2019年獲得北京市第十五屆哲學社會科學優秀成果二等獎。2013-2016年主要從事梅蘭芳生前文獻搜集、整理、甄別與《梅蘭芳全集》的編纂工作。2016年10月出版專著《〈鼎峙春秋〉研究》。目前主持文化部文化藝術科學研究項目「《鼎峙春秋》與京劇三國戲」，參與中宣部「學習強國」平臺「中國戲曲」欄目建設，參與「國家藝術基金促進戲曲發展成效評估研究」。

## 關鍵詞

梅蘭芳、李斐叔、《梅邊雜憶》、《憑梅館掇憶》

梅蘭芳一生有多位祕書，最為人熟知的是與他合作了《舞臺生活四十年》的許姬傳，而梅蘭芳的另一位極其重要的祕書李斐叔，卻非常不應該地被長期忽略。李斐叔作為梅蘭芳的弟子、祕書，是梅邊重要人物，曾隨梅蘭芳訪日、訪美、訪蘇，其著述有《梅蘭芳遊美日記》《三藩市裡之梅畹華》《梅蘭芳遊俄記》《梅邊雜憶》《憑梅館掇憶》《蘇聯的戲劇》等存世，在他的筆下梅蘭芳不僅僅是京劇表演藝術大師，更是一個全面立體、有血有肉的凡人。

李斐叔作為張謇、歐陽予倩所辦南通伶工學社的高材生，主動要求拜師梅蘭芳，於1923年被張謇推薦給梅蘭芳，然後隨梅至滬，後北上北平直至抗戰爆發梅蘭芳避居香港，前後追隨梅蘭芳近20年，他與梅蘭芳之間有太多的故事。

## 一、為梅司筆劄

1930年養拙的《書李斐叔》一文說：「李本能詩，及至北平，又常從黃秋岳、李釋戡諸氏請益，故文學大進，遂專為乃師司筆劄。梅之赴日赴美，劇團祕書之職，李皆勝任愉快。」[1]1939年《劇人轉變為作家李斐叔的簡史》也說：「……斐叔少年俊秀，已為蘭芳所注意。後來斐叔為私人祕書，所有一切對外檔、書劄，都是斐叔一手經辦」。[2]

不僅赴日、美，梅蘭芳赴蘇時李斐叔也是祕書；不僅梅蘭芳一切對外檔、書劄由斐叔一手經辦，李斐叔最主要的貢獻是寫作了《梅蘭芳遊美日記》和《梅蘭芳遊俄記》。

李斐叔著述的《梅蘭芳遊美日記》有原始稿和整理稿。謝思進、孫利華編寫《梅蘭芳藝術年譜》時曾用過《梅蘭芳遊美日記》整理稿，2015年10月梅蘭芳紀念館與國家圖書館出版社合作，出版了《梅蘭芳遊美日記》一冊整理稿以及一冊原始稿的部分內容；2016年由梅蘭芳紀念館慷慨提供，此整理稿和當時所能找到的原始稿全部內容被收入傅謹

---

[1] 《天津商報圖畫週刊》，1930 年第1卷第10期，頁1。
[2] 《錫報》1939年7月24日第3版。

主編《梅蘭芳全集》[3]第七卷附錄。筆者拙文〈《遊美日記》中的梅蘭芳〉[4]爬梳和細讀了李斐叔所著《梅蘭芳遊美日記》原始稿，在李斐叔的筆下，一個重情重義、謙恭和氣、樂善好施、幽默風趣、愛美求美、思想開化、好學深思、興趣廣泛、見解獨到、愛國有氣節的梅蘭芳栩栩如生，活靈活現，極具魅力，他的言行舉止永遠垂範著後人。筆者另一篇文章〈雖是路過　不可忽略——梅蘭芳1930年訪日考論〉[5]依據李斐叔《梅蘭芳遊美日記》的詳細記載，發現梅蘭芳1930年訪美路過日本，1月20至1月23日特意在日本停留四天，四天時間裡梅蘭芳馬不停蹄會見了諸多舊雨新知，並且觀看了日本的戲劇，與日本友人交流了對東方藝術和西方藝術的認識和評價以及東方藝術在世界上的地位，並且梅蘭芳遊歷歐洲的想法在此萌芽。2018年梅蘭芳紀念館館長劉禎教授撰文〈梅蘭芳1930年溫哥華之行考述〉[6]所依據資料也是李斐叔《梅蘭芳遊美日記》中的記載。由此可見李斐叔《梅蘭芳遊美日記》非凡的文獻價值。

　　據劉禎教授披露，梅蘭芳紀念館所藏《梅蘭芳遊美日記》又找到了數冊，這真是大好消息。可以想見這些內容將再現梅蘭芳遊美時眾多不為人知的事情。期待這些資料早日面世，以惠及學林。

　　關於梅蘭芳遊美，除了《梅蘭芳遊美日記》外，李斐叔尚有《三藩市裡之梅畹華》一文記述了1930年4月17日至23日梅劇團由芝加哥到洛杉磯、三藩市的行程，尤其描繪了20日下午五點到達三藩市時當地歡迎梅蘭芳的盛況：

---

[3]　中國戲劇出版社、北京出版社，2016年版。此書所收《梅蘭芳遊美日記》原始稿只有1929年12月19日至1930年2月1日內容，整理稿有1929年12月19日-1月9日和2月5日-3月26日內容，缺少1月10日至2月4日日記，也不見3月26日之後日記。但這是當時梅蘭芳紀念館所能找到的全部內容，與國家圖書館出版社出版的《梅蘭芳遊美日記》相比，多出原始稿的不少日記，而且整理校對更為細緻。

[4]　李小紅〈《遊美日記》中的梅蘭芳〉，《戲曲藝術》2016年第3期。複印報刊資料《舞臺藝術》2017年第1期·上全文轉載。

[5]　李小紅〈雖是路過 不可忽略——梅蘭芳1930年訪日考論〉，《戲曲藝術》2018年第1期，頁37。

[6]　2018年10月22-23日梅蘭芳紀念館舉辦的「東方與西方——梅蘭芳、斯坦尼與布萊希特國際學術研討會」會議論文。

> 我們所乘汽車，以及歡迎人之汽車，魚貫而行，綿亙一里許。各
> 車均滿掛中美兩國國旗。浣華車前高張歡迎旗幟，當地美國人說
> 從前美總統過此時，歡迎者不過七八十輛車，英皇太子則僅三四
> 十輛，這回竟有三百十六輛，真是三藩市空前之盛舉。[7]

當時到場看熱鬧的有三四萬人之多，觀者途為之塞，真是盛況空前，足
見梅蘭芳在美國的受歡迎程度。

　　李斐叔曾執筆撰寫《梅蘭芳遊俄記》，許姬傳在《梅蘭芳遊俄記》
序言裡說得很清楚：

> 梅蘭芳一九三五年從蘇聯演畢回國，就有撰寫《梅蘭芳遊俄記》
> 的打算。那次因中國政府已約好張彭春、余上沅作為正副導演，
> 所以齊如山只擔任國內籌備事宜，並未同行。《遊俄記》由梅
> 與李斐叔（赴蘇成員）和我三人合寫，李斐叔執筆。原定分上
> 下兩集，上集寫赴蘇的籌備經過，下集則敘述在蘇聯與斯坦尼斯
> 拉夫斯基、梅雅荷爾德、布萊希特、高爾基等在學術上的探索研
> 究。後以日本帝國主義侵華形勢緊張，只寫了上集（內容從籌備
> 到出國為止）。解放後，梅蘭芳打算寫下集，但以事務紛繁無暇
> 著筆，擱置下來。一九六一年梅蘭芳以心疾逝世，此書遂無法完
> 成。[8]

《梅蘭芳遊俄記》記述了梅蘭芳遊俄動機、接洽經過、經費籌集、人事
問題、劇本選擇、服飾置辦、行期確定以及宣傳工作、茶會餞別、社會
輿論等情況，是研究梅蘭芳訪蘇的重要文獻。然而，在「中國知網」上
以《遊俄記》為關鍵字進行搜索，得到研究文章篇數為0；而以《遊俄
記》進行全文檢索搜尋，只有13篇文章；以《遊俄記》為標題的卻只有
廈門大學陳世雄教授的〈關於〈梅蘭芳遊俄記〉下集缺失的探討〉。陳
教授此文主要是結合當時的政治形勢從主觀與客觀兩方面，探討「聰明

---

[7]　《北洋畫報》1930年6月5日，第481期。
[8]　《文史資料選編》第二十七輯，1986年版。

而敏感」的梅蘭芳始終未曾續寫《梅蘭芳遊俄記》下集：

> 一個重要的原因，就是他腹稿中的『重點』人物梅耶荷德遭到了
> 不測：1938年劇院被關閉，1939年被捕，1940年被處死；從此以
> 後，蘇聯媒體集體靜默，梅耶荷德的名字有長達15年的時間沒有
> 在蘇聯任何一家媒體上出現。對這個悲劇的由來，也許梅蘭芳了
> 解得並不清楚，但是，他心裡顯然明白：在當時的形勢下重提梅
> 耶荷德是不合時宜的。[9]

　　而李斐叔執筆撰寫的《梅蘭芳遊俄記》上集並未受到學界重視，
這不能不說是極大的遺憾，但同時也給予我們留下了很大的研究空間，
它與戈公振的〈梅蘭芳在蘇聯〉、[10]紀清彬的〈1935梅蘭芳訪蘇檔案史
料〉[11]等相互佐證，理應成為研究梅蘭芳訪蘇的必要參考資料。

## 二、代梅書畫

　　1939年《錫報》登載一篇未署名的文章〈劇人轉變為作家　李斐叔
的簡史〉說李斐叔：「在劇藝之外，兼擅書法丹青[⋯⋯]蘭芳以善繪梅
花著名海內外，有許多重要畫件，由梅氏自己執筆，比較普通些的，便
由斐叔代勞，但由蘭芳作畫，斐叔落款，也佔了大多數。」[12]
　　金釵《憶：李斐叔貧死白門》一文也說：

> 李斐叔是南通伶工學校出身，很得張四先生的識拔，後來追隨梅
> 蘭芳，脫離舞臺生活，當了伶界大王的記室。在做梅氏記室的時
> 候，他年紀很輕，風度翩翩，寫得一手好字，骨幹裡是學張四先
> 生的，文章也相當好，梅氏的酬應文字，都是他的手筆。[13]

---

9　陳世雄〈關於〈梅蘭芳遊俄記〉下集缺失的探討〉，《戲劇》2018年第4期，頁69。
10　《國聞週報》1935年第12卷第22期。
11　《民國檔案》2001年第3期。
12　《錫報》1939年7月24日第3版。
13　《萬花筒》1946年第3期，頁8。

此文作者自稱與李斐叔是知己，而且李斐叔死後是他集合了幾個友人為李斐叔料理了後事，所言應該有一定根據，不過「梅氏的酬應文字，都是他的手筆」可能有點絕對，有一部分是李斐叔的手筆，當是肯定的。

　　李斐叔也曾自述為梅蘭芳代筆作畫。1927年為營救被軍閥褚玉璞逮捕的劉漢臣，梅蘭芳曾經拜謁張宗昌，張宗昌答應設法營救劉漢臣並要梅蘭芳畫一幅畫送他，而梅蘭芳的表現是：

> 歸後，即從箱篋中檢舊藏乾隆禦玩湘妃竹扇一事，就原有之朱色筵面，命余捉刀作畫，蓋梅先生雅不欲倉卒落墨也。余就燈下寫深碧色雙勾竹數竿。梅先生略加添改，並補拳石一堆。畫成雖草草，尚古雅可喜。翌日使價送贈張氏。[14]

　　梅蘭芳名重一時，書法、繪畫均有一定水準，書畫交遊、酬應之場合非常多，但因其事務繁雜，由兼擅書法丹青的李斐叔為梅蘭芳代筆或者兩人合作的機會絕非僅有，應是經常的事。

## 三、代梅演說

　　1930年《上海漫畫》登載攝影家郎靜山拍攝的梅蘭芳赴美過滬時的一組照片，其中李斐叔照片下配有說明文字「隨梅氏同行之祕書李斐叔君，本為南通伶工學生，英俊多才，和藹可親，讌席間每代梅演說赴美籌備之經過，備極流暢也。」[15]「每代梅演說」說明這樣的演說不止一次。

　　《梅蘭芳遊美日記》也記載有李斐叔代梅演說之事，非常詳細。1930年1月2日梅蘭芳到達上海，1月6日至15日在上海演出十天，1月6日晚上，假座梵王宮飯店，宴請全上海報界同票房界諸君二百餘人，一則宣布赴美宗旨及籌備情形，二則即將出演，照往例舉行聚餐，以聯絡感情。席間梅蘭芳簡短介紹遊美的兩個目的：考察外國戲劇近況及未來趨

---

[14]　李斐叔〈梅浣華援劉回憶錄〉，《申報》1939年5月26日，第17版。
[15]　《上海漫畫》1930年第91期，頁3。

勢，以備將來改革舊劇之助；先到外國調查，計畫將來在國內辦一個戲劇學院。然後說：「今天因為須演劇，不敢多言，恐妨嗓音。茲命李生斐叔，代予報告，尚希諸位指教！」[16]而李斐叔則非常謙虛：「梅先生命斐叔代為報告，斐叔年輕識淺，亦不善於言詞，既承師命，謹將籌備經過，略述一二。」[17]李斐叔的發言先介紹了遊美的緣由和目的，大致有幾層意思：時代不斷前進，我國的舊劇在現代新思潮澎湃之時應該力謀改善，不然勢必成為廣陵絕響；舊劇既能存留至今自有特長，不可一筆抹煞；舊劇界人，不應認為舊劇而外別無戲劇，應當與近世之新藝術合一爐而冶之；要想從舊戲中找新出路，就應儘快培養舊劇界的新人才，以備將來之需要；梅先生眼光遠大，辦事勇敢，為培養新人才才有成立戲劇學院的想法，有此想法才決定這次美洲之行；遊說海外，徵求美洲人士同情，或許可以得到物質上的援助；梅先生早有遊美打算，借此機會恰好把自己的藝術介紹到西方去，以觀西方人對中國戲劇的看法。再是介紹了遊美的籌備情況，包括劇本的挑選、改編；音樂方面的斟酌、五線譜的翻譯；服裝多採用新製繡貨；布景純取舊式劇場的模型以保守東方古典派的真傳；舞臺訓練方面，同去的演員皆係選而又選，練而又練；因有涉國家體面，平時的衣食住行均反覆訓練；出訪帶有中國劇之圖案畫百餘件，經四五年之研究搜求考訂而成。李斐叔的發言環環相扣，思路清晰，真是不負師托，不負眾望。他的發言與齊如山的《梅蘭芳遊美記》一起讓我們對梅蘭芳遊美的宗旨和籌備情形有了詳盡的了解。

## 四、梅劇團代言人

　　李斐叔跟隨梅蘭芳的時期恰好上個世紀二三十年代，那是梅蘭芳如日中天、譽滿全球的時代，以梅蘭芳的影響力能夠請他來演出，是各地夢寐以求的事，所以梅蘭芳的行蹤常常是眾說紛紜，莫衷一是，當然也是各報刊搜尋、捕捉的目標。

---

[16] 李斐叔《梅蘭芳遊美日記》原始稿，1930年1月6日。
[17] 同前注。

　　1936年《戲世界》採訪部發布「獨有消息」〈梅劇團這幾天來──漢湘之行或可實現　赴川則尚待考慮──李斐叔語人謂梅已中止入川〉：

> 關於梅劇團赴川之消息[……]在最近的報紙上，好像又添了許多惹人注意的新聞材料，尤其是梅蘭芳博士出演的問題，有的載著他預備下月入川，也有盛傳他出演於漢口，同時還有北平梨園同業公會邀他去平替貧苦老弱的同業演古籌資的消息。

　　而正是梅蘭芳行蹤撲朔迷離的時候，李斐叔告訴人說：「梅老闆四川之行，已經打消。漢口某（恕祕）舞臺數度來邀，或有去的可能，果爾成行，長沙也許會去一遊。」於是《戲世界》便說：「盛傳梅劇團下月入川之說，在這裡便可以證明他更千真萬確的鐵證了。」[18]能夠得到李斐叔親口說的話，便是確切消息了。事實證明梅蘭芳此後餘生再也沒有去過四川，李斐叔的話的確是「鐵證」。相信李斐叔作為梅蘭芳貼身祕書，不止一次充當梅劇團代言人的角色。

## 五、回憶梅蘭芳

　　1937年上海淪陷，1938年梅蘭芳率團在香港演出，之後梅劇團全部人馬返回大陸，梅蘭芳留在香港，蓄鬚明志，暫別舞臺。李斐叔先後在上海、南京居住，生活異常拮据，只能賣文為生，期間所寫的文章《梅邊雜憶》、《憑梅館掇憶》、《蘇聯的戲劇》都與梅蘭芳有關，特別值得重視，但是學界幾無關注。

　　《梅邊雜憶》系列文章一共八篇，分別是〈梅浣華援劉回憶錄〉、〈記劉寶全一夕談──梅邊雜憶之二〉、〈一張馮宅堂會名貴的戲單──梅邊雜憶之三〉、〈史太林看過我們的戲麼──梅邊雜憶之四〉、〈大大王二大王荒郊爭雄記──梅邊雜憶之五〉、〈梅蘭芳的私生活

---

[18] 本段引用均見《戲世界》，1936年4月21日，第2版。

——梅邊雜憶之六〉、〈在「中國鏡子」裡的戲劇家——梅邊雜憶之七〉、〈由小女的讀書聯想到蘇聯的兒童劇場〉，[19]連載於1939年5月到12月的《申報》上。《憑梅館掇憶》是1939年李斐叔應《戲劇畫報》之約撰寫的四篇小文：〈記汪大頭性行詼詭〉、〈陳鴻壽祀曹操〉、〈王長林之諧譚〉、〈梅祖書聯〉。[20]《蘇聯的戲劇》是李斐叔遺作，發表於1942年的《半月戲劇》。[21]此文雖然自始至終沒有出現梅蘭芳的名字，但依然與梅蘭芳不無關係，因為正是李斐叔跟隨梅蘭芳遊歷蘇聯，才對蘇聯的戲劇有直接的體驗和了解。這些文章細緻描述了梅蘭芳的個性和日常生活，回憶了與梅蘭芳有關的諸多梨園掌故，對於深入研究梅蘭芳乃至京劇史、曲藝史均有極高的文獻價值。

## （一）外柔內剛的梅蘭芳

李斐叔筆下的梅蘭芳是溫柔敦厚的。梅蘭芳有著謙虛溫和的性情、彬彬有禮的態度，這是大家都知道的，但梅蘭芳是否發過脾氣，無從得知。李斐叔說自己跟隨梅先生近二十年，僅見他發過三次脾氣：

> 一次是至友齊君，宴請一位要人，臨時要他加入，他不願去，電話中齟齬起來了。他把不願去的理由說明之後，齊君猶嘵嘵不休，於是他發怒了！看他鼓起一股勇氣，說道：「就是一直狗，如果把他趕急了，他還要跳牆呢！」這句話，在他總算是「疾言」了。還有一次，是在南京勵志社演義務戲，唱《木蘭從軍》，底下人把紅纓槍遺忘了，沒有帶來，借又無從去借，戲又快上場了，於是他怒了！「你們這些人，都是做什麼的？吃飯幹麼來著？」在他，這要算是「謾罵」了。還有一次，去年出演大上海戲院，臨別幾天，票價增高一元，他很不贊成這種舉動，而事先又未得到他的許可，所以他責備我，為什麼不加以制

---

19 其中〈梅浣華援劉回憶錄〉〈由小女的讀書聯想到蘇聯的兒童劇場〉並沒有標注「梅邊雜憶之一」「梅邊雜憶之八」，但由其發表時間、所寫內容和均發表於《申報・遊藝界》來判斷，這兩篇文章應屬於「梅邊雜憶」系列。

20 《戲劇畫報》，1939年第1期。

21 《半月戲劇》，1942年第4卷第2期。

止？末了，鼻子裡哼了一哼！「我們只要金錢罷！不必顧什麼名譽了。」從這一句話說完之後，足足有廿四小時，跟我斷絕「言語之交」。直到第三天才同我講話，在他，這算是給我的「屬色」！[22]

齊君要他見的是一位「不願意見」的要人，而且是「臨時」讓他加入，況且梅蘭芳已經解釋過不願意去的原因，齊君還「嘵嘵不休」，無怪乎梅蘭芳要發火了。第二次發脾氣更是情有可原，俗話說「戲比天大」，梅蘭芳一向重視觀眾，臨上場竟然找不到道具，換做其他人估計早炒了此人的魷魚。梅蘭芳並不重視金錢，卻非常重視名譽，上海戲院臨時增高票價又不徵得梅蘭芳本人的同意，做事極其欠妥，李斐叔身為祕書又未加制止，難怪他要第三次發脾氣了。梅蘭芳發脾氣並非明星耍大牌、拿架子，而是情非得已，他的溫和並不是毫無原則的，況且發脾氣的對象一是「至友」，一是「底下人」，一是「祕書」，都是身邊熟悉的人，能夠擔待他、理解他而不至於傷和氣的。

梅蘭芳做人「溫柔敦厚」，做事則「胸中極有主宰，對人則外無圭角」。「他做事，有勇氣亦有毅力。雖然有許多事，是仰仗朋友輔助而成的。但是他是個軸心，也可算是原動力。他如果意志不堅定，他的朋友們往往會因為許多的困難而半途中止的。從前的遊美遊俄，經過了多少的磨折！要不是他一往直前的精神，維繫住各人斷續的意志，那末梅先生這一生的事業，我敢說『百無一成』。」[23]李斐叔此言不虛，當年赴美前夕，因為美國爆發金融危機，他們籌備的錢很可能不夠用，齊如山怕梅蘭芳動搖了信心，私藏了美國發來的電報，直到梅劇團到達上海才拿出來，得此消息連馮耿光幾乎都要打退堂鼓了，是梅蘭芳拿定了主意，毅然決然到美國去的。

至於梅蘭芳藝術上的成功，不少人認為是因為他周圍有包括「梅黨」在內的很多人支持幫助他，但李斐叔認為這是因為梅蘭芳有旺盛的求知欲：

---

[22] 李斐叔〈梅蘭芳的私生活（二）——梅邊雜憶之六〉，《申報》1939年10月14日第14版。

[23] 李斐叔〈梅蘭芳的私生活（三）——梅邊雜憶之六〉，《申報》1939年10月15日第12版。

> 無論對於哪一件事物，他必很細心的研尋其真理，必至洞澈其微
> 奧而後已。尤其是對於戲劇，他能不恥下問，精益求精。天性向
> 上，所以走到今日這個地步，友朋的督促，還在其次。[24]

內因決定外因，外因是通過內因起作用的，這是我們認識梅蘭芳與梅黨
以及周圍人關係的鑰匙。

　　既有自己的主意，又可以團結一切可以團結的人，正是外柔內剛的
個性，加之自己旺盛的求知欲和精益求精的學習精神才使梅蘭芳不斷進
步，成為一代伶王。

## （二）愛好特別的梅蘭芳

　　李斐叔筆下梅蘭芳的日常生活規律有序、愛好廣泛。沒有演出的時
候他每天九時許起身，不吃早餐便看報、看信、練習書法，午飯後則畫
畫、學英語、會友，夜飯則多赴友人宴會，飯後喜看電影、聽收音機。
可以看出梅蘭芳每天的安排都滿滿當當，生活充實而舒適、平淡而高
雅。尤其提到梅蘭芳愛吃禾蟲：

> 嶺南有一種異味名曰禾蟲，狀如去殼之蝸牛，長寸許，畜以水晶
> 杯，色彩斑駁，粵人帶活生吞，梅先生亦嗜此，且甘之如飴焉。
> （按禾蟲，為廣東近海稻田所產。據《廣東新語》載，有長至丈
> 者。節節有口，生青，熱紅黃。夏秋間，蚤晚稻熟，則其蟲亦
> 熟。潮長浸田，因乘潮斷節而出，日浮夜沉，浮則水面皆紫。其
> 形狀之怪異，令人一見生畏，何況帶活生吞！）[25]

　　不能不說這是獨特的愛好，據說廣東人愛吃禾蟲是因為禾蟲比較美
味，而且有多種做法，但帶活生吞是品不出什麼味道的，很可能是因為
禾蟲具有降火、清肺、補虛、補血等功效，於保護嗓子大有裨益，這也
可看出梅蘭芳的日常生活中時刻不忘自己是一個演員，保護嗓子就是要

---

[24] 同前注。
[25] 李斐叔〈梅蘭芳的私生活（五）——梅邊雜憶之六〉，《申報》1939年10月19日第12版。

對觀眾負責。

　　關於梅蘭芳愛穿西裝，李斐叔認為他並不是學時髦，梅蘭芳有自己
的理由：

> 穿西裝，比較精神！做事走路也爽利！在國外著中裝，則因外人
> 一向對華人別具隻眼，我偏要穿中裝，使他們知道我便是一個中
> 國人。同時也使我自己，時時刻刻不要忘了我是一個中國人。[26]

作為一個公眾人物，時刻注意自己的形象，時刻清醒堅持自己的民族
立場，梅蘭芳的這種民族意識、家國情懷永遠具有垂範意義，值得後人
學習。

## （三）急公好義的梅蘭芳

　　梅蘭芳曾積極營救京劇著名老生演員劉漢臣。劉漢臣在天津演出，
軍閥頭子褚玉璞之五姨太見其少年英武儀表翩翩，一見傾倒，當時小報
大肆渲染，惹怒褚玉璞，劉漢臣為避麻煩進京演出，依然被褚玉璞以
「宣傳赤化，擾亂地方」的罪名逮捕入獄。梅蘭芳曾聯合楊小樓、余叔
岩向張宗昌求情，但劉漢臣對張宗昌陽奉陰違，口是心非，最終劉漢臣
及其把兄弟高三魁被褚玉璞祕密殺害。秦瘦鷗的小說《秋海棠》之主人
公原型即是劉漢臣，此小說被稱為「民國第一言情小說」、舊中國「第
一悲劇」。喻血輪《綺情樓雜記》中有文〈褚玉璞殺伶人劉漢臣〉、徐
慕雲《梨園外紀》中有〈軍閥殘殺優伶的殘暴行為〉都寫到褚玉璞槍殺
劉漢臣之事，也提到梅蘭芳為營救劉漢臣所做的努力，但提到梅蘭芳時
所述較為簡略。李斐叔日侍梅蘭芳左右，親歷梅蘭芳奔走救援劉漢臣之
經過，寫來非常詳盡：

> 梅先生聞訊，以同業之義，急籌援救之策。計唯走張孝坤門，得
> 一言或可拯活二命。乃親往請托焉。

---

[26] 李斐叔〈梅蘭芳的私生活（六）──梅邊雜憶之六〉，《申報》1939年10月20日第14版。

此時張氏正雄據燕都，氣焰萬丈！擁姬妾，黨敗類，日夜征歌選舞，豪賭尋歡。熱中之流，奔走其門以為榮寵。梅先生除演劇外，不常至其家。間或參與酒食之會，沉默端莊，不苟言笑。以不即不離之態度，委蛇其間。內極分明，而外無圭角。回想其當時處境，真有做人不易之感也。聞所懇援救劉、高事，立即屬記室擬電至津，措詞切實，且語梅曰：老褚氣量太小，若余之姬妾有私人者，聽之可也。夫一人擁多妻，已非常情。且寢處時只一人耳！余者任其荒蕪，曷若得庖人而代？使房閨無怨女，不亦善乎！第稍隱避，勿為吾見。見則己所愛供他人擁抱，妒火自不免中焚，而余之手槍，恐亦不能恕矣。君等倘有鍾情予之妾媵者，任攫之可也。梅先生聞其語，赧然不知所答。臨別，張曰：予之電必可赦其死，汝當以畫扇報我。梅唯唯，稱謝而歸。[27]

梅蘭芳平時是不大願意接近張宗昌的，但張宗昌是褚玉璞的同鄉、同黨、同僚，人命關天，事情緊急，梅蘭芳顧不得許多，只能前往張府懇請救援。在張府，梅蘭芳不僅要「赧然不知所答」地聽張宗昌關於一夫多妻的高談闊論，還被勒索了一幅畫。梅蘭芳歸家後立即與李斐叔合作了一幅畫送給張宗昌，第二天午後張宗昌得天津覆電，稱劉、高二人並無生命之危，不久即行釋放。梅先生即將此意，轉達劉漢臣、高三魁家屬。誰知三日後傳來消息，劉、高竟以赤化罪名被槍決。氣得張宗昌大罵褚玉璞氣量太小，不講面子。雖然此事由於褚玉璞的殘暴、盛怒、小器、不講信用而沒有達到目的，但梅蘭芳營救之誠心可鑒，他為同行奔走的義舉令人敬佩。

## （四）精益求精的梅蘭芳

李斐叔記錄了梅蘭芳積極向曲藝演員學習的事蹟。1936年梅蘭芳曾經於上海私宅隆重設宴款待劉寶全，作陪的有許姬傳、李斐叔和梅蘭芳的另一個學生。他們的談話涉及大鼓書的發源地、流行地，大鼓何以稱

---

[27] 李斐叔〈梅浣華援劉回憶錄〉，《申報》1939年5月26日第18版。

為「怯大鼓」，梨花大鼓稱謂之由來，大鼓書何時加入三弦，雙黃何人創始以及蓮花落、八角鼓的由來等彌足珍貴的曲藝史料。

李斐叔也寫到劉寶全與譚鑫培的交往以及京劇藝術對京韻大鼓的滋養。筆者曾有文談到戲曲演員與曲藝演員的密切交往，譬如評書演員張智蘭、陳士和、馬連登等均積極吸取京劇表演手段；而京劇演員往往是曲藝演員最忠實的聽眾，如金少山最喜歡聽品正三說的《隋唐》。[28]《馬連良藝術評論集》中馬連良《憶劉寶全先生》一文也曾說到自己1923年第一次聽劉寶全的京韻大鼓，一下子著了迷，此後只要自己沒戲一定去看劉寶全演出，風雨無阻。後經王瑤卿介紹，兩人成為莫逆之交，五年多的時間裡兩人朝夕相處、形影不離。劉寶全嗓音圓潤，吐字清晰，唱腔大氣磅礴，身段雄強奔放，充滿英雄氣概。馬連良自言劉先生的言行舉止、藝術思想，對自己的藝術生活、表演技巧，發生了極大的影響。

梅蘭芳與劉寶全的交往更是「劇界大王」與「鼓書大王」非比尋常的雙峰聚會。兩人深度切磋的詳細過程在梅蘭芳〈談鼓王劉寶全的藝術創造〉一文中有洋洋灑灑兩萬餘字，涉及大量曲藝演員與京劇演員互相學習互相滋養的內容，與李斐叔所記大體相同而更為細緻，兩文可互相參證。梅蘭芳從「藝術生活化」、「吸取姊妹藝術豐富創造」、「鼓套變化運腕靈活」、「開門見山，餘音嫋嫋」、「創作改編的得失」、「聲樂創造的卓越成就」六個方面總結歸納了劉寶全的鼓書表演藝術特點。[29]

梅蘭芳宴請劉寶全是一次有目的有意識的學習。梅蘭芳曾對許姬傳、李斐叔說：「明天請劉老吃飯，有幾個意思，一則敘舊，二來要他談談京韻大鼓的源流，三是要請教他保護嗓子的竅門，你們幫我把他的話記下來。」[30]而整個過程「梅先生叩詢綦詳，翁亦有問必答，余則從旁一一紀錄之。」[31]梅蘭芳與劉寶全的這次談話是在聽了劉寶全的《長

28 李小紅〈淺談評書與戲曲藝術形態的親緣關係〉，《曲藝》2015年第5期。
29 梅蘭芳〈談鼓王劉寶全的藝術創造〉，《曲藝》1962年第2期。
30 同前注，頁2。
31 李斐叔〈記劉寶全一夕談（上）——梅邊雜憶之二〉，《申報》1939年6月8日第18版。

阪坡》之後進行的，而《長阪坡》是「崇林社」時期梅蘭芳與楊小樓最常演的一齣戲，這次談話中間梅蘭芳依然向劉寶全請教《長阪坡》的藝術處理。梅蘭芳這種轉益多師、精益求精的精神值得永遠學習。梅蘭芳與劉寶全的交往，研究京劇史和曲藝史都應高度重視。

## （五）影響巨大的梅蘭芳

　　李斐叔記錄了梅蘭芳在蘇聯時鮮為人知的逸聞軼事以及梅蘭芳巨大的影響力。〈史太林看過我們的戲麼〉[32]是李斐叔跟隨梅蘭芳遊歷蘇聯後對幾件神祕事情的回憶。在且尼斯金Chelyuskin旅館吃飯的時候，從經理到招待員均能說一口流利的山東話，而招待梅劇團的人居然是一口流利的北平話而且非常健談，以至於李斐叔懷疑他是國際警察局的祕密偵探。自梅蘭芳入境直到出境，蘇聯對外文化委員會均安排一個沉默寡言的彪形大漢做保鑣，一開始大家以為他只會說俄語，直到最後才發現他英、法、德、中各國語言，無一不精。梅劇團訪蘇之時，託派分子以及表面服從蘇維埃者的白俄人，多被放逐到西伯利亞，梅劇團經過此地，都要把車窗的絨幕拉下來以防襲擊。「但是在一去一來的過程中，還是不能免俗，受到兩次磚石的光顧，險些將大琴師徐蘭沅又光又亮的腦袋打出血來。」[33]全體團員由一位少女做嚮導，團員單獨行動語言發生隔膜時，常常會在身旁人叢中走出一位善說中國話的俄國人來解除困難。最神祕的事情則是史太林（史達林——筆者注）是否看過梅劇團的演出，文章這樣描述：

　　　　幕啟了！在國家劇院最後的公演開始了！中蘇的旗幟，分懸在舞臺的兩旁。我們在臺上表演的時候，一部分的心靈，注意到臺下觀眾中「有沒有一個濃眉大鬍子其人」？只看見有兩個包廂，閒空著，並不坐人，似乎在等待幾位貴賓的降臨。

---

[32]　《申報》1939年6月29、30日，7月1、2日連載。《現實》1939年第1期，第72-73頁登載，題曰〈史太林與梅蘭芳〉；《幽默風》1939年第1卷第3期，第35-37頁登載，題曰〈史丹林有看過我們的戲麼？〉；兩處內容相同，但與《申報》相比，有多處刪減。

[33]　李斐叔〈史太林看過我們的戲麼——梅邊雜憶之四（二）〉，《申報》1939年6月30日第22版。

不數分鐘，那包廂中的燈光，突然黑暗了！而我們舞臺面的反射光線，也特別比平時來得強烈！我們再看看臺下，因為燈光的強弱關係，驀然間好像放下了一層黑幕，什麼也看不見了！再望望那兩個包廂中，隱隱約約多了幾個黑影而已！在這時，後臺中忽添了幾位不相識的大漢，兩手插在衣袋中，聰敏的讀者！我想你一定知道他是誰？[34]

　　此文讓我們也讀到了大家崇拜英雄的心理、梅蘭芳戲劇所帶來的重要影響以及梅劇團在蘇聯演出時緊張的國際形勢。目前，研究梅蘭芳訪蘇文章比比皆是，但是李斐叔所寫的文章卻很不應該地被忽略了。

　　李斐叔〈在「中國鏡子」裡的戲劇家〉一文中談到賴魯雅所講述的他遊歷中國後回國途徑西伯利亞時受到稅吏種種盤查時的情景，他的相機、古琴、衣箱等統統被查，費時極長，手續極繁瑣。正當賴魯雅不勝其煩、一籌莫展之時，忽然間一個關吏發現了「神采翩翩的美少年」梅蘭芳的照片，李斐叔這樣描述關吏的前倨後恭：

　　此時許多關吏，其兇橫可怖之面目，立刻改變為笑容可親之態度了，與先前完全變兩樣了[……]其餘的行李，也不檢驗了，並立即放還給我一張「可直達波蘭國境的行李單」。[35]

　　賴魯雅是法國巴黎國家劇院副院長兼巴黎大學中國文化系教授，對於戲劇、音樂都有卓越貢獻，在法國藝術界有崇高的地位，而且著作等身，風行於世界，卻受到關吏的種種盤查，而一張梅蘭芳的照片卻為他解了圍，這個情節使得賴魯雅極為感歎：

　　以一個中國戲劇的器皿，他竟能使經過此地的困難完全取消，使

---

[34] 李斐叔〈史太林看過我們的戲麼——梅邊雜憶之四（四）〉，《申報》1939年7月2日第18版。
[35] 李斐叔〈在「中國鏡子」裡的戲劇家——梅邊雜憶之七（四）〉，《申報》1939年12月9日第14版。

> 剛才檢查之關吏的「冷淡言語」與「譏笑神情」，一變為「點頭
> 示敬」，嗣余回至月臺之時，且有幾個中國的兵士來衛護，一邊
> 走，一邊頻頻問訊：「梅氏的近況若何？這一次曾經看過幾次梅
> 氏的戲？我此時之心上，乃發生一問題，就是：「試問在歐美各
> 國，何處更有一舞臺上的藝人，而能使受到嫌疑之旅客，一變而
> 為員警護送之貴賓乎？[36]

凡讀到賴魯雅這段的文字的，我相信都會因為我們國家擁有梅蘭芳
這樣的人物而自豪和驕傲，這就是梅蘭芳的魅力！梅蘭芳做人、做事、
做藝幾乎都無可挑剔，以至於「梅蘭芳」不僅僅是一個人的名字，更是
美的化身，他的影響力是世界性的。

## 六、結論

南通伶工學社是張謇與歐陽予倩一次「失敗的攜手」[37]，但卻成功
培養了李斐叔這樣的全才，不能不說他是歐陽予倩一直堅持重視文化課
所結出的碩果。上文提到的〈劇人轉變為作家　李斐叔的簡史〉一文未
署作者姓名，但作者對自己的文筆是相當自負的，而他對於李斐叔卻非
常佩服：

> 在各種記事文章之中，對於《申報‧遊藝界》李斐叔的文章，我
> 最愛讀。斐叔的文字，充滿戲劇性，有時帶些國外風趣，這是沾
> 了梅劇團的光，別位評判家所不能及到的[⋯⋯]舊文學亦楚楚可
> 觀。[38]

不僅因為文筆好，李斐叔還有特別的經歷：

---

[36] 同前注。
[37] 傅謹《20世紀中國戲劇史》，中國社會科學出版社2017年版，第142頁。
[38] 《錫報》1939年7月24日第3版。

斐叔因為做了蘭芳的機要祕書多年，所以蘭芳的一舉一動，如演劇、酬酢、交際等，斐叔都知道得很詳細，蘭芳到過歐美蘇聯等國，所見所聞，當然比較其他伶人不同，把他的經歷，借斐叔的筆墨，一件一件寫出來，還有不出色的道理嗎？[39]

的確如此，李斐叔文筆之優美、經歷之豐富、知識之淵博、語言之風趣、寫作技巧之高超、所寫內容之新奇，我們讀他的文章都會深有體會。

許姬傳的文章多側重於梅蘭芳的舞臺生活和表演藝術，李斐叔的文字很少評價梅蘭芳的表演，而梅蘭芳的日常作息、家庭生活、衣食嗜好、英語學習、書畫人生、朋友交往、海外經歷以及諸多逸聞軼事均有涉及，為我們呈現了一個舞臺下、生活中的真實生動、全面立體的「凡人」梅蘭芳。

花雲〈李斐叔與梅蘭芳〉曾說：「梅得李如魚得水，相得益彰。蓋李無梅則不名，梅無李則失助，二人相依，不可須臾離也。[……]若梅李二人者，可謂合之則雙美矣。」[40]此言有些言過其實，梅蘭芳沒有李斐叔，會有另外的祕書，梅蘭芳依然是梅蘭芳。而李斐叔沒有梅蘭芳，誰會知道他呢？即使有了梅蘭芳，現在不是依然被忽略嗎？李斐叔跟隨梅蘭芳的日子正是梅蘭芳的黃金時期，訪日、訪美、訪蘇，風光無限，他可以為梅司筆箚、可以代梅書畫、代梅演說、做梅劇團代言人；李斐叔與梅蘭芳分離的日子，李斐叔賣文為生，依然要靠寫作有關梅蘭芳的回憶文章，以博人眼球、換錢易米。不過正是他為換米而寫的《梅邊雜憶》、《憑梅館掇藝》、《蘇聯的戲劇》以及因為職責所在所記錄的《梅蘭芳遊美日記》、《梅蘭芳遊俄記》，為我們呈現了一個不一樣的梅蘭芳以及梅蘭芳方方面面的活動和交往，客觀上為我們研究梅蘭芳留下了不少可貴的資料。

因此，李斐叔之於梅蘭芳意義極大，不可忽略，深入研究李斐叔有助於進一步推動梅蘭芳研究、京劇學研究乃至中國戲曲研究、曲藝研究走向縱深。

---

[39] 同前注。
[40] 花雲〈李斐叔與梅蘭芳〉，《龍報》1931年5月12日第3版。

# 第五章　二十一世紀的中國經典新詮

# 文本與視覺：《儀禮》的影像復原與中華禮樂文化

## 李洺旻

## 提要

　　《儀禮》十七篇為現存最古老的禮書，其書完整記載了中國古代核心禮典如冠禮、昏禮、喪禮、祭禮的詳細步驟，及各種服飾衣著、器物擺設方位、宮室設計等內容。《儀禮》艱深古奧，古今鮮有能通讀者。中國傳統學者要通讀此書，也需要對文本作出明確分節、或繪制禮圖，或歸納禮例。對於西方學者，即使有各種英文翻譯及白話譯本，但礙於文本的記錄過於繁瑣，理解古禮的難度依然極高。2014年，清華大學中國禮學研究中心與香港嘉禮堂、香港城市大學創意媒體中心學院合作，制作《儀禮》影像復原。一切禮儀、服飾、器物、宮室設計，均由研究小組細心重新考證及製造，並以多媒體技術拍攝還原，務求將艱深繁複的古禮以視覺形式重現，向海內外展示中國重要禮儀原貌。

## 作者簡介

　　香港嶺南大學中文系學士、哲學（中文）碩士，北京清華大學歷

史系博士。現職為香港公開大學人文社會科學院助理教授，並為香港中文大學中國文化研究所劉殿爵中國古籍研究中心名譽副研究員，另為清華大學中國禮學研究中心骨幹研究人員。著有《賈公彥〈儀禮疏〉研究》，並編有《唐宋類書徵引《荀子》資料彙編》、《唐宋類書徵引《戰國策》資料彙編》等。另發表學術論文十餘篇，包括：〈論《儀禮》「墮祭」及其禮意〉、〈《荀子》「接人則用抴」解詁及其禮學意涵〉、〈《群書治要》引《尚書・舜典》注考論〉、〈重合與異文：《墨子》分篇問題重探〉等。

## 關鍵詞

儀禮、復原、重建、禮樂

## 一、序言

　　禮是中國文化的核心，先秦時期的六藝涵蓋禮、樂、射、御、書、數，禮居其首。儒家提倡的六經：《詩》、《書》、《禮》、《易》、《樂》、《春秋》，禮也是其中重要的一環。中國的禮樂文明，主要依賴三部禮書，分別是《儀禮》、《周禮》和《禮記》，合稱《三禮》。三書性質各有不同，《儀禮》彙成於春秋末，記載冠、昏、喪、祭等禮儀的範式。《周禮》爭議較大，但一般認為成書於戰國末至漢初，記載天、地、春、夏、秋、冬六官共三百餘職，構成一個完整的職官共事體系。《禮記》則編集了戰國至漢代有關禮學理論的文章，其中有不少是解釋《儀禮》的內容。《三禮》以《儀禮》的文本最為艱澀，學者每多望而生畏，往往不能終卷，更遑論深入研究。但《儀禮》完整記載了先秦儒者制訂的一套禮儀規範，或多或少反映當時正統的西周禮儀，可謂中國最古老的「禮儀書」（courtesy books），彌足珍貴。作為華夏禮儀文化之大宗，若其書仍囿於只有少數學者研讀，對中國禮樂文化的傳播並不理想。隨著時代進步，電腦技術發展成熟，將《儀禮》篇章內容進行影像復原，不單可以對書中禮制作鉅細無遺的重新研讀，也極有利於中華禮樂文化向全球的展示和推廣。

## 二、《儀禮》的內容

　　《儀禮》今存十七篇，東漢以前只單稱為《禮》。當時《周禮》尚未立為學官而為人熟知，所流行的就只有高堂生所傳的《禮》十七篇，即《儀禮》，當時人也專稱為《禮經》。此外，還有在魯淹中發現的古文《禮》五十六篇，《漢書・藝文志》稱為「《禮》古經」，也是《儀禮》之屬。後來之所以改稱《儀禮》，大概是為了與《周禮》分別開來。《禮記・禮器》鄭玄注解論及《儀禮》之名云：「（《儀

禮》）其中事儀三千。」[1]賈公彥亦加以解釋謂：「言儀者，見行事有威儀。」[2]《儀禮》十七篇涵蓋冠、昏、相見、飲酒、射、聘、覲、喪、祭等禮，詳記具體揖讓、升降、周旋、器物、服飾等禮儀，以士禮為主，並兼及大夫、諸侯、天子階層的行事之法。由於所載內容委曲繁複，所以就說「事儀三千」來形容其儀節之多、威儀之盛。因此，《儀禮》之所以以「儀」為稱，實源於此。

《儀禮》所記載冠、昏、喪、祭等禮的周旋揖讓之法，十分詳盡。例如對行禮服裝的規定，往往運用較長的篇幅交代。舉如〈士冠禮〉行禮之日陳設三次加冠禮所穿換的服裝：玄端、皮弁服、爵弁服。篇中就有不短的描述：

> 陳服于房中西墉下，東領，北上。爵弁服：纁裳，純衣，緇帶，韎韐。皮弁服：素積，緇帶，素韠。玄端：玄裳、黃裳、雜裳可也，緇帶，爵韠。緇布冠缺項，青組纓屬于缺；緇纚，廣終幅，長六尺；皮弁笄，爵弁笄，緇組紘，纁邊；同篋。櫛實于單。蒲筵二，在南。側尊一甒醴，在服北；有篚實勺、觶、角柶，脯醢；南上。爵弁，皮弁，緇布冠，各一匴，執以待于西坫南，南面，東上。[3]

三服的衣、裳、帶、韠（即蔽膝）均陳置在東房之內，房邊又放有整理髮飾的工具以及繫緊冠的絲帶。堂外西階下則由有司奉著待加冠用的三種冠。《儀禮》有具體細緻的文字描述。但對初讀者而言，十分費力。陳設方面，再舉〈士昏禮〉一例說明。在「夫妻同牢而食」一節，有司為二人陳設食物，各種食物規定了特定的擺設方位，《儀禮》內也就有

* 國家社科基金重大項目「《儀禮》復原與當代日常禮儀重建研究」（14ZDB009）階段性成果。

[1] 鄭玄注，孔穎達正義：《禮記正義》卷二十三，《十三經注疏》（臺灣：藝文印書館據嘉慶二十年〔1815〕南昌府學本縮印，1965年），頁459。（本文引用之《十三經注疏》均據此本，為省覽方便，下文不另作說明。）

[2] 鄭玄注，賈公彥疏：《儀禮注疏》卷一，頁3。

[3] 《儀禮注疏》卷二，頁15-17。

詳細說明：

> 贊者設醬于席前，菹醢在其北。俎入，設于豆東；魚次。臘特于
> 俎北。贊設黍于醬東，稷在其東；設涪于醬南。設對醬于東，菹
> 醢在其南，北上。設黍于臘北，其西稷。設涪于醬北。御布對
> 席，贊啟會，卻于敦南，對敦于北。贊告具。[4]

同牢之食所設置者有特豚、魚、臘三俎，另設每人三豆醬，再加上黍稷
和大羹涪。每種食物以東南西北方說明擺放的方位，閱讀文本時須具備
豐富的想像力。引文中有「御布對席」一語，意即男家的侍從布置新婦
之席食，其擺設方位與丈夫無異，因此採用了省文之法，免卻重複。即
便如此，其文字已經繁複不堪。《儀禮》內有關食物設置，〈士昏禮〉
「同牢之食」是相對簡單的一種。若論國君設宴款待大夫的〈公食大夫
禮〉和士大夫祭禮〈特牲饋食禮〉、〈少牢饋食禮〉等所記，其擺設更
加繁複。陳設布置之外，《儀禮》還記載了行禮者的各種動作儀容。幾
個簡單的動作，在文字的記錄上可以十分冗長。姑舉一例，在〈鄉飲酒
禮〉正式獻酬之前，主賓均需要洗手、洗爵以示衛生。主賓二人其時在
堂上，主人降階洗爵的過程，篇內的記述如下：

> 主人坐取爵于篚，降洗。賓降。主人坐奠爵于階前，辭。賓對。
> 主人坐取爵，興，適洗；南面坐奠爵于篚下；盥洗。賓進東，北
> 面辭洗。主人坐奠爵于篚，興，對。賓復位，當西序，東面。主人
> 坐取爵，沃洗者西北面。卒洗，主人壹揖，壹讓。升。賓拜洗。[5]

主人為賓降階洗爵，賓客不敢安在堂上任勞主人，因此也一同降階並與
主人辭讓一番。洗爵後又升堂拜洗、拜謝等。單是主人洗爵的幾個步
驟，就用了整段文字去形容。接下來還有酌酒、獻酬、互相拜謝和答
拜、祭酒和飲酒，然後再到賓客洗手洗爵酢主人。賓酢主人之後，主人

---

[4]　《儀禮注疏》卷五，頁51。
[5]　《儀禮注疏》卷八，頁83。

又自酢自飲，再酌酒酬賓，才完成具備獻、酢、酬的「一獻之禮」。動作描述外，還有行走周旋路線和面位的說明。諸如此類，構成了《儀禮》內容繁瑣冗長的特性。不將動作逐個演示出來，實難以體會箇中的動作儀容。

　　《論語·學而》首章說：「學而時習之」，[6]其意思就是說學習禮儀不應只在紙上談兵，平日要時常演練禮書所記的行儀，才算是不廢其業。禮儀行容的規定，要用文字記錄下來，方便隨時參看。《禮記·曲禮下》有言曰：「居喪，未葬，讀喪禮；既葬，讀祭禮。」[7]清代禮家孫希旦（1736-1784）《禮記集解》就說：「凶事不豫習，故喪葬之禮，至居喪乃讀之。」[8]喪葬禮是凶禮，平日不可預先演習，所以到臨喪之際才去誦習記錄喪葬步驟和禮儀的禮書。至於常禮，平日皆需預習，到了實際行禮時就不會失禮失位。一些重大的禮儀，像〈聘禮〉般，甚至在到達聘問國家之前，在野外劃地築土，預演聘禮，其所依照預習的就是像《儀禮》這樣的禮書。這些禮儀單純用文字作為記錄手段，在這類揖讓升降舉止為人所熟知的先秦時代，文字描述或許仍能發揮直觀的表達。到後來先秦的宮室制度、服飾、禮儀逐漸不再實行於當世，單靠語言文字的記述，卻帶來了閱讀上的困難。去古越遠，難度就越大。

## 三、所謂「《儀禮》難讀」

　　真正提出《儀禮》難讀的是唐代的韓愈（768－824），他在〈讀《儀禮》〉一文中開宗明義就說：「余嘗苦《儀禮》難讀，又其行於今者蓋寡，沿襲不同，復之無由，考於今，誠無所用之；然文王、周公之法制，粗在於是。」[9]在唐代初年，五經中《禮》一經由原本的《儀禮》變成了《禮記》，形成了以記代經的局面。這種情況是由孔穎達（574-648）《五經正義》開始的。在唐代，《禮記》和《周禮》都頗

---

6　何晏注；邢昺疏：《論語注疏》卷一，頁5。

7　鄭玄注；孔穎達正義：《禮記正義》，卷四，頁74。

8　孫星衍：《禮記集解》卷五（北京：中華書局，1989年），頁113。

9　韓愈：〈讀《儀禮》〉，收入董誥輯：《全唐文》卷五百五十九，清嘉慶內府刻本，頁8。

義》等，直至今天的各種譯注，都一律沿用朱子所創的分節法，其中尤以吳廷華的《章句》分節最為細緻。

清末廣東學者陳澧（1810-1882）曾對《儀禮》的讀法提出重要見解，他在《東塾讀書記》中說：「《儀禮》難讀，昔人讀之之法，略有數端：一曰分節，二曰繪圖，三曰釋例。今人生古人後，得其法以讀之，通此經不難矣。」[14]陳澧歸納的三種方法，確為研讀《儀禮》之喉衿。然此三法非陳氏自創，前人早具有關論著。《儀禮》分節已見上文所論。至於繪圖，相傳鄭玄在注解《三禮》時已有不少禮圖，後來禮圖歷出，較著名的有北宋時聶崇義（生卒年不詳）撰有《三禮圖》；朱子弟子楊復（生卒年不詳）也曾繪製《儀禮圖》。清代張惠言（1761-1802）所撰的《儀禮圖》；後來黃以周（1828-1899）《禮書通故》的禮圖，更集眾家大成。為《儀禮》繪圖，就是將《儀禮》文本繁複冗長的記述，例如器物的陳設、行禮的路線與面位、宮室的布局及架構，都一一繪製成圖，以視覺形式呈現，直接誘發讀者對古禮的想像，彌補了文本記載儀節的缺憾，也解決了單純閱讀文本而難以理解的問題。繪圖以外，陳澧所舉讀《儀禮》之第三法門，就是釋例。所謂釋例，就是以歸納禮例的方式，找出《儀禮》內行事之慣性和規律，從文本中勾結綱領，減輕讀者面對繁冗的行文的枝蔓感。自鄭玄的注解開始，到賈公彥的《儀禮疏》，都或多或少提挈一些禮例，作為解說經文之用。後來專門研究禮例，舉如南宋的李如圭（生卒年不詳）的《儀禮釋宮》、清代江永的（1681-1762）《儀禮釋例》、淩廷堪（1755-1809）的《禮經釋例》都是這方面的代表作，特別是淩氏的《釋例》更為研讀《儀禮》不可或缺的參考書。淩氏〈《禮經釋例》序〉云：「（《儀禮》）其節文威儀，委曲繁重。驟閱之如治絲而棼，細繹之皆有經緯可分也。」[15]他以「比經推例」之法，歸納出許多重要禮例，輔助讀者閱讀《儀禮》。例如人與人之間在堂上授受的位置，他說：「凡授受之禮，敵者於楹間，不敵者不於楹間。」[16]假若授受二人地位相等，授受之禮就在堂上

---

[14] 陳澧：《東塾讀書記》（上海：上海古籍出版社，2008年），頁127。

[15] 淩廷堪著，彭林校點：《禮經釋例》（北京：北京大學出版社，2012年），頁2。

[16] 同前注，頁42。

兩楹之間，若二人地位不對等，則不在楹間行禮。這是凌氏從《儀禮》中輯出有關授受禮儀的情況而歸納出來的。有了這種釋例之書，對於理解《儀禮》文本的相關描述，就能有更好的掌握。

## 四、文本《儀禮》的局限

　　儘管《儀禮》對先秦冠、婚、喪、祭等相關儀節有詳盡的記載，但艱澀的文字、冗長的陳述等導致閱讀上的困難。幸運的是，東漢鄭玄注解了《儀禮》，唐代的賈公彥又針對文本和鄭注撰寫了義疏。自此以降，有許多有關《儀禮》的解釋性著作出現，較重要的有朱熹的《儀禮經傳通解》、張爾岐的《儀禮鄭注句讀》、胡培翬的《儀禮正義》、黃以周的《禮書通故》等。也有不少禮圖和釋例的著作出現，並已見上文陳述。雖然《儀禮》類的著作琳瑯，但由於古禮艱深，禮書涵蓋面又極廣，相關的禮說歧出，聚訟爭議不休，導致閱讀解釋《儀禮》的著作，也極不容易。對於有意學習先秦禮儀的學者，必須通過《儀禮》的「木人行」，至少包括十七篇文本，以及鄭玄、賈公彥的注疏，復以朱子、清人等經解，才能對《儀禮》有一粗淺之認識。於是，歷來《儀禮》只有少數人能夠通讀，無疑是對中華禮樂文化的保存和推廣的重大障礙。

　　過去一世紀以來，有不少《儀禮》的翻譯本問世。較重要的中文白話翻譯有彭林的《儀禮全譯》（1997）和楊天宇的《儀禮譯注》（2004）。至於外文譯本，1916年由著名法國漢學家顧賽芬（Séraphin Couvreur）翻譯成法文版《儀禮》*CÉRÉMONIAL*，是西方學界最早對《儀禮》全本的翻譯，此本並附有原文對照。翌年，John C. Steele也完成了理雅各（James Legge, 1815-1897）的願望，將《儀禮》全書譯成英文，出版*The I-Li or Book of Etiquette and Ceremonial*兩冊。譯者提到早在19世紀時，荷蘭漢學家高延（J. J. M. de Groot 1854-1921）在他的著作*The Religious System of China*第一次轉載了《儀禮》的文本，可惜當時並無任何人能夠完整地閱讀，於是促成了這部英文譯本的誕生。[17]在日本，

---

[17] "Passages from the work have been reproduced, notably by Dr. De Groot in this monumental book on *The Religious System of China*, but no one who had not a

《儀禮》的原文也有現代日語的譯本。根據工藤卓司的介紹，最早的全本《儀禮》日譯是川原壽市的《儀禮釋攷》，由京都朋友書店出版（1973-1978），總共15冊。此外還有池田末利的《儀禮》，由東京東海大學出版（1973-1977），全5冊。川原氏和池田氏都是全本日譯。小南一郎也有部分《儀禮》篇章的日譯，收入吉川幸次郎、福永光司所編的《五經、論語集》，收入《世界文學全集》，由東京筑書房出版（1970），然此譯本只譯了〈士冠禮〉、〈士昏禮〉和〈士喪禮〉三篇。[18]白話和外文翻譯的《儀禮》，對於其書所載的中華禮樂內容有更好的對外引介。然而，單單依賴純文字的文本，始終難以對中國古代禮儀有深刻的了解和認識。尤其在不同語言間的翻譯，有時不容易拿捏中國固有儀容的細微分別。舉例而言，在《儀禮》內，揖和拜是兩個完全不同的概念。兩手環抱，由胸向外平推，為之揖。拜則有多種，一般行禮的拜是「拜手」，《偽孔傳》：「拜手，首至手」，[19]即雙手環抱，腰頸前彎，直至頭觸雙手，謂之拜。文中經常出現「再拜」就是指行兩次拜禮。查檢顧賽芬的法文翻譯，他將「再拜」譯成「salue deux fois à genoux」，意謂「跪下致敬兩次」；又將「揖」譯成「salue」，意謂「致敬」。[20]這樣一來，揖和拜的意思便分不清楚了。至於John C. Steele的英文翻譯，他將「拜」譯成「bow」，「揖」譯作「salute」，[21]較明確地將兩者分別開來，但又是否能夠精準地表達兩者特徵，仍值得我們懷疑。語言因文化差異，而導致翻譯往往未能精確地傳達儀容之間的細緻分別，對於不諳漢語的讀者，要透過閱讀《儀禮》來認識中華禮樂文化的源頭，其難度依然很高。

即使《儀禮》的文本內，其揖讓升降周旋有極盡詳細的記載，但箇中仍有許多禮典的元素，文本內並未有具體說明。在《儀禮》作者的記述過

knowledge of Chinese character could read it as a whole." John Steele, *The I-Li or Book of etiquette and ceremonial*, Taipei: Ch'eng-wen 1966, Preface.

[18] 以上見工藤卓司：《近百年來日本學者《三禮》之研究》（臺北：萬卷樓圖書股份有限公司，2016），頁146-149。

[19] 偽孔安國傳；孔穎達正義：《尚書正義》卷八，頁118。

[20] Couvreur, Séraphin. *Cérémonial*. Paris: Leiden, Hollande: Cathasia; Brill. Print. Les Humanités D'Extreme-Orient, 1916.

[21] John Steele, The I-Li or Book of etiquette and ceremonial, Taipei: Ch'eng-wen 1966.

程中，對於理所當然的行為，當然無須記載。但後來古禮漸佚，這些未記之處就形成了需要填補的空白。要真正展示完整的禮儀，學者就透過許多其他典籍的記載來補充。例如行禮的步調，《儀禮》在篇章內只有少數地方有說明行禮時的步伐速度。這顯然是牽涉禮儀行進節奏的重要問題。若檢《禮記・曲禮上》所記，謂「帷薄之外不趨，堂上不趨，執玉不趨。」[22]我們就可以知道在堂上並不可以「趨」。趨是急步行走，庭院廣闊，若不急行，則禮儀滯怠。堂上是行禮的重要地方，因此不能疾走，必須步履穩重。《論語・季氏》記孔子兒子孔鯉「趨而過庭」，然後與孔子問答的事。[23]根據〈曲禮〉所錄的慣例，孔鯉「趨而過庭」是正確而合禮的做法。所以，《儀禮》內雖然沒記錄行走的步調，但依古禮慣例，堂上不趨，庭則趨行可知。其他舉如〈士昏禮〉內親迎時漆車的形制、飲酒和射禮時所唱奏的音樂；甚至各種禮器的形制等，在《儀禮》內一律只是輕輕帶過，未有詳解。如演奏的音樂，更非文字能夠記錄。諸如此類，都可以視為《儀禮》文本記錄中華禮樂文化的局限。

## 五、《儀禮》的影像復原

在中華禮儀文化的傳播和教學上，我們不得不溯源至《儀禮》，但礙於其文本，甚至翻譯本在閱讀上的困難，導致《儀禮》一書在中國眾多經典文獻中，往往是最不受歡迎的一種。《儀禮》從以往只依賴禮圖將古禮具像化，到近代有學者開始利用多媒體技術，將冠、昏、喪、祭等古代重大禮儀復原成影像，突破文本記述的局限。1965年，臺灣大學開展一項《儀禮》復原工作。這個項目由著名考古學家李濟先生倡導，並由當時彼系的系主任臺靜農先生為召集人，孔子裔孫孔德成先生指導，成立了「《儀禮》復原實驗小組」，嚴謹地對這部「我國先秦禮俗史上最詳細的史料」，進行「復原實驗」。[24]研究小組針對《儀禮》

---

22　《禮記正義》，卷四，頁74。
23　《論語注疏》卷十六，頁150。
24　孔德成：〈儀禮復原研究叢刊序〉，《儀禮士昏禮、士相見禮儀節研究》（臺灣：中華書局，1986年）頁1。

儀節的詳細考證，運用考古學、民俗學、古器物學等材料，最後將「每一個動作，以電影寫實的方法表達出來。」[25]運用電影拍攝的方法紀錄《儀禮》禮節，突破了枯燥的文字陳述，將傳統的平面禮圖，變成立體並且具有連續性的影像，生動並且直觀地以視覺形式將古禮呈現，可謂前無古人。《儀禮》復原實驗小組將《儀禮・士昏禮》拍攝成黑白影片，相關的服飾、宮室、器物、儀容，均一目了然。要拍攝成影片，不免要對儀節的細節逐加考證。因此，這次《儀禮》復原實驗，並出版了「《儀禮》復原研究叢刊」，由研究小組各分專題研究，對前人說法重新清理判斷。這部叢刊共六冊，收錄專題共有「《儀禮》士喪禮墓葬研究」（鄭良樹著）、「鄉飲酒禮儀節簡釋」（施隆民著）、「鄉射禮儀節簡釋」（吳宏一著）、「士昏禮服飾考」（陳瑞庚著）、「先秦喪服制度考」（章景明著）、「《儀禮》宮室考」（鄭良樹著）、「《儀禮》車馬考」（曾永義著）、「《儀禮》樂器考」（曾永義著）、「《儀禮》特牲少牢有司徹祭品研究」（吳達芸著）、「《儀禮》士喪禮器物研究」（沈其麗著）、「《儀禮》士昏禮士相見之禮儀節研究」（張光裕著）、「《儀禮》特牲饋食禮儀節研究」（黃啟方著）諸種，成果之豐碩，可謂《儀禮》近代研究的一個重要里程碑。

　　這次《儀禮》復原實驗成功地拍攝〈士昏禮〉黑白影片，可惜礙於當時技術，影片膠卷在長期放映下不免嚴重損毀，今天已經沒法再觀看這次復原成果。2000年，當代禮學大家葉國良教授以〈士昏禮〉原片為藍本，製作成3D彩色動畫。這次動畫製作的特點，葉國良教授就說：

> 電腦3D動畫尤便於呈現景物的立體感，甚至可以另開視窗、提供特寫、附加解說等，由此觀之，舊片新製，不只能延續以往的研究成果，更能藉新出科技增加表現的手法與層次。一旦製播成功，可以複製為光碟，效果好，成本低，利於流傳；播映之際，可視需要而停格、放大、列印，亦便教學；若經由網際網路傳送，更可以達到無遠弗屆的效益。[26]

---

[25] 同前注，頁1。

[26] 葉國良：〈儀禮士昏禮彩色3D動畫的研發與展望〉，《臺大校友雙月刊》第14期，2001

◎ 圖1、圖2　葉國良教授製作之《儀禮‧士昏禮》3D動畫圖[27]

這次3D動畫重製除了以彩色代替黑白外，在其立體感、空間感等各方面都有改進，而且製作成光碟，甚至可以經網絡傳輸，的確可以達到「無遠弗屆」的效果；動畫更可以停格、放大等靈活操作，對於教學更是極為便利。然而，葉教授也不諱言這次拍攝的難度，尤其是一些細膩的顏色和動作儀容，限於當時的3D動畫繪製技術，難以完全像真地復原。[28]這次3D動畫製作經向臺灣國科會的補助，並以一年時間研發完成。

　　自2012年，北京清華大學中國禮學研究中心主任彭林教授，在夢周文教基金會的支持下，重新啟動《儀禮》多媒體復原計畫。這次《儀禮》復原工作與香港城市大學創意媒體學院合作，運用最新的多媒體數碼技術重現《儀禮》各篇的實況。吸收了前人對《儀禮》影像復原工作的經驗和成果，務求將拍攝所用的數碼技術和文本研讀推至的更細緻的程度。在文本研讀上，這次復原由十多人組成研究小組，每星期進行《儀禮》的會讀。研究小組成員包括了以研究禮制、禮學經典文獻、出土器物、古代傳統射藝、古代宮室建築、古代音樂、古代服飾的學人。透過每星期密集式的會讀，研究小組發掘了許多《儀禮》文本內前人未有注意過的問題，而且都重新作出精密考證，對《儀禮》文本的釋讀有

　　年。網址：http://www.alum.ntu.edu.tw/wordpress/?p=2246，讀取時間2019年10月30日，10時53分。

[27]　同前注，頁336。

[28]　葉國良：〈儀禮士昏禮3D動畫的研發〉，《科技發展月刊》，第29卷第5期（2001），頁336-338。

豐碩的成果。此外，為了盡可能地恢復古禮原貌，拍攝所用的一切器物均依照出土實物重新製造；一切衣履，小至髮飾配件均由小組內研究古服的專人監督製作。射禮內要求的角弓，除了參考《考工記》內的製弓法外，小組人員還親訪各地的製作角弓的匠人，了解弓的實際製造過程，從而造出合符古禮法度同時能夠實際應用的弓。

拍攝方面，則採用了真人表演與虛擬宮室場景結合方式，進行高清拍攝。拍攝以多角度進行，包括全景、側景、近景、空中視圖等角度對禮儀步驟進行記錄。部分建築場景利用電腦繪成三維模型，透過圖像追蹤技術和綠幕拍攝技術，將真人的禮儀動作與虛擬的建築背景重疊起來，好處是禮儀的拍攝將不受到實體建築而有角度的限制，帶來嶄新的視覺效果。除了將《儀禮》儀節拍攝外，一些禮儀的基本動作像揖、讓、升、降、坐、拜、授受等，均分別以緊身衣和禮服的模式，以360度取景的轉盤錄影法，將禮書內各種複雜的舉止動作，拍成360度的影片，讓觀眾能夠自訂角度觀賞。同樣的技術，也用於相關的服飾和禮器，觀眾不再受制於《儀禮》內語焉不詳的記述，輕鬆掌握中國古禮的各種要素。這對中華禮儀的教學和推廣，實有著莫大的便利。

在數碼人文學科盛行的時代，單純禮儀的拍攝紀錄未必能滿足學界需求。因此，清華大學復原團隊亦建立一個《儀禮》研究交互數據平臺。在數據庫內，用家可以任意點選以播放《儀禮》的不同章節，旁附有行禮平面圖，同步顯示主人、賓、贊者等行禮者的行走路線，鳥瞰整個禮典的行進過程，將古代禮圖提升至另一層次。播放期間又可以隨時檢視《儀禮》中的各種人物（及人物關係）、器物（全方位圖像和器物數據）、動儀（揖、讓、升、降等全方位影片）等資料。所有器物、動儀方式，均經過研究小組的精密考證，數據庫用家可在彈指之間檢視各種器物或舉止的圖像、影片和資訊，甚至其出現場合和頻率數據，均可輕鬆獲得。數據庫的建造，將《儀禮》文本各種元素進行了影像復原，使得在中華禮儀的傳播過程中，免去讀者在文本和語言上的窒礙，直探古禮原貌。參與這項計畫的香港城市大學創意媒體學院邵志飛教授（Jeffrey Shaw）就說：「這項計畫首創先河、影響深遠。從未有人如此一絲不苟地將古老的儒家禮儀拍攝下來，而且製成虛擬實境的多媒體教

◎ 圖3　北京清華大學《儀禮》復原拍攝現場

◎ 圖4　北京清華大學《儀禮》復原〈士昏禮〉影片截圖：同牢而食

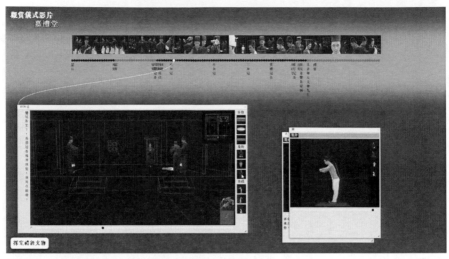

◎ 圖5　《儀禮》研究交互數據平臺操作介面

育資料，用於保存文化遺產。」[29]本年年初，筆者嘗在香港公共圖書館解說《儀禮》的〈士冠禮〉和〈士昏禮〉，當中大量利用了清華大學《儀禮》復原成果的截圖和影片，的確能收深入淺出的效果。

　　目前，清華大學《儀禮》復原工作團隊已經完成〈士冠禮〉、〈士昏禮〉、〈士相見禮〉和〈鄉射禮〉的拍攝，並在海內外不同場合中發布。國內方面，復原影片分別在第三屆禮學國際學術研討會（2014，杭州）、第一屆禮射國際學術研討會（2017，徐州）、第四屆禮學國際學術研討會（2018，上海）、華東師範大學「《儀禮》復原研究新探」講座（2018）、2018年度世界經濟論壇（WEF）（天津）上播放並講解影片。至於海外，2015年英國倫敦中國文化中心「中國站」（China Exchange）開幕，彭林教授偕同張頌仁先生（嘉禮堂主人）向英國查爾斯王子及其夫人卡米拉‧珊德展示《儀禮‧士冠禮》的復原成果影片。此外，〈士冠禮〉的成果在2016年於斯洛文尼亞舉辦的當代藝術展（Beyond the Globe- 8th Triennial of Contemporary Art-U3）以及2017年於德

---

[29] 鄭智友：〈創意虛擬媒體技術重現古代儒家禮儀〉，《城大新聞網》，2013年6月14日。參閱於以下網址：https://newscentre.cityu.edu.hk/zh-hant/media/news/2013/06/14/capturing-intangible-heritage-through-creative-virtual-media（閱讀時間：2019年1月30日）

國卡爾斯魯厄大學舉辦的國際研討會Potential Spaces 發布。2018年8月，彭教授亦應受瑞士洛桑聯邦理工學院莎拉・肯德丁（Sarah Kenderdine）的邀請，到瑞士洛桑參加「非物質文化遺產與表演藝術──存世傳統文化研討會」，播放了〈士昏禮〉、〈鄉射禮〉等最新的復原成果。同年10月，又到香港公開大學「文化廊」講解並放映《儀禮》復原影片。多次國際性的發布，成功將影像化的《儀禮》帶給海內外的觀眾和學者，正式將中國禮樂文化的核心──《儀禮》，向世界舞臺引介。

## 六、結論

　　禮，作為中國文化的核心，在向世界介紹我國文明思想時是不可或缺的重點。可惜的是，傳統的禮必須溯源至流行於先秦兩漢的《三禮》。《三禮》之中，又以《儀禮》為經樞之作，古人視之為行禮的軌範、動儀的標準。書中包含了冠、昏、喪、祭等重要的人生禮儀，也收錄了上古的社交儀節如聘禮、飲酒禮、射禮等。雖然，書中只記錄了行禮的步驟，然而在揖讓周旋的形式之間，有其禮義存焉。因此，不對古禮儀節有一定掌握，說不上對古禮有足夠了解。可惜，《儀禮》難讀，儘管古人提倡多種方法如分節、繪圖及釋例，又撰有多種解釋性著作，都不能避免其冗蔓無味的文本，語焉不詳的記述。由於學者對《儀禮》一經畏而遠之，歷代能通讀者鮮少，中華禮樂文化的核心部分一直因語言文本的艱澀而沉寂。即使上世紀開始出現不同語言的翻譯本和中文白話譯文，但仍未能突破閱讀文本困難的關口。近代，有不少學者提倡將《儀禮》拍攝成影片，製作成能夠直接以視覺觀賞的禮儀，是《儀禮》閱讀和研究的重大突破。從臺靜農先生、孔德成先生首創拍攝的〈士昏禮〉黑白影片，到後來葉國良教授運用3D技術將嚴重損毀的〈士昏禮〉影片重新繪製成彩色動畫。直到近年，清華大學彭林教授用大量人力物力，重啟《儀禮》復原工作，結合最新的虛擬實境技術和真人拍攝，擬將十七篇《儀禮》全部復原，並發展交互數據庫，用為禮學的教學和推廣。從文本到禮圖，禮圖到影片和動畫，又從影片、動畫到多媒體影片處理和交互數據庫，在多媒體技術上將《儀禮》的各種元素帶到

新的領域，為中國禮樂文化注入活力，同時也藉此把《儀禮》文本的研究推至更深層次，並將這些研究成果，向世界展示和介紹。

# 浙西詞派雅正理論的譜系學研究

## 張燕珠

## 提要

浙西詞派雅正理論的出現、形成、發展和變化，具有非連續性的特質，以詞集序跋題記和詞選本經典化南宋雅詞，改變當代詞壇詞風。以米歇爾・福柯譜系學作為研究方法，能夠清楚闡釋這個非連續性的生成過程，流派以精英身分建構獨特的詞學知識和體系，全力支配詞壇，又致力反抗被支配的勢力。朱彝尊與汪森引入南宋張炎的雅正思想，作為流派權力的來源，由騷雅的內涵改造成醇雅，經厲鶚與王昶再改造張炎的清空而成為清雅。在常州詞派崛起與形成之際，吳錫麒與郭麐尋求詞學外延淡化雅正論，分別引入「窮而後工」及性靈說，先後轉換為詞有二派及詞有四體。流派以新舊雅正思想，重新規定文人的詞學活動和範圍，揭示知識與權力在經典化過程中的操作方式。

## 作者簡介

華中師範大學文學博士，現為香港公開大學教育及語文學院助理教

授。曾發表逾150篇文章。在《文學論衡》、《華中學術》、《中國韻文學刊》等核心期刊，發表浙西詞派的研究。研究興趣包括詞學、中國現當代文學、語法化、篇章語言學、中國語文教學、文學創作等。

## 關鍵詞

浙西詞派、雅正、譜系學、經典化、詞選本

## 一、序言

　　清代詞學理論與批評具有流派傾向的獨特性，往往交織著重構知識與顛覆傳統，在於以推陳出新的詞選本的方式重構文學經典。「凡一新學派初立，對於舊學派，非持絕對嚴正的攻擊態度，不足以摧故鋒而張新軍」，[1]浙西詞派就是這方面的典型代表。浙西詞派排斥明代詞學，重標南宋雅正慢詞，掀開中國詞學史上新的一頁，詞學全面進入復興局面。流派以雅正為詞學中心，在建構理論、發展狀況和演變歷程中，體現清代詞學理論與批評以文學流派為主而文人為從的特有現象。流派不同時期的領袖繼承張炎的雅正思想而另有創新，其體現為在詞學理論的發展過程中，有各種新的思想觀點介入其中。流派以詞集和詞選本推動流動的雅正詞學體系，其思想的出現、形成、發展和變化是一個非連續性的生成過程。

　　本文以米歇爾·福柯的譜系學作為研究方法，闡釋流派的雅正理論在不同詞集和詞選本斷裂散布的情況，有系統地篩選詞人群體的異質，藉此比較清楚掌握經典化南宋雅詞的內涵，及編輯詞選本的觀念。從整體上看，流派的雅正思想經歷了內化、改造與淡化的譜系關係，以唐宋、明代和當代詞選本為手段，達到創造經典文學為目的。在經典化過程中，雅正思想相互關連、加強和補充，構成了一個完整而交織的網狀知識關係，進而控制文人的詞學活動、範圍及影響創作思想。通過不斷地誤讀、修正和改造前賢的雅正思想，流派為了配合時代的需要，選擇逆向文學內在發展的規律，帶出在影響的焦慮下流派得以向前推進的原因。在雅正的形成、發展和變化過程中，流派領袖以精英分子身分自居，運用詞學知識建構獨特的詞學系統，形成非連續性的經典詞學，顯示強勢流派凝聚知識和權力，重新規定文人的詞學活動和範圍。流派的雅正理論是在非連續性的演變中完成，又以「經典」和「詞選本」來作為指導思想。通過經典化詞選本的篩選歷程，揭示知識與權力在經典

---

[1]　梁啟超：《清代學術概論》（長沙：岳麓書社，2010年），頁11。

化過程中的操作方式。這種特殊的文學現象，與中國傳統文化不可分離。[2]在清代詞壇向前發展並呈中興的局面中，浙西詞派以南宋名賢為中心，故有姜夔、張炎並舉的新經典人物；注重南宋歷史精神，故復刻南宋詞選本；又注重新舊時代的精神融合，故以當代詞集凝聚文人的力量；也注重教育精神，故有「詞綜」系列的文化傳承。這些獨特性的現象，往往顯示浙西詞派的詞學模式可以跨越時空流傳下去。

## 二、研究浙西詞派理論的回顧

本文建基於嚴迪昌《清詞史》、葉嘉瑩《清詞叢論》、張宏生《清代詞學的建構》、孫克強《清代詞學》及《清代詞學批評史論》的研究成果上，以朱彝尊與汪森為浙西詞派前期的旗幟，厲鶚與王昶分別為中期的巨匠及總結性人物，吳錫麒為中後期的過渡人物，郭麐為晚期嬗變的代表。浙西詞派能夠雄霸清代詞壇，往往是在雅正這個理論上不斷推陳出新，構成具有多樣性或複雜性的主體與變體，形成非連續性的理論發展過程，而這些人物就是當中的佼佼者。八十年代，嚴迪昌全面觀照清詞整體發展，[3]打破清詞研究的凋零。從詞學史角度，嚴迪昌深入梳理清詞發展史實，以時間和詞派為序，分五編通論清代詞壇與詞風的多元嬗變、「陽羨」、「浙西」二派先後崛起和清詞「中興」期諸大詞家、清代中葉詞風的流變、常州詞派和晚近詞壇及清代婦女詞史略，詳細描繪清詞的整體面貌。專章論述朱彝尊與前期浙西詞派，探討《樂府補題》的復出與浙西詞派成派的關係，論析朱彝尊詞的創作歷程、風格演變及詞學觀，兼論前期浙西詞派詞人群，精確分明。另外，他再擬一章論證中期巨匠厲鶚及同期的浙西詞派詞人群，繼而再論後期浙西詞派的嬗變，以吳錫麒為中介和郭麐為詞風嬗變，涵蓋廣闊，分析精細獨特。葉嘉瑩的《清詞叢論》勾勒清代不同流派的詞風，[4]專章論述

---

[2]    錢穆指出中國傳統文化的特殊精神有四：以「人文精神」為中心，是注重「歷史精神」，是注重「融和合一精神」及是注重「教育精神」。參見錢穆：《中國學術通義》（北京：九州出版社，2011年），頁3-6。本文藉錢氏的觀點，解釋浙西詞派特有的文學現象。

[3]    嚴迪昌：《清詞史》（北京：人民文學出版社，2011年）。

[4]    葉嘉瑩：《清詞叢論》（石家莊：河北教育出版社，1997年）。

〈從豔詞發展之歷史看朱彝尊愛情詞之美學特質〉及〈談浙西詞派創始人朱彝尊之詞與詞論及其影響〉，深入研究朱彝尊的豔詞美學、詞學理論及影響。張宏生的《清代詞學的建構》重新建構清代詞學，[5]專章研究朱彝尊的詠物詞和豔詞的風格、特點和發展，都是接受《樂府補題》而來的，重塑《靜志居琴趣》的新變表現，並從清詞流派的發展狀況及其文化特性著眼，總結浙西詞派具有地域性、批判性與階段性的意義。孫克強全面論析清代詞學的主要特徵、各個流派的形成背景和詞學主張及影響。專章論述浙西詞派詞學，包括概觀浙西詞派、首倡南宋、推尊姜張、倡雅、黜斥《草堂詩餘》及朱彝尊前後期詞學思想的變化。[6]另外，孫克強從文學批評的角度，[7]研究清代詞學批評史，剖析清人詞學中的南北之爭、雅俗之辨及詩詞之辨，進而深入論證清代詞學正變論、詞學範疇、與禪學及畫論的關係，然後闡釋清代詞學流派論、詞選及論詞詩詞，博大精深。上述著作對朱彝尊及浙西詞派詞學理論的形成、特徵、演變等的探討，總是從宏觀角度研究朱彝尊詞學思想及以其為首通論流派的詞學理論，貢獻良多。

其實，從詞學觀點上看，流派的詞學理論是由詞論轉換成引入詩論，經歷了由復雅到去雅的轉變；與之對應，詞學批評也通過對詞選本的評價，重新編選作品，以去經典化和重構經典的方式，宣揚自身的雅正思想。由於對這個流派的詞學活動與南宋諸名家的身分特點的譜系關係缺乏系統化的研究，因而也就缺少了全面的闡述，故仍有不少需要深入挖掘的地方。現在學術界對流派的詞學理論似乎分析透徹，其實還有空白，比如從詞學批評及經典化角度研討其發展特點則較少論述。總的來說，浙西詞派以詞選本來去經典、延續經典和創造新經典，建構非連續性的雅正理論，背後涉及「典律」或經典化及「選本之學」的意識和理念。因此，本文會通過「經典」和「選本」問題的討論，說明它們在流派的雅正理論發展中具有重要的作用和意義，體現相關的理論的建構和發展的譜系性。因此，整體上聚焦於流派的歷史形成、發展和變化，

---

5　張宏生：《清代詞學的建構》（南京：江蘇古籍出版社，1998年）。

6　孫克強：《清代詞學》（北京：中國社會科學出版社，2004年）。

7　孫克強：《清代詞學批評史論》（上海：上海古籍出版社，2008年）。

更加能夠重新理解和闡釋流派的雅正理論，強調這一理論的完善有助梳理一個流派的發展和演變歷程。

## 三、譜系學的研究方法

研究浙西詞派詞人群的論著，一般從正變觀探討他們的傳承與創新，提供一條直線的詞學理論的演進歷程，對進一步建構流派的詞學理論得以補充發揮，但研究成果有限，也甚少獨立討論流派的雅正理論與經典化及選本的關係。學界對流派的研究，往往以朱彝尊為代表流派詞學理論而為之，忽略了中、後期領袖的繼承、創造和轉化，即或有之，也只是屬於流派詞學概論，對中、後期領袖的研究比較簡單，忽略了流派思潮發展的歷史性、演變性和完整性。同時，學界對流派領袖的詞學活動及其理論的研究，大多都只是採用了散論或孤立研究的方式，即重點分析某一位領袖的詞作內容、詞風、詞學思想等，或重點探討某一種詞學理論的生成原因，忽略了他們彼此之間的關係，偶有提及到不同領袖及其理論觀點之間的異同和影響，卻沒有對浙西詞派的雅正理論發展演變的過程和原因進行譜系學意義上的闡述。我們認為每個時期的領袖自有其影響、反影響、反被影響以創造新變，藉此加深了解知識與權力在經典化過程中的操作方式。

本文的研究方法主要是以〈尼采、譜系學、歷史學〉[8]為前提，運用的是福柯中期的譜系學思想，探討歷史在鏈條斷裂中顯現歷史事件的突現為主，[9]並援引哈羅德・布魯姆的影響的焦慮[10]與經典的研究，[11]我們能夠比較清楚建構流派的雅正理論與南宋慢詞的譜系關係。即流派領袖對那些被明代詞學家邊緣化的獨特性現象，把它們重新發掘出來，讓

---

[8] 米歇爾・福柯著，王簡譯：〈尼采、譜系學、歷史學〉，載杜小真編選：《福柯集》（上海：上海遠東出版社，2002年），頁146-165。

[9] 張一兵：〈譜系研究：總體歷史鏈條斷裂中顯露的歷史事件突現——福柯的《尼采、譜系學、歷史學》解讀〉，《廣東社會科學》第4期（2015年8月），頁44-50。

[10] 哈羅德・布魯姆著，徐文博譯：《影響的焦慮——一種詩歌理論》（南京：鳳凰出版社，2006年），頁3-163。

[11] 哈羅德・布魯姆著，江寧康譯：《西方正典》（南京：鳳凰出版社，2013年），頁13-32。

它們重現清代詞壇。以譜系學作為研究方法，其意義在於考察一個概念的出現、形成、發展和變化的過程，目的在於顯現事件非連續性出現的現象，及事件往往是由少數當權者操控的本質。第一，可以比較微觀地梳理一個概念的開端及內涵，揭示事物的隱性功能，呈現知識和權力的相互滲透與往返，突出事物發展源流的差異。第二，在考察一個概念的發展過程中，展示權力運作的過程和產生的效果，事物在諸多社會力量分裂及鬥爭之中，重新獲得力量，挖掘事物在發展脈絡中的異質。第三，在考察一個概念的演變中，人們以知識為主體及以力量為客體，從而產生權力，以非連續性的話語來描述知識形態的流動變化，能夠深入標示事物之間的異狀。福柯的譜系學方法是通過知識與權力的譜系，考察知識、權力出現的普遍意義、生產過程及意向辨識。微權力的運用就是一種力量關係。這種力量關係由此構成一個網狀關係，而力量就在當中往返不斷。

　　運用譜系學的研究方法，考察浙西詞派雅正思想理論的出現、形成、發展和變化的過程，目的在於顯現其形成和發展有一個非連續性的過程，而當時的詞壇是由流派領袖以權力來操控詞學活動的局面。福柯主張使用「出現」（Entstehung）或「出身」（Herkunft），提出歷史或事件形成的偶然性，反對非連續性的原則，而是非連續性領域的生成。因此，本文以「出現」替代起源，發掘流派不同時期的詞學體系的獨特性。第一，可以比較微觀地梳理雅正思想理論的開端及內涵，說明南宋諸名詞家的隱性功能，呈現流派領袖利用詞集和詞選本，滲透知識和權力，突出雅正發展源流的差異。第二，在考察雅正思想理論的發展過程中，展示流派領袖的權力運作過程和詞選本所產生的效果，唐宋詞選本在諸多社會外部分裂及鬥爭之中，重新獲得力量和定位，從中挖掘詞選本在流派發展脈絡中的異質。第三，在考察雅正思想理論的演變中，流派領袖以知識為主體及以群體力量為客體，產生篩選詞選的權力，以非連續性的話語來描述詞學知識這一形態的流動變化，從而深入標示當代詞選本之間的異狀。根據上述，以福柯的譜系學方法，能夠比較清楚闡釋流派的雅正理論的主體與變體，表現張炎的雅正思想在流派的話語秩序，很大程度上是在非連續性的演進過程中，通過詞學知識與詞壇權力

的譜系而衍生出來，故此以考察詞選本出現的普遍意義、生產過程及意向辨識，能夠深入理解中斷、延續及建構經典詞學的主體。在影響的焦慮下，微權力的運用就是當中的一種力量關係。這種力量關係由此構成一個網狀的流派內外詞人群體的關係，而力量就在當中往返不斷，雅正思想就在當中斷裂散布開去。

## 四、從醇雅論到清雅論再到去雅論

在經歷了數百年的相對沉寂之後，詞壇從明末雲間詞派陳子龍等人開始，逐漸有了轉機，呈現復興的兆頭。清初詞壇普遍傾向婉約詞風、南宋慢詞及詠物詞的美學，為朱彝尊與汪森的雅正思想提供了養分。朱、汪引入張炎的雅正思想，以列陣方式排列以姜夔為首的南宋雅正詞人群，作為流派權力的「出現」，由張炎的騷雅內涵改造成醇雅，詞壇全面進入南宋詠物慢詞的新境地。朱彝尊提出「詞以雅為尚」[12]的新命題，又以雅正解釋之，「昔賢論詞，必出於雅正」。[13]雅正，即純正典雅，以協律為主。後來，汪森具體補充之，「鄱陽姜夔出，句琢字煉，歸於醇雅」。[14]「醇雅」遂成為流派的核心思想。「詞莫善於姜夔」，[15]追隨者有張輯、盧祖皋、史達祖、吳文英、蔣捷、王沂孫、張炎、周密、陳允平、張翥、楊基等諸名家。他們都是汲取姜夔詞的養分而自成一家。在婉約豪放之辨及南北宋之辨中，朱彝尊深受幕主曹溶的影響，提出雅俗之辨以回應清廷尚雅的文化政策。在大力重振雅正思想的過程中，朱、汪引領當時的詞壇以張炎為歷史座標，引出以姜夔為首諸南宋名賢的整體雅正理念，有別於雲間詞派和陽羨詞派傾向南唐、北宋詞的態度。朱彝尊在〈解佩令·自題詞集〉流露「不師秦七（觀），

---

12 清·朱彝尊：〈《樂府雅詞》跋〉，見《曝書亭集》卷第四十三（臺北：世界書局，1970年），頁521。
13 清·朱彝尊：〈《群雅集》序〉，見《曝書亭集》，頁492。
14 清·汪森：〈《詞綜》序〉，見朱彝尊、汪森編：《詞綜》（上海：上海古籍出版社，1978年），頁1。
15 清·朱彝尊：見《曝書亭集》卷第四十，頁488。

不師黃九（庭堅），倚新聲，玉田（張炎）差近」[16]的詞風取向，可以視為其詞學的「出現」。在影響的焦慮下，朱彝尊由世人所推尊的北宋大詞家，轉移到南宋最後一位詞人身上，開創「姜、張」並舉的新局面。這一極大的轉變得到在京城的著名文人的和應，如汪森、蔣景祁、陳維崧等。朱、汪等人合力以南宋遺民詞推動明代遺民詞，暗含詞學遺民化的情感和精神，直滲入流派詞學的形成期，成為清代詞學中的南宋雅化詞的先聲。

　　朱、汪的醇雅論是從張炎的騷雅論派生出來，借助南宋諸名賢的力量開宗立派，建構浙西詞派雅正詞學思想的核心，中斷了明代俗詞的傳播和接受。[17]流派中期巨匠厲鶚把張炎的清空論引入其中，以「清」的觀念補充朱、汪的醇雅論，又以「雅」修正清空。這種清雅論包含「清婉」、「清麗」和「清妍」的特質。「清婉」方面，他強調「秀」和「婉」的文辭，傾向周邦彥詞「婉約隱秀，律呂諧協」。[18]近人則有張龍威詞「清婉深秀，擯去凡近」、[19]張今涪詞「淡沲平遠」、[20]吳尺鳧詞「紆徐幽邃，懨悅綿麗」、[21]「南淳以秀淡勝，融谷以婉縟勝」[22]，等等。「清麗」的表現者，有陸培《白蕉詞》四卷，「清麗閒婉，使人意消」。[23]「清妍」見於「舊時月色最清妍，香影都從授簡傳。贈與小紅應不惜，賞音只有石湖仙」，[24]論姜夔生平及其詞貌。厲鶚投靠揚州名士馬氏兄弟，凝聚揚州一帶詞人群的力量，因其高超的造詣、清苦的形象和高潔的品格，逐漸與姜夔的形象暗合起來。乾隆年間，厲鶚針對流派被譏評為「澀體」[25]的現象，致力內化和深化「雅」這一概念，開拓了「清」的內涵，以「清」的思想制約「雅」的詞貌，終以「姜夔

---

16　清·朱彝尊：見《曝書亭集》卷第二十五，頁312。
17　張燕珠：〈朱彝尊重構張炎的雅正思想〉，未刊稿。
18　清·厲鶚：〈吳尺鳧《玲瓏簾詞》序〉，見厲鶚著，董兆熊注，陳九思標校：《樊榭山房集》（上海：上海古籍出版社，2012年），頁754。
19　清·厲鶚：〈《紅蘭閣詞》序〉，見《樊榭山房集》，頁752。
20　清·厲鶚：〈張今涪《紅螺詞》序〉，見《樊榭山房集》，頁754。
21　清·厲鶚：〈吳尺鳧《玲瓏簾詞》序〉，見《樊榭山房集》，頁754。
22　清·厲鶚：〈張今涪《紅螺詞》序〉，見《樊榭山房集》，頁753。
23　清·厲鶚：〈陸南香《白蕉詞》序〉，見《樊榭山房集》，頁752。
24　清·厲鶚：〈論詞絕句〉其五，見《樊榭山房集》，頁511。
25　馮乾編校：《清詞序跋彙編》（南京：鳳凰出版社，2013年），頁457。

式清雅論」來具體化及經典化張炎的清空論與朱、汪的醇雅論。厲鶚指出「南宗詞派，推吾鄉周清真，婉約隱秀，律呂諧協，為倚聲家所宗」，[26]明顯中斷了朱、汪列陣式排列雅正詞人群的表述方式，淡化其餘南宋名賢的影響。於此，他更傾向姜夔的詞藝和形象，專取姜、張詞，建構詞學的清高脫俗和寧靜幽雅的審美規範。王昶在前賢的基調上創造新的影響力，從朱、汪的醇雅論與厲鶚的「姜夔式清雅論」中，以知人論世的思想作為前提，蛻變而成新的清雅論，把流派的詞學思想推向士層，廣泛吸納如錢大昕般的士層。王昶以「閒雅」、「清峭」、「清虛騷雅」與「清婉窈眇」為旨趣，創造了「士層清雅論」，建構流派中期的詞學理論，是對厲鶚清雅思想的轉化，把流派的詞學思想推向士層。[27]「閒雅」者，有姜夔、張炎與王沂孫詞，「掃淫哇俚俗之習，歸於閒雅」。[28]「清峭」則在「閒雅」之上，加上周密的慢詞，「既乃為倚聲之學，瀏然以清，矛然以峭」。[29]「清虛騷雅」者，有厲鶚〈水龍吟〉（蜻蜓偷眼涼多），因把它放在張炎的《山中白雲詞》內，「不可復辨。所謂不惟清虛，又且騷雅者」。[30]「清婉窈眇」者，有姜、張詞，因其能夠託物比興，媲美《黍离》，推向類近《詩經》的旨趣。[31]由始至終，流派在詞人合一的觀念中建構詞學體系，而領袖則運用權力發揮自身的詞學知識。王昶把詞學典範推演至詩詞皆工的文人身上，如姜、張、周、王等人，中斷了厲鶚以周邦彥為流派詞祖的論述，但仍能延續朱、汪、厲所推崇的姜、張詞。

[26] 清・厲鶚：〈吳尺鳧《玲瓏簾詞》序〉，見《樊榭山房集》，頁754。

[27] 張燕珠：〈厲鶚與王昶的清雅論〉，未刊稿。

[28] 馮乾編校：《清詞序跋彙編》，頁543。

[29] 清・王昶：〈朱適庭《綠陰槐夏閣詞》序〉，見《春融堂集》卷四十一，載《清代詩文集彙編》編纂委員會編：《清代詩文集彙編》（358冊）（上海：上海古籍出版社，2010年），頁416。

[30] 厲鶚在〈水龍吟〉（蜻蜓偷眼涼多）的自序中，記述賦此詞的緣由，「梅雨初霽，湖上山水浮動，涼氣沁人肌骨。尺鳧買舟，約予輩數人，緣孤山，掠蘇堤，入西林橋，泊於里湖。時意林鼓情敬身作小篆數幅，繚城觸碧甬勸客，予與尺鳧各賦此曲，極暮乃罷去。丁未五月二十五日也」。見清・王昶：《西崦山人詞話二卷》卷二，載屈興國編：《詞話叢編二編》（杭州：浙江古籍出版社，2013年），頁943-944。此詞亦收錄於王昶編纂：《國朝詞綜》卷二十一，載王昶、黃燮清、丁紹儀撰：《清詞綜》（第二冊）（北京：北京圖書館出版社，2006年），頁92-93。

[31] 清・王昶：〈姚莒汀《詞雅》序〉，見《春融堂集》卷四十一，頁418。

　　流派的雅正思想由醇雅轉移到清雅的虛空境界，中期因此全面步入全盛期。由此可見，流派領袖睿智地從「醇雅」掩飾遺民心態，到以「清雅」迴避清廷的文字獄，都是一種曲折又沉澱的安身立命方式。更重要的是，流派領袖在不同時期創造新的雅正理論，是一個斷裂性的理論發展進程，中斷了北宋小令詞學傳統，且對雅正理論提出創新舉措和發展路向，在中斷與創新的關係中延續以南宋慢詞為基礎的詞學正統觀念，體現了不同於線性歷史發展的譜系關係。這裡所指的是各種新觀點的出現之際，同時中斷了原有思想的線性發展，使一些「異質性」的思想或理論介入原有的詞學體系。於此，流派以「醇雅」和「清雅」為境界，使當代詞人深入認識南宋詞學的歷史演進，自有其內在的美學，在於詞學歷史繁複的演變過程中，使詞人有一種印象式的言說意圖。

　　在常州詞派崛起與形成之際，流派中、後期詞風百病漸現，吳錫麒與郭麐尋求詞學外延轉換雅正論，分別引入「窮而後工」及性靈說，先後蛻變為詞有二派及轉換為詞有四體，作為拯救流派的舉措。吳、郭引入詩論擴充及修補前賢的雅正理論，以舊雅論推動新雅論，又以新雅論拯救舊雅論，整體上轉換了流派的雅正理論，顛倒雅正的傳統思維和原則。流派到了中後期，吳錫麒以厲鶚為宗，提出「窮而後工」與詞有二派的變革，動搖了雅論的根基並由此轉化雅論。由於吳錫麒重視雅音，遂提出詞有二派的新觀點，「幽微要眇之音，宛轉纏綿之致」及「慷慨激昂之氣，縱橫跌宕之才」。[32]前者以姜夔、史達祖為淵源，朱彝尊、厲鶚繼之；後者則以蘇軾、辛棄疾為圭臬，陳維崧、張塤隨後。於此，他引入流派一直沒有建構的詞人群體，以幽微要眇與慷慨激昂為基調，轉化為新的雅正話語，修正流派愈演愈枯乏的藝術表現。流派步入後期，郭麐則以朱彝尊為宗，銳意引入袁枚性靈說修正流派重格律的固有思想，擺脫前賢的框架，提出詞有四體的超前主張，完全淡化流派一直標舉的雅正，力圖改正當時被譏評為「詞妖」[33]的現象。「自太白至五

---

[32] 清・吳錫麒：《有正味齋駢體文》卷八，載《清代詩文集彙編》編纂委員會編：《清代詩文集彙編》（415冊），頁285。

[33] 清・郭麐：《靈芬館詞話》卷二，載唐圭璋編：《詞話叢編》（北京：中華書局，1986年），頁1524。

季，非兒女之情不道也。宋立樂府，用於慶賞飲宴，於是周、秦以綺靡
為宗，史、柳以華縟相尚，而體一變。蘇、辛以高世之才，橫絕一時，
而奮末廣憤之音作。姜、張祖騷人之遺，盡洗穢豔，而清空婉約之旨
深」。[34]吳、郭試圖從詞學外延修正流派的詞學理論，中斷了朱、汪、
厲、王的詞學思想，不再從詞學內涵深化和內化原有的思想理論，而是
引入詩論補充詞論，又抬高個人性情來修正流派枯槁的藝術形式，是流
派雅正理論的變體。郭麐論詞不再局限於流別之別及南北宋之分，而是
返回朱彝尊兼容南北宋詞的原意，擴大詞體的陣營，重新組合可變的詞
體。流派的詞學思想依照時代需要，表現當前種種政治、社會、人生等
問題，在各個時期獨立成長與前進。由初、中期以詞論來組織流派的詞
學體系，到中後期融化詩論在詞論之中，開放門戶，衍生新的理論。

　　從「影響的焦慮」來看，浙西詞派領袖是通過不斷地創造性誤讀
前人的雅正理論，形成自身論詞的特定系統。[35]他們以自身的詞學知識
規範文人的詞學活動，建構一套獨特的詞學體系，經過一代又一代的領
袖的轉化和創新，形成經典性的理論。因此，以譜系學的視域及影響的
焦慮的角度，能夠比較有系統地梳理流派的雅正思想，揭示控制文人的
詞學活動、詞風及詞選本中，知識與權力在經典化詞人及其作品之中的
操作方式。整體上聚焦於流派的歷史形成、發展和變化，更加能夠重新
理解和闡釋浙西詞派的雅正理論，強調這一理論的完善有助梳理一個流
派的發展和演變歷程。本文勾勒流派領袖的雅正思想，視前、中、後期
領袖的詞學觀念為一個整體的研究，重新審視流派雅正理論的出現、形
成、發展和變化的歷史脈絡。流派領袖不斷地修正及更新前賢的雅正理
論，以配合時代的需要、抗衡常州詞派的擴張及逆向文學內在發展規
律。這些批評方法漸次把南宋名賢貫會到詞學體系之中，又把雅正的正
體與變體貫通時代脈絡。在形成新經典的規則、建構獨特的詞學體系、
轉變而為「經典」詞學的過程中，流派領袖往往能夠聯繫知識和權力，

---

[34]　清・郭麐：〈《無聲詩館詞》序〉，見《靈芬館雜著》卷二，載《清代詩文集彙編》編纂
　　委員會編：《清代詩文集彙編》（485冊）（上海：上海古籍出版社，2010年），頁410。
[35]　張燕珠：〈浙西詞派從復雅到去雅的轉向〉，《華中學術》第二輯（總第22輯）（2018年
　　6月），頁200-209。

創造自成一家的雅正思想，甚至是超越時代的理論。流派以時代積累成當代詞學歷史，又把南宋詞學歷史貫徹了時代。

## 五、從復刻唐宋詞選本到編輯明清詞選本

浙西詞派領袖不斷對前賢的雅正理論進行誤讀、借用及修正，從而創建新的理論，號召詞人群體，抗衡影響、支配、反被影響及反被支配的力量，非連續地藉助唐宋詞選本整合和鞏固流派的核心理論，又僭越詞選本編選家的職能，有意識地內化及淡化雅正理論。在這一轉變過程中，流派領袖不斷篩選、重配及調整詞家及詞選的質和量，重構規範化當代詞選本，形成雅正這一主軸的轉化過程、原因和意義。流派領袖以詞選本為中心，許多詞家會被納入選本之中，而相關的詞作則會是詞學歷史中的可能經典；相反，被擯於選本之外的詞家與作品則會湮沒於歷史洪流之中。因此，詞選本與流派的命脈不可分割，也是一朝又一朝的詞學及文人思想的反映。

流派前期，朱、汪以南宋雅正詞為旗幟而開宗立派，貶抑影響有明一代的《草堂詩餘》，編纂大型唐宋詞選《詞綜》，經典化《樂府補題》，推動唱和補題和擬補題的詞學活動。這些舉措都是能夠發揮唐宋詞選本的效能，銳意中斷唱人之詞選的發展進程，創造學人之詞選的新經典範式，暗中以南宋遺民詞推動當代詞學，從中經典化以姜夔為首的南宋雅詞，體現流派在非連續性發展過程中，確立和形成自身的雅正思想。[36]朱、汪等人全力否定《草堂詩餘》，「獨《草堂詩餘》所收最下最傳，三百年來，學者守為兔園冊，無惑乎詞之不振也」，[37]以去經典化的舉動摒棄俗詞。同時，朱、汪等人編纂《詞綜》以延續唐宋詞的命脈，創造新的經典唐宋詞選本，為世人樹立以姜夔為首的雅詞典範，直接把詞選本推向學人之詞的面貌。姜夔詞及《樂府補題》同樣被冷落了數百年，得到朱彝尊等人的青睞而重現當代詞壇，正面衝擊詞壇。姜詞

---

[36] 張燕珠：〈浙西詞派經典化南宋詞的意義〉，《中國韻文學刊》第2期（總第85期）（2018年6月），頁74-78。

[37] 清・朱彝尊：〈《詞綜》發凡〉，見朱彝尊、汪森編：《詞綜》，頁1。

及《樂府補題》作為雅詞的理想代表，為當代詞人群作有效的示範，把
理想人生和現實人生融合起來。朱彝尊等人以相關的思想、內容、風格
等方面，層層滲入流派的詞學思想理論，修正原有的雅正思想的內涵，
從而影響當代詞人的創作思想和詞學活動，文人的文學趣味、詞的體
格、詞的風格等相繼傾向南宋諸名賢詞，回應流派的雅正主張。文人往
往能夠結合自身的遭遇、感應的強弱及文學的趣味，紛紛加入擬補題的
行列，展開連綿百多年的詠物詞風。另一方面，朱彝尊與浙西五家合刻
《浙西六家詞》，藉助張炎的《山中白雲詞》抬高作品的身價和提升其
歷史的意義，同樣影響詞壇文人的詞學活動、文學趣味與詞風。

　　《詞綜》及《樂府補題》遂成為當代詞學的入門選本，取代了《草
堂詩餘》的經典地位，全面支配當時的詞壇。流派的雅正理論發展到中
期，再次呈現非連續性的發展趨勢，經過厲鶚與王昶改造張炎的清空而
成為清雅，分別以箋注《絕妙好詞》及編輯明清詞選本如《明詞綜》、
《國朝詞綜》等，把流派推向頂峰。厲鶚得到天津名士查為仁的賞識而
共同箋注《絕妙好詞》，把數度刊刻但無聞的《絕妙好詞》經典化，表
現與朱、汪不同的詞學批評方式，把流派的雅正思想推向清雅，流派全
面步入全盛期。[38]中期領袖經典化唐宋詞選本及編輯明清詞選本，形成
以「醇雅」及「清雅」為核心的一套詞學概念或系統，但再次收窄詞學
發展歷程。另一方面，王昶也中斷了朱、汪列陣式排列出來的南宋雅正
詞人群，而是把時人的作品魔鬼化，著意以新一輩士人群拉攏群體，以
編輯《明詞綜》、《國朝詞綜》及《國朝詞綜二集》來實踐其「士層清
雅論」，表現與朱、汪、厲不同的詞學批評方式，即中斷了以唐宋詞選
本為力量的表述方式，而是經典化明詞，繼承《詞綜》的旨趣，下開當
代詞選本《國朝詞綜》及《國朝詞綜二集》的編輯工作，形成有秩序的
「詞綜」系列。黃燮清與丁紹儀承前賢「詞綜」系列的體例，編纂《國
朝詞綜續編》及《國朝詞綜補》，完備流派以當朝詞選本作為詞學批評
的方式，以此拯救流派。流派所編纂的詞選本跨越了不同時期，不斷為
固有的詞學體系注入新的時代氣息，幾乎與當代詞壇劃上等號，把流派

---

[38] 張燕珠：〈《絕妙好詞》的重塑與經典化〉，《文學論衡》總第32期（2018年6月），頁
33-44。

的命脈與詞選緊密聯繫在一起。在不同時期裡，流派雅正詞選的產生，是按照當時社會的政治、學術及文化環境而形成自己一套獨有的編輯體系，同時受到流派領袖自身的特性選擇、控制、組織和再分配，逐漸走上詞壇並具領導地位及權力，以排他的原則，一代又一代地篩選詞學審美主張以影響創作實踐。「詞綜」系列表現了淨化詞學的現象，著重南宋名賢的歷史精神，逐步蛻變為以浙西詞派為主的綜合選本，形成由歷史知識到單向模式的轉向。[39]流派領袖用復雅號召文人，顛覆詞學連續性的發展的一貫思路，中斷了北宋小令和明代俗詞的發展，從中收縮詞學發展路向，使詞學走向逆向發展歷程，並呈現經典化現象。這種現象說明了，從控制者和被控制者之間的權力關係非連續性地轉變雅正，表面上符合中國傳統儒家詩教思想和詞學正變觀念，實際上是強勢流派操控詞壇的局面，對詞學活動的追隨者的創作思想加以控制。所謂控制者是流派領袖，而被控制者則是當時的詞人群。這些表述方式相互關連，相互加強並相互補充，構成了一個完整而交織的網狀知識關係。流派以詞集和詞選本推動其雅正理論向前發展，是流動性的詞學體系，從中呈現經典詞選本的形成、發展和變化。

## 六、結論

　　浙西詞派以雅正開宗立派，全面標舉醇雅與清雅的理論，歌詠太平盛世，故能在康熙、乾隆年間立於不敗之地。流派重視南宋詞選本，更重視其為詞學之祖。清代詞學一直存在北宋詞與南宋詞之分，故流派經典化南宋雅詞的意義重大，以南宋慢詞為重而北宋小令詞學為輕。當中的文學經典化現象及其發展的譜系性，值得反思。本文重新建構和辨識清人中興詞學的重要特徵，就是借助南宋雅詞、南宋諸名家詞及唐宋詞選本的力量，全力支配詞壇又致力反抗被影響和被支配的焦慮。流派領袖不斷修正原有的思想內涵，形成流派獨有的一套完整詞學體系，以舊群體號召新群體，又反過來以新群體鞏固舊群體，並帶出兩者的從屬關

---

[39] 張燕珠：〈浙西詞派「詞綜」系列的淨化現象〉，未刊稿。

係，顯示清詞人以南宋詞為個體及群體的特性選擇。在中斷與創新雅正理論的過程中，姜夔、張炎不斷地被予以經典性，領袖往往藉助他的形象、品格和地位，與流派的雅正思想內涵暗合起來。從流派詞學發展過程來看，以雅正思想延續南宋詞學，又以詞選本發揮文學的內在價值。流派與歷史之融合正是中國傳統文化精神之所在。南宋名賢的思想和作品，深刻反映中國人文精神，而流派領袖對其斷承和創造，則是中國文學同化的理想表現。簡言之，浙西詞派作為清代主要詞學流派之一，總結、傳承並開拓南宋雅詞，同樣以批判性理論與突破性創作建立較完善的體系，並有策略地相互影響，形成南宋雅詞觀念在清代的轉換範式，進入推尊南宋雅詞的獨特性詞學思想，再以「詞綜」系列實踐其詞學理論。在去經典及重塑經典的詞學體系中，浙西詞派是中國詞學史上一次大規範扭轉詞壇詞風的示範，又是持久地發展流派特色的文學流派。

# 參考文獻

清・朱彝尊：《曝書亭集》（臺北：世界書局，1970年）。

清・朱彝尊、汪森編：《詞綜》（上海：上海古籍出版社，1978年）。

清・厲鶚著，董兆熊注，陳九思標校：《樊榭山房集》（上海：上海古籍出版社，2012年）。

清・王昶《春融堂集》，載《清代詩文集彙編》編纂委員會編：《清代詩文集彙編》（358冊）（上海：上海古籍出版社，2010年）。

清・王昶：《西崦山人詞話二卷》，載屈興國編：《詞話叢編二編》（杭州：浙江古籍出版社，2013年）。

清・王昶、黃燮清、丁紹儀撰：《清詞綜》（北京：北京圖書館出版社，2006年）。

清・吳錫麒：《有正味齋駢體文》卷八，載《清代詩文集彙編》編纂委員會編：《清代詩文集彙編》（415冊）（上海：上海古籍出版社，2010年）。

清・郭麐：《靈芬館詞話》，載唐圭璋編：《詞話叢編》（北京：中華書局，1986年）。

清・郭麐：《靈芬館雜著》，載《清代詩文集彙編》編纂委員會編：《清代詩文集彙編》（485冊）（上海：上海古籍出版社，2010年）。

梁啟超：《清代學術概論》（長沙：岳麓書社，2010年）。

錢穆：《中國學術通義》（北京：九州出版社，2011年）。

嚴迪昌：《清詞史》（北京：人民文學出版社，2011年）。

葉嘉瑩：《清詞叢論》（石家莊：河北教育出版社，1997年）。

張宏生：《清代詞學的建構》（南京：江蘇古籍出版社，1998年）。

孫克強：《清代詞學》（北京：中國社會科學出版社，2004年）。

孫克強：《清代詞學批評史論》（上海：上海古籍出版社，2008年）。

馮乾編校：《清詞序跋彙編》（南京：鳳凰出版社，2013年）。

米歇爾・福柯著，王簡譯：〈尼采、譜系學、歷史學〉，載杜小真編選：《福柯集》（上海：上海遠東出版社，2002年），頁146-165。

哈羅德・布魯姆著，徐文博譯：《影響的焦慮——一種詩歌理論》（南京：鳳凰出版社，2006年），頁3-163。

哈羅德・布魯姆著，江寧康譯：《西方正典》（南京：鳳凰出版社，2013年），頁13-32。

張一兵：〈譜系研究：總體歷史鏈條斷裂中顯露的歷史事件突現——福柯的《尼采、譜系學、歷史學》解讀〉，《廣東社會科學》第4期（2015年8月），頁44-50。

張燕珠：〈浙西詞派從復雅到去雅的轉向〉，《華中學術》第二輯（總第22輯）（2018年6月），頁200-209。

張燕珠：〈浙西詞派經典化南宋詞的意義〉，《中國韻文學刊》第2期（總第85期）（2018年6月），頁74-78。

張燕珠：〈《絕妙好詞》的重塑與經典化〉，《文學論衡》總第32期（2018年6月），頁33-44。

張燕珠：〈朱彝尊重構張炎的雅正思想〉，未刊稿。

張燕珠：〈厲鶚與王昶的清雅論〉，未刊稿。

張燕珠：〈浙西詞派「詞綜」系列的淨化現象〉，未刊稿。

# 對立與矛盾？
## ──《三國演義》中諸葛亮之二元精神引論

**周昭端、許景昭**

## 提要

　　在《三國演義》中，作者花盡心思突顯了諸葛亮在智、仁、忠、信方面的特質，使孔明具備超卓的聰明才智和高尚的道德品格，成為了傳統儒家正統中「賢相忠臣」的典範。然而亦有學者，如西方著名學者浦安迪（Andrew H. Plaks），特別從孔明的性格缺陷、才能不足及志向三方面指出其缺失和錯誤，從而帶出「反諷」的效果。這兩種評論既矛盾又互相對立，論者要不就是採取「非此即彼」的態度，要不就視之為作者對諸葛亮不同藝術形象的表達，鮮有探討小說內部深層思想（哲學）的意涵。本文嘗試將《三國演義》視作「哲學的文學」（Philosophical Literature），並以「文學的哲學」（Literary Philosophy）去探討當中的哲學思想，分析《三國演義》作者如何透過文學作品探討、質疑或顛覆傳統價值觀念。我們將嘗試圍繞對「人之情欲道德意義的探索」此一主題來探索《三國演義》中諸葛亮在思想價值體系、志向、性格和才能三方面的二元矛盾和對立，據之而分析作品對人之情欲與道德意義的思辯。

## 作者簡介

### 周昭端

　　現任香港明愛白英奇專業學校通識及語文學系系主任，主要任教倫理學、思考藝術、創意及批判思考及中國文化及其哲學等科目。研究興趣包括：先秦儒學、宋明理學、倫理學及中西哲學比較。自於香港中文大學取得主修哲學之文學士及哲學碩士後，我轉到香港科技大學攻讀哲學博士。自畢業以來，忙於教學工作，發表的學術論文不多，偶爾在會議上發表研究論文。近年得許景昭賢弟激勵，共同合著有關「四大奇書」的研究，當中〈人性的矛盾：《三國演義》中的劉備新議〉及〈對立與矛盾？——《三國演義》中諸葛亮之二元精神引論〉皆為近期研究成果，可謂幸甚。

### 許景昭

　　現任香港明愛專上學院人文及語言學部副教授，主要教授中國語文、中國文學概論、中國古典文學及古代漢語等科目。研究興趣包括：明清小說、明清小說評點、敘事學及中國思想史。曾於學術刊物及學術會議上發表論文十餘篇，包括〈論金聖嘆的「古本」「俗本」說〉、〈論《蕩寇志》師法金聖嘆小說理論之特點及優劣〉、〈四大奇書改評本增刪詩詞韻文之特點及影響〉、〈評論與修改：明清小說評點的功能及意義〉及〈論金批水滸傳文本修改的合法性〉等。另有專書：《禪讓、世襲及革命：從春秋戰國到西漢中期的君權傳承思想研究》（上海古籍出版社2015年）。

## 關鍵詞

諸葛亮、文學的哲學、儒家正統價值觀念、情欲

## 一、序言

在《三國演義》中，諸葛亮是一位傑出的核心人物，具備有超卓的才能和高尚的道德品格，他代表了傳統儒家正統中「賢相忠臣」的典型形象，大部分的解讀都將諸葛亮視為傳統價值中智、仁、忠、信的代表。然而亦有學者（如浦安迪）對諸葛亮採取批判的角度，特別從他的性格缺陷、才能不足及志向三方面指出其缺失和錯誤，從而帶出「反諷」的效果，以期彰顯真正的儒家精神。[1]

這兩種評論所呈現的褒貶不一，既矛盾又互相對立，論者要不就是採取「非此即彼」的態度，要不就視之為作者對諸葛亮不同藝術形象的表達，鮮有探討當中小說內部深層思想（哲學）的意涵。本文嘗試將《三國演義》視作「哲學的文學」（Philosophical Literature），並以「文學的哲學」（Literary Philosophy）去探討當中的哲學思想，分析《三國演義》作者如何透過文學作品探討、質疑或顛覆傳統價值觀念。

我們將嘗試圍繞「人之情欲道德意義的探索」此一主題去探索諸葛亮在思想、志向、性格和才能四方面的二元矛盾和對立，從而導出小說深層架構內的哲學探索。從以下三個方面所表現出來對人之情欲與道德意義的思辯。

## 二、思想價值與體系的層面

從思想價值與體系的層面而言，諸葛亮有著儒家道統的重要元素，特別是智和忠兩種精神價值，但卻同時兼具道教的神祕主義色彩。表層

---

\* 本文為香港特別行政區研究資助局（Research Grants Council, RGC）轄下「教員發展計畫」（Faculty Development Scheme, FDS）撥款資助項目「哲學視域下的四大奇書：價值的顛覆及重建」（編號：UGC/FDS11/H03/17）的階段性研究成果，謹此致謝！

[1] 浦安迪著、沈亨壽譯：《明代小說四大奇書》（北京：中國和平出版社，1993年），頁369-378。另見浦安迪演講：《中國敘事學》（北京：北京大學出版社，1996年），頁179-182。又如魯迅曾評價說：「狀諸葛之多智而近妖。」見氏著：《中國小說史略》（上海：上海古籍出版社，1998年），頁87。

受重視，反之是《儀禮》的地位極低。到了唐玄宗時期，《儀禮》甚至到了「庶幾廢絕」的地步。韓愈的文論間接道出了《儀禮》不受歡迎的原因是由於「行於今者蓋寡，沿襲不同，復之無由，考於今，誠無所用之。」雖然他不否定「文王、周公之法制，粗在於是」，但礙於古禮已經不行於當時，在其世並無實際參考作用，加上書載儀節繁複，單靠文字描述是很難想像古禮實況的，其所謂難讀即在於此。作為「口不絕吟於六藝之文，手不停披於百家之編」[10]的文壇領袖韓愈，他的說法極具代表性。因此，終唐之世，研讀《儀禮》的人仍在極少數。到了北宋，王安石甚至從科舉中廢除《儀禮》一經。後來，大儒朱熹（1130-1200）重新肯定了《儀禮》的價值和地位，他在〈乞三禮箚子〉中指出「《周官》一書固為禮之綱紀，至其儀法度數則《儀禮》乃其本經。」[11]對於《儀禮》難讀的普遍認識，朱子就指出「前賢常患《儀禮》難讀，以今觀之，只是經不分章，記不隨經，而注疏各為一書，故使讀者不能遽曉。」[12]他又說：「其書衮作一片，不成段落，使人難看。」[13]《儀禮》之所以難讀，在朱子眼中最大問題是其書不分段落，令書中記述的儀節的始終沒有清晰提示，在閱讀上極不方便。事實上，在唐代賈公彥撰寫《儀禮疏》時，已經採用了科段之法，嘗試將篇章內容分段，在其疏文中每每標識「自某至某論某事」。但這種科段之法的缺點，在於對初讀《儀禮》者並沒有清晰截分段落的觀感，再加上賈公彥《儀禮疏》最初並不像現行《十三經注疏》般將疏文附於經文之下，而是與經文分別刊行，因此賈氏的科段語並非直接標記在經文之上，令其分節效果大減。有鑒於此，朱熹在其《儀禮經傳通解》中便新創分節法，直接在將相關儀節之經文斷開，並在段落末標上「右某事」。這樣一來，行禮步驟清晰簡明，大大減低了閱讀《儀禮》的難度。朱子以後的禮學著作，包括清代張爾岐（1612-1678）的《儀禮鄭注句讀》、吳廷華（1682-1755）的《儀禮章句》、胡培翬（1782-1849）的《儀禮正

10 高步瀛選注：《唐宋文舉要》（上海：上海古籍出版社，1982年）甲編卷三，頁420。
11 朱熹：〈乞三禮箚子〉，《晦菴集》，《文淵閣四庫全書》（上海：上海古籍出版社，1987年），第1143冊，卷14，頁249。
12 朱熹：〈答應仁仲書〉，《晦菴集》，《文淵閣四庫全書》，頁240。
13 朱熹：〈答李季章書〉，《晦菴集》，《文淵閣四庫全書》，頁276。

來說，道教神祕主義色彩可以說是強化諸葛亮料事如神的能力，但從深層意義來說，諸葛亮身上表現了兩種力量：道德理性主義和超自然力量（情欲根源需要的宗教式體現）並存，亦由此在其思想內部呈現出來的不安和矛盾。

以劉備為首的蜀漢向來以道德理性力量為爭天下之工具。他們宣稱救民濟世，一方面以匡復漢室為己任，在正統論的議題上得到熱烈的響應；另一方面對老百姓行仁政，救濟萬民；君臣、將士間重義而輕利；並高舉傳統孝悌之道。這些都使蜀漢佔據了傳統儒家的道德高地。諸葛亮在出山之前，當然已對此了然於胸，並在隆中對之中提及：「將軍既帝室之冑，信義著於四海，總攬英雄，思賢如渴，若跨有荊、益，保其岩阻，西和諸戎，南撫夷越，外結好孫權，內修正理；以待天下有變，則命一上將，將荊州之兵以向宛、洛，將軍身率益州之眾以出秦川，百姓孰敢不簞食壺漿以迎將軍乎？誠如是，則霸業可成，漢室可興矣。」[2]及後答應出山相助劉備，可證諸葛亮亦認同並擁護這種道德理性。諸葛亮出山後，即時為劉備帶來運籌帷幄的謀略，當中既有決戰沙場的應急計謀，亦有高瞻遠矚的發展策略。諸葛亮也經常提及道德理性，如在「舌戰群儒」中申明儒家的正統觀、忠義觀及仁德觀；謀略方面則有隆中對，各大小戰役使用的計謀，如火燒博望坡、火燒新野、孫劉聯盟抗曹、智取荊州、益州等等。道德理性的號召再加上奏效的謀略戰略，為劉備之蜀國奠定了良好的發展基礎以及正面形象。

然而，除了道德理性及人謀之外，諸葛亮在很多關鍵時刻，也屢屢運用超自然的神祕力量成功地完成任務或達成目標。例如「七星壇諸葛祭風」、「六丁六甲縮地之法」、「巧布八陣圖」、「七星燈續命求壽」、「武侯顯聖定軍山」等情節，雖然有些成功，有些失敗，但作者皆賦予諸葛亮嘗試以超自然的神祕力量來達成目標的形象。因此，諸葛亮身上顯示出德道理性（兼謀略）以及超自然力量的兩種表現。

倚仗超自然力量與德道理性（兼謀略）本來是為了「神化」諸葛亮的藝術展現，然而在深處而言，她們就像一對寄宿於人身體的「連體

---

2　羅貫中：《三國志通俗演義》卷八「定三分亮出茅廬」（上海：上海古籍出版社，1980年），頁369。

嬰」──代表著人性中情欲與理性的兩股力量，她們互相爭奪、掙扎和衝突著。不難發現，諸葛亮對於超自然力量的迷戀實乃其內心情欲的表現，作為情欲根源所需要的宗教式體現。許建平〈論中國小說敘事的神祕性〉一文詳細分析了中國小說神祕性敘事的表現途徑與方式、淵源及本質；其中，超自然力量中便寄托了人的情欲本能：「神祕主義是人的欲求本能超自然力量的表現，即人的本能通過超自然力──神祕力──的形式表現出來。換言之，在超自然力的表現中寄寓著人的情欲本能。」[3]超自然力量可以將人自身有限的能力範圍無限擴大，以有限卻帶有神祕的力量解決無限的欲求，為任務或目標帶來無限的可能性：「人將自身能力的有限範圍通過想像使能力無限地放大化，而這種放大化由於超越自身能力的有限範圍，故而出現以有限模式解決無限欲求的矛盾，並祈求超自然的神力來解決這種矛盾。」[4]而神祕的本質更與人的欲望本質有關，形成「同根共源」的特質：「神祕性的本質是人的本能欲望衝動的間接的、虛幻的短暫表現，它與人的本質同根共源。神祕性事件也是人的欲望的非理性顯現，它與人的理性意圖具有重合性。因此，敘事的神祕性產生於敘事意圖實踐的需求，既為了使人物內心欲求本能得以自由、生動、豐富地表現，又為了巧妙地解決人生欲望受阻、遭受困厄的矛盾痛苦。」[5]特別是到了小說的後期，諸葛亮內心的情欲需要越加強烈，在擺脫道德理性的藩籬之餘，更進一步成為諸葛亮一生成敗的關鍵。

　　借用許氏的觀點，這裡有兩點值得進一步討論。首先，文中提到的超自然神祕力量的非理性顯現與理性意圖具有重合性，我們認為就諸葛亮而言，其理性意圖（匡復漢室，統一天下）與超自然力量的表現確有重合性，但同時也為其道德理性帶來了極大的矛盾。儒家所提倡的道德理性本質上是排斥非理性的超自然神祕力量，從而透過理性思考以及道德實踐來建立政治秩序，如講求忠君愛國，提倡行仁政，興義兵等；情況就如宋明理學擺脫漢朝的讖緯儒學一樣，掃除了非理性的「神學」

---

[3]　許建平：〈論中國小說敘事的神祕性〉，《河北學刊》，2013年5月，第33卷第3期，頁69。
[4]　同前注，頁69。
[5]　同前注，頁71。

束縛。然而，《三國演義》中的諸葛亮卻同時表現出道德理性主義和超自然力量崇拜。超自然神祕力量崇拜既是諸葛亮人性中理性與欲望複合的顯現，亦代表了當他以純粹的道德理性力量未能夠達成目標時，他往往在關鍵時刻更信任非理性的力量——超自然神祕力量。事實上，對於這種超自然神祕力量的態度，《三國演義》中有些重要人物便與諸葛亮相反，視之為「旁門左道」，並感到深惡痛絕，如曹操之於左慈、孫策之於于吉。曹操、孫策二人對於方術之士的超自然神祕力量，都沒有表現出一絲的妥協；一方面既表現出維護君權的正當性，另一方面也表現出治國治軍之理性與非理性方法的考量，顯示出理性的判斷。甚至是劉備對於徐庶的相馬之術，後者認為的盧有剋主防主的面相，劉備對此深感不以為然，表現出一幅仁者無懼的道德理性態度。相反，諸葛亮卻擁有這種「旁門左道」的力量，並在許多時刻發揮重要作用。在這種情況下，本屬儒家思想、賢相典範的諸葛亮，其道德理性與情欲呈現出來的矛盾衝突，甚至是個人情欲超越了道德理性，以致其身上所呈現的價值觀不斷遭到質疑，這與其說是作者在創作角色時的不一致，毋寧是作者在人物角色身上有意表現出人性的錯綜複雜及其矛盾不一致的一面，從而顛覆現實世界的傳統道德價值（在當時這是不能直宣於口的）。

其次，許氏提到「敘事的神祕性產生於敘事意圖實踐的需求，既為了使人物內心欲求本能得以自由、生動、豐富地表現，又為了巧妙地解決人生欲望受阻、遭受困厄的矛盾痛苦。」我們在諸葛亮身上的確能看見其欲求得以自由、生動、豐富地表現出來，但並非每次困難或阻礙都能以超自然的神祕力量巧妙地解決，而最典型的表現是他用七星燈續命求壽的情節：在沒有把握、並不保證能否成功的前提下，諸葛亮仍然費盡心力不惜一博，大大增強了其渴求達成欲望的心願。《三國演義》這樣寫道：

> 是夜，孔明遂扶疾出帳，仰觀天文，大慌失色，入帳乃與姜
> 維曰：「吾命在旦夕矣！」維乃泣曰：「丞相何故出此言也？」
> 孔明曰：「吾見三臺星中，客星倍明，主星幽隱，相輔列曜以變
> 其色，足知吾命矣！」維曰：「昔聞能禳者，惟丞相善為之，今

何不祈禳也？」孔明曰：「吾習此術年久，未知天意若何。汝可引甲兵七七四十九人，各執皂旗，身穿皂衣，環繞帳外，吾自於帳中祈禳北斗。七日內，如燈不滅，吾壽則增一紀矣；如主燈滅，吾必然死也。一應閒雜人等，休教放入。」

姜維得令，凡用之物，只令二小童搬運。時值八月半間，是夜銀河耿耿，秋露零零，旌旗不動，刁斗無聲。姜維在帳外引四十九人守護。孔明自於帳中設香花祭物，中分布七盞大燈，順布四十九盞小燈，內安本命燈一盞於地上。孔明拜伏於地曰：「亮生於亂世，隱於農畝，承先帝三顧之恩，托幼主孤身之重，因此盡竭犬馬之勞，統領貔貅之眾，六出祁山，誓以討賊。不憶將星欲墜，陽壽將終。謹以靜夜，昭告於皇天后土、北極元辰：伏望天慈，俯垂鑒察！」祝告已畢，乃讀青詞曰：

伏以周公代姬氏之厄，昱日乃瘳；孔子值匡人之圍，自樂不死。臣亮受託之重，報國之誠；開創蜀邦，欲平魏寇，率大兵于渭水，會眾將于祁山。何期舊疾纏身，陽壽欲盡，謹書尺素，上告穹蒼：伏望天慈，曲賜臣算，上達先帝之恩德，下救生民之倒懸。非敢妄祈，實由懇切。下情不勝屏營之至。

孔明祝畢，俯伏待旦。次日，扶病理事，吐血不止，醒而復昏，昏而復醒。日則計議伐魏，夜則步罡踏斗。

[⋯⋯]卻說孔明在帳中乃祭祀到第六夜了，見主燈明燦，心中暗喜。姜維入帳，正見孔明披髮仗劍，踏罡步斗，壓鎮將星。忽聽得寨外吶喊，欲令人問時，魏延入帳報曰：「魏兵至矣！」延腳步走急，將主燈撲滅。孔明棄劍而歎曰：「『死生有命，富貴在天。』主燈已滅，吾豈能存乎？不可得而禳也！」[6]

按自然壽命，諸葛亮已接近油盡燈枯，然而為了達成欲求，他卻極度渴望延長壽命。他不惜冒死一博，逆天命且不顧身體狀況而強行祈禳大法，並必須日復日堅持七天才能增壽一紀。在整個過程當中，超自

---

6　羅貫中：《三國志通俗演義》卷二十一「孔明秋夜祭北斗」，頁1005-1006。

然的神祕敘事將諸葛亮的欲求刻劃得入木三分，同時也瓦解了其道德理性，讓我們看見一個非理性的諸葛亮欲借超自然神祕力量來達成未完的心願：報答先主知遇之恩、托孤之重、繼續北伐完成統一大業、救百姓於水火等等。不難發現，其心願乃公私夾雜，甚至私欲表現得比公理更為真切，也就是報答先主知遇之恩以及托孤之重，成為了諸葛亮非理性表現的重要驅動力，而並非純粹來自為國為民的治國平天下之道。

值得注意的是，諸葛亮在祈禳增壽失敗之後，嘆道：「生死有命，富貴由天」。這與《論語》的原意甚至儒家思想的人生觀及修養功夫並不相符，更多的是無可奈何的嘆息。此話出自《論語・顏淵》：「司馬牛憂曰：『人皆有兄弟，我獨亡。』子夏曰：『商聞之矣：死生有命，富貴在天。君子敬而無失，與人恭而有禮，四海之內，皆兄弟也。君子何患乎無兄弟也？』」[7]「生死有命，富貴由天」，朱子釋為「順受」：「命稟於于有生之初，非今所能移；天莫之為而為，非我所能必，但當順受而已。」[8]更重要的在於不斷「修己」：「既安於命，又當修其在己者。故又言苟能持己以敬而不間斷，接人以恭而有節文，則天下之人皆愛敬之，如兄弟矣。」[9]朱子所釋，乃傳統儒家提倡以品德涵養自身之方法，並以成為君子為終極目標，其態度是積極、樂觀、理性、務實的。諸葛亮表面上表達了「成事在天，謀事在人」的豁達態度，實際上卻是用盡理性、非理性方法失敗後，十分悲哀、無奈的嘆息。諸葛亮的態度無疑是與以道德理性克服非理性的儒家傳統相違背，相比傳統儒家的道德理性，非理性的神祕力量更進一步彰顯了諸葛亮的個人欲求。

## 三、志向

志向上，諸葛亮乃儒家淑世思想的代表──匡扶漢室、救萬民於水火，其方法則以儒家的教誨為主，如著重君臣關係、名聲以及不可為而

---

[7]  程樹德撰：《論語集釋》（北京：中華書局，1990年），頁830。

[8]  同前注，頁831。

[9]  同前注，頁831。

為之的精神等。然而，諸葛亮在很多重要的事件中，包括選擇劉備為輔助對象、率眾官迫劉備稱帝以至為蜀漢鞠躬盡瘁等等，顯然不完全是出於道德理性的考量，或多或少摻雜了個人感情（重情重義）或是為了滿足一己之私欲（實現政治抱負）。

諸葛亮選擇劉備作為輔助對象，既有道德理性，也有政治抱負的考量。就道德理性而言，劉備代表了正統、仁德、謙和、忠厚等價值及特點，乃表現道德理性的不二之選。就政治抱負而言，當時劉備遭受困厄至寄人籬下，毫無立錐之地；諸葛亮無疑可以以「救世主」的身分加入，拯救瀕臨滅亡的蜀漢集團，帶來以一人之力扭轉乾坤的震撼效果，其意義遠遠大於投效事業已如日方中的曹魏或孫吳集團。水鏡先生司馬徽曾經向劉備分析過，蜀漢發展屢屢遭逢失敗，最主要原因在於沒有一個「經綸濟世之才」，即高瞻遠矚、智慧超群的軍師輔助。[10]這其中除了暗示劉備要找的人就是諸葛亮，並且也能夠從側面反映出諸葛亮也必然考量到劉備陣營到底缺乏怎樣的人才，自己又能起到多大的作用。並且，投效當時最弱的一方，受到的制肘必定是最少的，可以擁有最大的空間讓他實踐政治抱負。因此，我們認為諸葛亮選擇輔助劉備，除了有道德理性的原因，也有實踐個人的政治抱負的考量。所謂「良禽擇木而棲，賢臣擇主而事」，也就是這個意思。我們不應該總是單方面認為諸葛亮乃被動接受劉備的邀請；而是出山襄助劉備，乃是他主動的選擇，而選擇的理由並不單純是由於劉備所具有的「仁義」特質，亦包含了諸葛亮滿足自身需要的考量。

至於「救萬民於水火」一說，在沒有矛盾衝突的情況，這個既是整個蜀漢集團的目標，也是諸葛亮所認可的目標。然而，在出現矛盾衝突的時候，他卻表現出一些非理性的決斷，與這一目標相矛盾。最明顯的事例就在劉備攜民渡江一節，《三國演義》這樣寫：

> 卻說同行軍馬有數十萬，大車小車數千輛，挑擔背包者不計其數。道路之傍，偶見劉表墳墓，玄德引眾將拜於道傍，痛哭而告

---

[10]　羅貫中：《三國志通俗演義》卷七「劉玄德遇司馬徽」，第343-344頁。

曰：「不才辱弟劉備，無德無仁，失兄寄託之重，此實不得已。望兄英魂，垂救荊、襄之民，助備而退曹操！」言甚悲切，三軍無不下淚。後軍報曰：「曹操已屯樊城，使人收拾船筏，次後渡江趕來也，可不速行？」孔明曰：「江陵要緊，可以拒守。今擁大眾十餘萬皆是百姓，披甲者少，日行十餘里，似此幾時得到江陵？倘曹操至，如何迎敵？不如暫棄百姓，先行為上。」玄德泣曰：「若濟大事，必以人為本。今人歸吾，何以棄之？」百姓聞得，莫不傷感。[11]

　　在危急關頭，諸葛亮竟然力勸劉備暫時放棄老百姓，先對抗曹操，然後再作打算。劉備斷然拒絕，認為以人為本的事業，無論何時也不應放棄老百姓。這裡透露了兩個訊息：一、以諸葛亮的無仁德襯托出劉備的真正仁德。二、諸葛亮表現涼薄的一面，為了滿足／達到自身的政治抱負，他是可以不擇手段的。在這裡，劉備的道德理性比諸葛亮還堅定不移，後者的非理性情欲則壓倒了道德理性，盡失仁者之風。

　　在協助劉備登帝位一事上，諸葛亮盡顯私心的一面，同時也將「匡扶漢室」的目標解除掉了。公元220年，曹丕篡漢，獻帝被逼禪讓，貶為山陽公。消息很快傳到了成都：「早有人到了成都，說曹丕廢了漢帝，自立為大魏皇帝，於洛陽蓋造宮殿，調練人馬。」[12]劉備更痛苦流涕一番，君臣直接相信了傳言，認定獻帝已死，並為獻帝追諡：「漢中王聞知大驚，水食少進，每日痛哭，令百官掛孝，遙望許昌哭而祭之，諡曰『孝湣皇帝』。玄德因此憂慮，致染成疾，不能理事，政務皆托與孔明。」[13]君臣二人皆沒有打算查明傳言屬實與否。[14]更甚者，諸葛亮聽了獻帝遇難後，卻不勸劉備發喪討伐曹丕，反是幫助劉備先稱帝，讓

---

[11]　羅貫中：《三國志通俗演義》卷九「劉玄德敗走江陵」，頁401。
[12]　羅貫中：《三國志通俗演義》卷十六「漢中王成都稱帝」，頁773。
[13]　羅貫中：《三國志通俗演義》卷十六「漢中王成都稱帝」，頁773。
[14]　真實與傳聞，當時人似乎都是選擇性地接受的，如對待關羽死訊，諸葛亮勸劉備勿輕信傳言。當關羽死訊傳至蜀國，諸葛亮、許靖奏告劉備時，認為傳聞未必是真，著劉備不要輕信：「適來所言，皆虛疑之事耳，未足深信。願王上寬懷，勿生遠慮。」見羅貫中：《三國志通俗演義》卷十六「漢中王痛哭關公」，頁747。與劉備、諸葛亮選擇相信獻帝已死的傳言，竟有天淵之別。

蜀國接續正統，完全沒有打算為獻帝討伐曹魏——那怕是故作姿態地調
兵遣將，只是純粹給予了獻帝一個「孝愍皇帝」的諡號。不得不令人質
疑，諸葛亮到底還有多少程度擁護漢室？是否真心想匡扶漢室？這難免
又是對於諸葛亮所謂「忠臣」的形象又一次顛覆。

　　諸葛亮在「擁護劉備稱帝」事件上所採取的態度與當初他在「舌戰
群儒」中大罵薛綜乃無父無君之人的嚴厲措詞相比，實有天淵之別：

> 忽坐上一人問曰：「孔明以曹操何如人也？」孔明視之，乃沛郡
> 竹邑薛敬文薛綜也。孔明應聲曰：「曹操乃漢賊耳！」綜曰：
> 「公言差矣。子聞古人云：『天下者，非一人之天下，乃天下人
> 之天下也。』故堯以天下禪於舜，舜以天下禪於禹。其後成湯放
> 桀，武王伐紂，列國相吞，漢承秦業以及乎今，天數以終於此。
> 今曹公遂有天下三分之二，人皆歸心。惟豫州不識天時而欲爭
> 之，正是以卵擊石，而驅羊鬥虎，安能不敗乎？」孔明應聲叱之
> 曰：「汝乃無父無君之人也！夫人生於天地之間者，以忠孝為立
> 身之本。吾汝累世食漢室之水土，思報其君，聞有奸賊蠹國害民
> 者，誓共戮之，臣之道也。曹操祖宗叨食漢祿四百餘年，不思報
> 本，久有篡逆之心，天下共惡之。汝以天數歸之，真無父無君之
> 人也。不足與語！再無復言！」薛綜滿面羞慚，不敢對答。[15]

　　薛綜認為曹操即將統一天下乃民心所向、天命所歸，諸葛亮大罵薛
綜乃無父無君之人，世食漢祿而不思報漢室，聞有國賊而不討逆，卻欲
認賊作父，忘卻了忠孝為立身之本。諸葛亮義正詞嚴，罵得「薛綜滿面羞
慚，不敢對答」。然而，諸葛亮聞得漢帝被篡位後，所做的事情又有多
少與當初的忠孝之辭相符？其所作所為不正就是當日薛綜所提倡的嗎？

　　諸葛亮得到曹丕篡漢的傳聞後，無論獻帝在世與否，其實也不應該
勸劉備稱帝，而是必須立即興兵勤王，以示對漢室的支持。可惜，他和
群臣的選擇是直接勸劉備繼承漢室大統。諸葛亮所做的，顯然違反了維

---

[15] 羅貫中：《三國志通俗演義》卷九「諸葛亮舌戰群儒」，頁424。

護正統目標的，建立了一個具道德爭議的「後續正統」。其實這點連劉備自己也十分糾結，並表示強烈反對，因此三番四次也不願登上帝位；只是後來在諸葛亮及大臣多次勸諫、用計下，才「繼承大統」。諸葛亮對「漢室」國家大義，顯然已拋諸腦後，流露出來的欲望顯然與當初提倡的道德理性截然不同。因此我們實不能簡單說，小說表達了所謂維護正統的主題。更明顯的是，當中每一次對於傳統正統的顛覆，也展示了作者所想描寫人性本身的矛盾與衝突——道德理性與非理性的糾纏與不安，所以情節上滿足了諸葛亮及群臣希望劉備稱帝的欲望是來得那麼自然，卻又是那麼突兀。

此外，《三國演義》也詳細交代了諸葛亮及眾官勸劉備稱帝的過程。首先，是眾人上表勸劉備稱帝，後者固辭；諸葛亮用計稱病，劉備起初仍推辭，爾後則有意拖延，最後在眾官的泣諫勸進之下，劉備才勉強接受。在眾官的泣諫之下，劉備回答說：「陷孤受萬代罵名，皆卿等也！」這仿如在說：是諸位希望我稱帝，而非我想稱帝，將來如有惡名，也是你們害的。最令人側目的是，諸葛亮及眾官聽罷劉備之話的反應，《三國演義》這樣寫：

> 漢中王曰：「陷孤受萬代罵名，皆卿等也！」孔明奮然而起曰：「大事就已，便可築臺。」即時送漢中王還宮。孔明便差博士許慈、諫議郎孟光掌禮，築臺於成都武擔之南。大禮既畢，多官整仗鑾駕，迎請漢中王登壇，致祭天地。[16]

由此可見諸葛亮根本沒有理會劉備的顧慮，反而是馬上極速籌備登基典禮。學界解讀這段情節時，一般認為劉備十分虛偽；但並沒有注意到，諸葛亮及群臣希望劉備稱帝的意願十分強烈，甚至表現得比劉備更為焦急、渴求，他們的欲望其實才是至關重要的推動力。尤其是身為百官之首的諸葛亮，無疑是箇中的關鍵人物。最終的效果是：「兩川軍民，無不忻躍。」[17]達到了劉備稱帝而眾官滿足、百姓雀躍的結果。

---

[16] 羅貫中：《三國志通俗演義》卷十六「漢中王成都稱帝」，頁775。
[17] 羅貫中：《三國志通俗演義》卷十六「漢中王成都稱帝」，頁776。

## 四、性格與才能

性格上，諸葛亮乃儒家士人精神的典型代表，具備高尚的道德品格、淵博的才學、超卓的經綸濟世能力以及忠貞不渝的品格，在這些優良的特質下，最容易為人所忽略的是他那些性格的缺陷。

其〈出師表〉（《三國演義》有所收錄）、〈誡子書〉、〈誡外生書〉、〈與群下教〉（《三國演義》沒有收錄）皆表現出儒士君子在「修身、齊家、治國、平天下」應有的精神特質。[18]然而，他又具有恃才傲物、高傲自大的稟性，經常「自比管仲樂毅」。《三國演義》借用徐庶的話說：「其人每自比管仲、樂毅。以庶觀之，管仲、樂毅不及此人也。」[19]又司馬徽：「孔明居於隆中，好為《梁父吟》，每自比管仲、樂毅，其才不可量也。」[20]這個便與儒士君子追求的謙遜之德背道而馳，相去甚遠。例如孔子曾說：「文莫吾猶人也，躬行君子，則吾未之有得。」、「若聖與仁，則吾豈敢？抑為之不厭，誨人不倦，則可謂云爾已矣。」（《論語‧述而》）[21]簡單二例已盡顯孔子自謙之德，乃君子形象的典型體現。

天賦的稟性使諸葛亮處事充滿自信，然而隨著事業的成功，其信心也變得愈來愈過度膨脹。浦安迪論述諸葛亮性格特質之時，便提到諸葛亮的傲慢自大隨著他事業的發展而不斷膨脹，最後帶來毀滅性的失敗，反映羅貫中為諸葛亮形象帶來極大的反諷，與傳統以來對諸葛亮讚不絕口的情況截然不同。[22]對於這點觀察，我們深表贊同，然而浦氏並沒有進一步解釋形象有所矛盾、衝突的深層次理據是什麼。

---

[18] 〈誡子書〉說的是修身養德以立志；〈誡外生書〉說的是慕先賢絕情慾棄疑滯以存高志；〈與群下教〉說的是集思廣益，改過遷善的品格，特別點名讚賞徐庶（元直）及董和（幼宰）參署相告，使他能夠少犯些過錯；〈出師表〉說的則是陟罰臧否、親賢臣遠小人、復興漢室、王業不偏安等國家大事。

[19] 羅貫中：《三國志通俗演義》卷八「徐庶走薦諸葛亮」，頁355。

[20] 羅貫中：《三國志通俗演義》卷八「劉玄德三顧茅廬」，頁358-359。

[21] 程樹德：《論語集釋》，頁499及500。

[22] 浦安迪著、沈亨壽譯：《明代小說四大奇書》，頁369-378。

我們認為根本的原因在於道德理性及稟賦情欲兩者的融合與衝突。稟賦情欲融合於道德理性，使諸葛亮選擇了劉備作為輔助對象，實踐道德價值；另一方面，也令他充滿自信地提出極具前瞻性的隆中對，為劉備倡議長遠策略，並有效地執行軍事戰略如火燒博望坡、火燒新野，赤壁之戰、奪取荊州、助劉備稱帝等。然而，重要的是，其個人情欲需要會隨著環境及際遇而變化，當諸葛亮的事業得以在劉備集團開展並順利發展之際，其情欲也漸漸暴露起來，乃至於自信心過度膨脹，犯下不少錯誤，尤其是在知人善任、接納諫言及制定戰略上，表現都令人失望。

從性格上來看，羅貫中賦予諸葛亮更真實的人物形象，他有喜、怒、哀、樂，也有虛偽的一面，也會經常犯錯，使我們接觸到一個志向高遠、能力超凡，同時隱藏著情欲需要的人物。到最後，情欲與才德之間的張力，成為了悲劇發生的其中一個主軸。從藝術效果來看，羅貫中這樣的塑造，大大增加了諸葛亮悲劇形象的感染力；從哲學思辯角度看，其複雜多變的性格形象，為我們帶來深刻的反思，即本文的主題所在：人性之複雜充滿了矛盾與不安，在道德理性的表象下，情欲如何一次又一次進行顛覆？即使在諸葛亮如此具道德理性的代表人物身上亦不能幸免。

才能上，諸葛亮往往被視為政治、軍事天才，可是他在用人、納諫以至戰略方面都看到他在這方面才能的缺失。而才能缺失的根本原因，如上所述，則在於過度自信和剛愎自用所致。

知人善任與廣納諫言，是一個領袖賴以成功的必要條件。然而諸葛亮在此卻經常犯錯，可用或應用的不用，不可用或不應用的卻用上了，導致嚴重的挫敗或北伐事業毫無寸進。例如馬謖，劉備臨終前早已向諸葛亮鄭重告誡馬謖此人言過其實，不可大用。諸葛亮偏偏在第一次北伐時重用馬謖把守戰略重地──街亭，結果導致慘敗，不得不涉險擺下空城計，讓蜀軍有序撤退。另一個則是可堪大用的人才──魏延，偏偏因為諸葛亮判定他「腦後有反骨，久後必反」而不肯重用。往後他對魏延似乎也一直心存偏見，甚至對後者的建言，亦不屑一慮，《三國演義》寫蜀軍第一次出祁山北伐時，魏延曾獻計道：

孔明祭畢，回到寨中，商議進兵。忽遠哨馬報：「魏主曹叡遣駙馬夏侯楙，調關中諸路軍馬，前來拒敵。」忽魏延上帳獻策曰：「夏侯楙乃膏粱子弟，懦弱無謀。可賜精兵五千，直取路出褒州，循秦嶺以東，當子午谷而投北，十日之中，可到長安。夏侯楙若聞某驟至，必然棄城，望橫門邸閣而走矣！所棄糧草，足可為用也。某卻從東方而來，丞相可大驅士馬，自斜谷而進。若如此行之，則咸陽以西，一舉而可定矣。此萬全之計也！」孔明笑曰：「此非萬全之計也。汝欺中原無好人物；倘有人進言者，於山僻中以軍截之，非令五千人受害，亦大傷其銳氣也。決不可用之。」魏延又曰：「丞相從大路進發，彼必盡起關中之兵，於路迎敵，則徒廢生靈，何日而得中原也？」孔明曰：「吾從隴右取平坦大路，依法進兵，豈不勝耶？」遂不用魏延之計，即差人令趙雲進兵。[23]

我們並非說魏延的奇兵之計必定成功，但未嘗不能加以研究，又或者請將士各抒己見，分析利弊。然而諸葛亮卻斷然拒絕，完全不考慮加以商討、考察或探索，既未能做到集思廣益的效果，亦表現出專權獨斷的一面，甚至是因人廢言的偏見。在戰略布置上，這也反映出諸葛亮偏向保守的進軍策略，並自信地認為沒必要行奇險之兵，只需依法攻城略地即可。不幸的是，往後的六出祁山，正中魏延的擔憂：「徒廢生靈，何日而得中原？」從某個程度上反映諸葛亮在北伐戰略上的單一與保守。魏延的建議，也可視為諸葛亮拒納諫言的其中一例。另一些如六出祁山時，太史譙周以天文異象勸諫不可興兵，諸葛亮同樣拒絕納諫，其理由是：「吾受先帝托孤之重，當竭力討賊，豈可以風雲虛謬之兆，而廢國家之大事耶？」[24]實際上，又再一次將個人感情凌駕於其他因素之上。因此，無論是在知人善任、接納諫言或制定戰略上，其表現都是令人失

---

[23] 羅貫中：《三國志通俗演義》卷十九「趙子龍大破魏兵」，頁885。

[24] 羅貫中：《三國志通俗演義》卷二十一「諸葛亮六出祁山」，頁986。不要忘記的是諸葛亮自己在「借東風」或是「七星燈續命」的事件中，皆求助於「風雲虛謬」之力，這更顯其性格底下的矛盾與不一致。

望的。

　　我們經常用「剛愎自用」四字來形容敗走麥城之前的關公以及發
動夷陵之戰之前的劉備，實際上諸葛亮與那時候的關公及劉備已無甚分
別。其影響亦與劉備一樣重大：諸葛亮與劉備分別掌管整個蜀國，關羽
則只是統轄荊州一地。要說差異，諸葛亮與劉備的區別則在於：劉備的
「剛愎自用」在短時期內幾乎耗盡蜀國兵力，而諸葛亮的「剛愎自用」
則在長時期內慢慢耗掉蜀國國力。如果說《三國演義》最令讀者感到悲
涼之處：恰在於蜀國之盛乃是因劉備、關羽與諸葛亮而起，則蜀國之衰
亡亦緣於他們的情欲。

## 五、結語

　　在前期，羅貫中在《三國演義》中更多地顯示了諸葛亮以傳統儒
家道德為核心的象徵，展示其「賢相忠臣」的特質，這無疑進一步強化
了傳統意義上正統與仁義忠孝等價值的地位。然而到了後期，從劉備稱
帝、六出祁山到北伐失敗，在諸葛亮身上所體現出來的變化卻是：無論
在思想價值、志向或是才能性格各方面都是個人的情欲需要一步一步壓
倒了道德理性。究其根源，羅貫中最終所揭示的是：每個人（無論是聖
人或凡俗）行善或是作惡，並非單純是個人意志的抉擇，或是情欲的體
現，或是道德理性的呈現，每個人終須面對自己作為一複雜的存在：這
不只是無間斷的理性與情欲交戰，當中除了矛盾、掙扎與妥協，更是充
滿了動盪與不安。此無疑人生命中一直重複思考的永恆主題，而此主題
亦於東西方不同的文學與哲學作品中一次又一次被論述。

　　對於這些衝突矛盾的出現，特別是情欲對於道德理性的挑戰和顛
覆，使得我們不能不去思索諸葛亮所代表現的是否屬於傳統意義上所論
述的正統、仁義？還是對於傳統的仁義忠孝的價值重新演繹呢？經過上
面幾個層面的分析，我們至少可以肯定的是：作者並非只是純粹借諸葛
亮的形象反映傳統意義上的正統、仁義，而是重新思考、探索以及重建
關於仁義忠孝等道德價值，特別是當中情欲和理性的交纏與矛盾。當傳
統價值遇上困境時，就催生了情欲價值定位的思想，也導致了對於傳統

道德理性的質疑和顛覆，所以，《三國演義》可以說是一部充滿了顛覆性和價值重建的小說和哲學作品。

語言文學類　PF0248　文學視界112

# 承傳與流播：全球脈絡與中國文化論集

主　　編／熊志琴、曾智聰
責任編輯／許乃文
圖文排版／楊家齊
封面設計／蔡瑋筠

發 行 人／宋政坤
法律顧問／毛國樑　律師
出版發行／秀威資訊科技股份有限公司
　　　　　114台北市內湖區瑞光路76巷65號1樓
　　　　　電話：+886-2-2796-3638　傳真：+886-2-2796-1377
　　　　　http://www.showwe.com.tw
劃撥帳號／19563868　戶名：秀威資訊科技股份有限公司
　　　　　讀者服務信箱：service@showwe.com.tw
展售門市／國家書店（松江門市）
　　　　　104台北市中山區松江路209號1樓
　　　　　電話：+886-2-2518-0207　傳真：+886-2-2518-0778
網路訂購／秀威網路書店：https://store.showwe.tw
　　　　　國家網路書店：https://www.govbooks.com.tw

2020年5月　BOD一版
定價：550元
版權所有　翻印必究
本書如有缺頁、破損或裝訂錯誤，請寄回更換

國家圖書館出版品預行編目

承傳與流播：全球脈絡與中國文化論集 / 熊志
琴, 曾智聰主編. -- 一版. -- 臺北市：秀威資
訊科技, 2020.05
　　面；　公分. -- (語言文學類；PF0248) (文
學視界；112)
　　BOD版
　　ISBN 978-986-326-789-8(平裝)

　1. 文藝評論　2. 中國文化　3. 文集

810.7　　　　　　　　　　　　109003574

# 讀 者 回 函 卡

感謝您購買本書,為提升服務品質,請填妥以下資料,將讀者回函卡直接寄回或傳真本公司,收到您的寶貴意見後,我們會收藏記錄及檢討,謝謝!
如您需要了解本公司最新出版書目、購書優惠或企劃活動,歡迎您上網查詢或下載相關資料:http:// www.showwe.com.tw

您購買的書名:＿＿＿＿＿＿＿＿＿＿＿＿＿＿＿＿＿＿＿＿＿＿＿＿＿

出生日期:＿＿＿＿＿年＿＿＿＿＿月＿＿＿＿＿日

學歷:□高中 (含) 以下　　□大專　　□研究所 (含) 以上

職業:□製造業　□金融業　□資訊業　□軍警　□傳播業　□自由業
　　　□服務業　□公務員　□教職　　□學生　□家管　□其它＿＿＿＿

購書地點:□網路書店　□實體書店　□書展　□郵購　□贈閱　□其他

您從何得知本書的消息?

　□網路書店　□實體書店　□網路搜尋　□電子報　□書訊　□雜誌
　□傳播媒體　□親友推薦　□網站推薦　□部落格　□其他＿＿＿＿＿＿

您對本書的評價:(請填代號　1.非常滿意　2.滿意　3.尚可　4.再改進)

　封面設計＿＿＿　版面編排＿＿＿　內容＿＿＿　文/譯筆＿＿＿　價格＿＿＿

讀完書後您覺得:

　□很有收穫　□有收穫　□收穫不多　□沒收穫

對我們的建議:＿＿＿＿＿＿＿＿＿＿＿＿＿＿＿＿＿＿＿＿＿＿＿＿

＿＿＿＿＿＿＿＿＿＿＿＿＿＿＿＿＿＿＿＿＿＿＿＿＿＿＿＿＿＿＿＿

＿＿＿＿＿＿＿＿＿＿＿＿＿＿＿＿＿＿＿＿＿＿＿＿＿＿＿＿＿＿＿＿

＿＿＿＿＿＿＿＿＿＿＿＿＿＿＿＿＿＿＿＿＿＿＿＿＿＿＿＿＿＿＿＿

11466
台北市內湖區瑞光路 76 巷 65 號 1 樓
**秀威資訊科技股份有限公司**　　　收
BOD 數位出版事業部

......................................................................................

（請沿線對折寄回，謝謝！）

姓　　　名：＿＿＿＿＿＿＿＿＿　年齡：＿＿＿＿＿　性別：□女　□男

郵遞區號：□□□□□

地　　　址：＿＿＿＿＿＿＿＿＿＿＿＿＿＿＿＿＿＿＿＿＿

聯絡電話：(日) ＿＿＿＿＿＿＿＿＿＿ (夜) ＿＿＿＿＿＿＿＿＿

E-mail：＿＿＿＿＿＿＿＿＿＿＿＿＿＿＿＿＿＿＿＿